[redacted]

未读 ADR | 文艺家

UNREAD

仿影 双生

SAME SAME

A NOVEL

一部小说

复制品

Peter Mendelsund

〔美〕彼得·门德尔桑德 著

仇俊雄 译

海峡出版发行集团 | 海峡文艺出版社

图书在版编目（CIP）数据

仿影双生：一部小说复制品 /（美）彼得·门德尔桑德著；仇俊雄译. -- 福州：海峡文艺出版社，2022.10

ISBN 978-7-5550-3058-4

Ⅰ.①仿… Ⅱ.①彼… ②仇… Ⅲ.①长篇小说—美国—现代 Ⅳ.①I712.45

中国版本图书馆 CIP 数据核字（2022）第 164044 号

著作权合同登记号：图字 13-2022-053

仿影双生：一部小说复制品

〔美〕彼得·门德尔桑德 著；仇俊雄 译

出　　版：海峡文艺出版社
出 版 人：林　滨
责任编辑：蓝铃松
编辑助理：张琳琳
地　　址：福州市东水路 76 号 14 层 邮编 350001
电　　话：（0591）87536797（发行部）
发　　行：未读（天津）文化传媒有限公司

选题策划：联合天际·文艺生活工作室
特约编辑：张雪婷　赵雪娇
封面设计：彼得·门德尔桑德　碧　君
美术编辑：夏　天

印　　刷：大厂回族自治县德诚印务有限公司
经　　销：新华书店
开　　本：880 毫米×1230 毫米　1/32
印　　张：12.5
字　　数：324 千字
版次印次：2022 年 10 月第 1 版　2022 年 10 月第 1 次印刷
书　　号：ISBN 978-7-5550-3058-4
定　　价：68.00 元

关注未读好书

未读 CLUB
会员服务平台

本书若有质量问题，请与本公司图书销售中心联系调换
电话：(010) 52435752

献给 K，R，V

目录 / CONTENTS

第一部分

地点

1

起初，我并未意识到自己进入了研究所。

没错，穹顶的确出现过，在远方的沙漠里，它一闪而过。那是一个明亮的半圆，是另一个太阳，栖身于波浪般的地平线之上。我以为那是某片经济园区，或是永世契地里那些蜂窝式的豪华住宅，它们用于反射隔热的屋顶也会有类似的反光。是体育场，或者是在小说中出现过的类固醇结构的巨型清真寺？真是奇怪的建筑。不论我驾车驶入新的道路多少次，穹顶永远都在视野的最右侧移动，在无尽的途中伴我同行。我甚至能在墨镜和车窗叠加后的色彩里看见它。穹顶就像照明弹般明亮。当然，除它以外，还有一个接一个的沙丘，它们就像刷在天幕上的灰泥。还有这些灰色的高速公路，沙子占据路面两侧，形成浅锯齿状的边沿，就像巨大的铅笔笔迹。

但除此之外，这里真的再无他物。

唯余远方的穹顶，它一直在那里。可后来，它不见了。

它消失了。这是海市蜃楼——光的魔术吗？我不知道。

不对，我又能看见它了。

噢，我见到了穹顶，不错。只是我现在是从内部看着它，我的意思是，从下方看着它。我没看到安检处，所以此处应该无人值守。没有抬起或落下的护栏，没有欢迎仪式。我曾身处沙漠，位于研究所之外，如今我已经置身其中，它的一切都与我有关。这片奇诡的绿洲位于炎热的平原中央，而罩在它上方的巨型碗状建筑，就是元结构。

沙漠——和它一起的，还有我的过往——现在与我作别了。

呼。

车继续嗡嗡地响着，进入这片崭新的人造生态系统，驶过高大的棕榈树，它们立在这条笔直干净的大道两侧，向地面投下狼蛛般的阴影。道路两旁的公园里有草坪、灌木丛、小径等景观。（这里需要雇用多少园丁？可我却没发现他们的踪迹，也没见到研究所里的成员。）不远处有几座信号塔的残基，有小型变电所，远方那片葱茏里闪着太阳能电池板的反光，还有个像是海水净化装置的东西。现在在我眼前的，是一片巨大的浅蓝色人工湖。更远处，除了建筑，还是建筑。那是园区。

车吱嘎着驶上入口的通道，我发现自己正在接近一组由混凝土和玻璃构成的巨型楼——这是永世契地最早建成的西式建筑之一，出自某个颇具影响力的建筑团队之手。车减缓速度，停在大楼的阴影里。我下了车。停车场里只有我的那辆车，不安的感觉始终萦绕在我心头，我就像被困在了空无一人的城市里。周遭一片死寂，如同身处被血洗后的城镇。我不禁思忖研究所的人都在哪里，但随后记起现在的时间，他们肯定都在自己的项目组努力工作，在工作站、演播厅和实验室等地方。我或许会成为他们中的一员，想到这个，我不由得一阵狂喜。同样令人兴奋的是，穹顶下方出奇地凉爽。这是空气循环系统的功劳。我舒展四肢，先深吸了一口奇怪的空气。它像是来自干爽的秋日，带着独特但又无法辨认的余韵，是柠檬和外用酒精的味道。化学品的气味。

我慢慢呼出气。

我伸长脖子，仍未看见任何人。

我再次伸手去拿设备，轻声把它唤醒，它发出一声叹息，轻柔地颤动起来。我选中一张地图，把它放大，确定了菲尔费克斯小姐在楼中的位置。随后我跟随活动箭头的指引前往大楼的正门，门好客地为我打开。进去后，我就在空走廊组成的迷宫中漫步，它就像肺部的细支气管那样不断分叉。我途经无人的休息区和画廊，最后来到一处明亮的中庭，它简直就是个机库，真的。它绝对有几百米宽，顶也差不多有几百米高，当中存放着兰道-施密特冰川。

或许这只是个复制品，可网上说这是真的。尽管介绍写得含糊其词，比如“源自产地”，不过，但凡庞然大物，总能引人注目。尽管我知道这里会有这样的休闲胜地，诸如室内滑雪场之类，但还是震惊了，不管怎么样，看看眼前的这东西，哇哦!

我拍了张照，配文，发送。

毫无疑问，在整个研究所，能来这里眺望冰川，并打算以攀登、滑雪或者别的方式来感受它的，只有我。这片空旷的地方更加安静了。

那里有个观景台。电梯携我向上，高处的观景台逐渐映入眼帘，来到我的脚下。组合式的桌子和边角圆润、漆面光滑的椅子，构成了一个酒吧。酒吧里到处是白色皮革和橙色塑料。这里的一切——装修风格、标志符号，甚至是节奏柔和的乐声——都体现着复古未来主义。它一度代表了时代风潮的最前沿，而现在，这样拼凑在一起，就显得无比庸俗。或许这是对往昔的留恋，对另一种未来的留恋。

但我享受着这一切。毕竟，留恋皆庸俗。

平淡的回忆例外。

我的新助理菲尔费克斯小姐坐在一张小桌边，看上去和网上的形象无异。同样的脸颊（圆），同样的头发（黑），同样的眼镜（厚）。我现在才意识到，原来她让我愉快地想起了我认识的其他女人——那些戴着眼镜的女人。我想说，她有这类女性的典型形象。就算在细节更详尽也更丰富的现实生活中，我的结论也是如此。我发现，不论从哪个方面来看，她都恰好是那种让人觉得舒服的类型。我不认识她身边的男人。他给我的感觉是阴鸷、憔悴。他的面容相当苍白，两边的头发被推了上去，前额的刘海垂了下来。他的眼睛深邃，像猫一样，眼窝周围像是打了一圈阿拉伯女人用的眼影粉。他身穿一件干练的紧身短上衣，菲尔费克斯小姐也是，不过颜色不同。虽然他们衣着雅致，但身处这个环境，再配上绲边的椅垫，以及头顶柔和的光线，看起来又不免显得奇怪。

我夹克的翻领和手肘处磨得发亮，衣服上到处都是褶皱，并且颜色显然不合时宜。左脚鞋底脱胶的牛津鞋也只是给我周身的凌乱外表再添一笔罢了。身上这件皱巴巴的衣服显然与我平时干净整齐的着装风格相悖。我总是用“衣如其人”“人靠衣装”或者其他类似的说法来表明人要和自己穿的衣服相称，所以我觉得自己的形象被歪曲了（“凌乱外表”，陈旧，过时）。我站在那里，这些让人不安的念头在脑海里打转，突然，菲尔费克斯小姐和她的同伴一起抬头，如同受到惊吓的兽群。助理的视线越过眼镜上方，镜架顺着鼻梁向下滑。她挥了挥手，露出微笑。她边上苍白憔悴的男人没有反应，他看起来无动于衷。

我走过去。她站起身。苍白憔悴的男人无动于衷。我伸出一只手，但无人理睬。菲尔费克斯小姐退了几步，引我入座，打量着我的状况，食指熟练地把眼镜推上鼻梁：“你好，珀西，欢迎来到——”

那名苍白的男人插话道：“欢迎来到乌有乡。”

他叫丹尼斯·洛伊尔，搞金融的，在研究所的商业中心工作。“做金融衍生品，其实是衍生品的衍生品。弄弄市场的拓扑模型，再挖点数据集。说实话，都是无聊的东西。重点是赚钱，赚很多钱。”

他弯腰点烟，为了点着，就把烟叼在双唇间。菲尔费克斯小姐轻拍了他几下，摇了摇头。他耸了耸肩，让烟戏剧性地落入手中，再放回上衣的口袋里。“弗洛比舍先生，你包里是什么？”

“我觉得还是不说为妙，至少不想在工作时讨论。”

“这里的人们都在讨论自己的项目。从某种程度上来看，它也是这一切辛劳存在的理由。”

“呃，不过我更愿意低调行事。我的项目几周就能做完，我会在别人还不知道我来过时离开的。”

洛伊尔先生笑了起来。

“你不信？”

“几周？这里什么都没有。几个月的感觉就和几天差不多。”他又掏出烟，想起了什么，又放了回去，咂着嘴做自我检讨。

“不不，”我坚持说，“速战速决。”

“季节如同星期，数年又如同数月……”

“洛伊尔先生，人最好要保持乐观，不是吗？”

“随你怎么想，我只是在帮你做好心理准备。研究所有一种魔力，能让人在此……滞留。”

“有些人可耗不起大把时间。”

“但你肯定有。”他坚持自己的观点，眼里闪着光。

菲尔费克斯小姐终于插话了：“珀西，你会明白的。起初一切似乎都很奇怪，但当尘埃落定后，你就会豁然开朗。另外，丹尼斯，别那么沮丧。我们必须竭尽所能，帮助弗洛比舍先生适应环境。”

“亲爱的，要是你没发现，那就让我提醒你一下：我的职责，就是成为一匹害群之马，”他反驳道，“而菲尔费克斯小姐，你的责任就是监督我。不过你，珀西。你——”

“单纯天真，还是新的希望？”我问。

“思想松懈，可以让研究所随性塑造。”丹尼斯说。

“洛伊尔先生，研究所不会做这样的事。”菲尔费克斯小姐说。

“对了，有人给过你这个吗？”洛伊尔先生说，他再次转身面对我，捏起胸口的布料，“一套这样的衣服？”

菲尔费克斯小姐伸手从她的包里拿出一个薄薄的包裹，朝桌上一丢，它滑到了桌子的一头。

封着的塑料袋里，是一件仔细叠好的外套。

“制服。”我抗议道。

“当然。”她回答。

没错，我来到这里后，看到许多当地人都穿着类似的衣服，就连在机场和酒店也能见到。这是件连体工作服。他们肯定用某种方式来区分阶层，可能是衣服的颜色或者别的方法，让阶层保持有序，让与生俱来的壁垒难以分割。

“不好意思，没有选择的余地。”她补充道。

算了，也行吧。再说，我在途中把衣服都搞坏了。

“数量有限。你只有一件。”她把包裹又向我推近了些。

洛伊尔先生又幸灾乐祸地笑了起来。

我拉过包裹，放在腿上。

“很好。”菲尔费克斯小姐长舒一口气，“很好。”

丹尼斯耸耸肩。

“所以，”我这话是对两个人说的，“还有别的惊喜吗？”

之后，三个人又在这里聊了一会儿（尽管对话没什么惊喜）。不过，所有异乡人都在谈论每个人都错过了什么，以及在这段新的经历中，最值得拥有的是什么；更重要的是，谁的经历最深刻，又有谁完全融入了异国生活，换言之，谁最大限度地改造了自己。总的来说，我的两名新同事都说了一两件能体现同事之间情谊的事，以及这个集体与其他集体有何不同，而又有哪些相同之处。他们告诉我，有位当地的政治寡头（或者酋长、王子之类的）资助了这里的一切，也告诉了我，他是如何希望让沙漠充满创意的。正如丹尼斯所言：“……希望用文化浇灌这片土地。所以我们才像水一样被泵入这里，渗入各个角落。永世契地希望能有东西在此扎根。”我们还谈到了其他同事，谈到了他们所研究的各种学科，不过洛伊尔先生明显更喜欢各种花边新闻。他对研究所这些方面（我的意思是：制度性的）的厌恶实在显而易见。但菲尔费克斯小姐讨论研究所、各种项目以及它们的分类时十分活跃。她对日程和程序了如指掌，我肯定一点都记不住这些东西。我抽出胸前口袋里的旧钢笔在指尖把玩，下意识地让它绕着我的拇指旋转。洛伊尔先生在抖腿，我能感到靠近自己的那条腿传来的震动，瘦长的腿上下抖着，就像缝纫机上的织针。我想，他肯定在桌下缝制着什么——一面旗帜，上面绣着醒目的货币符号。菲尔费克斯小姐的双手放在腿上，我隔着桌子，也能想象出它们的样子。她双手掌心向上，手指微微向掌心弯曲，时不时地抽搐一下，或者以稳定的频率向内弯，就像腹部朝天的螃蟹。更重要的是，我注意到自己开始注意这些细节，还在做这样的分析，更意识到自己的思绪已经开始飘浮。现在，一切似乎都在慢慢变得有序。我不再属于我自己。我注意到那个肤色苍白的男人右脸上起了几粒皮屑，注意到他那个不用的耳洞。我注意到房间里的工业清洁剂有石灰和酸橙的味道。在扩音器的帮助下，我听见蝉在房间内鸣叫，这个房间是高寒草甸，还是静谧海岸？真实，还是失实?

"失实"不错，我提醒自己：过会儿要对着设备，小声把它录下来。

现在是他在说话，然后换成了她说话。

（又是他，然后是她。她，他……或许他们没有交替发言，声音始终都没有变。我不知道。）

又一阵沉默。

"珀西？"菲尔费克斯小姐喊道，和之前一样，声音大了些。

"不好意思。"

"我们今晚见。"她说。

"别迟到了。"洛伊尔先生拖长音调，摇了摇手指。菲尔费克斯小姐用一本研究所的宣传手册狠狠地打了他一下，然后把它利落地插进我胸前的口袋里。

菲尔费克斯小姐朝我飞快地微笑了一下，算是作结，又给了我一个友好的拥抱。洛伊尔先生向我垂下一只无力的手，像是在等我亲吻他的手背。我握了握它。

任务完成。我独自回到车上，车里只有一名司机。

车驶入研究所的大道后，我终于见到了这里的居民，他们从相距甚远的巨型混凝土建筑物中涌出来——有幢楼就是一根特大号的圆柱，间隔不定的窗户点缀其中；另一幢是变了形的三角；第三幢就像一块野蛮主义风格的巨大弹片。此刻肯定恰逢封闭期结束。研究员像蚂蚁一样从山坡上涌下。所有人都穿着制服，助理的衣服是蓝色的。而遍布四处的工作人员则穿戴着粉色的连体工作服和帽子。

在路的一侧，有个女人坐在人工湖边的长凳上。她面色苍白，严肃冷淡，纯洁无瑕。她正在用自己的设备阅读，经过的车流也没能让她抬头。她的装束和其他人差不多。看她的外貌和姿势：那么瘦削、朴素。她（我想说：带着异域风情）的双眼警觉、明亮、清澈，如同初生的婴儿。这就是她的双眼，她阅读时的双眼。

通向聚居地的大道两旁棕榈林立，车辆川流不息，我从她身边经过，同时对着手里发出“呜呜”声的设备低语。“剧中人。”我说，然后列出遇到的每个人——苍白男子：丹尼斯·洛伊尔先生；助理：菲尔费克斯小姐。我稍加思索后，又加上了“神秘女人”，并附上“待定”的标签。

车继续向北，驶入研究所的腹地——它的原子核，远离穹顶和它微妙的边界。我在驾驶座上转过身，望向车的后窗，可以看到穹顶，以及遍布沙子、石头和无谓意义的世界。那是一个灼热、麻木以及没有生命的世界。在更远的地方，比遥远更远的角落，我依然可以（勉强）分辨出一道黑色的峡湾，如同一块老旧的石板那样伤痕累累。在那背后，是一座难以辨认的白色城市。

好一片波澜壮阔的天地。

我想到了自己的家，还有它的杂乱无章。但这里空无一物，没有尽头，我发现，这些不断延展的时空实在让人难以理解或忍受。

车头再次掉转，我透过挡风玻璃，看到正在慢慢向我靠近的主园区。我向下坐了点，让视线聚焦于研究所两幢楼的楼顶。我开始放松，思绪开始延伸。当我的车沿着道路继续行驶时，这两幢楼也相应地移动。两幢楼分别立于不同的地基之上，就像是画在了两块截然不同的剧院幕布上，一块在前，一块在后。（算上楼后面透出的天空，实际上有三块幕布。）车继续移动，建筑也开始逐渐变换位置。最终，所有结构都汇聚到一起，重叠成一个楼宇。我感到有什么东西发生了变化。一种刚刚降临地球的感觉浮现在我心里，像是记忆中的感觉。我曾经知道一些事情，我知道自己其实生活在某个巨大的平面上，而我只是平面上的某个客体，与我共享这片空间的，还有其他客体，例如人类、建筑，等等。我又与平面上的其他客体和元素一样，而生命又是通过这类事产生的——比如这两幢建筑、它们背后的天空，以及作为观察者的我，三者构成了一个序列。三者井然有序，如你所见。两幢建筑，在那里；而穿行于它们之间的我，在这里。

有一种奇怪的感觉，而且这种感觉由来已久。

诡异的是，我还很熟悉。

我想记住这些建筑，于是仔细观察。

我觉得，这当中蕴藏了某个深刻的教训，一种罕见而且珍贵的直觉。

但现在，我的设备突然发出了一声微弱但刺耳的“叮”，将我从幻想中惊醒。

可惜了。

顽固的设备再次作响。

“马上。”我说，然后把它从口袋里掏了出来。

这是一条从别处发来的信息。我不认识发件人，也可能是我不愿记住这个人，所以我才没给这个号码添上转拨号或者地址信息。

这是个表情。一张笑脸。

一张脸，但却是一张……失实的脸。

（删除。）

研究所欢迎您的光临

……核心价值代表着……的创新模式……创造者的社会……培育……引导，鼓励，帮助……激励……自由发挥……出色……创造力……未来。

有个男人身处某种装置的中心。另一个男人手里拿着某种分子模型，看起来像是用色彩鲜亮的硬糖做的，漆面闪闪发光。一个女人蹲在微缩模型前。白板前有四个人，上面用油性笔涂满了难以辨认的文字。一名助理在旁监督。

……设施建立在……一百公顷……介入大地艺术[①]……先锋前卫的技术……当今的最高水平……

研究所——俯拍镜头。聚居地的远景。泳池。纤细的棕榈。机库中的兰道-施密特冰川，庞大的混凝土展览馆，色彩鲜亮的飞机，几何形的阴影。

① 也被称作地景艺术，源于20世纪60年代的美国，是一种利用自然形成的艺术形式。——译者注（本书除特别标注外均为译者注，下文不再标注）

……恢复活力……世界著名的水疗中心……运动设施……健康中心……关怀赋权的动态成果……

浴室，桑拿屋，泳池，躺椅，按摩室，健身设施，医疗设备。研究员们在躺椅上休憩，两两侧卧，良好的营养让他们容光焕发。净透的毛孔，心照不宣的微笑，浴巾，浴帽，一次性浴袍，拖鞋……诸如此类。

……在指定的任务地区开展支持和执行计划……卓越……创新……重要的思想领袖……挑衅……合作……成功！

发光的舞台，明亮的屏幕，研究所的标志。声名显赫的同事：下巴上贴着麦克风，聚光灯落在他身上。此刻正在进行一场报告™[①]。我可以听见掌声和开场音乐，然后，这就是一场幻梦。幻梦。报告™。我的报告™。我的。

……为岗位安排人员……满足不同的需要……和需要不同层面的……专业……广泛的……执照齐全和合乎资质……

一个极其肥胖的秃顶男人，穿着一件颜色尤为鲜艳的外衣，项链的吊坠是一块圆牌，代表了他所拥有的重要职权。两侧身形矮他一截的是他的助理。所有人都聚在一名看不到的摄影师下方，他肯定是从梯子或者阳台上向下拍摄。所有人都仰着头，面带微笑，双眼炯炯有神。这些研究所的专业人员挤在一起，草草围成一个圆或是别的形状。但到底是什么形状，尚且不得而知。

① 原文如此。——编者注

新的可能性……遥远的……冒险……异国风情……新颖的……培养雄心壮志……创造力……构建……显然好多了……想象着即将到来的世界……

回到永世契地。废墟，商场，矿场，供骆驼通行的道路，人们，以及家仆——穿着阿拉伯长袍，头上戴着黑色的绳箍——与异国游客一同打猎，开着路虎进入沙漠。（你能想象这个画面吧？）

“成为最好的你。”

嗬。

我试着合上宣传册，结果却把它弄皱了。

2

孤零零的行李箱被拖到了位于聚居地的公寓里。我的身份证件放在衣柜的保险箱内。牙刷“当啷”一声落进洗手池边的玻璃杯中。我打算在这里阅读的鸿篇巨制重重地落在床头柜上。我的破外套被挂上了衣架。我甚至都没机会环顾房间，就立刻动身前往洞场参加研究所的集会，到场成员都是创作者的杰出代表：不循常理的才子、与众不同的奇才、顶尖大学的野心家、工业领袖、神童、各领域的专家、研究所的重点培养对象。每个人都是自身所处学科和领域的佼佼者。

“我刚来这里时也和你一样晕头转向。”菲尔费克斯小姐递给我一只玻璃杯，里面嗞嗞地发出响声。她来这里已经一年了，学了点当地的语言，甚至还有了晒痕。“烦人的紫外线。鬼知道怎么回事。”

她已经成为高级助理，按照她名牌上的标识，她是助理 5。

“对我来说——甚至我觉得你也是这样——功成名就在我们心中的定义，就是指获得认可，树立声望，还有——”她说。

我做了个数钱的动作，说：“钱？”

“永世契地的建造成本是天文数字。想在这片沙漠中定居，花费难以置信，金钱花费是如此，人工上亦然。”

我们无法想象这片绿洲要如何才能繁荣，不是吗？但我们在接受邀约时，心里没有想着研究所能给我们什么回报，而是都默许了这个情况。我们这些研究员打算在这片荒凉之地保持一种和睦的旅居生活。

尽管周围的研究员都穿着制服，但外观仍然各异的他们还是显得很扎眼。我穿上了自己的那套。在我看来，它很合身，真的非常合身，比起我皱巴巴的便服来，有明显的改良。它的外观和触感都很好，但闻起来糟透了，是合成材料制成的，无菌。毕竟，我没有参加邪教组织。算了，说实话，至少它看着还顺眼，和别人都——（我想说的其实是：不一样？当然与众不同）

“看着相当漂亮，很不错，”菲尔费克斯小姐称赞着我的衣服，“就像我们中的一员。”

我们所有人，全体创作者，都在挂着小灯笼的绳子下漫步，目之所及的是：开胃菜、真诚和假意的笑脸、喋喋不休的众人。我们拿着法式开胃面包，走在被剪过的草坪上，攀谈，社交，挑衅，抽象的建筑周围是修剪过的鼠尾草、银灰色的水池，还有充当图腾的雕塑。我紧紧抓住菲尔费克斯小姐的手臂。

“厉害吧？”她指的是天空——透过穹顶看到的天空，以及穹顶本身，即元结构。

在旧规定下，区域规划委员会和国际组织承认他们在批准装有空调的大型开放式空间时会实行一定程度的监督——但这些建筑（公园、体育馆……）到处都是，让原来的氛围变得千疮百孔，事已至此，我们再也见不到原来的样子了。所以，新的室外就是室内。

“外即内，内即外。”她说。

元结构在每天不同的时间段都会展现或者隐藏自己，但现在，建造穹顶所用的专利材料——硅酸盐材料和嵌入式细丝——将落日折射成了五彩斑斓的光。天空出现故障，产生了细微的色度噪点和震颤。我必须承认，这种效果，这种极光似的光线，非常美。我们看着天空，它就像一块老式玻璃那样将光线缓缓透出，再随着时间扭曲弯折。难以察觉的微风略带寒意，但又舒适怡人。菲尔费克斯小姐愉快地打了个冷战，然后，她和我之间似乎有着分子层面的连锁反应，我的身子也和她一样，一阵哆嗦。

我拿出自己的设备，向后退了几步，朝着菲尔费克斯小姐举起它。

“我的天，珀西，你在搞什么？”

“微笑！”

咔嚓。（拍到了）

现在朝我们走来的是丹尼斯·洛伊尔，他在和另一个男人交谈。丹尼斯看到我们，挑了下眉毛算是打招呼（他看起来实在百无聊赖，我猜他肯定一直都是这副样子）。他身边的男人看起来要比他活泼些，身形更小，皮肤更黑，硬挺的小胡子被精细地修剪过，双目和善。他是当地人，不过这是我猜的，依据是他的口音和精心缠在脖子上的阿拉伯头巾。（按照我的分类，他就是“当地人”该有的样子。）精致的头巾和他学究气十足的行为形成对比，但整体看来，还是后者占了上风。

“奥斯曼·哈提夫先生。”菲尔费克斯小姐告诉我。

这名肤色黝黑的男人热情地和我握手。“珀西先生，我知道你要来，我一直很期待与您见面。”他的声音很轻柔，在说“r”的时候隐约带着颤音。

洛伊尔先生在用一根红色的吸管吸着饮料，发出了响亮持久的呲呲声，玻璃杯中的饮料见底了。

“哈提夫先生是考古学家，”菲尔费克斯小姐没有理会那个粗鲁的行为，“也在此长居。里里外外的事，他都知道。”

“我在研究所的时间和其他人一样长，”他同意菲尔费克斯小姐的说法，“如果你需要任何方面的建议，或者需要找人帮你适应这里的新生活，那么请务必告诉我。当然，我们会经常见面的。”

“这下你逃不掉了。”洛伊尔先生讥讽道。

“是啊，不过丹尼斯，”菲尔费克斯小姐指出，也许她依然对他先前的评价耿耿于怀，“这就是目的，不是吗？与人交流就像异花授粉，说到这个，我不能让新同事把时间都花在这儿。”

她拽着我的胳膊，将我引荐给其他一块块名牌：密码学家、雕塑家、哲学家、演员、翻译、集合论学家、微型画画家、评论家、社会学家、作曲家、研发人员、天文学家、享乐主义心理测量师、语言学家、金融建模师、社交平台开发者、计算机语言学家、城市规划师、打击乐手，等等。

“你什么时候……？”“旅程的……？”“时差……？”“文化冲击……？”“叫弗洛比舍，对吗？”

我的名牌上就写着三个字：珀西·弗。虽然它有所隐瞒（或者正因如此），我的信息还是在缓慢泄露，我无力阻止。众人和研究所给我的感觉，是一种探询和好奇，伴以出众的智识、尖刻的言辞、众多的问题和斜睨的目光。这样的情况持续了好长一段时间，我无力再调整精力。可就在这时，在我高兴地回答另一个涉及我工作本质的问题时，有人开始敲玻璃杯，所有人都把目光从我身上移开，循声望去。

叮，叮，叮。

我们聚集在精心修剪出条纹的草坪上，轻声细语，听声辨位，聚焦到了这名祝酒人身上。我透过人群，发现那是个身形巨大的男人，他在研究所的手册上出现过，肯定是所长了（他是个典型的“胖子”，有沉重的身躯、锃亮的秃头）。他高举玻璃杯，就像提着一盏灯笼，身边围了一圈人，我发现自己身处人群外围，所以只能看见一点里面发生的事。大多数时候，我都是通过前方研究员的设备屏幕才能看到，每块屏幕上的都是微缩后的场景。所有在昏暗的露台上聚集的人都在试图捕捉这一时刻——肥胖的所长，还有他代表的这场盛会——对我来说，眼前的场景就像一块破碎的屏幕，或者四散的像素。一块块独立的屏幕给我带来了总体印象，同时也显示着独立的内容，屏中屏，画中画，就好像这样的派对有无数个，日夜不歇，还有许多相同的所长、相同的宾客……

人们就位后，他又敲了一次自己的玻璃杯，看着周围的人，直到大家彻底安静下来，他才开始发言。

******** * * * **** * * * * * **** ****** ***
* * ** * ****** * * * * * * *** * * * * * * ** ** * ** *
** ** ** ** ** ** ***** ** ******** ****** ** * **
* * * * * ** * * * ** * * * * *** **** * * * * * **
* * * ** ********* *********** ******* *********
*** ******* ****** **** ******* * * *********** ****
* ******* ********* * * * * * * * * ***************
************ *********** *** ***************** ****
**** ******* **** **** ******* *** ***** * ****
* *** *** * * * ** * * *

注：所长的祝酒词用＊表示。

我在人群边缘听着所长的发言，发现那位司仪周围的听众渐渐变得——（我想说：顺从？）这里成了剧场。人群不再是个体的集合，反而成了一个有机体，成了会对接收到的提示迅速顺从地做出反应的生物，它会鼓掌、抱怨、欢呼，等等。我想，大家都玩得很开心。至少，他们是这样。他们所有人全情投入，充满热情，饱含我无法应对的丰沛情感。

我无法融入他们，永远不行。意识到这点后，我的内心一阵刺痛。

我的助理菲尔费克斯小姐小心地调整着自己的情绪，拨开几个研究员，来到我身边，再次勾住我的胳膊。她抬起头，温柔地看着我。

“原来你在这里。”她微笑着，陈述明显的事实，不过我知道她的意思。她在说一切都是真的。

所长发言完毕，然后，我们纷纷鼓起了掌。

我再次独自回到房间，睡前我检查了今天拍的照片。根据时间排序，从最近的开始：机场、道路、沙漠、园区、丹尼斯·洛伊尔和奥斯曼·哈提夫。有一张菲尔费克斯小姐的照片，她看上去有些尴尬，但也显得友好热情。我放大，缩小，调节色彩，旋转图片，确定，然后删去了一系列滤镜效果。我在设备上埋头修图，深呼吸，突然感到一阵电流带来的刺痛。我放下设备，伸手去够床头柜杯垫上的玻璃杯，再拿着玻璃杯去了浴室，拿下边缘带褶的杯盖，然后打开了水龙头。穹顶外面是炎热的世界，但里面的一切，包括眼前的水，都是清爽冰凉的。

我抬起头，在镜中注意到了什么。它似乎在我胸口。我伸手去摸制服，它是湿的。

我把目光从镜中的自己身上移开，低头看去，那是一块污渍——一处潮湿的点，虽然小，但正在向外扩散。在制服胸口的袋子那里，有一团深蓝色的污渍。

我的钢笔。

我用纸小心地包着钢笔，把它抽出来，外面全是黏湿的墨水，我又包上了更多纸巾，把这个损坏的东西放在水槽边上。它就像一根断指。

我洗过手，把手指浸入杯中，然后揉搓制服，沾水的指间带着的污渍让我很担心。

我把情况变得更糟了：污渍的范围越来越大。（菲尔费克斯小姐说："你只有一件。"）

只有一件。嗷。

算了。刷牙。

时光流逝。

我突然意识到：嘴里大量薄荷味的泡沫正在顺着喉咙流下去，让我干呕起来。

呸。恶心。

3

我依然穿着自己的浴袍，说穿也很勉强，因为衣襟大开。胸口和脸上有被单的压痕。头发简直是场灾难。肿胀的脚趾踩着打着软结的地毯。我与时差的恶战还在继续，脑袋外围的血管伴着脉搏浅浅地搏动着，伴着些许刺痛，像是在反抗或者屈从引起宿醉的根源，同时还有以下感受：喉咙发痒，嘴巴干涩，眼睛刺痛，面颊粗糙。

内外空间的交界处传来低沉的嗡鸣，轻柔的声音令人感到舒适。远处，透过空调的工作声，可以听见某种掠食性的鸟类发出好似金属摩擦的声音。沉默。然后，另一只鸟在啼鸣，声音更轻柔。水滴轻声落下，有风拂过。

我伸手关掉名为《落叶林中》的白噪声，坐直，站稳。

早上好。

我把被子踢到一边，摸索着穿过房间，活像个吸血鬼，一条手臂挡在眼前，另一条手臂试探前方——伴着滚珠轴承发出的声音，我把窗帘拉到墙的另一边，展示出背后的东西，许多块玻璃无缝拼接成了一扇窗，透过它望见的是无情的天空，天空上还悬着一个骇人的太阳。嘶。

我闻到了自己呼出的味道，恶心，窗玻璃散发着令人不快的热量。斜着眼，调整，这就是我在窗外看到的东西：树最上面是枣椰树多毛的树叶，下面垂着睾丸似的果实；一个游泳池，水面满是虫子，浮着一层难以置信的青绿；聚居地里有一排排带门的住宅，它们沿着一条人工河整齐排列，那条河或许是某条运河的支流之类，错综复杂的河道向外延伸；阴沟，公园，一两个几何形的雕塑，一处很大的停车场，大部分是空的，一连串又小又暗的彩虹和发着荧光的油斑。元结构之外，是沙漠。

在那之外。

我拧动把手，打开窗，迎面吹来了凉爽舒适的微风，随之鼓起的窗帘就像水母。天气怡人，多刺的棕榈叶投下的阴影就像褪了色的文身，在地上自由舒展。我能闻到薰衣草的味道。池水在墙面和桌上映出波纹似的反光，就像玻璃体中的漂浮物。美好、慵懒的早晨，似乎有着无限可能。不过我今早感到自己心底萦绕着一阵奇怪的情绪，就像谎言被戳穿后的感觉，隐约感觉像是做了错事。

我转身走向浴室。

盘中那块曾经雪白的肥皂上覆着一层淡蓝的泡沫。

该死。

是墨水。

我把肥皂放在水龙头下，看着快硬结的蓝色浮渣慢慢变软，然后流入下水道。那件制服还挂在椅背上，带着一块潮湿的污渍。但我没时间懊悔。时不我待。我必须尽快打理好自己，因为今天需要参观研究所，并为自己的项目寻找场地。

（项目！）

乐于助人的哈提夫先生自愿（或许是“被”自愿的）带我参观这里。我和他约好在艺术馆会合。于是我动身出发，穿过有回音的水泥峡谷，经过泳池和花园，上午灌溉喷头在忙碌地工作着。我遇到步履匆忙的工人，他们样式齐整的制服上有着彩色蜡笔的颜色，然后我走下小路，穿过花棚，横穿中庭。

我和哈提夫先生互相问好，然后给他指了指自己制服上那处显眼的墨渍，他嘟哝着：“嗯……”

“有什么办法吗？似乎去不掉了。”

“珀西先生，所里对这类问题很重视。”

“别人告诉我了。”

“你找过聚居地的接待员吗？”

“还没有。”

“那就试试。如果不行，那你可以把衣服带去双生店。”

“那是——”

“可以修复一切的地方。就在镇上。”他又用手指戳了戳那处污渍，“但我觉得应该还不至于去找他们。”

我们走上艺术馆那长长的白色大理石楼梯，到了第一个夹层后，再坐电梯来到顶楼，站上宽阔的露台，俯瞰在脚下展开的楼宇，我们可以从这个高度看到这里的全貌。园区建筑外观多样，都是奇怪的几何形状，排布更是杂乱无章，就像倒扣在沙盒里的玩具，或者爆炸后的废墟。一个随意设计的圆环，一朵膨胀的碎云，几册相连的书卷，一套格栅管，一个被侵占的鸟巢……从这个高度看，脚下的园区就像是蓝图本身。我已经认出了一些建筑：右边是聚居地，而那边是餐厅，还有图书馆、娱乐中心、山之屋，我就是在那里首次与丹尼斯和菲尔费克斯小姐会面的……我问哈提夫先生，下方那幢巨大而且通风良好的建筑是什么。

“珀西，那是会议中心，主讲台就在那里。”

“这就是——”

“没错。”

我让这个消息流过全身。如果一切都按计划进行，我会在这里演讲，完成我的报告™。那天很快就会到来，我甚至都意识不到。我会站在讲台上，在那块著名而清晰的白色背景前，向世人讲述我的工作、想法、信念、发现，我所说的一切，以及做的每个手势都会经由实时广播和记录，通过冗余的肥管系统[1]发到各个平台供人观看，被重新包装，畅销全球。简直难以置信。

现在，我向下看，观察着自己的新同事。他们会大步离开那听起来英勇无畏的合成器序曲，闯入世人的认知。他们会的，我想。宣传册吹嘘他们为“思想领袖”。然而，我觉得现在伸手就能把他们从路上赶走，或者轻松捏起来，再摆到别的地方，让他们转起来，改变方向和旋转情况。这些国际学术明星的大小与研究所本身的规模相比，就显得渺小了。我所在的高度令人眩晕，他们在研究所和我的映衬下相形见绌。园区的整体规模以及它体现出的锐意大胆、恃才傲物，不由得令我再度惊叹。这是世上环境最恶劣也是最不宜居的地方，需要何等的意志，才能在此建造如此庞大的玻璃建筑。

“你也看到了，园区很大，所以要用多少地方都可以。”哈提夫说着，带我回到了楼梯。

艺术中心里没有符合我要求的东西，所以我们穿过科学中心，经过密封的白色房间，翻越成堆的私人物品。有些设备相当先进，其他房间就是各种珍品的陈列室，有坩埚、蒸馏釜，还有几排奇怪的瓶子，里面装着诡异的原料——看起来自然结晶或者经过纯化后的材料。门开开关关，解除密封和重新密封时发出嗞嗞声，房间内的气味散逸出来——闻着是甲醛、姜黄、尿液混合的味道，还有股焦煳味，闻着又有点发酸。

我们坐在外面，哈提夫先生看着我的清单，神情困惑，说：“你的工作要用到这上面的……所有东西？你确定？”

“噢，对，当然。”

“但你的项目——”他说。

“什么意思？”

---

① 原文为 fat-pipe systems，fat-pipe 是一家网络公司。

“不不，我没想打探机密。”

“我的需求很复杂。”我说，想让对话就此结束。

“然而，”他毫不畏惧地继续道，“你真正想要的，在我看来，只是一台设备，如果你喜欢复古的方式，那可能要再来点纸——”

“纸？”我皱起眉。

“是的，纸。不要吗？几支铅笔，一支钢笔，再来台设备？运行合适的程序？不要？当然，这些你自己最清楚。”

我说：“我还没决定要什么。”然后，为了让语气听上去平和一些，又补充道，“项目还处在早期，谁又能确定这些？但就算准备的东西过了头，也比不足要好，你觉得呢？”一向举止优雅的哈提夫先生听完这番话，从自己的西装口袋里抽出一块方巾，先是擦了擦嘴，再擦了擦额头，说：“珀西先生，我也这么觉得。”他累了，我也是。

继续坚持。

“这尊雕像其实不是当地人做的。”他解释道，“信教的游牧民沿着贸易路线活动，然后雕刻了它。这至少可以解释它被毁的缘由：它出自异族人之手。”

哈提夫先生在研究所的项目是重建一座古代雕像，它最近被宗教激进主义的叛乱分子摧毁了。我猜，哈提夫先生是我们这小群人中唯一从事与该地区相关项目的人。

“看。”

他的设备投出一张图，一张沙漠的投影。

“它在这里沉默地矗立良久，面对人类、野兽和自然的种种侵扰，依然屹立不倒。”

穿过红沙滩，便是遗迹，可见破碎的石质残基，或者是大理石雕琢的双腿。四处都是瓦砾和仍在袅袅升起的烟。工作人员用绳子围起废墟。法医团队立起照明灯。现场周围是一圈完整的残骸。

“现在就剩这些了，简直是一场灾难。”

这里就像犯罪现场，被等格划分，打上了标签；就像地图，以绳子、电线，或者光束为界。这究竟是法医还是考古领域的做法，我说不准。碎石用黄色的小标签加以标记。

“叛乱分子声称，这次攻击是在宣扬信仰，与那些更古老、非法的部落信仰有别。”哈提夫先生说。

但我认为，攻击背后还有更多原因。像这样的犯罪是……是对现代性的摒弃，或者别的。

“当然，为了重建，人们注入了大量资金。”他说。

我们走进洞穴般的图书馆内。连接研究室和阅览室的走廊里排列着各种仅供阅读的设备，各种品牌和年份的都有。我随手检查了一个，但是要么它已经无法工作了，要么我没有用正确的手势来唤醒它。继续向下，底层有几排白色的丙烯酸书架，上面整齐地摆着几排旧期刊，色彩各异。几名研究员也在这里工作，包括丹尼斯·洛伊尔。他在阅览室的另一头看到了我们，苦笑着向我们做了个脱帽致意的动作。

“现在看着这两个人，你觉得怎么样？”哈提夫先生朝这间巨大的房间的另一头努努嘴，有两个人似乎正在激烈地讨论着什么，“一直盯着他们。”

我们站在那里观察两位争论者，他们脸涨得通红，手不停比画着，但是他们恶毒的言语充满房间后，声音慢慢弱了下去。

“专业问题上的争吵。”他补充道。

“看起来倒是私人恩怨。”

“研究所鼓励人们讨论。这是开放社会最突出的特点，研究所就是如此。你会明白的。”

我们离开图书馆，走在人工河边的小路上。到处都是身穿工作服的工作人员，个个埋头苦干。项目刚刚结束了一个周期，研究员正从他们的工作室里鱼贯而出，就像我来时的那个下午一样。尽管现在是休息时间，但有些人还是把他们的工作带到室外来。那些野蛮主义建筑投下了奇形怪状的阴影，他们就在阴影下三五成群，研究和讨论。有些人四处徘徊，从他们涣散的眼神里很容易就能看出，他们正在费心思考某个问题。我环顾四周，发觉自己居然都没意识到哈提夫先生和我到底走过了多少路，直到最后我才明白，研究所属于另一个世界。它遗世而独立，是一处安乐乡。我不禁思忖：我在这里的归宿会如何？

身处世界的尽头，身处这该死的世界尽头。

“好了，我们到了。”哈提夫先生说。这是一个崭新、干净的小房间，我没进去之前就知道里面的东西都恰到好处。我检查了天花板，它相当高。南边和西边有几扇窗，玻璃透亮，装了百叶窗，视线很好，所以采光应该不是问题。供电可靠，电量充足，信号极佳，各种优势，不一而足。这个房间可以应付大型活动，但又足够隐蔽，好得简直不真实。只是墙面已经开始剥落了，我现在才注意到，墙面上原来刻着首字母，大概这些都是之前在这里工作的人。看起来，有人似乎在我之前就入住了。

哈提夫先生面带微笑，奇怪地看着我。

但我不介意。完全没事。我觉得我会留下这些标记。它们似乎很重要。

“就这间吧，”我说，好像他是个房产经纪人，“告诉菲尔费克斯小姐，它……很完美。”

“但珀西先生——”

我已经开始想象应该怎么布置了，如何摆放我要的设备。有些技术规范是必须再三确认的，供电线路就必须检查两遍。

在房间中央有一张桌子，日后肯定会很有用。

我走过去，拉了拉抽屉的把手，但抽屉纹丝不动。似乎上面的线条和把手只是装饰而已。

“珀西先生？”

桌上什么都没有。笔记本上蒙了层灰，里面是空白的，应该没放很长时间。没错，没放很长时间。

“珀西先生？”

这一切，立刻完成，我希望的是：尽快。（在我把墨水弄脏的制服照顾好之后。）

现在我身处这里，这是我工作的空间，我已经迫不及待地准备开工了。

好像我已经知道要做什么了。

“珀西先生，这就是你的房间。它属于你。我们已经带你走过一圈了。”

4

夜晚。

外面发生着什么。

我坐在床上，侧耳倾听。开始是第一声，接着是第二声，好像是几个人发出的闷哼声。现在，有人发出孤独、高亢和刺耳的叫声，就像是低音双簧管发出的声音，带着恐惧的痕迹。可能有一场群殴。

难以理解。

现在沉寂了。

我蹑手蹑脚地走到门口，打开一道缝，窥探黑暗的走廊，等待。然而，什么都没有。

时光流逝。（犹如白驹过隙。）

一声极微弱的声音，像是压着嗓子，或是呻吟。

我轻轻地关上门。咔嗒。

我回到床上，躺了一会儿。

我睡不着，吃了颗药，瓶子就在手边。我满怀它彻底坏了的希望。不过，刚才是什么声音？

是不是有人……在咯咯地笑？

谁知道呢，喀。

嘘——

5

（餐桌上的谈话）

出发去工作。

但首先，我要去穹顶边缘转一圈，前往研究所的一处“观测点”。既然我一路跋涉来到沙漠，便决定好好给它拍张照。我离开公寓，经过泳池，走过两侧种着棕榈树的蜿蜒小径，绕过一大片肾形的人工湖，里面漾着蔚蓝的湖水（行至某处，我听见异响，然后才看到：我身后有个穿着粉色连体裤的家伙在开着一辆高尔夫球车，谨慎地与我保持距离，每隔一会儿都会对着自己的对讲机讲话，很可能在确认我有没有走远或者生病。最后他离开了，声音也减弱成了嗡嗡声）。我又走过喷泉、小屋和仓库，来到穹顶边缘和涡轮机那里。路上花了点时间，但我还是到了。我来到了葱郁的生物群落与荒凉干旱的沙漠相交的边界。

到了，一片风蚀的景致，无垠，翻腾。

在取景器中调整画面，拍摄。

远方。旷野。苍穹。岩石。黄沙。干旱，贫瘠。我屏幕中也是如此。

什么都没闻到。

这里有张长椅，看起来，它在这里只有一个目的。旁边的小牌子上写着“沙漠观景”。是观景台。

站在这里，前方十米的景物历历在目，我甚至能看清沙砾。更远处是平地，上方浮着各色蜃景：变幻的湖泊，飘浮的池塘，离地不远，热气像蛇一样盘旋上升。但后方就是蜜色的沙丘了，第一条被风吹乱的沙脊有如鳗鱼般扭曲，之后的沙丘逐层变得更加模糊。

二十米，模糊。

三十米，更甚。

等等，等等。

神魂分离的感觉并未降临，这提醒我，我始终都在这里。我是此处唯一孤独的存在。所有东西——沙子、沙丘、岩石、参差的云，甚至栖身在自己光芒中的太阳——都是成倍存在的。

我的视线在向外游移，思想却在向内漫游，整理过去几天的记忆，回顾在研究所生活的感受。我能感觉到有一种努力就藏于这层意识之下，成了一个构思灵活的故事，某种凝聚成团的东西。我能体会的不多，但我还是知道一些。比如我在研究所，就是这里的经历，没什么特别惊人的，或者特别新奇的。这是我自己的陈述：“珀西·弗洛比舍的奇闻逸事。”这个故事谈到了天才、勇敢奋斗、冒险和个人成长，谈到了如何构想和实施某个激动人心的新项目。这一切不过是个老套的比喻，每个人都有这样的故事。所有研究员都见过，剖析过，再深入钻研某个有趣的话题并竭力寻求更深的认识。我们都是勇敢的开拓者，最后反倒谁都不是了。我是他们中的另类，架子上的另类。但是，我来这里不是为了引人注目。我没有为了追求美誉或恶名而参加这个疯狂的活动，没有与过去的自己决裂后再重塑自己。

没有，但差点儿就那么做了。

当我发现自己需要重塑时，人生出现了转折。

当我开始怀疑这种无尽、沉闷的餍足感时，当我浪费了浑噩、重复的日子后内心无法唤起无聊的痛苦时，当我放纵度过的每一分钟都像士兵那样列队向我发动征讨时，我除了放弃职位，别无他法。我挣脱并离开了原来的生活，就这么简单。我就知道会这样，我当然知道，然后事情进展顺利。提交申请，获得研究员的职位……一切都来得正是时候，我毫不犹豫地接受了，改变状态，改变电荷和速率，再生，重塑。芬——尼——根，重——启。是时候动身了。

时光流逝。

但现在，元结构下方的事情开始变得奇怪起来，诡异，而且变化相当迅速。异国风情令人晕头转向。所长和助理、概念设计师和项目，都带上了让人印象深刻的特质，都闪耀着人类智慧的光芒。这里有虚拟现实世界的塑造者、研究假肢历史的学者、加密货币的发明者——发明的货币早已超出了人们的理解能力，区块链账簿让它变得更加抽象——还有不厌其烦地记录自己生活中各种数据的男人、脸和手都蒙着纱的女人（是表演艺术家吗？）。今早排队用早餐时，一名身形细长、外表凌乱的男人告诉我，他已经把制造气缸的额外工作做完了。

“气缸几天内就能造好。”

“恭喜，”我说，“它有什么用？”

“为什么要有用？”

“啊，是艺术——”

“未必。”

现在创造这类项目，未免太迟了。

新的生活。“新的你。”新的我。

没人说过，这不奇怪。

我的天，好热。

我从长椅上站起来，最后瞟了眼眼前的场景。这是现界。

抚平自己的制服，再用双手弄皱，随后我抛弃躯壳，拥抱心灵，开始往回走去。我向着园区的方向走了十几步。最外圈已冒出嫩草，脚下有些黏软。我已经很凉爽了。

又走了几步，我再次见到了那位神秘女人，然后，我打了声招呼。她翩然向方形的中庭走去，一边走，一边看着她的设备。

就在她即将消失在墙后时，她突然抬起双眼，然后微笑起来，有些紧张，有些拘谨，像一只啮齿动物。

勾魂的对视。

然后她离开了。

在工作时间我一事无成，只能将这归为彻底的损失，的确没什么值得纠结的。我分神了，在摆弄我的设备。我的设备毛病不断，一直表现得很反常，难以应付。它经常没有反应，然后又不受控制地发出声音（这是最糟糕的）。它在大洋彼岸的某处时就已经这样了。它从来没想过与我同行——还要强迫自己去适应大气中的变化、新的气压、骤然升降的热量，还有时区的变换。它在耍性子。叮！叮！叮！

“嘘。”我示意它安静，轻抚它坚硬的覆膜，“嘘。”我感觉连我也会时不时地像它那样抽风，低头看着自己制服上的污渍。

叮！

“我知道，”我说，“我也一样。”

马上。

现在来看看房间里的屏幕。上面有新闻、天气（穹顶外天气：灼热），还有球赛。我数了一下，球赛有七种语言，共二十一场赛事。我推测这里就是退役球员养老的地方。这些运动员坐享度假别墅，啜饮酒水，兴高采烈，参观露天市场、城堡要塞，观看骆驼比赛，或许还会训练猎鹰。他们之间没有竞争，没有准绳，没有观众。这肯定会由内至外腐蚀他们。钱是好东西，但意义何在？不知道。

但是，如果研究所内没有竞争，没有准绳，没有观众，那必将一事无成。我反复思考最近发生的事，感到身上冒出一阵冷汗。那块污渍——它那么快就毁了我的制服，位置还那么显眼，别人肯定会看到。这对我来说，无可回避。不受控制的事态让我感到一阵眩晕，先是恐惧，随后有种能量减弱的感觉。正如我所担心的那样：某种东西流失了。那是某种摇摇欲坠的权威，只剩下消退的影响力和有限的可能性。我早已陷入了倒退的洪流。这不再是密文，不再是秘密，而是能诱发许多新癖好的标杆。现在，我只希望藏匿起自己的信息，存好，或者遵循某个经过深思熟虑、事先安排好的计划，将其打包送往别处。我需要借助一切能用到的资源。这是为了我，为了项目，为了报告™。我绝不能挥霍精力，绝不能向研究所这个封闭的社交网络中不理会他人的唯意志论屈服。

我经过刚铺好的床，来到桌边，抓起倒在桌上的小药瓶，打开，把一片药抛进嘴里——掌心轻拍嘴唇，发出“噗”的一声。

片刻后，我的自我意识开始缓缓消失、散落。我的思绪如同解开缆绳的船只，世界成了一个失去质的存在。我与这个世界解除了联系。在这里，不再有“身处此地的感受”，根本没有“此地”的概念，而是囊括了各种可能，我在脑海中构建了一幅量身打造的情色画面，即一个场景，然后将它套用在菲尔费克斯小姐的照片上，我的设备里正好有一张。

我必须和往常一样，将自己的普遍性情欲附到现界上。

可以是任何人。“当然也可能是她。”我对自己说，同时拨开聚拢的迷雾，想象着菲尔费克斯小姐宽衣解带的样子。

然后我等待着化学药品生效，让它和别的东西一起，真真正正地在我体内生效。

“能把那个递过来吗？谢谢。”

研究所食堂长长的餐桌两侧，坐着两排穿着棕色长袍的人。装着凉水的卡拉夫玻璃瓶上凝着水滴，陶瓷盘，巨大的镀镍保温盘，摇曳的蜡烛带来了“品味”高雅的琥珀色光芒——其实是摇曳的LED灯投出的暖光。在我看来，这东西就像真的一样。

我挨着丹尼斯·洛伊尔。在座的还有昨天在图书馆参观时见到的两位研究员，当时的争论相当激烈。第一名男人气质端庄，只是衣服有点破旧。他与一个我想不起名字的男演员很像。另一个是典型的“学者型”人物（不过没事，别担心我要怎么描述他们，因为我立刻就想到，我把这两个人分别称作“争论者1”和“争论者2”）。哈提夫先生坐在他们一侧，另一侧坐着建筑师鼎福。建筑师鼎福自己动手倒酒，而争论者1继续高谈阔论。

争论者1在谈论“地图与领土”。他左边的争论者2则大声地吃着东西，甚至显得有些做作，似乎想吸引争论者1的注意。但争论者1不受干扰，没有注意到对方的行为。

“我的学术研究涉及不同研究领域对‘边界’的界定和描述，包括它们给出的定义，以及对边界的管辖方式。”争论者1坦言。

“嗯——”争论者2发出声音。无人理睬。

“那永世契地肯定让你觉得兴致盎然。”我猜道。

建筑师鼎福插话了：“我们现在是在边境吗？身处边缘？”

“噢，当然，”争论者1附和道，“人们在这里的确会有身处边缘的感觉。其实，我们现在不单是处在地理的边缘。人们很难知道某个地区到哪里结束，另一个又从哪里开始。乍看之下，都是模糊中立的区域。当然了，正因如此，这一切才与我的研究息息相关（先生，您是对的）。”

争论者2为了帮助我们，继续狼吞虎咽，同时略微升高了自己进食和咂嘴的音量，声调更高，也越发响亮。“洛，谁在乎，你说谁在乎？”他说。

“李，闭嘴。”争论者1回斥道，他还没来得及调整情绪。

争论者2成功激怒了他的对手，得意地笑了，这说明，有些东西只有他们彼此才能体会，而这也让他们陷入无尽的争吵中。争论者 2 的嘴唇上沾了个东西。

争论者 1 没有放弃，继续发言："我们了解的第一个边界，当然就是'内 / 外'的区别，我们在婴儿时期认识到这点后，就在日常生活中不断积累经验：自我和思维产生于内部空间，而独立于我们的世界又揭示了这个空间外的存在，身体则是内 / 外领域的中介。对于人们普遍认为存在的内部领域，最让我感兴趣的，是它相对于外部领域的形状、体量与范围。如果它能被冠以空间之名，并与外部无限的空间相对，那它又是何种类型？它是否同样无边无际？或者有限制、墙壁、天花板，或者容量？它有形状吗，还是可以无限延伸？它是可以经历的空间吗，还是仅仅基于推断？"

有只杯子掉在地上，发出了响亮的声音。有人弯腰到桌子底下去捡它。争论者 1 的话我只听了一半，同时还偷瞟了几眼其他人，看他们品尝研究所大厨准备的丰盛菜肴。普罗旺斯炖牛肉，塔吉锅做的炖菜，杏子和杏仁，还有其他菜，菜肴样式花哨。这里有位研究员是个名厨，所以这些菜单都是"精心策划"的（和小册子上说的一样）。所有菜肴都很美味，我们尽情享用。有人正在喊着什么。是争论者 2，但我不能确定他的位置。争论者 1 吃够了，从桌边站起来，然后找借口离开了。

于是在另一场对话中，有人说了这么一个词："打破传统话语"。

丹尼斯脸上带着几乎是自相矛盾的两种表情：既厌恶，又高兴。

我看见一名助理在门边徘徊。（助理 14？我把他们弄混了，但我们周围总是有助理。我在想菲尔费克斯小姐在哪里。）

时光就这样流逝着。

不管怎么样，我觉得，这几次用餐的经历很奇怪，很自然，但也令人激动，我刚刚不就沉浸其中吗？灵感、欢快和睦的氛围、激励和挑战，无所不包。有人说我坐在一张"好桌子"上，这就是原因吧。

我们都是彼此的家人，虽然只是暂时的。

哈提夫先生就像往常一样谈论着他的雕像。诗人（一个典型的“瘦子”）推敲着自己诗中的某行诗句，并向其他人征求意见。他把遇到问题的部分重复了几遍。诗句很美，但不完整。他给了我们好几个版本。这首诗自我指涉的部分颇多，写的是一名诗人正在与创作中遇到的困境搏斗。

建筑师伸出援手，给了一连串建议，想帮同事摆脱困境。

“诗歌的创作者，在创作受阻之际，却揭示了某种与诗歌本质相关的真相？”他小心措辞。

诗人思考着这个说法。

“诗人找到了解决问题的方法，但是没有纸了？诗人从未开始写诗，是否可以认为，诗是诗人脑海中的幻觉，还是说，诗人本身就是某种诗？”

提示。

提示？

“这是核心技巧之一，”哈提夫先生私下向我解释，“是某种鼓励，或者是让他们做好准备的方法。提示是研究所采用的一种基本策略。任何人都能向别人提供提示。我们也都应该接受他人的提示。”他边说边从散着蒸汽的银色“棺椁”中叉出一块黎巴嫩风味的辣味土豆。

新进来的人坐在我左侧，也就是原先属于争论者 2 的位置上，原来争论者 2 已经离开了。来者是名木偶戏演员，至少也是差不多的职业。而原来争论者 1 坐着的地方现在被品牌分析师 ☺ 小姐占了。（她也是电影女演员，虽然身价不高，也没什么名气。）

品牌分析师站在桌边，身子向前探去，伸出修剪整齐的手，实在赏心悦目。她性格开朗，精力充沛，一举一动都透着轻佻与风情。到目前为止她是我见过的最年轻的研究员，看起来也是如此。“很高兴见到你？”脱口而出的话音声调上扬，带着挑逗的微笑，这一切立刻让我想到，研究所里合她心意的男性肯定不太多，一想到她会把我所感受到的活力分散到那么多人身上，我就难过（糟透了，真的）。我并不怀疑她也缺少追求者，在场的男性里有合适的吗？

建筑师鼎福不再为那名诗人提示，而是开始和她聊天。她是新来的，而他则是研究员鉴赏家，永远都在徒步前往下一处聚居地的路上，从未在某处扎过根。建筑师属于吉卜赛族的流动思想家，永远依靠各个聚居地的善意和怜悯过活。

“你设计的都是什么结构？”她问他。

“全景式的。其实，是设计虚拟现实的环境。”

“啊。”她回答，朝他意味深长地眨了眨眼，她可能没意识到自己眨了几下。我的眼里满是惊愕，这很快就成了我最喜欢也是最简短的回应。

我插话道：“一个真的都没有？”

“什么意思？”建筑师回答。

“我是说，你有没有造过什么真的东西？”

“当然，我刚才不是说了。”

“但是不是在现——”

金融家丹尼斯的手肘不小心碰到了我，把我的叉子撞到了地上。我弯腰去捡，却看见争论者 2 藏在桌下，他的杯子之前掉在了地上，他从那时起就藏在这里了——像个孩子一样藏起来。他羞愧地看着我。我向他宽慰地笑笑，又站了起来。丹尼斯·洛伊尔现在与品牌分析师聊得火热。他正在向她解释各种东西，比如导入建模和随机过程之类的。他的眼睑半垂着，不是由于困倦，而是故意流露出某种慵懒，带着挑逗的意味。我们身后的厨房有些骚动，但大家看起来都无动于衷。

我又看向哈提夫先生，他对提示还有更多见解。

“提示，是研究员之间相互提供的。它的形式不限：视觉，语言，舞蹈。目的就是激发创造力。”

“有用吗？”

“当然，总是有效。”

“所以我随时都能为别人提示，而别人也是如此？”我问。

“没错。”品牌分析师☺小姐说。建筑师慵懒地点了点头。

身后的混乱场面有增无减。但大家仍是漠不关心的样子。咣。啷。当。还有叫喊声。搞什么。

“珀西，我打个比方，”建筑师加入了讨论，“如果你的项目进展困难，那我就能给你某句话，某个短语、想法，或者图片、动作这类东西，促进项目继续进展。”

“噢！似乎很方便。”

“没错，的确。事实上，我刚刚就为你提示了。”

桌边有人在剪指甲，就算没响声我也能听见。

“真的？”我问，“是什么？”

“什么意思？”建筑师问，他对我的问题渐渐有些不耐烦了。

几个助理匆匆经过，消失在走廊里。

“我的意思是，我怎么知道别人给我提示了？”

建筑师和品牌分析师都准备张嘴回答，但品牌分析师抢先一步。

“傻瓜，到处都是提示。”她边说边从椅子上摇摇晃晃地站起来，活泼地走来走去。建筑师也起身了。

身边的丹尼斯抽出一支电子烟，凑到嘴边。

“到处都是？”我问。

“当然，只要你在这里。”

“就连现在也是？”

“没错，”品牌分析师一边朝门走去，一边扭头说道，“刚才就是。还有这样……”

她说这话的时候语气很认真。至少从刚才那句话来看，的确如此。

丹尼斯大口呼出一股薄荷味的蒸汽。

到处都是动机。在这里。这里的一切都是为项目服务。

我想：很好，这正合我意。

咣，啷！

我在回自己房间的路上撞见了聚居地的清扫阿姨，我经过聚居地的前台时，她正好从台子后面的阴影中走出来。正好，我就指了指自己制服上的污渍。她用专业的目光看了看我的衣服，像牧师一样对着它喃喃自语。

“能做点什么吗？”我问。但她只是单纯地耸耸肩。这就说明，什么也做不成。什么也做不了。（但哈提夫先生说了什么？关于镇上的一家商店？）

我向接待员道了晚安，走上楼梯，回归孤独。

不过还是有个好消息：今晚的聚居地内实在安静。我拿起自己带来的书——那本我发誓无论如何都要读完的鸿篇巨制——才试着读了几分钟，我的眼前就好像蒙上了一层薄纱，我立刻就睡着了，就像……[①]

① 原文这一节到这里就结束了。——编者注

6

要去工作吗？我不确定。我现在做的是工作吗？我躺在房间的地板中间，双手交叉，叠在脑袋后面，凝视着天花板，思索着创造的动力应该从何而来。从某种程度上看，这也算工作吧（笑）。

我对自己说：从大纲开始，从轮廓开始，从方法开始。

我侧身从落满灰尘的地上拿起设备，然后再仰面躺在地上。我保持这个姿势，低声说出了项目的主要架构和基本原则。它们是我的项目的基础，而且我现在发现，尽管我的项目架构宏大，但却与如何实现它密切相关：整件事的细枝末节，全部都要斟酌再三。

没有比现在更好的时机了。

但不幸的是，就在这时，我的目光落在了床边的椅子上，上面躺着我的制服，深色的污渍在前面中间的位置。

嗷。嗷。

趁着焦虑还没袭来，我立刻站起身，想了一会儿，找了把扫帚开始扫地，因为我知道体力劳动是对抗各种焦虑（包括但不局限于表现焦虑[①]）的最好手段。

我刚取得了一些进展：在房间的四个角落各拢起一堆灰尘，虽不大，却让我非常满意，这时候我的男侍像幽灵一样现身了。

---

① 指与执行某项任务有关的焦虑。

这名男侍，叫齐姆齐姆，是激励部门安排给我的“仆人”。

他身形矮小，一言不发，为我端来了满满一碗咖啡。

“不太像男侍，倒像个茶僮嘛，齐姆齐姆，你觉得呢？”我俏皮地说，接过碗，但他既不理解我，也不理解这个玩笑。

当他谦恭地离开房间时，脸上依然毫无表情。我啜饮着温热的液体，再用舌头搅动，搜寻苦味，一细品，苦味就消失了。我想，所有的一切，甚至包括我的咖啡，都变得更加温和了。我用手缓缓抚摩着制服的料子，感受着合成布料的滑腻触感，食指围着衣服上的污渍打转。我想起菲尔费克斯小姐说过的那些关于端庄得体的话。

我几乎立刻就觉察到，我错了，我不希望让我的问题被更多人注意从而变得更加复杂。我很邋遢。我把这个词重复了几遍，将它想象成一枚弹丸，每当我的舌头发出“遢”的音时，它就从我嘴里发射出去。我看着它划出清晰的轨迹：字在空中划出一道弧形，击中前方的墙，裂成碎片。

我发誓，必须把这件衣服弄好。

谁会穿着这样的衣服出门？

时光流逝。

我在午后的闲暇时间仍然趴在地上，思绪昏沉。我盯着属于我的空间，盯着墙壁、天花板。地板上有根线缆围着我。房间一侧立着一块白板供人书写，边上是把椅子。那是我的书桌。我环视了一下我的房间，感觉精力开始慢慢恢复。这里开始有点组织机构的感觉了，等待着对上级安排的任务做进一步部署。我知道一切都已准备就绪（现在连我也准备好进行繁重的脑力劳动了），不由得感到一阵激动。这在某种程度上，甚至比项目本身的前景都要令人兴奋。我觉得自己像是一个刚刚削尖了铅笔的作家。面对这漫长而又艰苦的过程我绝不能灰心。我会将今天视作开端，而之后，才是下一章。

那又是什么？也许是陪伴。

“齐姆齐姆？男侍？”我大叫。

但他已经走了。我看向窗外，窗户上映出了我亮着灯的房间。现在已经入夜，男侍肯定已经回到了自己的家，那是一个始终沉默如谜的，挂满淡粉色制服的家。

我决定冒险在晚上出去走走。走下台阶，经过无人的前台，来到室外。一切显得那么黑暗、空旷，唯有娱乐中心入口处的灯光寂寞地亮着，我被吸引着往那儿走去，最后找到了通往酒吧的道路。我在里面发现了丹尼斯·洛伊尔，他独自坐在没人的吧台前，用另一根细细的吸管搅着杯中的冰块。“啊，珀西。找个地方坐。我能请你喝点什么吗？”他问，斜举着玻璃杯，晃动着，冰块和杯壁相碰，发出响亮的声音。

“不用了，谢谢。”

“噢，没事。我们应该节制点，对吧？”

“为了让自己头脑清醒以便开展工作。”

“项目开展的情况如何，祈祷有结果吗？内脏占卜[①]的结果是吉卦？”

“对，是的。我的意思是，好兆头。”

“是吗，真这样？”

“是的，好吧，如果你非得问出个结果，老实告诉你吧，我还没开始，或者应该说，我不确定自己有没有开始。”

“我可判断不了。任何人都判断不了。”

“我不担心。再给我几个星期，我就把一切都搞定了。”

“珀西，你一直这么说。这种乐观值得赞扬，但你会成为第一个。你真的应该调整下自己的期望。”

① 两河流域及古希腊人会通过观察动物内脏，尤其是肝脏来进行占卜。他们认为肝脏是一块石板，神可以借此与人类交流。

“我为什么不能成为例外？或许我不太像个研究员，而更像个——”

“访客？”

“可以这么说。”

他身上有发乳和烟草的味道。

“丹尼斯，这么晚了，你来这里干什么？”我问，转移了当前的话题。

“我只是想试着展示下研究所的态度，为了与当地人交好，就选择出门见识下这里的夜生活，结果发现所有人都已经睡了。”他用法语补了一句，“真倒霉。”然后掸了掸自己上衣的翻领，从桌上拿起一张纸巾，看着它，好像在想自己为什么要这么做，然后又把它放下了。“另外，我准备离开了。除非——”

也许这里的居民更愿意花时间社交而不是工作，世上总有这样的地方。我盘算着我的项目，它还没开始。我的思绪揪成一团，希望问题不要恶化。神色苍白的丹尼斯此时已经起身朝门口走去，但还是察觉到了我的疑虑。“那就这样吧，安排好了。我很高兴得知一切进展顺利。祝你好运。”然后他眨了眨眼，加了句，“朋友。”

然后他出了门。

这家伙很粗鲁，我想。

还是说，粗鲁的是我？

尽管丹尼斯的态度没那么好，但我突然又想要他作陪，这不由得让我思考：人们若身处异国他乡，那他们遇见的第一个人是否总是很重要，暂且不论他真正的素质如何？

“洛伊尔先生，等一下——”

但门已经关上了。

我在他走后不久也动身了，发现自己正在朝地下室走去，穿过凉爽阴暗的走廊，沿着交错的楼梯一路下到造浪池。

那是个巨大的海水池，利用下方的液压伺服系统摇晃池水，制造海浪。门没上锁，所以我就进去了，找到一盏灯，打开开关。咔啦。面前是个巨大的空间，尺寸堪比阅兵场或者公园。它被彻底废弃了。我在岸上徘徊了一阵，看着海浪一次又一次打来。海浪的嘲弄。我压根儿没想过要去男性更衣区，在沙滩上就把衣服脱得精光，然后踏入海浪，遇到较小的浪头，就跳起来。我努力向前，慢慢让水深超过我的身高，接着就开始游泳，一直游到水池中间，远离岸边。水池来回摆动，海浪一次又一次地涌起，从水里升起的浪头裹着我。海浪伴着我，挟着我，下沉只是为了再次被送到浪尖。我感觉自己的身体正在慢慢消失，与地面分离。但我能在这里思考。我闭上双眼，听着海浪不断打在有着耙痕的沙滩上，发出单调的声音。这片沙滩早就被细细地耙了一遍，每天都由一组生来就在这里训练的工人维护这片室内沙滩。这就是耙犁沙滩的阶层。这群耙犁沙滩的人所穿的连体服有着自己的风格，连体服是绿色的。现在就有个这样的人，穿着连体服。这是个男人，拿着一根用来扎取垃圾的小叉。我没看到他进来。他就像沙滩上的一个斑点。从我在海浪中沉浮的地方，也就是这片空间的中间来看，他和鹬差不多大。我为了看得更清楚些，就朝沙滩方向游去。我想他没有注意到我。我朝岸边游得越近，浪花就越小，受到的约束也就越强。水似乎没那么冷了，算不上暖，但也不是特别凉。那人肯定孤身一人。他那身亮绿色的连体服是那片昏暗的背景中唯一的亮色。（在画布上画出黑色的一笔充当水体，换成棕色，再用相似的手法画一笔，就是背后的墙，最后在其上点了一小点绿色。）他终于抬头，看见了我，然后继续清洁，用手里的叉子戳着沙滩。现在我又向前游了点，离得更近了。整个水池里的水都在背后推我向前。他还没低头，我现在可以更清楚地看见他的双眼。

我在想：如果我上岸，他是不是能用手里的叉子扎死我？他可以。我就会这样死在永世契地。我可能会再次成为无名之辈，就这样寂寂无名，散为尘土。他可以扎我，或许还会扎好几次。前几次扎进身体的时候会让我感到惊讶：或许更多是惊诧，而不是痛苦。然后痛苦就会接踵而至，然后就会消失。最后，他会把我带走，把我拖进他的垃圾桶里，踢几脚沙子把血盖住——那是我的血——再动身前往焚化炉……

浪从斜角朝我袭来，盐水灌满了我的耳朵。浪的力度越来越大。控制盘被调过了？那个工人为了淹死我，是不是故意掀起了一小阵风暴？我再次集中精力，双脚踩水，岸上的人继续自己的工作。

我当然能杀了他，我想，随便就能成功。如果我杀了他，那会不会，会不会有人……没人会在意，或者注意到。当地人没有身份册，谁又能知道呢？但说真的，这个想法并不构成一种倾向。杀掉这位当地人不过是说说而已，就像是在脑海表面泛起的、带着白沫和气泡的浮渣。但他现在已经转身了，朝着出口和前方维修保养用的棚屋走去，身后拖着一个垃圾桶，他的垃圾桶。垃圾桶在后方潮湿的沙滩上留下了两道一模一样的痕迹，摇晃着远去，翻过一个坡，最后不见了。就这样吧。

当然，我永远不会消失。不过我对这一切不禁感到有些失望。此外，整件事让我想起了一些东西，一种似曾相识的感觉。一名当地人命丧沙滩。好像这个幻想只是别人的复制品。不尽如人意的拷贝，错误的拷贝。我想，太糟了，一切都糟透了。

至此，这部分就完结了。

（不过，我还会再补充，作为后记或补遗，因为今晚，声音又回来了，就是那些声音。我刚才突然从睡梦中惊醒。我很确定，听到的就是之前的哭声，现在它又出现了。又是一场小冲突。等一下，就在那里，没听到？再听听。你没听到那个声音吗？）

7

这是椅子发出的噪声，是椅子在碎石路面被拖行的声音。

有人拖着椅子走到棕榈树的阴影下，离我大约二十米，他用夸张的动作把椅子放好，然后坐了上去。

根据他制服的颜色，我想他应该是我们中的一员。他的双腿细瘦，膝盖凸起，身子歪向一侧。他的腿上放着一本用活页环装订的小笔记本，他俯身在上面写字。他背对着我，但这种既笨拙又扭曲的姿势意味着即使他没法看见我，我也能准确地认出他的脸。

他在写字。他停下来，在移开视线前，一直在用木然的双眼凝视着自己的作品，好像是在扫视下一行。现在他恢复了活力，继续写作，他的眼神又暗下去了。我通过一连串“开/关”的序列，这些“有”或“无”的状态来监视他。这里很平静，当然少不了草坪上洒水器的声音，还有鸟鸣。不可能，鸟鸣肯定是假的，但又的确存在。被过滤过的阳光，清新的空气，还有无边的草坪……

男人从笔记本上撕下一页后揉成团，这是新的声音。他慵懒地舒展双臂，活动了一下手腕，然后张开手指，直到手里的纸团落在下方的地上。似乎这个垃圾是由他产生的，就像是收银台的收据，或者打印出的资料，或者是从他体内排泄出来的。他又看着自己的笔记本，然后“啪”的一声合上它，从椅子上起身，就像拉直身子，稍稍舒展了一下，然后朝泳池走去，然后穿过不久前精心修剪过的小树林。

神经，真神经。

“嘿，”我说，“嘿！”但他还在往前走。

“你好，”我又喊了声，站起来，跟在他身后，“说你呢！”

他扭头看到我，然后转身面对我。

他快三十岁了，面色灰白。外头的太阳可能对他气色不佳的面容有好处。

“怎么了？”

“你掉了些东西。”指了指那个地方。纸团还躺在那儿，被遗忘了。

“你又是谁？”他问。

“我是谁？”

“没错，你是谁？”

“珀西·弗洛比舍。”

“你是这儿的助理？”

“我认为你把某个可能有用的东西丢在这儿了——”

“没有。”

“这样让人看着不舒服，周围的一切都很整洁——”

他向我靠近了些，一根手指指着我的胸口，说：“你这里脏了。看，你弄脏了自己。”

我的污渍。

他窃笑着，又用手指了指我，然后大步走开了。

我发现其他研究员都在看着我，包括那个脸和手都蒙着纱的女人以及站在阳台上的建筑师，我还看到了那个眉眼间带着异国风情的神秘女人，她在遮阳伞下的躺椅上观察着一切。

x 脸和手都蒙着纱的女人

x 神秘女人

x 建筑师鼎福

x 我

x 椅子 ———>x 乱丢纸团的人 ———>

注：x 代表了我们的相对位置。

“没素质。”我用表演的口吻说道，但没针对任何人。现在没有别的选择了，我只能回到男人坐过的空椅子那儿，把它移到一边，捡起慢慢松开的纸团，把它塞进我的口袋里。

公园又像过去那样完美了，但我的心率却加快了。

我从另一个口袋里掏出一枚药片，干咽了下去。

大家都走吧，这里没什么好看的……我的设备突然响了起来。

约定的两点到了。

“弗洛比舍先生，请坐。”

她公事公办。

“准备好了吗？”

这是我首次与菲尔费克斯小姐进行一对一的正式咨询，桌上有杯水，就放在我和她之间。我伸手去拿杯子，但随后意识到，它原来是饮水槽，属于那些颜色鲜艳、毫无特色、贪得无厌的塑料鸟，这是一种玩具摆件。鸟儿们懒洋洋地把它们戴着蓝色高帽的脑袋浸在玻璃杯里，如此循环往复。我一直看着饮水槽像个节拍器那样，将我们两人的对话编织在一起。

我坐着，她也坐着，然后她跷起二郎腿，我也跷起二郎腿，然后她的身子向前探，发出了长长的嘎吱声。

“准备好了吗？”她加重语气，又重复了一遍，“好，那么，珀西，研究所提供了数个项目以供研究员选择，每个都是由我们内部管理团队定制的，我们可以为你的项目提供最好的帮助。”

又一阵轻微的嘎吱声。椅子诉说着她的肢体语言。

“你可以随时预约这些服务，看你的需要。它们包括几种不同类型的疗法，应该能激发参与者的创造力。”

我饶有兴味地看着她的双唇张开、收缩，而每当她动起来时，都会散发一股淡淡的香水味。我现在才注意到，空气原来是通过两个百叶风口进来的，一个在菲尔费克斯小姐身后的地板附近，另一个在我们头顶（我身后可能也有一个）。我能感受到其中一个风口排出的气流，它柔和地拂过我裸露在外的脚踝，而从头顶风口进来的气流则和我的发丝玩得正欢。周围的环境带着暗示性的成分，通过房间和房间中的女人而产生了微妙的变化。我看着菲尔费克斯小姐，看着她的双眼、她交叉的双腿。她的小腿肚紧紧地贴在一起，只有女人才能做出这种堪比双重束缚①的姿势，她的身躯弯成了柔软而又秀美的结。她被这间“会客室”框住的部分现在变得魅力四射，办公室成了她外延的性敏感带。她所接触或看到的一切都与我的身体相通，这种接触令我愉悦。所以只要她继续说话，那么这个房间里充满兴味的地方就会越来越多。我的双眼扫过房间的曲线，探寻着它的裂缝和角落。菲尔费克斯小姐伸手轻拂桌面，似乎在掸去桌上的灰尘。桌上有个凹槽，里面可以放进一支触控笔，她的手指来回抚摩着这个空荡荡的凹槽。一次，两次。就在这时，房间里的囊泡和肌腱迅速收缩了一下。

“珀西，你在听吗？”

“抱歉，不好意思。我在听。”

“我们的第一个项目称为‘个人效率管理’，重点关注心理、情绪

---

① 葛雷格里·贝特森提出的关于精神分裂症病因的理论。指 A 与 B 交流时，B 必须做出回应，但 B 不论做出何种回应，都会受到 A 的否定，那么 B 就陷入了双重束缚。

和身体健康。我们先提供一份人格问卷，完成后，参与者将会辅以每日冥想、一段时间的谈话治疗，以及分组（当然要分）和强化训练课程。”

我感受着自己椅子扶手上的螺纹，它是用某种瑙加海德革做的。我用指腹慢慢揉搓，感受着它的摩擦力。

“第二个辅助项目称为‘组织管理’，它所包含的内容完全符合你的想象。我们会帮你组织起项目，包括：日程表、表格、待办事项，等等。”

“第三个辅助项目被称作‘反馈’，从技术层面看，它属于‘强化’项目。如果项目出现错误的征兆、遇到了障碍，或者出现大方向上的偏差，以及任何基础性的缺陷，那它就能实时向研究员提供不间断的分析与判断。”

办公室有面相当漂亮的墙，墙上铺了层打着小孔的皮革。我们的“会客室”里似乎也有细孔。我在想，房间的表面是会出汗，还是会释放各种气体，或者排出液滴？我不断通过目光向墙面施加压力。天花板上有裸露的管子，其中一根通向墙角，然后直接穿过地板。铺满房间的地毯吸收了管子扎入的力量，就像有毒的苔藓那样在衔接处蔓延。地毯的绒面朝着那个方向倒去，带着参与的愉悦。同时，桌上那只贪得无厌的鸟儿依然在不停地点头，一上一下，似乎越来越快……

“当然，研究员可以选择的反馈项目还有很多，其实远不止这些。我们的研究员可以选择所有反馈，甚至包括特定的负面反馈。我们意外发现这个项目相当有效。许多研究员发现更严厉的批评会很……抱歉，但这都是为了你好，和我没关系。”

“没错，抱歉，请继续。”

“至于现在……批评有很多级别，每级都经过调校，确保与参与者的自身情况相符。我们需要收集每位参与者的相关数据。至于你的，我们来看看，在这里。”

她的设备投出一组复杂而又多彩的数据，各种工具组成的仪表盘，列举了我在创造力上表现出的所有倾向，并归纳为一组电脑做出的符号，每个符号的形状都很独特，而且完全超乎想象。“你似乎对自我的负面评价接受度很高。”

“是的，没错。”我磕磕绊绊地组织语言，“我对自己相当苛刻，不过刚开始可能没那么严格。”我回忆第一次和她见面时她做出的评论，是“最初需要培养”？于是我提醒她，并逐字复述给她听。

“嗯……”她微笑着说，“说到点子上了。那么，对于你这样的情况，程序会在最后阶段——好比在梯子的最后一级时才会启动。另外……我们这里当然会提供各种强度让你选择，你可以逐级上调或者下调，但你也可以选择退出。我们总能为研究员提供渐强或者渐弱的反馈而不是单纯地指责他们，而且这些都是精心调试过的。听起来如何？”

“我觉得还行。”

灯光变了吗？房间的一切：所有生物膜、扶壁、喷出物和渗透物都闪着光，看着像是凝了一层水。整个空间的事物在发生着共振。

“你想让我把完整的服务清单发给你吗？”她问。

“听上去可以。”

“很好，已经发了。”

“谢谢你，菲尔费克斯小姐。”

“那我们希望你能按时提交进度。”

“当然，当然。”

“每次漏打卡都算过失。”

“我明白。”

“监督会更严格。”

对此我只能叹气。

“‘严厉’和‘纪律’是这里的口号。”随后，她也叹了口气。

我又叹了口气。

“那么，很好，我们达成共识了。”她叹了口气。

我边点头边叹气。

“一切似乎都安排好了。还有问题吗？”她叹了口气。

“没了。谢谢你能抽出时间来。”我叹道。

她叹气，我也叹气。

房间都在叹气。

我站起来，她也站起来，我们的脉搏都在微弱地跳着。我们之间传出了微弱的叹息声，标志着我们这段短暂的纠缠结束了。我们职业性地握了握手，然后我离开了。

“别忘了参加下午的工作坊！”我身后的她叹息道。

我身后的门叹息着关上了。

（在餐厅的时候，我又坐到了“好餐桌”边上。这幕就略过了。）

在聚居地外——悄然间就有了家和壁炉的熟悉感（速度实在惊人）——我还没走到楼梯便停了下来，驻足看着亮灯的泳池。泳池代表的概念给了我一种短暂的满足感，它意味着健康（如果自己的情况未知）。随后我看到，有什么东西在泳池底部发出声音，是一块瑕疵？又有点像沾在衬里上的污渍。但它现在看起来像是一只口渴的动物，不小心在泳池里淹死了，沉在泳池底部右侧的冷水口附近。不是动物，是人？现在我能看到，这个鬼鬼祟祟的影子漂在水面，在泳池水泵的作用下缓慢起伏，原来那就是我。我不知道自己在那里站了多久，泳池底部的黑暗迷惑着我，然后我拉回注意力，直到双眼看着水面的波光，却又开始把手伸向水面，因为上面清楚地映着我的倒影，我正要去触碰倒影中的手，就算它浮在不断变化的水面上，我觉得我也能辨认出制服上的污点。

就是那儿，就在我的心口边上。乍一看，应该是不对称的。

黑色，像一处病变。

我根本无处可逃。

而且永远无法去除。

8

日程表已经定好了，详情如下：

研究所的起床铃响得很早，我被钟声叫醒就代表着一天的开始。然后我去吃早饭，我的男侍谨慎地从门下方的缝里为我递来了品种多样但又简单到极致的食物，每种都被放在做工精美的分格式餐盘里。我来回踱步，悠闲地吃着东西，听着红树林的音频里传来疯狂的鸟鸣声。当我舒舒服服地坐在小桌前时，我会轻声说出一些新的想法。对我来说，上午晚些时候正是思考的黄金时间，所以我得准备迎接冒出来的想法。之后我会冲个澡，然后穿上制服。

接着我就出门参加组会和各种项目维护活动，它们都在聚居地的副楼或者艺术馆的顶层举行。这些活动都由助理引导，他们穿的衣服多少都有些类似。这些助理走马灯似的在我眼前走过，连名字都看不清。随后大家开始编号和整理身份信息，结束后，我就沿着主干道走，经过冥想的地点和方尖碑，向我的公寓走去，同时紧张地四处张望，唯恐经过拐角突然撞见所长与他身边阴郁的记事员、护理员和助理。他们也可能从天而降，或者从地下倏地冒出来。我最后还能多出点时间，这样的话，就能安心考虑自己的项目。大块不受干扰的时间，完美。

午饭。

饭后，我会围着装有喷头的草地漫步，绕着公园或者沿着人工湖的边缘走走，把园区主要的八座混凝土建筑都拜访一遍，它们排布的形状像是一个晦涩难懂的星座。

我的确发现自己会时不时地重返位于边缘的观察点，每次去那里，其他一切都会被我抛到脑后，我便能寻得些许平静。我盯着沙漠看，这就是我在那里所做的一切。那里的气温很快就高得难以忍受，所以我从来不会待很久。园区里有开着空调的地方，更适合思考。我有时也会在岩石花园或专供研习的地方游荡，停下来重新调整思绪，但独处的时间不会很久。建筑师鼎福先生，或者品牌分析师☺小姐可能会突然出现向我问好。名单上还有假体历史学家、催眠师和概念艺术家。哲学家缠住我不放，立刻就认定我是个好追随者（或者，至少是个顺从的听众）。研究员们叉开腿坐在树下与我并肩工作，有些人盘腿坐在凉爽的草地上，比如争论者 1 和争论者 2。偶尔也会有成群的创业奇才聚在树下——那些技术专家经常躲到这里——伸着双臂大声嚷嚷，说着只有他们才懂的话或者计划拨款的用法。有时还会见到丹尼斯，我可能会向他提一连串问题，再欣赏他的烦躁，在我的坚持不懈下，他或许会侧身朝我笑笑。这个微笑就是在说，不管我们在讨论什么，都不重要，至少对丹尼斯来说是这样，我还要很久才能理解这当中的荒谬之处。经过长时间的酝酿，洛伊尔先生那标志性的厌倦感逐渐成了他的特色，但他的微笑还是加深了我对这一切的理解。尽管我在和丹尼斯相处时没感到什么友情，但我肯定会认可他的这种感觉。所以我也许会耸耸肩，好像在说："在这种地方做什么？"

我和哈提夫先生的互动则比较简单。

我喜欢去他的工作室拜访他，观察他和他的文物助理打开一箱箱各种各样的岩石碎片，给深红色和灰色的碎片打上标签，然后再开始归类。这座雕像尚未开始修复，尽管轮廓正在逐渐成形，但仍然无法辨认。那是根柱子一样的东西，我觉得它最终会成为一条巨大的腿。修复过程相当谨慎，进展慢得惊人，我看得倒是倍感舒心。

参观时，我和哈提夫先生发现，原来我们都是跳棋爱好者，而且水平相当。所以，我们有时也会离开工作室，在室外的桌子上玩几局。我们下着下着棋，就忘记了时间。当我们在棋盘上下棋（发出敲击和滑动棋子的声音），用我们的方式聊天时，其他人也在我们周围敲击和滑动棋子。

我还是能见到常在这里出现的魅影（尽管次数并不多），那个神秘女人，神色忧郁，四处徘徊。她飘过拐角，没入黑暗。看看那儿的她：总是在阅读，经常捧着一本打开的书，在走路时斜斜地拿在手里，像是要接住某个差点就要从嘴边落下的东西。然后我看着她，心想，尽管她没有实体，但她或许也在尽力成为这里的重要存在。再说吧，待定。

这里的一切都是“待定”，而我则完全沉浸在这种待定之中。每个时刻向我展现的，都是无法预知的结果。我才到这里一周，只有一周而已。还是更久了？记忆中的外界已经成了一个相当模糊的概念。随着日子一天天过去，这种感觉也更强烈，但我不觉得自己对那样的生活，也就是我过去的生活有多怀念。这种遗忘还不错。这正是我选择生活在这样一个孤立群体中的原因。逃到这里多好啊，可以不去忍受那现实的、物质世界的生活——在那个世界，轮胎驶过路面，物质与意识相撞。这里就没有这些，这里只有项目、研究员、西洋跳棋、用餐和散步。

在我看来，这有种田园牧歌的感觉，于是我才开始放松下来。正因如此——注意，这也只是猜测——我才开始察觉到，突然间，生命给人的感觉不同了，好像你身处有利地形，从这个角度观察生命，甚至有点像在翻阅编年史，几乎都能看到它的弧度，像是此刻投下了一道巨大的阴影。且不论它有几分真实性，你都能看到它的时间线，而你，则是这条时间线上的一个点。对我来说，我现在正站在起点上。从某种程度上说，这种感觉有点像人身处庞大空间时会倍感渺小，就像我之前面对那三幢建筑时内心所感到的如处于深壑般的破裂感，或者是我经常从高楼俯瞰研究所时产生的感觉，不过我现在想表达的是在时间维度进行定位，即我在时间而非空间中的定位。就是这样。

我所知道的是，在这条时间线中——这条线，属于我的线，正在不断向前——项目是最重要的。

项目。

项目！

我能够用来完成这个项目的，只有大量的时间，而这就证明，项目比我想象的要艰巨得多。

不过，下午是最适合用来思考的。

而晚上则付诸实践，尽管什么成果都没有。

在一天即将结束的时候，我散完步，独自一人返回聚居地，以便在晚餐开始前安顿下来。我与同事们相处的夜晚，不论是思维碰撞还是社交聚会，实在是美妙。而周二晚上（通常情况下）则是报告™时间。

9

这位演讲者，也是今晚作报告™的明星，精力充沛。演讲者魅力四射，相貌英俊，是我们中的一员（与我们密切相关）。演讲者声音的动态范围是中弱[1]。他充满自信、从容、镇定，就像是在聊天，也就是说，演讲者就像是第一次作他的报告™，好像报告™中的种种想法只是临时在演讲者的脑海里浮现出来的。演讲者的想法是可以传播、改变、实施的。演讲者的报告™是个“宏伟的想法”，是“一段旅程”。他绘制了蓝图，唤起了自信，获得了指引。他恳求，安抚，鼓舞，分述了争论的正反两面，不过从不争论。演讲者提出了一种惊人的新方法，来应对这两种对立的观点，也为其他问题提出了许多激动人心的建议。这位演讲者提出了一个观点（虽然没有明说，但已经很明显了），那就是所有困难都应该以简单的方式解决。演讲者断言，这些问题最终都会自行解决。演讲者通过一系列条理分明而且程式化的手势，将这些想法具体化。演讲者用了爆破音、急促的肺外呼音、流音和喉塞音，一切效果都臻于完美。演讲者唤起了充满感染力的情绪，比如愤怒和惊讶。他毫不费力地从生活中推断并向我们介绍了概括性的生活智慧，并把想法归纳在一起。他用了一套熟悉的说辞，即那些我们都知道和喜欢的、久经考验的语调和手势编排。换句话说，演讲者演了一出歌

① 表示声音相对强弱程度的术语，常用的一般有极强、强、中强、中弱、弱、极弱。

舞伎。起初他的声音轻柔，然后慢慢升高，逐渐变强。演讲者相当乐观地进行总结。他的乐观情绪，包括让大家产生的乐观情绪，是演讲者让我们满意和高兴的一种手段。演讲者在我们心中激发出种种感受，混杂着惊讶、好奇、渴望、振奋人心的信念，还有很多很多内容。在报告™的最后，演讲者让我们每个人都充满着说-应之后的感受。（不要把报告™产生的说-应感受和他真正给我们的疑惑、好奇心以及渴望等混为一谈。）

当然了，这实在是一段不可思议的经历：来到这里，身处这座礼堂，在这个气势非凡、特征显著的空间里，聆听一场报告™，一场现实世界的演讲。我已经通过屏幕，在虚拟世界访问了这里许多次。每当我听到开场音乐，听着那些必胜主义者神气活现而且自命不凡的语调，听着软件合成的交响乐曲，再看着聚光灯打向幕布……行吧。“我现在就在这里。”我想，重复着菲尔费克斯小姐的话。

我在这里，但我属于这里吗？

同时，演讲者的报告™正在接近尾声，奇怪的是，我却开始担心起来。我为演讲者担忧。随着报告™接近预先确定好的高潮，这种焦虑开始加剧。当听众整齐划一地抬头看着最后一张幻灯片时，发现上面充斥着奇形怪状的信息图表，演讲者是否通过它秘密地传达了某些东西？是在空中签了个字，还是画了个点？用嘴型说了什么，还是眨了眨眼？或许什么都没有。我不确定。我感觉演讲者似乎正在私下对我说话，向我传递神秘的信息，尽管这也未必是演讲者所希望的方法。也就是说，报告™的演讲者背弃了某些东西。我也越来越确信演讲者——带着完美的微笑，却显得愈加绝望——正在试着传递某种与报告™无关的情绪和某种重要的信息。演讲者努力阐明某个想法，而且看起来，似乎也被迫通过在报告™的传播途径之上或者之下的另一条路来传递这个残酷的信息。或许是利用了某种预先定好的密电，比如拍打和点击，或者通过语言来传递线索，比如强调特定字词，用密文、变位词、离合文。换句话说，在我看来，演讲者现在就像人质，说着一套绑架者要求的说辞，同时又在努力揭露绑架者的行踪，亦即这份报告还有隐藏的旋律，演讲者的眼里暗含着某种剧烈的情绪，而这，似乎只有我才能看到。这是否是报告™的另一种具象化形式呢？

我环顾四周，没在同事们的脸上看到任何异样。我认为，其他听众看到的，是演讲者身上那种庄重的智慧、热情，还有一种永不动摇的坚忍。但我看到的却是不同的东西。我看到演讲者脖子上鼓出青筋，他的眼白变大了，瞳孔则缩小了。虚弱，孤独，恐惧——一切都在听众的赞扬中，以无法听闻的频率震动着。

我必须移开视线。我转身面对房间的后方，首先，在礼堂遥远的尽头，我看到的，是那位神秘女人，她也在看这场演讲。但随后，我在她后面几排座位上看到了所长。他坐在最后一排，靠在椅背上，搭在两侧椅背上的胳膊就像可怕的双翼，再加上那颗光溜的脑袋，让他看起来就像一尊险恶的魔像，正对着舞台诡异地微笑。一个念头跃入我的脑海："这个男人掌握着解决问题的办法。"我突然转过头，恰逢演讲者结束自己的报告™。

鼓掌。起立。喝彩。

演讲结束后，人们立刻聚成小群交谈。

大多数研究员都在这里。面色苍白的丹尼斯凝视着窗外的园区。他面色阴郁，闪烁其词。我循着他的目光看去，却看不到什么。窗外几乎一片黑暗，有几条人行道过早地亮起了灯，元结构顶上周期性地闪着红灯，流淌的运河捕捉着最后一抹天光，还有步行天桥。

品牌分析师☺小姐今晚也在这儿，同行的还有建筑师鼎福。他们在与脸和双手都蒙着纱的女人攀谈，而后者则通过自己的羊毛面罩警惕地看着他们俩。其他研究员则聚在别的地方。气氛非常友好。那位制造气缸的研究员独自站在那里，怀里抱着一个新造的几何形物体。

技术人员挤在一起。

与此同时，菲尔费克斯小姐和助理 5 则跷着双腿，用手撑着脑袋休息。

当我向她走去时，所长突然从门后现身，穿过几名研究员，冲开人群，强行占据了这一空间。众人的交谈霎时停止。他是朝着我来的。

菲尔费克斯小姐连忙起身，向我走来，准备面对即将发生的冲突。

“嘿，你站住。”低沉的嗓音响了起来，他的声音从那张只有皱纹而不是五官的脸上发出。

所长俯下身，用一只大手抓住我的手，再用另一只手攥住我的胳膊，所以现在这种三只手的握手方法把我困住了。（尽管这不是真的在“握”，而是一种非常缓慢且有规矩的动作：类似共济会的标志，令人印象深刻。）

“很好，您是弗洛比舍先生？还在适应研究所的生活吗？在学着接受它，对吗？习惯这里的环境了吗？有人告诉我，你负责的项目前景光明。”

“谢谢。”

“而且它也在按计划进行。”

“我也希望如此。”

“希望？”

所长凑得更近了，只剩下毛茸茸的眼睛。我的手掌开始发热，在他坚持不懈的持握下，掌心也开始发痒。

“先生，弗洛比舍先生的意思是，”菲尔费克斯小姐忙用一串话为我解围，“一切都在计划之内，而且会取得成功。弗洛比舍先生对此深信不疑。我们排除万难把他带到这里，他为什么还要对此有所疑虑呢？珀西，我说得没错吧。”

“对，没错。就是这个意思。”

我那只没有知觉的手又感到一阵挤压，所长又凑近了一些：“我们不会降低期望，要的是速度、强度和毫不留情，要的是完美的项目和报告™，是可关联的，可营销的，深刻的，易懂的，有趣的，新鲜的，聪明的……一套关于‘当下’的成熟理论。我们对这样一个项目所做的任何努力都不会白费，任何不符合这些标准的尝试都会被视作失败。我们想要的是绝对能完成的承诺。”

“是的，先生。”菲尔费克斯小姐代我答道。

“在我们看来，创造力，”他进入了状态，站直身子，回到原来的姿势，然后继续发表看法，“也算是一门技术。它所需的方法和其他技术性产品相同：研发、构思、迭代、调试、测试、调研、分析、保养基础设施，更不用说一个升级周期了。珀西，换句话说（正如我在活动上的发言所强调的那样），你的项目会很艰难。这是显而易见的，在研究所逐渐功成名就的道路上，任何人——任何一位研究员——都面临艰苦的工作，而我们不允许工作缩水。更重要的是，它需要你全情投入，不遗余力。在项目磨合过程中的方方面面，我们都要求你在符合研究所要求的基础上实现天赋 / 应用程序堆栈，使得每一层都积极发挥作用。实现端到端的对接，信道不得有误。要积极主动，自我实现。看，我们，也就是你的投资者、你的开发者、你的核心管理团队，希望你的项目能够协调统一，并初显成效，接着就来到转折点，也就是实现增长——（可能）就会提供所有配套的元服务，它们不但在资源配置上不会出现短板，而且还可互相协作，为的就是确保我们共价信息中介成功上线。同时，以多种形式构建一条加速的全球生产链。换句话说，目的明确。未来属于你。在互联的空间内实现供应者的效率最大化。与之交互界面的打造和使用要做到个性化，多点测控，毫不费力，深度挖掘会产生数据噪声，我们会征收这当中有效的权力模式。重复，确认，自愿开发带有情感色彩的语法，将欲望变成事实。驾驭大气层，将其变为一种可以在任何地方与任何人即时沟通的传播媒介。所以，如果你发现自己缺乏毅力，那么请集中注意力，关注程序中的这条说明，叫作效力——”

就在这时，有个我从没见过的助理大步向这里走来。谢天谢地。“抱歉。”他稍稍欠了欠身，对所长说道，“不好意思，先生，我能借用你几分钟吗？”

咒术被打破了。

所长喘起粗气，像准备离站的蒸汽火车，然后让人带他离开了。他马上就要消失不见了，我刚开始觉得有些放松，他那颗高过众人的脑袋就扭头看向我，然后巨大的脑袋开始说话，响亮的声音穿过一只只高举的手：“弗洛比舍先生，我们时刻关注着。”

我站在那里，嘴合不拢。我想，真是有“个性”（这个想法外面加了个引号，就好比“个性”）。然后我发现了丹尼斯·洛伊尔，房间另一头的他将这一切尽收眼底。我们对上了眼，然后他耸了耸肩，一脸轻蔑，好像在说：“现在知道了吧？”

现在，我面前出现了一个托盘，故事外的人给了我一杯刚倒的酒。

我找了个借口脱身，独自往回走，走向聚居地。一路上只有我和照亮了道路边缘的地灯。黑夜里，研究所的喷泉里涌出的流水顺着斜面潺潺地向下淌去，形成了白噪声。没人知道我在哪里，我的喉咙里带着在夜里做了违心事的恶心感。

但我的脚显然已经决定不按计划行事，因为我发现自己再次来到了居民区的外围，回到了聚居地的边缘。这是属于我的观测点。

我坐在长椅上，试着用组会上学来的呼吸技巧来稳定情绪。呼——吸——呼——吸——我起初觉得很荒谬，后来这感觉就消失了。这里总是空荡荡的，至少这是能保证的。没人会来这里，所以没人会看到我。我静坐于此，独自面对原始的沙漠和汹涌的孤独，居然舒适得难以置信。

我倒出一枚药片，干咽下去，把视线移回黑暗的沙漠，然后把注意力移回呼吸。我在那里坐着，坐了很久。（时光流逝。）

我慢慢排空思绪，感到一阵宽慰。

一道罅隙。

现在，骚动出现了。

沉闷的声音没有停歇。声音是从通往观察点的路上传来的，那是我唯一的出路。

树丛里有什么东西在乱窜，这声音就是它发出来的，还时不时地被低沉的吼声打断。这声音正是从这块地方的边缘传来的。我侧耳倾听，噪声却越来越密。我开始考虑自己的退路。

然后我试探性地站起来，一寸寸地沿路向前挪动，我在这么尝试的同时，也尽可能把脚慢慢地放在碎石上，路面崎岖，脚底作响。我一直在聆听，试图将我动作发出的声音与刚才的声音做比较，刚才的声音肯定是在打架。我花了好几分钟才挪到草坪边缘，整整用了三十几步。

我离开观测点，在一处开阔的林间空地再次见到了那弯明月，就连穹顶也映着月辉。明月悬在树梢投下的黑线上方。而在那弯月亮之下是一团不断变化和重组的阴影，漆黑的棕榈树影里立着剧院的剪影。月辉中，一滴蓝黑色的墨，魔术般地化成了几个人，他们制伏了另一个人，他的体形较小。那些阴影，也就是那几个人主动出击，抓住那个体形较小的受害者，对他拳脚相向。我听不到袭击者的声音，那声音瞬间就消失了，但拳脚并未停歇。唯一的声音是他们的“猎物”发出来的，而他们的“猎物”——那个身形矮小的人，现在就躺在地上，被丢在那儿，发着低沉、含混的声音，显然也在无意识地胡言乱语，那是因为从他体内排出的气流发出的声音突然不再受身体的控制，种种惨状，不一而足。他并非有意喊叫，也没有刻意求助，对于之后遭受的虐待，似乎还放弃了抵抗。（我离他，也就是离这场袭击有三十或四十米远。）整件事异常地安静，似乎发生在遥远的地方，或者是在水下进行的。袭击还在继续，我在原地冷眼旁观。然后攻击变本加厉了。但袭击者很快停止了动作，因为受害者已经没了动静，他躺在灰绿色的草地上，像团死物。那些袭击者都在低头看着他。（光线太暗，我看不清他们的表情。）

一段停顿，谁都没动，什么都没发生。可是——

叮！

我去……

我的设备。

没有人动。

叮！又来。

噉。

他们中会有人转身看我吗？朦胧月色下的空地显得如此寂静。无尽的沉寂。

（安静。）

攻击者蹲下身查看地上的躯体，似乎正在商议着什么（虽然我听不见）。我不敢动，几乎喘不过气来。我感到远处风扇吹来的风轻拂我的耳后。

最后，有两个人俯身抓住受害者的脚踝，开始把他拖离草坪，谢天谢地，他们离开的方向和我站着的方向相反。我很安全。他的身子被人拖过潮湿的草地，发出轻微的嘶嘶声，就像是从舞台退场。接着他们都走了，速度快得惊人，充满了戏剧性，像是落下了一帘黑色的幕布，遮住了那一切。

我仍然一动未动，像根天线那样立在那里，心怦怦乱跳，我又待了一会儿，直到觉得安全后，才准备离开。

叮！

妈的。

我看都没看一眼，就把设备放进口袋，再用力塞到底，然后又滑又烫的双手绞着，用裤子擦去掌心的汗水，全程都觉得周围有人在向我投来尖锐的目光，现在我急忙动身，满怀焦虑，朝研究所的腹地走去。

10

（组会）

接下来的几天没有“夜间争斗”的迹象（我正好也开始这么认为），没有失踪的研究员，在阳光照耀的地面，在那人挨揍和被拖走的地方，没有留下任何痕迹。

对我来说，那件事本身，也就是那场犯罪，其实远没有我对那件事的记忆那么令我着迷——那件事发生后，随之产生的臆想以及其他相关的事件在我脑海中反复上演。比起我现在的感受，亲眼见到那群在夜里出没的强盗痛殴受害者时所产生的感受实在相形见绌。真正引发我情绪的，不是现实中发生的事，而是脑海中想象的事。目睹罪案后的想象是这样的（容我以此为例）：我挺身而出，击退敌人，救下了那个人。另一个版本则上演着我被他们发现后遭受痛揍的戏码。第一个版本的幻想让我的心中洋溢着胜利的喜悦。第二个版本的幻想让人只有愤怒和自我厌恶，让人恶心。关于这两者，由我自己的创造力所激发的感受彻底掩盖了我在现实世界中目睹真实事件的感觉。究竟为何，我不清楚。

我其实没有多想这件事，而且，说真的，我之所以会想起那场“夜间搏斗”，为的就是让自己弄清楚，我有没有想象过整件事。

我突然想到，那场“夜间搏斗”可能会以某种形式出现在我的项目里。这件事确实让我感觉到，它的戏剧性足以让我这么使用。现在我考虑任何事都是从这个角度出发，也就是说，把它们当成素材，当成可能会点燃项目灵感的火花。

一会儿再说这个吧，嗯？

闲谈。站立时我不停地将重心从一只脚换到另一只脚。从咖啡壶里倒出的液体，欧陆式早餐的惯例是只取一点，从灰浆司康饼上掰下一块。电子烟。安神串珠。小餐巾。方形的小碟。乏味的等候。

然后铃声响起，我们围成一圈，坐在造型现代的镀铬椅子上。白光透过平板玻璃照射进来。在下方的花园里，你能看见棕榈树顶部的枝叶，它们在人造的微风中轻轻摇曳舒展。

我在第二组。今天是助理 17 带头。她是一名水平中等的艺术老师，长着一头狂野的头发。开组会时似乎没人尊重她被委以重任的权威，但大部分时候大家还是讲礼数的。

我们把自己的故事分享给别人，也互相为对方佐证，本来就应该这么做的。我们这么做完全出于自愿，助理 17 是否在场也无所谓，而她也清楚自己没必要打断我们说话。她在设备上做记录，凑近低语。她不想破坏众人的想法自然流露的场景，但还是需要记下来。这些笔记最终会被打包发给职位更重要的助理，在那里被交叉引用和分析。

一般说来，外面会有些外景主持——他们给出了各种各样鼓舞人心的提示（比如风筝日、狗狗进园日）。但一般来说，只有我们，我们会互相减轻彼此的负担。

今天轮到的是我、演员、社会学家、评论家、翻译，还有细密画画家。在攀缘梯子的进度上，每个人都比我走得更远。

我们一般以顺时针方向为序。（我在九点钟的位置。）

演员第一个发言。

他告诉我们，表演就是复制的艺术，他相信，如果他表演时足够投入，成功塑造了他的角色，那么他所付出的努力最终会带来一场完美的表演：不仅仅呈现了那个角色，更是将角色复制了出来。

几个月来，演员一直在艺术馆三楼那间装着镜子、空间狭窄的工作室里准备他的独角戏。他会在戏中出演多个角色：婴儿、海盗、干瘪的老妪、美丽的少女，甚至是一片林间空地。他逐一完善这些角色并打磨个中细节，不知疲倦。所有角色都已烂熟于心。只要他练习，那么切换角色这件事，就一定会像戴上和摘下面具那样毫不费力。

（他演了几个角色，每个角色只有一两句台词，但完成得可谓完美，角色间的转换尤其精彩。）

说实话（他告诉我们），他的项目带给他的只有快乐，正如他所说的："有什么能比暂时成为别人更美妙呢？"

每个工作日，演员起床后的活动就是从精心设计的声乐练习开始的，还伴有一些轻柔的面部拉伸动作。接下来就是他的热身仪式中最重要的部分，即灵魂七问。在这个练习中，他向每个角色都提出了七个问题（我是谁？我想要什么？我为什么想要？我必须克服什么？诸如此类），并思考这些不同的角色会对这些问题做出怎样各异的回答。

之后他开始排练，一丝不苟地练习每个角色。

然而，不知何故，他的角色被他演得越"真实"，他就越无法将自己与这些角色区分开，他的自我也越发渗入其中。换句话说，演员越是努力去理解某个角色，角色就会相应地变得更加真实，也会更加理解演员，会变得更像演员，而不是反过来，演员更像角色。

灵魂七问的答案开始让他心生困扰。

起初，练习中的回答和预期的相符。以海盗为例，第一个问题是："我想要什么"，答案是"财富"。"我必须克服什么"的答案则是"哗变"，或者一张"破损不堪、字迹难辨的地图"。但他排练了几个月后，问题的答案开始变了，比如海盗对"我想要什么"的回答现在成了"模仿其他海盗时能更像些"，海盗对"我必须克服什么"的答案变成了“我越来越喜欢那些哗变的船员了”，或者“我对所有敌人和对手的赞扬都是不得已而为之”。他承认，只要自己向这些角色注入更多情感的共鸣、对变成神经病的担忧以及戏剧化的同情心，那么这些角色看起来就会更加真实。最后，这些自相矛盾的答案不可避免地侵蚀了他的角色，就连那片林间空地也未能幸免。精心准备的演出本是为了展现自己对角色史无前例的塑造能力，现在却成了演员苦苦念诵的独白。

（尽管如此，我们还是努力打消他的疑虑，让他相信这场表演非常成功。）我们感谢他的分享。

接下来发言的是社会学家。她对自己收集的新数据进行了仔细分析，结果令人沮丧，因此，她意识到有必要重新分析自己的发现。

重新分析后，她就发现自己得出的依然是这个结论。社会学家在研究所的项目中建立了一套复杂而丰富的社会资本符号学[①]，由此，她准确地证明了自己：1. 她就是那种会以社会学为职业的人；2. 受到她的自身阶级和性格类型的影响，她注定会创造她已经创造出的那套复杂而丰富的社会资本符号学。此外，她得出的结论是（这更令人不安）：3. 她的自我——不仅是她的偏好或者她的观点，而是她真实的自我——早已有了定数，而且已经与自己的理论融为一体。她得知这个确凿且自我指涉的结论后，决定在组里待上更多时间。

我们为这一决定鼓掌，也感谢她的分享。

第三位发言的是评论家。他的发言简短却复杂。他被困在了最磨人的归谬法中。他的问题源自他的批判力，这种能力可怕、尖刻与强硬程度实在惊人，以至于他的观点一旦被记录下来，被写在纸上，就

---

① 指个体所拥有的信息、资源、优势等，它们可以用来为自己创造一些有利条件。

立刻被他那双充满洞察力的眼睛盯住。也就是说，评论家的能力反倒成了他的阻碍，所以他的专业知识便完全无法施展。

没人了解他的才华。但是他告诉我们，他知道。他知道……

（我们只是微笑着点头，其实我们并不“知道”。但我们依然感谢他的分享，因为我们都希望自己也能在组会中获得他人的支持。）

现在，译者正在努力推进她在研究所的项目：翻译某位著名空想家的作品。她正在翻译的作品中，主角是某只大型丛林猫、美洲狮或类似的动物。

在这个故事里——原文的美丽和怪异实在难以言说——主角恐吓雨林中的其他野兽，在它所处的那片小生态系统中处于食物链顶端，日子过得还不错，只有一个难题：它发现自己没法在丛林里的池塘里喝水。每次它试图去喝池里的清水，都会有只大型掠食动物来阻止它，这只动物会在水面上咆哮。最后，主角因脱水而死。

不幸的是，译者每次阅读自己的译文，都会觉得它与原文不同，读上去陈腐老套，文笔拙劣，结尾的道德说教更是站不住脚。她之所以认识到这些，是因为在原文中，“丛林大猫”这一词的含义与“译者”相同，而她在英语中找不到一个词或表述来表达这两种意思。因此，她的译作对于这么一位伟大的作者而言显然有所偏差。她开始重译，但她每次重译，都会缺失一些新的东西。她的译文要么失去了大猫这个主角的内涵，要么失去了故事整体所蕴含的讽刺意味。

我们听完后指出，译者、评论家，甚至丛林里的大猫，三者的苦恼都是相通的，但她和评论家都不想承认这一点。于是爆发了短暂的争论——但这看起来更像是一场没人会出手制止的争吵，而不是一场争论。助理 17 让大家恢复平静，重申了组会的规则（没有评判对错），展示了她的决心，并让“一切继续进行”。大家又安定了下来。

晴朗的天空，沙丘。几块小石头。灼人的热浪。明亮的城市。一座穹顶，一阵风。苍穹泛起波纹，从字面上看是在起皱，遍布着细长的管道，向上升腾，似乎在竭力脱离那不真实的背景。

画面不规则地干燥结块。这座城市的剪影有了折痕，只在我们眯上双眼时，它才开始成为能够代表与现实相对的造物。沙子就是沙子。因为风扇，它们被吹得到处都是，细密画画家意识到，风最后会把沙子全部吹走，沙漠不会为她留下丝毫痕迹。她拿起桶里的勺子，优雅从容地挥洒了更多颜料。

（细密画画家带来了自己的立体模型，并与我们分享。）

她调整加热灯的位置。纸的一些地方开始闷燃起来，所以她又把灯向后移开了些，温度适宜，但却不接近燃点。

她的立体模型囊括了我们所有人：我、助理、演员、社会学家、评论家、翻译，还有极小的细密画画家，大家坐在那里，用手托腮，为她的项目而沮丧。她透过高倍放大镜，努力把自己画得更像一些，比如用嵌着钻石的针尖在雕像上刻出布满皱纹的前额。但不幸的是，她笔下的细密画画家看起来更像是无聊而不是沮丧。

因为她觉得，作为正常尺寸的细密画家，她也很无聊。其实她告诉我们，她这么做，只是在消磨时间罢了。

等待灵感袭来。

（之后就是感谢她的分享，还有些别的。）

轮到我了。

11

今天，他们把动物也带进来了。现在的景象是这样的：眼前出现了十头多毛而巨大的 M's。今天活动要用到的是黄褐色的骆驼。

它们在研究所铺满沙子的椭圆形田径跑道上朝着同一个方向奔跑。它们是专程从首都运来为我们鼓舞士气的，这是场官方举办的活动——骆驼赛跑。我们全都出席了这场盛会。我把它视作一个难得的休息机会，得以从前景未卜的项目中抽身，并以团队成员的身份独自出席。我需要与项目带来的幽闭恐惧症作斗争，病情日益严重，而我的应对策略，就是四处闲逛。

这里有许多东西可看。M's 在等待骑手上鞍的时候四处游荡，喷着响鼻，用后蹄撑着站起身。有些 M's 突然笨拙地坐在地上，为此，它们还要将自己的身子像把雨伞那样折起来。尽管它们离我很远，但我依然能想象它们眨着长长的睫毛，噘着它们柔软的嘴唇，像调情的姑娘。前方拦起了长长的红色丝带，这是起跑线。丝带后面和放低了的座鞍和饰带上方，是深蓝色的天空，不过时不时会有灰色的小方块玷污这片纯净的蓝，图像失真了，忽明忽暗，而且只要程序还在渲染图像，这情况可能就会一直持续。也就是说，今天的天空在不断变化。

风很强劲，几道尘卷搅乱了赛道，还裹挟着少量垃圾，这倒是挺出乎意料的。似乎有几张纸一样的东西在涡轮换气扇吹出的气流中嬉戏。为了给比赛提供适当的通风条件，换气扇的通风量要比平时高，因为动物搞不清自己的卫生状况。我才发现，研究所内特有的秋日凉意已经稍微淡了些，多了丝令人不快的味道，虽然只有一丁点，但也够难闻了。空气中还掺着蹄类动物的浓烈气味，现在的研究所闻着就像是刚解冻的冰箱。换气扇最后还是会把这味道吹散的。尽管如此，这里依然人声鼎沸，观众兴致高昂。

我就坐在看台上。边上是建筑师鼎福，他用拳头托着下巴，就像一尊颇具寓意的雕像。他的另一侧是神学家。我的另一侧则坐着亲爱的菲尔费克斯小姐，她正面带微笑，与哲学家亲密交谈，腿的外侧挨着我的腿，我们身体的外缘得以相连。这种相连带来了无限的可能与遐想。丹尼斯·洛伊尔坐在后排。他涂了防晒霜，但又没花心思去仔细抹匀，看着油光满面。他的鼻子和眼睛下面还留着大片没抹开的白色乳霜。他边上坐着品牌分析师☺小姐。她的腿上搁着一条横幅，上面用当地的语言写了些什么，应该是在比赛开始后起身挥舞用的。这么看来，她是打算加油喝彩了。

另外，我看到了那个神秘的女人，瘦削的符号。

她独自坐在人群另一侧的长椅正中，与赛场保持距离，将一切都如数收入她那双明亮但凹陷的眼中。就连她也参与了这场愉快的盛会。

现在，我远远地见到了所长，在我心中，早已为他安置了一块罗盘。哈提夫先生在他边上。考古学家找到了一些当地学者，可能正在向他们灌输与雕像有关的知识，也可能是在为自己筹集更多资金。那群人中间的他看起来比任何时候都更像当地人。他有种天赋，可以迅速和人打成一片。现在我怀疑他可能不是变色龙，不是伪装者，而真的就是本地人。现在，这群人，这群由他和其他学者组成的小队被困在了椭圆形赛道上。所有动物都被赶到起点处的围栏里，满怀期待地站着，甩下巴，昂起头，踢踢腿，拉拉脚，想转身，但不行。

一切准备就绪。“大坝即将溃决。”

现在，就连这个场景，也让我想起了自己参加或者读过的其他比赛，这些记忆盖在了这场比赛之上，或者就像研究所和动物们的味道混在了一起那样，融为一体。我想到了那本经典小说，不是现在试着读完的那本，而是另一本著名的小说，在那本书里，所有情节都在一场比赛中得以展现，奇怪的是，作者是通过两个而非单一的叙述者去讲述故事的，因此，随着剧情的展开，主角对故事的推动也显得尤为无力，在某种程度上，这本书是割裂的。但我随后才发现，我想到的其实是由那本小说改编的电影，故事已经被翻拍过三四次，完全适应了当代的语境，但（不管呈现的效果如何）还是不如我想到的小说版更具当代性。随后，洛伊尔先生把我从思绪的泥沼里猛地拽了出来。丹尼斯就坐在我上方，他把头伸到我肩膀边上，脖子上垂着一根精致的金链，身上有股烟草和椰子的味道。

“有点累？”他问。

他眨了眨眼，坐立不安，还在咬指甲。

“哈，丹尼斯，我没事。你怎么样？算法进展如何？”

“在做它们该做的事，赚更多的钱，但也就这样吧。”

想到除了我的项目，其他人的项目都进展顺利，我就和往常一样开始恐惧起来，所以条件反射般地把手伸进口袋来寻找信心和平静，我没打算在这里吃药，只是想确保自己还有选择。但我没有选择了，因为我发现自己的口袋是空的。我是不是把它们落在……呃，不是吧。

我昏迷了吗？我肯定昏迷了，或者我肯定吃了几片药。我的药，我的药片。

我虽然还没发慌，但心脏肯定也快要打鼓了——我希望自己能感受到药片的硬度，在我的口袋里，摸到一片圆圆小小的东西。我用手指滚动它，那种感觉立刻让我心定。遗憾的是，我在另一个口袋里摸到的，只有我的设备。我像捏压力球一样捏着它，希望它别再突然震动了。

“尊敬的访客，您真是个谨小慎微的人。”现在，丹尼斯这么对我说。他一直都在看着我。“你在询问我的工作，这可不公平。我注意到，所有的信息都在朝着同一个方向流动。看来，这里的每个人，除了你，脑子里都塞满了无法说给别人听的故事。”

“我不想谈论这个。”

“别担心，弗洛比舍先生，我不会从你嘴里套话的。”

“我对此很感激。”

“不过，我还是怀疑你和这事有关，没猜错吧？”

“不好意思，我今天有点不在状态。”我尽量平静地回答他。

他绵软地摆了摆手，以一副兴味索然的样子结束了对话。“很好。那我还是识相点吧。”说罢，他又往后一靠。然后我转身看着赛道，比赛似乎已经开始了。不知道怎么回事，我错过了发令员的枪声。

比赛正在进行，而且我现在看到的，只是一团沿着远处的赛道缓慢移动的沙尘，毫无细节。我相信这些动物的间距是足够了，但从我的角度看去，它们还是免不了挤成一团。

大家都举起设备拍摄视频。我看着它们在赛道上重复跑了几圈。我正前方的设备里，一头野性十足的M's正在逐渐超过其他对手，向着南边的终点冲去。狂奔的时候，它们的肚子也随之起伏。前方的赛道变得开阔起来，它们也开始喊出“哞哞”的声音，好像宇宙向它们许下了承诺：美好的东西就在前方，随着时间推移，期待也更甚。它们现在冲过主看台，观众席就设在这里。隆隆的蹄声拐过弯道，离我的座席很近，所以我能看到它们身上扎着很多绑带，还穿着饰有缎带的华服。这群兴高采烈的动物拐弯时身子都倾向一边，奔跑的速度很快，身子就像在水中游泳的章鱼那样剧烈地收缩，每次收回后腿，脖子就向前伸。它们的骑师小得可怜，只有人类婴儿那么大，但是浑身漆黑。每位骑师都挥着比赛用的平头鞭，像节拍器那样有节奏地驱赶着自己的坐骑。鼎福先生俯身向我解释：“机械骑师。之前他们用的是小孩，但这又被认为是有组织的虐待行为——”正因如此，才有了现在这些小机器人，它们是由工厂级别的钻床制造的骑师，只会听令去鞭打，还有振动感应。太棒了！

突然出现了某种骚动。人们的注意力都转到了那件奇怪的事上。领头的骆驼戏剧性地倒向一侧。看台上的一位研究员喊道：“当心！”在赛道上疾跑的大型动物踩着沙子，失去了摩擦力。它们越跑越快，抓住地面也变得越来越难。动物的身子都开始歪歪斜斜起来，步子也不齐了，好像有什么东西绊了它们一下。距离太远，我看不清。领头那只骆驼突然失去了摩擦力，一只蹄子打滑，猛地栽倒在地，现在，它的后蹄又抬了起来，换作脑袋扎了下去。它随着惯性冲了一阵，在地上滚了几圈，就像一团裹着沙尘的毛皮，乱糟糟的。它又挣扎了一会儿。这时，排在第二的骆驼也失控冲向了赛道的围栏，撞上了官方主看台，又倒回赛道去。突然有人翻过看台，向下一跳，动作活像只蛤蟆。人们争先恐后地想要分出一条路。所有人都慌乱地想要逃离这里，而我离其他地方都太远，没什么选择，只能坐在原地冷眼旁观。落后的骆驼们追上了那只遭了殃的领头驼，来到了事故的发生地，立刻急刹车，反倒引起了连环追尾，一只只相撞的骆驼垒成了小山，有些更是翻倒，尾巴都悬到了脑袋上。对面又有一排座椅被惊慌失措的兽群撞开，远方的叫喊声不绝于耳，但我不知道那是什么语言（这些叫声的大意倒是不难理解）。这些刚被甩到地上的机械骑师还在不断挥舞着外置马达驱动的平头鞭，小小的身子在沙地上发疯似的翻腾。就算没有坐骑，它们也想跨过终点。但其中一个却相反：它不断拍打地面，疯狂地向赛道边缘冲去，就像一颗倔强的精子，扯开贴着广告的围栏，向着元结构和成群的建筑，伴着身后逶迤的痕迹，冲进了沙漠的骄阳里。

小机器人，祝你一路顺利。

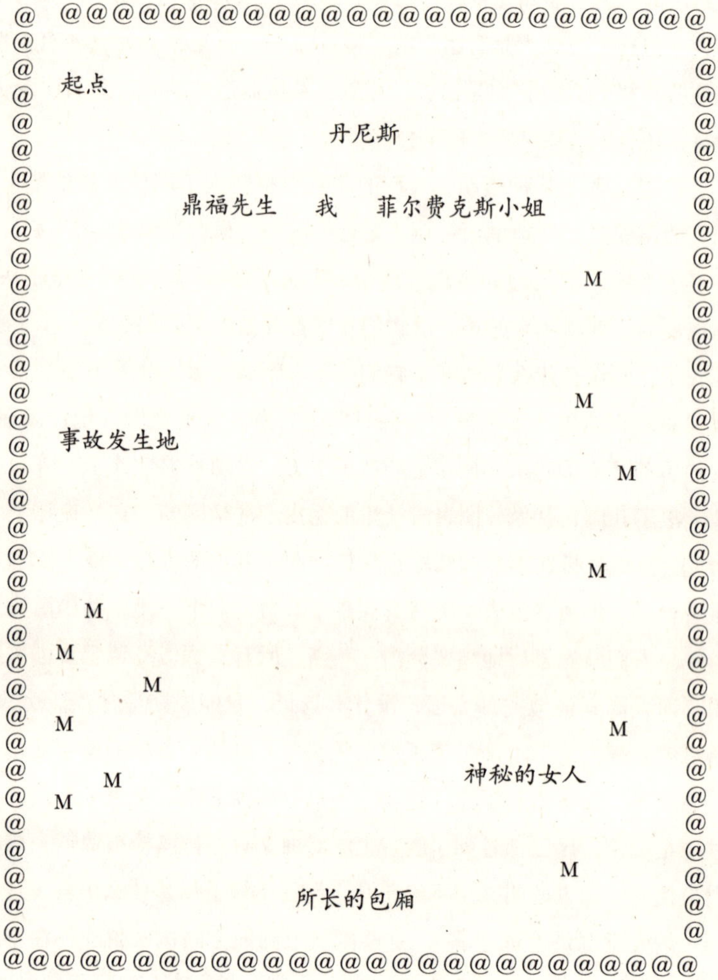

注：赛道用@表示。

我在阳光下眯着眼，皱着眉，转身和丹尼斯说话，他没往那个混乱不堪的场面看过半眼，而是一直在看着相反的方向。我又转回身子，看到了一只摔了个底朝天的动物，背部倒在沙地里，腿在努力地寻找支点，身上的驼具和缎带都摔烂了，真是可怜。只有一两只动物到达了终点。第一只过线的动物立刻被穿着白色大袍的男人、驯兽师和它的主人围住，他们抓着它的挽具，骄傲地拍拍它。人们还为它提来一桶水，然后把它牵到属于胜者的围场中。

远处的观众席上传来一阵热烈的欢呼声。至于这是为了胜利者还是为了失败者，我不确定。接着我就见到了所长，他站直身子，这副猥琐的样子看着就恶心，颐指气使，喜不自胜。他应该是在发号施令吧。获胜的骆驼被带向前，身上沾着白色的汗沫[1]。（那是骆驼吗？真的是只骆驼？它是长了两个驼峰的单峰驼。所以单峰驼就是 M's。我不知道。那骆驼就是小写的字母 n。但这里没有这种骆驼。无所谓了。）它松软隆起的背上多了只鲜花编织的花环。所长把一只高大的金色奖杯颁给了动物的主人：他是一名身穿大袍的当地人，大概是有地位的酋长。他那只字母形状的动物突然响亮地“哞”了几声。这种最基础不过的戏剧效果引得观众笑声连连，然后大家都鼓起掌来。

与此同时，几名侍从走向沙地，帮助那些倒在地上的动物站起身来。它们的腿没法找到支点，都累得抽筋了。肌肉绷得紧紧的，一个个都昂着脑袋。脖子就像巨大的鳗鱼那样扑腾着，在地面搅出了坑，下层深色的沙子露了出来。这些动物眨着女人般的长睫毛，眼珠直打转。我在旁边录下这一切，事发地离我很近，所以画面也变大了。同样变大的是：始终居于场地另一头的神秘女人。

“妈的，搞什么呢。”丹尼斯向前探过身子，说话时的热气都喷在了我的脖子上。

另一头的神秘女人起身离开了。

她拿起膝盖上的围巾，把它绕在脖子上，我指着她问道：“丹尼

---

① 马和骆驼体内有种被称为“泡沫蛋白”（Latherin）的物质，会使汗水变成白沫状，这样可以增加液体的蒸发表面积，帮助散热。

斯，她是谁？”

洛伊尔先生眯着眼。

“什么？谁？她？你们没见过面吗？那是查特顿小姐。”

“查特顿小姐，”我重复道，“神秘女人是查特顿小姐。”

就在我说这些的时候，她正好经过我们所在的那片露天座席。她拘谨地抬头望了眼我们，品牌分析师☺小姐和菲尔费克斯小姐朝她挥了挥手，丹尼斯除外。我们现在都离开看台了，活动正式结束，铝制台阶上响着人们的脚步声，随后，人们开始分组，这时，建筑师鼎福和神秘女人说话了，神秘女人似乎有点困惑，随后考古学家也加入了对话。我可以听见神秘女人的声音，她的声音听起来比我想象的要更年轻些，稍微有些沙哑，不过也够完美了。然后她突然转向我，有那么一会儿，她似乎真的在仔细打量我，可随后她的视线向下移，说道：“你怎么把制服弄成这样了？”

她对我说话了，已成事实，无可辩驳。她开口了，而且是在对我说。于是我惊诧而友善地回盯她，惊讶让我变得反应迟缓。人们正在说笑。

她再次开口，有人随即接了话。

时光流逝。

现在她离开了。

工人现身，开始清理工作。他们带了一张防水的油布，把收集来的垃圾堆在上面，然后拖走，在地上留下了长长的沟槽。扯出软管，打湿地面。一台拖拉机来了，后面拖着一排长长的耙，紧随其后的另一辆车则拖着一台扬沙机。它们沿着赛道缓慢行驶，与动物刚刚奔跑的方向相反。场内还有几名劳工，负责清理观众席上的横幅和其他垃圾。在我和丹尼斯对面的是个身穿连体服的工人，他手持小叉，沿着赛道戳个不停。难道是造浪池里的那个？他走了差不多十米远，然后停下来，蹲下身观察着什么。就算从我这里看，都能轻易认出那是一张纸。然后，叉子如同苍鹭的喙，迅速向它一刺。

回到聚居地的路上，这里有更多的垃圾。

我想，研究所开始放任不管了。

但是，但……那张纸。

我的头脑开始思考别的事了。新的想法吸引了我的思绪。

我能感觉到它。

12

我的项目的基本原则

基本原则 1. 项目应当具备不同渠道。项目应当具备不同模式。项目应当多元共存，世代交替。项目应当是一个整体。

基本原则 2.（包容性）项目应当是开放式的。注意，我不是说这个项目包罗万象。这个项目并没有囊括一切，也不是百科全书式的。但它在素材的选择上依然很宽松。任何素材都能成为项目的一部分，比如骆驼、体育场、棕榈树、纸张、梦境，甚至是早就存在的材料。它吸纳了许多元素，从现实世界到思维世界，无所不包。

基本原则 3. 项目应当具备可视化的部分。（该项目对视觉方面的要求很高，如果完全回避这个方面，那么这个项目就会简单一些，但我们对此没有别的选择。原因见基本原则 1。）

基本原则 4. 项目应当具备叙述的部分。叙述是一切工作的关键，对其他相似的工作来说也是如此。或许它也是所有人类活动的关键。我不知道。但我可以肯定的是，人类生产的每样东西背后都应该有个故事。

所以接下来就是：一系列事件。最好还有各种变数，而事件的代理人也面临种种选择。（当然了，在这个项目中，叙述是我最没天赋的部分。）

基本原则 5. 项目应当考虑到编剧理论，包括镜头调度、戏剧运动、舞台指导，既要有平淡的桥段，也要有超越现实的部分。

基本原则 6. 项目应当具备修辞的部分。在这里，修辞可以以两种不同的方式表示：

a）“修辞”是为了让听众在某种程度上相信这个项目，包括呈现的观点，以及在这个观点下，我为了让听众对我得出的结论表示认同所付出的努力。

b）该项目中的“修辞”是指一系列风格化的行为、方式、习语以及声调。这些对于我们手头的工作至关重要。

基本原则 7. 该项目应当包含即兴的部分。也就是说，该项目应当欢迎灵感。（甚至乞求它的降临。）

基本原则 8.（交流：完全不会有。）交流并不是项目的一部分。在这里，没有人敢说自己肯定会被人理解。这里既没有交流，也不存在亲昵；既没有感同身受，也不存在和谐一致。任何分享或者讨论项目内核的报告都是不受欢迎的。借鉴是项目的敌人。（业余的人才谈借鉴。）该项目不会辨别创造者与使用者之间本就存在的差异。该项目不是三角测量法中的第三参照物，也不是接力赛，更不是扩音器。相反，该项目将使用者和创造者都纳入了它的内在体系。

基本原则 9. 这个项目之所以存在，就是因为它有成功实现的可能，而它也必须成功。它追求的目标，也就是它的终极目的，就是彻底抹除存在的痕迹。项目进行的第一步，就是构建那些必须也必定会被删除的材料。我们不能混淆项目和项目的资料。项目的资料只是为了删除而特意准备的原始素材。最重要的是，不论项目吸纳了什么，只要它成了项目的一部分，或者随项目进展而逐渐累积，不管它是氛围还是神秘色彩，就必须去除，或者允许其凋殒。

基本原则 10. 迭代。模仿；复制；重复。伪造。

基本原则 11. 该项目应当能够诱发精神错乱和困惑。

基本原则 12. 缓和。该项目需要定期采取缓和措施以褒奖消费者的持续参与。说到底，这种缓和是一种安抚。但对象是谁？是那些或许更希望项目能够按照自己坚持的原则去呈现的人，是那些拒绝向自己的偏见发出质问并因此发现除了失望一无所获的人。（这种做法有时也无济于事。）"缓和政策"正是这样散布到人们心中的。值得注意的是，我们现在还不确定这么做能否改进项目。很可能不会，但是，当然了，在我看来，完全缺乏基本原则 12 的项目无异于如履薄冰。

基本原则 13. 牺牲。我们永远无法预知自己要牺牲什么，但总要有所牺牲。有失才有得。这符合能量守恒定律或者其他类似的定理。牺牲永远姗姗来迟。

等等。

就这些。我就知道这么多。（可惜，这样的剖析只会让我心生畏惧。）

13

（必要的购买）

你怎么把制服弄成这样了？

（神秘女人问我："你怎么把制服弄成这样了？"她开口了，说的就是这句话："你怎么把制服弄成这样了？"）我感受到了动物本能般的焦虑，决心现在就去处理这个污渍，一劳永逸地解决问题。不能拖延了。我把丢进嘴里的药片压在舌下，稍作等待，直到我尝到了它的苦味后再吞下，然后匆忙去找我的助理。

"我早就提醒过你了。"菲尔费克斯小姐责备道，她在办公室里忙碌，磨损的贴皮地板被那双研究所统一发放的木底鞋踩得咯吱作响，"你有没有叫过聚居地的客房服务？"

"当然叫过，"我说，"第一个试的就是这个。"

她向上推了推自己歪了的眼镜，把视线从我的衣服上移开，鼓起的双眼盯着我。"这个嘛，你的运气还好——这还不算很糟。我会帮你想想办法。另外，你真正应该担心的是你的项目。"

"我知道。"我保证道，又赶了几步跟上她，"我现在有个新的想法，关于如何开始——"

"珀西，没时间了。"她打断了我的话，然后猛地左转，径直走出门外。

“多谢啊。”我对着面前紧闭的双开门讥讽了一句，原地转身，朝着反方向大步走出走廊。我在哈提夫先生的工作室逗留了一会儿，他面前的考古桌上堆满了碎片。“那家店叫‘双生店’，这名字够简单吧？”他放下手头繁杂的工作，抬头看着我。

“是什么干洗店吗？”

“难说。”

“那到底是什么？”

“就是当地的一个地方。这样的店有很多，名字都叫双生店。但你想要的，就是这家。它独一无二。别告诉别人，就连菲尔费克斯小姐也不行。也别透露自己要离开园区。今天下午你就可以动身，时间正好。没人会看到你离开。所有人都会在……这里。”然后他递给我一张淡绿色的广告传单，上面写着：确保成功的秘诀。

“但我怎么——”

“我会给你指示的。”

“好，但……是用英语吗？双生店？”

艺术中心门前立着巨大的石板，后方是一扇双开门，一个小时之后，穹顶下的最后一位居民也消失在了那扇门中，藏身于棕榈树后的我窥探，等待，直到演讲开始为止。扩音器放大了所长的声音，但又有点闷，声音从艺术中心传了出来，就像是从水下发出的那样……

将价值从身体转移到心灵。标签：转移价值。充满敬畏地激发灵感，并且采取控制措施，避免暴露残酷的现实。（嬗变）将庸才转化为天才。你的目的是什么？大胆行事。你必须采取特定手段。喜悦和热情日益增加，就连愿望也会得到回应。和我们谈谈……我们自己。

……是时候离开了。我匆忙赶往停车场，坐上了自动驾驶的汽车后座，伴着嗡嗡的引擎声，元结构迅速飞向身后，就像风中的肥皂泡那样，消失在我的视线里。我几乎立刻感受到自己的存在。

沙丘闪过窗外。远处散布的钻井亦然，但运动的速度却不同。沙漠实在疯狂，在窗框内频闪的沙丘似乎在向前运动，可它相对车而言，其实是向后的。我分不清是谁在移动：是车，还是沙丘？感觉又变敞亮了，只是远处还横亘着黑暗的海水。沿途几乎没有碰上其他事物。偶尔能看到一两辆汽车，它们就像圣甲虫，和其他身形更小的同类一样，外壳下装着的可能是这里唯一的活物。周围没有其他哺乳动物，没有树，也没有房屋。什么都没有。（另一条死寂的走廊。）这或许可以解释为什么研究所的项目成功率如此之高：我们身处绝对的虚空，只能通过大脑产生的想法来填充这个世界。

最终，城市越来越近，其他没有车辆的路也与我们分道扬镳了。如今路边只有零星的房地产开发项目，少数正在建设当中，这很可能是由境外的利益集团作为投资渠道而建造的。这是我们开始驶入城区外围的标志，车已经不知不觉穿行在越来越高大的建筑群中，现在，我面前出现了一座高塔，它的造型实在匪夷所思：旋转的塔身就像开葡萄酒的起子，随着高度不断上升，它开始向后倒，消失在漫天沙尘之中。

这就是永世契地的冠冕高塔，这个半球上最高的建筑之一。它声名显赫，在这里刚被开发的时候，一群有影响力的建筑家共同参与了它的建造。这些建筑家的影响力极大，没有人敢质疑他们给这样一幢位于炎热地区的建筑外层使用反射膜。结果，有些建筑周围的物体——其实也不算什么特别重要的东西：就是几辆车、一台起重机、一间小屋，还有一两个人（都是当地的工人，或者说奴隶）——立刻被液化了。又是一番清理和重装，这次用的是一种特制的钛材料，为的就是分散而非聚集阳光。

知道这事的人不多，但（曾经吹嘘自己住过这儿的丹尼斯告诉我）

这栋楼几乎全年都无人居住。光是中央尖顶那里就有上千间房，大多都废弃不用。高塔本是为了吸引、聚集和容纳人们而建，但却无人前来。这里只有它的官方照片有点知名度，因为它的高度实在突兀，又在建筑设计上有着重要性，所以才广为人知，许多人看过照片，也发表过自己的见解。事实证明，只要有图就行了。那些可能对冠冕高塔感兴趣的人看看图也就够了，没必要亲眼去看这些建筑。

也是，干吗要这么费事？过去一次多麻烦。所以附近的停车场空荡荡的，就像没用过的绘图纸那样干净。那些为了保障冠冕高塔正常运作而留下的人员，比如清洁工、水管工、电工、承包商，以及那些工作内容就是负责逐一走过房间并动手开关电灯的当地人——形容自己就像一群正在扫净巨型棒骨的蚂蚁，而当他们在这幢空无一人的建筑中穿行时，偶尔还会听到异响，声音听起来有点像乐曲。他们说，空荡荡的冠冕高塔就像一架巨大而又沉默的艾奥里亚管风琴，会对着阒无一人的空间——反正不是对某位嘉宾——奏出怪异而又骇人的旋律（在大型沙暴降临时听到的异响尤为清晰）。

我坐的车径直驶过冠冕高塔，不禁想：我也见过它了，看的时间还比大多数人更久。这种“时间的长短”真的能衡量吗？还是说，其实是我看到的部分比别人更多？然后，这座塔就被赤色的尘土和沙砾，以及正在不断扩张、无序蚕食土地的建筑遮蔽了。

我们又驶过几公里，市区到了。车在角落里缓缓停下，我下了车，它就开走了，把我留在那里，就这么简单。

我到了。

没错，就是这里。在忧郁的岸边，坐落着一片纯白的圣地。

城市中心。

从本质上看，城市本身就书写着历史。从结构上看，当然也是这样，但也可以这样看：“这座银行的前身是咖啡馆，而咖啡馆的前身是鞋铺，在那之前又是……”它是这些短暂瞬间的沉积。但这座城市，只是一座现在的城市。它只存于现在，只为了现在。永世契地的市中心没有过去，我更不可能假设它的未来、毁灭，或者其他可能性。称它为永恒之城或许更加准确：一座推演出的城市，一座概念性的城市。它不过是投影，是共时性[①]的产物，是一座图纸上的城市，是信息之城，是标志之城。这是一个由神从常人无法构想的角度塑造的模型——他们的视线相对地面呈四十五度角，俯瞰一切，渲染出贝塞尔点和其他可变的向量。他们构思出这些精心排布、齐齐整整的街道以及宽阔的大街，与此同时，将它们都想象成同种颜色：纯白。一切都是纯白的。纯白的岩石，纯白的水泥，纯白的瓷砖，纯白的石膏，纯白的玻璃，纯白的钢材，纯白的沙砾。

没人是在这里出生的，真的。这里没有原住民，全都是移民。他们为了工作，甚至为了颜色，为了游客而迁移过来。现在的城市，永恒的城市，只为了游客而存在——他们或许会把亲身经历与城市指南上的经历相比较，发现前者存在不足。看，就是这儿，脱离上帝和城市指南的视角，所见有所不同。也就是说，细节更多：带着毛糙的边缘，有纹理，边缘呈锯齿状，还有热浪。这里没有元结构，温度简直高得让人受不了。宽阔的人行道只靠大型灯墙分隔，它们排成形状各异的三角形、平行四边形和菱形。热浪一阵一阵地从人行道上涌来，肆意地炙烤一切，甚至包括空气本身。它前进的每一步，每个下意识做出的随性动作，都让温度愈加滚烫。我决定不再摆臂。我用一条薄薄的棉质披肩包住自己的脑袋，带它来就是为了这么用的。意想不到的是，现在我融入环境了。我蹿到阴影下之后才发现，这里只是光线暗了些，并没有凉快多少，我的设备上的箭头带我走到一条大道上，再走上了另一条。身后的远处，耸立着那座依然看起来无比巨大

① 可能指语言学家索绪尔提出的语言学术语，即研究语言在某个特定时期表现出的特点以及内在联系，在这里指具有历来所有城市性质和审美特征。还可能指心理学家荣格的“共时性原理”。

的高塔。

身穿防风夹克、裹得严严实实的游客们穿行在免费开放的公园和高度适中的楼宇之间。也有些人戴着头巾。所有人都在寻觅阴凉处。我经过一座荒诞——不，应该是平庸——的公共雕塑。波光粼粼的银色中藏着一团看着像生物的东西。但我去的地方没有公共艺术品。城市的这块地方什么都没有。

现在我离开主干道，走上另一条街，这条路上有层顶棚，从这里又引出一条道来。然后是拥挤的拱廊、商店。边角处的浮雕、逼仄的空间，都向我拢过来。拥挤，很温暖。是人——许多人——的体味，还有饭菜的香味，掺着柑橘与丁香，混着松节油，夹杂着垃圾和大麻的味道，以及黑色达卡（DRAKKAR NOIR）[①]、广藿香、汗水、必胜客、檀香、Forever 21（美国服饰品牌）的味道。多样的气味，丰富的画面。让我们站在这里好好看看，上方和周围，是用异国文字书写的商标，各色图案信息仍在展示。这些标志闪烁着鲜活的色彩，有些还明灭地亮着光：是煤气灯，还是霓虹灯，或许是亮着的显示器——杂糅的灯光和颜色，就像是用明亮的三原色涂抹出的手指画，自顾自地按照设定好的程序，展现自身色彩的变化。当然，还有许多假冒的市民。一团鲜艳的色彩突然涌出来，原来是颜色混杂的衣服和珠宝……有几个调皮的孩子像是要缠着我，还有当地的混混儿和打手，他们纷纷踏出门框投下的阴影。还有一名妓女、一名女巫、一场本地人的庆典……骚动，香料摊，肤色浅棕的人们，还有鸟儿……喷涌而出。死气沉沉的安保队员戴着贝雷帽，光滑的背带上扣着一把粗短的枪，看着就像是个东方主义的马戏团。为什么一切都像是假的？

他们本是大同小异、沉闷乏味的普罗大众。我猜，他们在当地算是边缘人吧。但奇怪的是，他们却没有穿上研究所的制服，他们既不

---

① 姬龙雪（Guy Laroche）于 1982 年推出的一款男士香水。

属于研究所，也不在研究所的圈子里，没有呼吸研究所里随外界条件而变化的空气。他们不算怪，也不怎么特别。不过大多数人的确穿着自己的制服，永世契地的制服。但我认不出。我的意思是，我能分辨颜色，但不知道它们背后的含义。猩红，赭色，蓝绿，烟灰。这里有呼喊声和喧嚷，有城市的喧嚣、咒骂、水果、不值钱的小饰品、鸡蛋、烟尘、地毯，等等。

这是一座迷宫，但我知道自己要去哪里。我不会迷路，再也不会了。永远无法迷失方向又是怎样的状态？没错，就是字面意思。（在现代社会）拥有这样的方向感难道不是天经地义的吗？但这也会给人带来痛苦。这就好比反复翻开一张旧地图——就像动画里滚动的背景，不断重复的镜头——同样的门廊，同样的窗户……没有新意，没有风险。当然了，这些地方我全都见过，靠的就是街景功能。现在，让我们再拐过几个熟悉的弯，再步入另一条小路。它居然变得更窄了。这次就让我们沿着这条路一直走下去，需要钻进某条小巷。我们之前就知道有这么条路，而且箭头也是这么指的，现在，那枚箭头似乎看起来非常迫切，就像一条狗，想要带我们走向另一条走廊，另一片会引发幽闭恐惧症的迷宫。

我们沿着一条蜿蜒曲折的小路前进，两侧围着铁丝网，又黑又脏。但我们似乎进入了错误的方向，我们来到了一个巨大的高速公路立交桥下。在宏伟的高架下方，是用瓦楞钢板搭起的棚户区。有些房子留了一面墙没封上，上方就是立交桥，所以也没有搭屋顶的必要，层叠的水泥柱就像是森林。生命在巨人的脚边找到了一条活下去的路。有几栋楼直接与T形柱相连。道路在上方交会后分开，从这里望去能见到许多消失点[①]，难以尽数捕捉。然后是三个急转弯，拐过一两个弯道，

① 平行线的视觉相交点。如当你沿着铁路线去看两条铁轨，沿着公路线去看两边排列整齐的树木时，两条平行的铁轨或两排树木连线交于很远很远的某一点，这点在透视图中叫作消失点。——编者注

我们终于到了。急切而有动力的箭头带我们来到这里，没错，就是这儿。在当今（现代的）社会，根本不可能迷路，所以我们要去的肯定就是这里，没什么问题。那么现在让我们关闭地图，去掉引路的箭头，手指一捏一滑，把它丢到一边，地图不能精确到这个程度，那就跟着直觉前进。现在让我们亲眼观察，开始向左边一条未被标记的小径走去。它不过是条后巷罢了。

当然，一路上没有标志，除非留心寻觅，或者事先做好准备，知道这可能会是通向某处的一条路，不然谁都不会注意到这里。

我们继续。

沿着巷子向里走，才发现这是一条死路，砖墙上没有窗户，周围阴暗潮湿，墙上密密麻麻地贴满了老旧的海报和传单，没有一张能看得清。越往前走，小巷越窄，好像我们正朝三角形的一角走去。巷子的尽头处最多不过四五肘宽，在那里有一扇门，上面有个标志或者商标之类的东西，表明了它的商业用途。

有个门把手。

“有人吗？”

我走进一间商店，这是最普通的商店。

没什么特别的，就是个朴素的旧房间。

这可能是间废弃的邮局或者复印店，抑或是再普通不过的客服中心。灰色的富美家①台面，肮脏的地毯。荧光灯映出了如烟似雾的黄，点亮了房间。几盆塑料植物。一个小小的金属钱箱。一本普通的账本，摊开在大约三分之一的地方。房间里还有几把椅子，上面摆着几本破旧的杂志。店里没人，不过偶尔应该会有生意上门：贴面地板有些磨损了，日志上涂满了潦草的字迹。这里有两扇门：一扇是我进来的门；还有一扇在柜台后面，通向后屋，而那里估计是车间或者某种储藏室，那里寂静无声。一台固定在墙壁和天花板交界处的老式金属风扇发出

① 1913 年成立于美国，以生产装饰台面和板材著称。

若有似无的吱吱声，就像口琴吹奏出的曲调。对面的墙上钉着一本普通的日历。月份错了。柜台后空无一人，台面和柜门上都没有铃。一切看起来都非常普通。我迈了几步，来到柜台前，突然响起“叮”的一声，声音饱满洪亮，我低头看去，发现自己正站在一张肮脏的地垫上，上面用黑橡胶印着“双生”两个字。脚触发压感，响起铃声，现在后门开了。先是开了一条缝，随后全部打开，有个人出现了。

一个男的，长脸，带着一双湿润而且富有表现力的眼睛。

他怀疑地打量着我。

我试着让自己看起来放松又得体，然后说道：“呃，你好？”

他直勾勾地盯着我。

“有个同事介绍我来这里。奥斯曼·哈提夫先生。我想把这件衣服弄好，我的意思是，把上面的污渍去掉。我可以给你看……就是这里，看到了吗？这团东西，污渍，是墨水吗？它的来历还挺有趣的，是我的钢笔弄的，就是一直用来写字的那支，然后呢，它有点漏墨了。就是‘噗’的一下？就……我需要把这个弄干净，你明白了吗？”

“……”

“你能……你是不是连——”

（没有反应。）

双生店的家伙（我心里开始这么称呼他了）就像一只家猫那样站在那里，盯着我，静静等待。

“听着，我有一个……别人告诉我你可以帮我这个忙。等一下——”

我伸手去拿我的设备，把它从背上的包里拽出来，找到了哈提夫先生给的提示：

进店后，不要和店主说话。直接走向柜台，放下东西，然后说出这句话：“仿影双生。”这是流程，不要搞错了。而且严格说来，店主也不是必须为你服务，他也有权利拒绝。但如果进展顺利，店主愿意接你的活，那他就会点头然后报价。记得用现金支付。不要磨蹭，不要盯着他看，也不要随便提要求，这样不礼貌。鞠躬离开（身子不要弯得太低）。向后退出店里。放轻松，没事的。

“啊！”我大声叫了起来。

双生店的人皱起眉，身子侧了一半，向着他刚出来的那扇门后退了一步。

“等一下。”我轻声道，慢慢把视线从他身上移开，把包里所有的东西都掏出来——里面都是杂七杂八的东西，制服就埋在最下面——全都堆在柜台上。我在包的底部发现了那件制服，把它扯出来。

再推到他面前。

我指着它。

然后我说出了那句“咒语”。

“他用手指来计价，奥斯曼。我没想到这个过程会让我付出如此大的代价。不，我倒不是在抱怨，如果能成功的话，贵点也没事。”

我和哈提夫先生一起往游乐中心走，那里摆着蛋糕，有人放起了音乐，音量略感刺耳。又是一个报告™完成后的夜。喝得烂醉的研究员毫无顾忌地跳起舞来。那位脸和双手都蒙着纱的女人也身处其中。放纵，恣肆，行为粗俗。或许这里的所有人都需要这些，要求从他们单调的生活和项目中暂时抽离。这件事开始还有些节庆的感觉，后来却有了些不光彩的意味。有位女研究员解开了她的束腰上衣，除此之外，种种迹象都告诉我，事情开始慢慢失控了。有些研究员嘟哝着抱怨个不停，又咯咯地笑着，步入昏暗的走廊。另一名我不认识的研究员双手各拿着一大瓶香槟，晃晃悠悠地走来走去，她好像马上就要把手里的酒瓶当成保龄球的木瓶，玩起抛接的杂技。爱乱扔垃圾的家伙也在。

出口处站着品牌分析师☺小姐和建筑师鼎福，他们一边聊天，一边看着我们。爽朗的笑声时不时飘进我的耳朵。乍看上去，所有人都兴致盎然。还有，哈提夫先生似乎对我成功仿影的行为很满意。

“我告诉过你吧，它会成功的。珀西先生，现在你就能集中精力了，不要分心。把你在研究所里计划的项目做完。他们的耐心是会耗尽的。你总不想整天被所长盯着吧。研究所在关注着你——你可别忘了。”

“我不会的。”我说。

（我怎么可能会忘？）

晚些时候，我回到住处，又是独身一人。旅途，回程，浪费了一个日与夜，为了交际戴上面具。现在我看着电视屏幕，调着各种频道。表情包的图片，被恶搞的蛇鲨[①]，循环出现的评论、购物、广告（通过那些推送给自己的广告，我更好地认识了自己——广告是一面像素组成的镜子，是我的肖像，让我坚持自己的偏好，为的就是让我再次购买这些产品，成为更加忠实的顾客），不断推送更多的足球、游戏，还有色情电影……这些缥缈的信息仿佛来自另一个世界。只有天气预报才能吸引我。还是说，这是新闻节目？天气新闻。矢量场与气流叠加，全球各地的主持人在播报新闻时，脸上都会带着平和肃穆的神情。男人身后有张地图，就在他肩部上方。地图角落里播放着画中画，似乎是正在吞噬整座城市的巨型沙尘暴。人们从头到脚都裹得严严实实的，用围巾遮住脸庞，顶着狂风寻觅藏身之所，树也弯折了，窗户震得直响，被扯碎的旗帜霎时就被甩在地上，飘在天空的油布就像野生的蝠鲼，垃圾飞得到处都是。救护车和军车鸣响。符号和表意的外国文字挤满了新闻底部的滚动条。

这里有个地方已经进入了紧急状态，真真切切地就在外面某处。

---

① 游戏《半条命》里的一种生物，类似甲虫，有四条腿和一只绿色眼睛。

我下意识地看向窗外，视线穿过灯光在窗上映出的倒影，望向外面平静的夜色，奇怪了，我居然让窗一直开着。

进入紧急状态的地方不是在这里，不是在研究所。

随后我关上窗，转过身，注意到了些许异样：桌上的记事本空荡荡的。里面的纸呢？在床上？那里之前是有一沓纸的。还是我记错了？我把项目的基本原则都写在纸上了。它们现在——？我想起来了。

被我忘在双生店了！

就在柜台上。

嗷。

我还得再去一次。

我想，纸总是以各种各样的方式背叛我。于是我的身子蠕动了，钻进被窝，找了个舒服的姿势，继续开始夜晚的苦读。我用这本硬皮书的丝带轻快利落地分开书页，继续啃这本卷帙浩繁的成长小说。真该死。

14

（纸）

与此同时，永世契地的中心区域，在没有灯光的小巷尽头，在摇摇欲坠的破楼中，在双生店那阴暗的后屋里，有一束光在来回扫描，一次，两次，间隔极短。来回扫动的光束就像是从空中的侦查器上照下来的，寻找着罪犯。光是蓝色的，很亮。它装在可动的滑架上，每次扫过地面，都会发出单调刺耳的响声：哇——哇——声音听着不像是婴儿的哭声，因为它不表达需要，也没有多少含义，它更像是一种电子噪声。这是电路、静电、光导体、电机，以及网络的信息传递功能导致的，也是混合与转移的结果。滑架还在发出响声。

每当光闪过，滑架就会响一次，声音成双，来回，声音成对，向后，再向前——仿影——前后来回——仿影，仿影……

房间里，有个男人在注视着光。光照亮了他的脸，勾勒了他的五官，然后又归于黑暗。灯光闪过的瞬间才能看到他的脸，然后他的脸又消失了。

过程结束，机器安静下来。他拿起成品，仔细检查，把它翻过来，又翻过去。看起来不错。

完美无缺。

甚至比新的还好。

新的制服如双生店的人所愿，现在正被他捧在手上，双生店的人点点头，啧了几声表示满意，然后走到另一张桌前，把衣服叠好，包上塑料膜，把这个新的包裹放进灰色的小盒子里，盖上盖子，把包裹拿到店门口。

他拿出一卷封箱带，刚准备把它封好，突然，他发现远处的柜台上落了个东西。

是一小沓纸。

他拿起纸，稍加思忖，然后拨开帘子，回到了后屋。

第二部分

疑虑与斟酌

15

（雪）

“珀西，你有访客。”

我不信，至少开始时不信。我才是这里的访客，而访客不该有访客，但她就在我面前，提着袋子。她是我的远房亲戚，但我几乎不认识她。她在这里有些隐秘的工作要做，现在未经通知就贸然前来，似乎还打算在这里待上一段时间。所谓的工作更像是一种托词，而我其实被监视了。家里派来了一个间谍，他们招募她就是为了让她汇报信息，提供情报，甚至还可能要说服我离开这里。我不知道。这是徒劳，想想就觉得尴尬。我就像之前奥斯曼·哈提夫为我带路那样带她转了一圈，向几名研究员介绍了一下她，每次都让我的访客感到更加困惑。我们拖着步子去当日开放的工作室里转了一圈，然后在食堂用餐。我试着“提示”过她好几次，但她始终未能回应我的暗示，只是看着我，一脸困惑。我们待在一起越久，我对她就越陌生。她会不会是别人假扮的？如果是，那她希望得到什么、发现什么？她每晚都会回城里的酒店住，而我则想要节省开支，也想重新获得一些做事的动力。但她来了两天后我就清楚，就算她现在走，对我们来说也已经迟了。

在她拜访的第三天，我们随便吃了点早餐。真是煎熬。然后她走了，我发现我在她坐车离开的时候一直盯着她的后脑勺。车的后窗就像眼睛，而她的脑袋就是瞳孔。车驶出研究所的小道，从我的视线中消失了（谢天谢地）。确定她走了之后，我站在聚居地外的环岛处，思绪在过去和现在的记忆中来回跳转。我站了一会儿，等待上周的记忆全部散尽，仿佛她根本就不曾来过，像是被跳过的章节。所有模糊的感觉都已退散。我走回现在的生活，彻底重回自己在研究所扮演的角色，而这位亲戚的到访，或许是我要与之斗争的过往生活留给我的最后信号，是那段生活为了挽回和夺回我所做出的最后尝试，这个想法让我很满意。我想，在这段模糊的时间里，这的确是个奇怪但清晰的标志。除此之外，这里的生活实在没什么好说的，当然，工作除外。思索自己的项目让我费劲心力——它背后根本的哲学思想，它可能会采取的形式，它呈现的叙事弧线[①]、角色和性质——我有预感，自己要陷入瓶颈了。

我还是原来的我，之前预计会有的个人转变尚未发生。没有成长和蜕变的迹象，没有实质性的转变，什么都没有，甚至那本读起来漫长而又痛苦的小说也没什么进展。（最多就读了几章吧。）它就在我的床头柜上——这堆自找的烦恼。丝带书签不情愿地夹在其中，我开始觉得，它在书中前进的页数就是计量时间的方法：好比堵塞了的沙漏中的沙砾、损坏了的钟表里的指针。更令我失望的是，在经历了依然没有成果的数周后（相似的日子凝成了一团），我在和奥斯曼·哈提夫玩西洋跳棋时突然意识到，我对这个项目甚至没有丝毫的紧迫感。

“你肯定会完成项目的，肯定会。”哈提夫先生盯着棋盘，坚持自己的观点。

“我是会，但问题是，我很想完成这个项目，但我现在却不想……你能理解吗？我不想动手做。我一心就希望项目哪天能自己完成了。”

---

① 指小说或故事中具有时间性的剧情结构，或者是叙事的五个阶段，即阐述、上升、危机、高潮、结局。

"有什么进展吗？"

"没……什么进展。"

"珀西先生。"

"我知道。"

他耸了耸肩，说道："成王[1]。"

我的项目在确立了几个模糊的标准后，显然已经深陷某种停滞，好比小说中那些乏味的部分，虽然我之前还挺喜欢看的。换句话说，在项目的过程里我陷入了无尽的沉思。我原以为这种幻想的状态会带来成果，还指望能把疲倦变成活力。我想，我应该把感到无聊的阶段视作准备攀向更高一级的信号，就像菲尔费克斯小姐说过的那样。我还觉得，我是时候从项目的"激励"阶段走出来，并且向更难的阶段发起冲锋了。另外，完成项目这件事对我来说，就好比那些尺寸惊人的积雨云：它们积聚在沙漠的尽头，尺寸惊人，好像洛可可风格的云之神，它离沙漠还很远，既不能带来降雨，也不能让这里变得更加舒适，但却预示着这两者的到来。

我的项目现在完成了多少？大约三分之一。其实比这还少一点儿，勉强算三分之一吧。潦草做了些，没有重点。模糊的想法带来模糊的开端。没有做出困难的选择，没有给出明确的决定，缺乏孤注一掷的决心。当然，基本原则在开始时就差不多定好了。它们很重要。（但其实，目前它们在现实世界中的实体依然下落不明，或者说，暂时下落不明。齐姆齐姆为了提醒我回到双生店里拿回基本原则，给我留了张便条）然而，我却只是单纯地翻找了一下附近的空间。也就是说，我现在的进度肯定比菲尔费克斯小姐以为的慢，比任何人以为的都要慢。（此时我很想说自己缺乏灵感，但"灵感"本身就是相当拙劣

---

① 西洋跳棋中的普通棋子只能向左上角或右上角且无人占据的格子斜走一格，而当棋子到底线停下时，它就会"成王"，之后便可以向后移动，有点类似国际象棋的"兵升后"。

的说辞，不是吗？）我知道自己需要鞭策，需要规定，甚至是不好的后果。

为了与这种倦怠抗争，我开始锻炼。我不是什么运动健将，但却让自己埋头于体力消耗极大的项目中。起初，我在田径场里的那条沙地跑道上跑步。但在我跑的时候，警告区里不时有成群的研究员盯着我看，他们用诧异和怀疑的目光盯着在跑道上奔跑的我。为了保护隐私，我只能放弃在跑道上跑步，试着在园区内跑步。我从两侧种植着棕榈树的车道上出发，又发现自己被人盯上了，尾随我的是个穿着连体服的人，他开着小型全地形车，一言不发，谨慎地与我保持距离。跑步看来是没指望了。

我现在发现最高效的锻炼方法就是在研究所的健身房里待上一两个小时。我可以在那里专心使用登山机、跑步机、健步机、划船机和其他各种健身器材。每逢周一、周三、周五和周日，我都会回到现在已经熟悉的造浪池中，感受翻腾的水流。我在浪中起伏，忍受着氯的刺激性气味，可又觉得心情舒畅。我心里始终希望再见一次那位耙沙的人，想以此来激发体内的某种力量，但他再也没回来过。别人代替了他的位置，但这感觉却变了。

不管怎么样，这些活动都不足以遏制我内心挑战自我的冲动。所以，现在我的目标就成了攀登——攀登兰道-施密特冰川。当天下午晚些时候，我再也无法忍受那个不受控制的项目，发现自己的心又回到了冰川上。

我把攀登时间定在上午十点左右，其他研究员这个时间都在工作。我不想被助理或者穿着连体服的人看到，我要等到大家都忙起来后再动身，等那时，所有人都忙得不可开交……这周的天气格外恶劣。研究所请了专家来检查排气扇和恒温设备。虽然穹顶下的气温还是比室外低很多，可我突然有些担心：元结构下的气温是不是有上升的危险。因为有那么一会儿，这里的温度几乎和体温持平。但这种担心从来不会持续太久，因为风扇还是会重新转动，凉爽的微风也会再度吹拂，同时，有家专司气候控制的咨询公司与我们签订了合同。它们的总部就坐落在附近半岛上的大城市里，所以，现在研究所里多了许多新来的人，他们穿着色彩明亮的碧蓝色工作服，在所内巡视，检查变电站和鼓风机，铺设管道，安装新的电线，在工程专用道上开着他们嗡嗡作响的电动车。

园区现在乱糟糟的，我对这些其实并不在意，如果非得说我对此有什么感觉，那就是我发现，我脑海中的情况居然和园区的状况有着异曲同工之妙，这么说来倒是挺值得感激的。还有一点，我的制服这周应该能到了。理论上是这样，这周我一直行事低调。但今天，我在没人注意的情况下，穿着自己最好的运动鞋和运动裤，又从房间的衣柜里拿出我唯一的运动衫，从容地向山之屋走去。到达机库后，我首先检查了观测台，确保那里没人（的确是空的），然后大步走到冰山脚下，冰冷的空气立刻裹挟了我，还带着冰箱特有的陈腐味。风中刺骨的寒意令我惊颤。我向冰川的峰顶望去——电脑动画为我们营造出了一片晶莹剔透的蓝天，峰顶几乎完全没入了雾气中——我怀揣激动的心情，迈向冰川，开始攀登。

前二十分钟我精力充沛，肌肉愉悦地收缩着。我神思飞扬，充满信心，精神振奋。我沉湎于这种肉体上的感受，庆祝这场正在进行的秘密攀登。每一步都更加向前，这让我相信，我需要与受到创伤的巨物进行斗争来推进项目。这也就意味着，除了研究所认可的那套形而上的进取方式外，我会在现实世界采取另一种方式：攀登。

那股气味着实可怕。我眼前浮现出一幅景象：冰川像一头巨兽，被囚禁在玻璃牢笼里，渴望把我这只寄生虫从自己臭气熏天的毛皮上弄走。早晨已经接近尾声，随着我越爬越高，我在攀登初期对冰山的敬畏也很快消散，取而代之的疲惫感让我难以为继，我不得不坐在结了冰壳的积雪上休息。奇怪的是，风很大，从峰顶直直地向我吹来。

我能肯定，是鼓风机在作怪。风太大了，让人难以攀登，那里有个缺口。我现在想，有多少居民攀登过这座冰川？在集合的路上和前往娱乐中心的途中，他们会经过冰川，但我从来没见过他们停留、参观。所有人都习惯了它的存在。它就像生活的背景板，像场景调度，但它却与我无关。我就是要爬上这座浑蛋冰川，之后，如果一切进展顺利，我还要向众人炫耀一番。

没过十分钟我就开始相信，研究所的总温控系统出了差错，肯定也影响了低温部分的调节能力，或者，研究所为了保护这座自己所捕获的冰川，在温度方面进行了过度补偿，换句话说，这里冰冷刺骨，就算不会给我的攀登带来危险，也会为这段旅程带来些许困扰。

我的冲锋衣被风吹得直响，像一只发怒的乌鸦，脸和手也在慢慢失去知觉。这肯定是哪里出现故障了吧？没错，真是可笑。

我想，或许只有我会这样，是我无法胜任这项任务，周身的疲惫让我感到一阵强烈的尴尬。我现在已经爬上了一片缓坡，不得不再歇会儿，因为我现在根本喘不上气。我竭力加快呼吸频率，努力把空气吸入肺里，但潮湿的空气却不能满足肺的要求，我实在是难以忽视胸口正中的痛感。我是不是应该躺下休息一会儿？多丢人啊。我很想在今晚夸耀这场壮举，但现在我只能把这个念头留在心里，或者撒谎。

攀登进度此时已经过半，娱乐中心的主厅彻底被云雾笼罩。我已经看不见观测台和外侧成排的电梯了。我身处高处，不知道在什么地方。流动的云雾没过了我的膝盖，运动鞋已经湿透了，运动裤和运动衫也被汗浸透了。

若我就此消殒，又会如何？有人会知道该去哪里找我吗？我的身体是否会成为冰川的一部分？只有等到千年之后冰雪消融（如果真的能存在那么久），它才会吐出我的尸骨。别人可能会偶然发现我的遗骸，把它捆在一起，然后将我的骸骨交给世界，以为这是某位被遗忘的人类先祖留下的最后痕迹。一位假的尼安德特人。最好还是继续前进吧。

每片雪花的形状都严格统一。任意两片都能被视作镜像，至少从肉眼看来是如此。现实中，每片雪花都不相同。但我怀疑雪花是被造成这样的。它们应该是相同的，应该是被造出来的。这一支完美的克隆雪花军队，准备将我冻死。我开始咳嗽了，身处这样的极寒中，我不由得在想，我是不是对这种实验室生产的风雪过敏。身边刮过的风呼啸着如同刀割，我的脚趾和手指都失去了知觉，万千心绪渐渐涌上心头——悲悯、自怨、顾影自怜。我也为所有人感到难过和悲哀，谁能想到这家伙会去做这种蠢事。我们所有人都被流放在此，与世隔绝，真是可悲。洛伊尔先生、菲尔费克斯小姐、建筑师鼎福、品牌分析师☺小姐、哈提夫先生、甚至那个乱丢垃圾的讨厌鬼，尤其是我。尤其是我，就连在这段小插曲中，也再次感受到了这种悲哀，可能没那么强烈，但依旧很熟悉。

有那么一刹那，我认清了自己的处境，当这瞬间的超然消失后，我不得不提醒自己注意脚下，路正在变得越来越陡，我也越来越接近峰顶，峰顶却在一步步向后退（尽管我依然在向上）。

我不行了，我停下了，我没法再继续了，我放弃了，筋疲力尽。我开始挖洞，好让自己钻进去，粉状的雪被踢到一边。我用双手刨挖，直到能让我钻进去为止。然后我颤抖着爬进洞里，蜷成一团，把手伸进口袋，掏出一个瓶子，翻开瓶盖，吞了颗药让自己平静下来。我甚至都没检查它的颜色或形状，只是把早已麻木的手指所碰到的第一颗东西丢进嘴里，囫囵吞了下去。疲惫感充溢了我的四肢后：梦里，我的肉体融化了。我的身体彻底裂为细碎的颗粒，纷乱四溅，化为一片尘埃，散布在研究所上空，飘浮在沙漠中那早已湮灭的废墟上，飘过平原上那些灯火璀璨的城市，散布在冰冷、物产丰饶、暗藏触手的海洋，直到我的每颗微粒都悄然落地，每颗微粒都均匀分布。然后，神秘女人出现了，她步履飘忽，带着朱鹮那样瘦弱的身躯，还有能够唤起忧思的凝视。她挥着一根又长又细的线缆，蹲下身，把线接进山丘那么大的控制器上。我突然感到一阵无法脱逃的震颤，有一股巨大的吸力，同时还有打印机的呼啸声和齿轮的转动声，火花四溅的喷嘴，这些都是控制器准备运作时所发出的声音，它们就像教堂里众人齐唱的素歌那样互相叠加，我所化作的所有微粒都在朝着相反的方向移动，就像迁移的反义，它们聚集，然后上升，穿过同一根电缆，盘旋、缠绕，直到——随着一阵噪声传来（先是一声掌声，就像两只潮湿的手掌拍了下手，然后是清脆的铃声），我化成的微粒轰然瓦解，汇成一股细流，伴着尖啸声从线缆的接口处射出，猛烈地喷洒在一片无垠的白色纤维表面，形成一串象形文字。

让时间，把我晾干。

神秘女人低头看着我。

我想说话，但在这种情况下，我无法开口。

她昂起头，从耳后拿出一小支铅笔，然后用法语说："这只是个平常的梦。"我立刻就涌起一阵难以抑制的感激之情。她按出一根细细的铅芯，谢天谢地，没有墨水，也就不会漏墨、溢墨和玷污衣物。她在印有文字的书页空白处写字，但写的只是一堆废话：古城堡[1]，古城堡，古城堡……

有人在戳我。一下，两下，感觉……很遥远。

"别闹，我醒了。"我说，"别闹了，这就醒。"

前方站着一个身穿橙色连体服的服务员。他戴着鸭舌帽，手里的那根黑色塑料管口径不小，那根管子和他背上那个用途不明的机器相

① 原文是 Alterburg，后文会出现由"Alterberg"翻译而来的"古山"。Alterberg 是德语，意思是古老的山脉。这里是给读者的一个暗示，这本书模仿了《魔山》(*Zauber Berg*)，因为珀西在书中也在读《魔山》，这是他潜意识的一种呼应。当珀西开始意识到他被禁锢，并在违背自己意愿的情况下受到保护时，这个词变成了 Alterburg（古城堡）。——编者注

连。那是台吹雪机。我认出他来了。我在园区里见过他，多数时候，他都在别墅外的岩石花园里耙地。他愣愣地看着我，向我伸出手，我握住它。他拉我起身，戴着巨大工作手套的手摆了摆，然后默默地示意我跟着他。他很固执，反复指着我身后的某个地方。

“我走不动了。”我说，“我可能冻伤了。”

他耸了耸肩，转身迈了几步，走上自动扶梯，它离我们站着的地方只有三米左右。

我只能竭力迈开步子，跟着他，下降。

16

又工作了一周（或者，我的意思是：好几周？），根本没有拿得出手的成果。

这些没有成果的工作时间应该用什么……到底……

噢，去他妈的。算了。

17

（“盈利之道：诀窍和技巧”）

菲尔费克斯小姐给我留下了这本全新的小册子，这是最新的一期，让我开始思考“文学”的定义。它就躺在我的枕头上，虚有其表，倨傲自大。我一把抓起来，坐着读了一会儿，尝试了几个阅读“诀窍与技巧”，但毫无成效。如果说它原来是有效果的，那我尝试它们所付出的努力已经把那些本该出现的想法赶走了。书中本来有的知识现在好像避开了我仔细阅读的目光，已经躲到了视线之外。我一无所获，只剩下被耗尽的热情。

我仰面躺在地板上，这是我工作时最喜欢的姿势。这时，齐姆齐姆冒出头来，映在房间黑色的天花板上，就像夜空中升起的一轮圆月。我看着他，他那张圆圆的小脸也俯视着我，表情冷漠如白纸。

“齐姆齐姆，我没事。谢谢你。”我说。他依然弯着腰，但挺起来了一点儿，我能听到他鼻子里发出的呼吸声。他的脸渐渐变大，看上去满脸困惑。

“嗯？听着，我需要思考，我需要思考一会儿。像我这种项目就需要反复斟酌。这不仅是胡闹的问题，你知道——”

我不知道他的英语水平如何，但我怀疑水平有限，只会简单几句来勉强应付问候和告别。我接下来不管对他说什么，他估计也理解不了。但我还是义无反顾地说下去。

“你看，人为了创造出一些真正……独特的东西……我的项目就是这么计划的……那他就不得不，就必须……迷失在某种……我知道自己现在做的看起来不太像这样，不过——”

（齐姆齐姆现在还是没有反应。）

“但我就这么和你保证吧，现在，我在努力工作。”

他眨了眨眼，一次，两次。嘴唇抿成直线，呼吸，短促的呼和吸。

“我做的这些准备就是在为项目做准备。我不能忍受研究所（或者是你，齐姆齐姆）对我项目的进展或其他方面妄加评判，或者进行任何干预。”

他直起身子。他已经感到有点无聊了（我猜的，因为他的五官依然没透露丝毫信息），最后他离开了。

可恶。我的男侍还是干扰了我。

所以现在，我神思飘荡，陷入循环，敲着手指：嗒，嗒，嗒，思索着污渍、斑点和类似的东西。我坐着，又站起来。我为了寻找灵感，拿起自己带来的那本书，那本我一直苦心阅读的巨作，窝进椅子，但只读了几页，字迹就开始变得模糊起来。对我来说，这本书格调太高，过于复杂（但奇怪的是，这本书的主人公似乎智力有点缺陷）。不管怎样，它既复杂又无趣。“砰”，它又回到了原来的地方。又无聊了。我盯着它，紧闭双眼，再用力睁开。我重复了几次。我蹲下，张开嘴，从喉咙里发出短促的号叫。我循着项目基本原则给出的方向来思考。我的基本原则，就是自己能记住的那些。为了进入状态，我做了所有必要的调整。还是毫无灵感。出于某种我不知道或者根本就不存在的原因，“古城堡”这个词闯入了我的脑海，一遍一遍地不断重复。古城堡……先生？古城堡……小姐？我认识的人里没有叫这个名字的。那……地名？古城堡。古城堡？到底是什么，有待商榷，有待发掘。

不管怎样，这个词和此后空洞的重复就是我目前的唯一收获。

我终于还是变相承认了这一不幸的事实，离开房间，走上聚居地的楼梯，来到印着“屋顶，禁止入内”的门前，推门走了进去。

没什么能比登高更有助于我思考了。

我身处屋顶。景色如下。[①]

霞光冷却下来，现在的天空是一片灰烬，现在的天空是一汪墨水，我在通风口、通信基站、微波天线之间徘徊；在电梯井、管道，还有许多其他结构中穿行，而它们组合而成的样子，就像简化后的天际线，在聚居地的房顶，城市似乎正以分形[②]的方式得以重现。我一屁股坐在金属烟囱或者水冷塔或者空调外机边上，晃荡着双腿，就像坐在成年人椅上的孩子。我再次望向远处，才意识到，原来自己在寻求的，只是一颗星星。但夜空漆黑，这个星球之外的一切都被遮蔽和阻挡了。阻挡这一切的是什么我并不清楚——是沙尘暴，还是光污染，还是烟雾之类的大气污染，或者是某种更有意识的人造物，比如元结构？当然，罪魁祸首也可能是大量的卫星，它们在大气层上方成群移动，如同蜂巢中的群蜂。我还是拿出设备拍照了。镜头直指模糊的黑暗，我眯着双眼，透过设备，透过另一双像是患了白内障的镜头看着天空，拍下了照片——一块黑色的正方形。

我心血来潮，上传了这张照片。

喜欢　　分享　　标签　　删除

稍后，设备亮起，点亮了“赞同”“反对”“评论”这三个图标。我不知道是谁评论的，因为我不认识这些名字或者头衔，但所有这些

---

① 天空彻底没了干扰，因此展现了它最真实的特质：天穹是个半球形；透过波状云的缝隙可以看到，天底抹上了一层殷红，夹杂着清冷的阴影，它像是残存的据点，在对抗这场注定要举行的祭典中被缓慢撕碎，这也意味着，夕阳正在这场浩劫中陨落。如画般完美的景色。如明信片般完美的景色。虚幻。浩劫。——作者注

② 由本华·曼德博提出，即局部与整体具有高度相似性。

都和这个超级愚蠢的正方形有关。

不过，对我而言这个方块却让人明白易懂，只是不为人知罢了。因为我知道，星辰的光芒就在那个方块中闪烁。它们就在那儿，在图上的像素里。这张照片囊括了银河系外每颗恒星所拥有的独特光芒——它们的光都在照片中重现了，如果没有噪点干扰，是能被看到的。我知道，如果我有一个强大的仪器可以把这些干扰全部去掉，（我想）那么剩下来的信息就会是古人曾经看到的景象。我可以做一张地图，让它为我指路，承载希望，供我祈祷。或许我们这一生爱过和失去的东西，都以颜色的碎片和微小的电流等种种形式，留存在体内纠缠不清的电路里，或者在我们器官的排布构型中，所有这些珍贵的货物、信息，我们都无法获得，但必须承认，它们一直存在，隐藏在我们体内组织的盘根错节和血肉之中。

说到项目，如果我试着往积极的方向考虑，又会是什么样？我想了一会儿，然后将这个念头抛到脑后，说：重新开始吧，选个简单的，试个简单而且真切的项目。

但是，太迟了，想到这里，我不寒而栗。

我的项目总是很困难。而这或许就是它能被我选为项目的原因，这是完成它所要付出的焦虑，甚至还可以认为，压力就是项目本身（压力 / 焦灼；焦心 / 焦躁）。但不管怎么说，轻松和便利的机会早就没了。如果自己能走在一条精心铺就的路上就好了。别人的路，或许——

这个念头被一个小小的白影打断了，它从下方如天空那般黑暗的草地上飞过。我在想：这是不是我幻想的产物？深吸一口气，我的呼吸正常了。

一个幽灵。鸟。垃圾。

我缓缓呼出肺里的气，都能听到气流声。

是纸，只是纸而已。不必注意它，让它在黑暗中酝酿吧。

我又坐了一会儿，然后站起身，拍去屁股上的灰，穿过屋顶上那座微观城市，沿着指引我下楼的灯光走去。

“珀西，今天过得如何？”

“非尔费克斯小姐，我还不错。”

“头还疼吗？”

“有时会。”

“注意力呢？还能集中吗？”

“一般。”

“把别的事推掉了吗？”

“还有一些。”

“项目进度依然很慢，不过这也正常。”

“是吗？”

“没错。项目初期难免都会有定位和反思的过程。但也不能无止境地持续下去。”

“我知道了。”

“从我们上次见面到现在，你有新进展了吗？”

“有了。”

“很好，珀西，非常好。”

“只是几个初步的想法。”

“太棒了。你能分享下吗？”

“那些想法？”

“对，和我们说说，这才是会议的目的。”

“你不会——”

“你说的东西不会被泄露出去的。”

“好吧，但是，我不是这个意思。我没有把自己的工作成果……带在身上。”

“如果你要去拿，那我可以等——”

“不，我不能。”

“为什么？它在哪里？”

“它似乎已经……我想说……找不到了？”

18

（纸的故事还在继续）

双生店内。阴森的后屋，一束光来回闪过。一次，两次，速度很快，不断重复。

（这又出现了一次。）

信息被学习、存储、缓存、转移、读取、复制、传输……

纸。

纸。

还是纸。

浩如烟海。

纸嘎吱作响，唰唰翻动，呼呼飞过，噼噼啪啪，穿过某种机器，落在送纸盘上，有只手伸下来，拿起了那沓纸。

双生店的人读着纸上写着的内容：本人项目的基本原则。

他举起每张纸，凑近看了一遍，这挡住了他的脸。或许他是近视吧。他把这几张纸上面的东西都读完了，一张都没有落下。

又过了一小会儿，双生店的主人打开前门，向风中放出了一张纸（21.59 厘米 × 27.94 厘米），然后看着它，好像它是一只训练有素的猎鹰。

它飞了起来。

那人看到它成功飞向空中，便满意地回到屋里，关上了身后的门。

那张纸带着嗡嗡的响声，乘着城市散发的热流，在黑暗的巷子里俯冲而下。它冲进更加宽阔的街上，沐浴在阳光中。它来到了一个大型的十字路口，身处两股微风的交汇处，卷入了复杂的气流。但它在空中表演起来，跳起了吉格舞，上上下下。现在它突然向右转，进入了一条更宽阔的大道，风声渐强——原来处在男高音的低声部，然后突然向上提了八度——纸突然向上绷得笔直，直到风用力呼啸而过，发出呜呜的声音，纸也向上蹿得更远，在空中啪啪作响。现在，它已经飞过了好几层楼。

一道模糊的白影在空中翻腾，抹去行进中的万物，就像一块擦去天空的橡皮。

它在那里，亮得惊人，附近办公楼的玻璃上都映着它的身影。

现在，它的影子落在了下一幢建筑的玻璃外墙上，也落在旁边黄铜色泽更强的玻璃上，从一个表面复制到另一个表面，如此继续。

就是那张纸。

它现在翻了个身，动作慵懒，像是要伸懒腰，接着就开始摇摇晃晃地向建筑的上方飞去，向外，一直越过城市上方，乘着风，越过商场和环形高架，越过赌场、酒店和清真寺，越过城郊和环城公路，越过加油站和建筑工地。工地预示着扩张的城市，虽然还未开始，但已经板上钉钉。这张纸越飞越高，越飞越远，也变得越来越小，越来越小，直到消失在视线里。

时光飞逝。

（光阴似箭。）

谁也不知道这张纸要飞向哪里，不过它似乎正在径直飞向海湾，可现在，目的地似乎又变成了前方的沙漠。

19

不管怎样，一切都会好的，会好起来的。我不担心。

时机成熟，项目自然就会顺利进行。我也不担心设备上的卫星图像。各地的气象部门正在监测一道来势汹汹的锋区。它现在还在几百公里之外，正在朝着永世契地不断前进，至少目前如此。事情当然会生变，但这里还是在为应对灾难进行准备工作。如果不出意外的话，这些储备物资就是用来让当地官员在今后免受指责的。来看看这些官员：他们在讲台前召开会议，在仓库里手持铁锹。再看回地图：实时的短波红外图像正在旋转，明亮的红和绿，还有大片的蓝，缓慢旋转。现在，我们的预报员脸上带着庄重的神情。他神情肃穆，四处指点，这象征着他背后的力量和拥有的权限。注意事项用的是显眼的红色，占据了屏幕底部的大半。这是为了让民众也能看到，但我觉得很蠢。

我的意思是，看看窗外不就知道了。

我在聚居地的屋顶上，能看见一整片无瑕的天空，有架银色的飞机被阳光照得熠熠生辉，它飞得很高，看上去纹丝不动，就像一枚图钉，钉在色彩鲜艳、平整无缺的纸上，它让人心头涌起一阵纯粹、强烈的孤独，同时它也是这种孤独的化身。我对自己的设备轻声细语，让它休眠，然后走到屋顶的边缘。

现在，我每天都要在屋顶上花费大把时间，独自坐在排气管和天线中间，从这个高度观察研究所，俯瞰芸芸众生。

眼前是形单影只、中规中矩，还有天马行空的景色。

小小的研究员们就像流淌在研究所血管里的血红细胞，看着他们，我心里涌起了一阵变态的满足感。现在，你能看到他们正在把自己还有随身的东西——他们的项目，那些封在小小的数据包里的愚蠢信息——转移到另一个地方。我在想，此刻，研究所本身是不是就像一只巨型大脑，所有人都在它的管辖范围内执行概念性的任务，而这一切，可能都是在为某种更加宏伟的过程、某个伟大的集体思想做贡献。在这里，这个想法完全可能是形而上学的，但最终可能会让研究所外的世界产生某种巨大而又确凿的变化：就像一只地峡[①]那么大的手臂，抬起来去挠大洋另一头的瘙痒。

以上就是我在这里产生的想法，妄图支配一切的想法，专横傲慢的想法。

高高在上的想法。

要是这种想法能给我带来点好处就好了。

“珀西，我们已经很给你面子了，”菲尔费克斯小姐提醒我，“但如果你什么成果都没有，那——”

叮！

“你要接吗？”

我用力按下设备的关机键，然后把它塞进口袋的更深处。

“珀西？”

“不用，我明白了，现在就去工作。”

但我环顾四周，发现没人在看我，于是我就坐在泳池边的长椅上，把手伸进衣服口袋，找到了那个特别的瓶子，发现里面只剩一颗药了。我想，的确有麻烦了，于是我把最后那颗药倒在我黏湿的掌心里，抛进了对它期待已久的喉咙。

---

① 连接两片大陆的狭长陆地。

“弗洛比舍先生，今天暖和了些啊！”有人对我说，就像同事间对话的语气。

“热了不少。”我答道。他吓到我了（为什么就不能让我自个儿静一静？）。

但不管他是谁，说的这话倒是没错。最难以觉察的热流正在渗入穹顶，就像刻意隐藏踪迹的毒气，外面看起来的确更亮了。现在我用全新的眼光打量四周，比如穹顶下的灌木正处在花期，开的花比上周要少一些。

躺椅上的那人转身看着我。

“你看那些草坪……是不是有点坑坑洼洼的？”他问。

我瞟了草坪一眼。“我不觉得……”

“或许，这就是大衰退来临的兆头。”

“看起来还行，没事的。”我向他保证，不过边上的草地有些地方显然已经没那么葱郁了，就像被腋下的汗水沾湿的衣服。

“我不抱期望。”

他给我一种极端保守主义者的印象：整天审视世界，就为了捕捉它衰退的痕迹。他时刻提防自己出现失败或者道德败坏的迹象，留意着周围气氛和自身情绪的变化。

可丹尼斯却正相反，他步入我们面前的庭院，倚在遮阳伞上，薄薄的嘴唇上叼着一根电子烟，只要那些巨变前的预兆能带给他新鲜感，那么不管波及的是周遭景物或者别的事，都能让他倍感愉悦。

“嘿，小伙子们，你们听说了吗，有个研究员今早在健身房的跑步机上受了伤。他们是用担架把他抬出来的。马力突增，皮带加速，他就摔了，摔成了重度脑震荡。”

“可怕。”

“他是个跑步运动员，而且比其他所有选手都要好。”丹尼斯面无表情地说。

“电力系统也和花园一样出问题了。”我邻座的人哀叹道。

“珀西，”丹尼斯直直地看着我的眼睛，完全没有在意边上的人，“我和你要把这个视作吉兆。周围终于开始变得有趣起来了。”

但我根本不想做这些事，于是我收拾好自己的东西，离开了。

日程早就安排好了，但我整天都无精打采，这种状态直到哈提夫先生和我终于坐下来开始下跳棋时才有所改观。他似乎一点儿也不关心这些新的征兆，不过明显被别的事困扰着。

在我摆放棋子的时候他问：“珀西，怎么回事？是你吗？”他用自己的方巾捂住鼻子。

“什么？”

“那股味道。”

“天气炎热。”我刚才一直在泳池边闲逛，汗流浃背。

他上下打量着我。“你的制服呢？还没拿回来？”

所以，等我回到公寓后，就动手查了永世契地的黄页，但任何一本册子里都查不到双生店。我如果想拿回自己的制服，就要开车回到城里，对吧？这就会进一步占用我项目的时间，也就是说，我最好还是再坚持几天，这样就能等来另一个大型活动，那时候我再偷偷溜出去……不，我不能再等了。虽然我现在要低调点，但明天一早，我就要动身回城里。就这么办。

我脱掉身上的脏衣服，随便一丢。天啊，我的房间也在失控。鲑鱼色的床单成了一片翻腾的海，有只脏袜子，食物在餐盘上结了壳，而那本我苦啃了许久的鸿篇巨制落在地上，书页大开。我的艰苦和困顿，痕迹和污渍……昨天留下的全部痕迹现在依然在这里。

我试着把这一切快速整理好，当然也要把自己收拾一番，现在去冲个热水澡。

一进浴室，我就不想走了，沐浴在热水中的感觉实在美妙。我冲了很久，直到自己的意志消磨殆尽。我在浴室的地板上坐了一会儿，让热水一次又一次地浸润自己，盯着瓷砖上的图案，用海绵一遍又一遍地擦洗自己。我像是要在浴室度过一生。当我确信已经彻底洗干净身子后才走出浴室（但浑身无力），却发现自己没衣服可穿。家里的地板上到处堆着我的脏衣服，但我不想穿，不然，我洗这么干净就失去了意义。我赤身裸体站在那里，浑身湿答答的，咒骂自己没有先见之明。

我稍微一转身，就注意到地上有一个包裹，就在门后。

一个盒子。上面没有名字，没有地址，没有商标。

但我立刻就明白了，就好像是我把它召唤出来的。

哈。

里面是一套叠得整整齐齐的衣服。我的制服。

很好，那块污渍不见了，就这么不见了，彻底消失了。衣服上没有潮湿的斑点，没有残留的痕迹，就连那种高浓度的清洁剂接触织物后会留下的浅色痕迹都没有。它就和新的一样。我把衣服的内里翻出来，检查每一处接缝。从里到外，它完美无瑕。

哈提夫先生说得没错。那个地方实在是不可思议。

我开始穿衣服，把上衣套上身，把脚伸进裤子，调节腰带，在房间里走了一圈，感受着它的重量和宽松度。它没有缩水，穿上去的感觉和之前完全一样。如果真要说有什么不同，那我会说，它比之前还要好。当我用手捻它的时候，它也不会起皱。我把肩膀的布料揉成一团，凑向鼻子。布料上带着杏仁、薰衣草，以及植物纤维的味道。它闻起来……简直棒极了。很好，在经历了一连串失败后，我终于成功了一次。或许这也预示着我的工作会出现转机。

今晚，我穿上了自己那套刚刚翻新过的衣服。我独自走在路上，跟着所有人一起去吃晚饭。那些研究员从我身边经过，向我问好。“珀西，你好！”“你好！”“晚上好，珀西。”而我也给出回应：“晚上好。”不过，他们看起来，怎么说，是不是有点……寒酸？我注意到他们的制服上已经出现了零星的磨损。或许，这是我新获得的自信带来的发现，但有些人似乎就是对衣服边缘脱线的情况放任不理。我看到有的衣服上丢了一两颗扣子，领口处磨损了，有根线头从接缝里露了出来，有的部位已经稍稍褪了色……啧啧啧，我暗想。这时我突然想到，自己会跻身元结构下衣着最为光鲜的研究员之列。等下，这是什么？我稍作停留，弯腰查看。那是别人掉在地上的一张纸。我捡起来，揉成团，丢进路边的垃圾桶里。

事态恶化的速度真是迅速。园区里几周前还一尘不染，而我一团糟——现在呢，情况似乎颠倒了过来。难道这都是观察角度的问题？

正当我思考这件事的时候，那名神秘女子出现了，她走在这条灯火通明的小路上，朝着聚居地的方向前进，而我刚刚从那里出来。两人擦肩而过时，我察觉到机会就在眼前，于是勇敢地说了声“你好”，同时将自己所能调动起来的全部情绪传递给她，来为这场邂逅赋予更多的意义。她抬起充满异域风情的双眼，望着我，对我说道：“你好，珀西。你看起来很帅。”然后她故意从我身边走过，穿过大门，走向另一条路。我呆呆地戳在原地，停留许久，不知所措，同时思索着她话中的言外之意、她的傲慢无礼、她的纤纤细颈，还有她凸起的骨节。这一切实在显眼，但这，你懂的，我并没有处在某种浪漫的迷醉中，因为她不是“为我”这样做的，不是这个原因，我想的更多是从这个方面：*这位神秘的女人跟这一切到底有什么关系*？换句话说，我在想的是她和我又有什么关系，而她对研究所来说又意味着什么，她为什么总是能充满意义。（停顿）没过多久，我突然发现自己居然神游了一会儿，然后我摇了摇头，回过神来，出乎意料的是，我居然又回到了聚居地。双脚就像往常一样，把我带回了这里，我向着自己那张舒适的床走去，然后我发现，走廊的地板上，不知道为什么，多了些血迹。

我弯腰进一步研究，它摸上去有些发黏。的确是血，嗷。我闻了闻它。没有异味。我想到了一个词："棕色溢出物"，然后是另一个词："人体水力学"，接着是另一大块留白——

O

注：这里的"大块留白"就用字母O中的空白来指代。

直到第二天，也就是现在，我才会开始思考（正在思考）自己（当时）的那套计划（当时）到底出了什么差池。

我（现在）必须主动了，必须做点什么了，毕竟，（不论是当时的还是现在的）时间，不是无尽的。

20

（远足）

畅饮杜松子酒的酒鬼们四处扫荡。现在可以玩西洋双陆棋。我们也玩过猜字游戏，举办过舞蹈比赛，玩过沙狐球[①]、战棋、草地滚球[②]、克拉夫特循环（当然还有跳棋，不过这真的只是我和哈提夫先生的爱好），而现在是郊游。一处露天市场，一场艺术展览，一次足球比赛，一期考古挖掘……寓教于乐。研究所的人的确喜欢户外活动，而我尽可能多参加。我这么做，主要还是为了避免停滞不前。我的项目拒绝迸发火花，远足倒是一种分散注意力的良方。现在我想起这个项目时，都感觉它就像一个我已经忘记但需要回忆起的字词或者名字。“珀西，想想别的，灵感自己会来的。”我这么对自己说。项目进展顺利时（这种情况极为罕见），给我的感觉更像是回忆而不是创造。很奇怪。但在这种情况下，转移注意力的确有好处——理论上是这样，而这里让人惊叹的东西数不胜数。沙漠里就是如此。

最近，我们几乎每周都要坐一回外表光滑的玻璃大巴，为的就是去参观一系列奇特的建筑。它们只作装饰用，造型总是别具一格，几

① 一种在光滑的桌面上将圆盘打入计分区的游戏，有点像冰壶。
② 两队人在沙地或者草地上轮流用大球丢向小的基准球，靠近基准球越近者获胜。

乎全都耸立于旷野，大多被弃置不用，这就显得更加奇诡。它们就这样在连绵的沙丘中兀然耸立。我们的首次沙漠之旅目的地是一座古老的废墟。它周围没有绳子拉的围栏，所以我们可以随意穿行其中。废墟里的残墙早已东倒西歪，能剩下的也就这些了。残余的东西甚至难以让人辨认原先的结构。风化的残垣断壁、粗糙的象形文字、线条、罅隙和沙砾织就了流转年岁里风的故事。你与这座遗址擦身而过时甚至都不会意识到，这些废墟对平原来说，不过是某个稍显混乱的瞬间。

（“难道这不壮观吗？”哈提夫先生感叹道。）

下一周，我们拜访了一座用石灰岩雕刻的巨型狮身人面像，它神秘而摇摇欲坠。我们在当天又参观了一座废弃的灯塔，视线所及之处一滴水也没有。这座破旧的建筑直挺挺地立在沙漠之中，那只白浊的眼睛冷漠地注视一切，只映着沙、云和偶尔飞过的秃鹫的倒影。我们试着向顶端的透镜攀登，但楼梯太窄，温度更是高得难以置信。之后，我们驱车数小时深入布满灰色石块和铁丝网的荒原，看到了一座大桥。桥下没有供它横贯的河流，红色的淤泥爬满了它的桥墩。

有一次，在去观看猎鹰表演的路上，我们的巴士绕过一堵由砖块、石头和泥土垒砌的墙，它有一部分被埋进了沙里，就像衣服上的针脚那样贯穿沙丘。这处大地艺术品一样的路障向远方不断蜿蜒，谁也不知道建造它的目的是什么，不过人们一般会把它当作某种防御工事。谁知道呢。总之，我们又开始向别处进发，把那堵令人印象深刻的墙留在身后。

一个月后，我们又动身前往一座白色的大理石纪念碑。它的雕刻极尽华美之能事，但铭文已经被风化磨平，不可辨别。墓前依然没有其他朝圣者，只有我们。我们这群身穿制服的天才，像学童一样聚成一团。

某天中午，坐在车里，我望向窗外，远方的地平线上慢慢冒出了一条黑线。它像一根自动铅笔的铅芯从沙漠冒出来。它越来越高，越来越高，比任何起重台架或者钻井平台都高。它很大，至少有三百米高。它更像是起重机，只不过是黑色的。

肯定是天线。我们离它越来越近，整个结构依然笔直挺立，显得尤为粗鄙淫猥，它冲破沙子，根部也越来越粗。快看！它有不断生长的四足，两足之间的空隙是巨大的半圆形。巨大的金属四足基座上立着方尖碑似的尖顶。这个膨胀的基部一直向上延伸，逐渐收细，缩成了针尖般的一点。通信塔？但它也没接出输电线，没有发射器，也没有变压器。如果它上端收缩的程度不同，那就应该是一座日晷。它尖锐的阴影清晰无比地落在下方凸起的沙丘上，不断向外延伸。

巨大的黑色尖塔仿佛拥有自己的引力范围，将我们全部吸引过去，但我们到了那里之后，发现那里根本没有其他人。那里没有游客，没有旅游大巴，没有被它惊呆或者自拍的游客，没有饰品店、问询亭、队伍、导游，没有餐厅，没有垃圾，没有停车场。我们的大巴到了之后只是往路边一停。这座塔已经彻底荒废了。我们“哐当哐当”地走下旅游大巴的台阶后，立刻遭遇了一股热浪，气流在电风的影响下波动起来。高塔上的巨型铁丝网让温度进一步上升。尽管如此，我们还是傻傻地在高速公路的路肩上站了好几分钟，手里的设备就像镜子一样被高举起来。

我多么渴望能登上这座建筑的顶端，像鸟一样落在它顶端那根极细的针尖上。它高得吓人，高得让人发疯，孤独地立着。可我没有上去的办法。双人电梯已经很久没用了。楼梯呢，入口被锁，锈迹斑斑。所以我们就这样愣愣地看着它，直到热得实在难以忍受了才回到有空调的巴士上。

我们偶尔也会出去吃个午饭，然后逛逛城里的店。

永世契地的市中心玩起来一直让人感觉不错。

而我趁着这个机会，再次偷偷溜了出去。

她看到我这么做了吗？当我们第一次来到市中心的时候；当我们刚到目的地，大家还在下车，场面喧闹忙乱的时候；当其他人都在忙着互相认识的时候，菲尔费克斯小姐有没有看到弯腰溜走的我？我行事谨慎，而且不是我吹牛，整件事我做得天衣无缝。助理最近没有考勤，这才给了我可乘之机。但我也不会离开很久，我快去快回。

你看，我已经到了，重回双生店。还给我的制服如此完美，那么，我还有别的东西需要他们帮忙。是个小东西。

那是我最爱的钢笔，需要解决一下漏墨的问题。

左脚上那只鞋的底开胶了？搞定。我已经把它穿在脚上了。我等了一会儿，店主就已经在那间模糊不清的后屋里修补好了。鞋的上下两部分已经紧密黏合在一起，感觉很好。那只鞋看起来焕然一新，像是另一只鞋的弟弟，锃光发亮。那人一定给它上了光，于是现在，我的脚上就保留了这种（在审美和字面上）奇怪的不平衡感。（我之后得回去让他把我右脚的鞋也弄一弄。）

总的来说，我今天最多离开了二十分钟。在时间上手术般精准，谁都没发现。

大巴重新驶出研究所的边界，隆隆地爬上高速公路，我的脑海中始终盘旋着一个念头，那就是立刻重返那里。我们再度出发，这次应该很有趣，毕竟目的地是威尼斯。就是威尼斯。那是永世契地最大、客流量最多的商场。

这座商场太大了，我们站在宽敞的长廊正中，占尽地理优势，从这里往外看，看不到它的外墙。这幢建筑有几层楼高，天花板上垂着白色的帆布和网，让这里看起来就像是一顶巨大的贝都因帐篷。人行道上铺着亮白色的瓷砖，而顾客——主要是游客，还有那些时髦的假本地人——在大厅里穿梭，有些人拎着花哨的包袋，其他人则让自己的仆人拎包。而分隔人行道的，当然是蜿蜒曲折而且颜色还像泳池般青绿的威尼斯运河了。如镜的水面上，只有安静穿行的贡多拉驶过时泛起的层层涟漪，它们为顾客指引方向，同时也载着他们前往连锁店。（这样的景色你根本编不出来。）商场里有很多穿着白袍和戴着头饰的人。大多数人只是在漫无目的地闲逛，依靠某些天生或身体所感受到的知识，对着手里的玻璃板轻声细语，或者透过屏幕去捕捉各种瞬间。轻柔的音乐响起。锻铁的立式灯具发出的光将拱廊映得明亮雅致。塑料吊兰挂在灯下，上方则是广告横幅，内容繁杂，无所不包。从丝芙兰连锁店内飘散出的香水芬芳流溢。

这里的空气和研究所不同，冷，但很舒服。贡多拉的船篙击起点点水花，就像敲击镲片的鼓刷。品牌分析师☺小姐坐在船尾，面朝着我，跷着二郎腿，而看着她的我，则坐在船首。“哇，一切都太真实了。”她说。电子的贡多拉船夫缓慢航行，她的脸上带着如梦似幻的神情，机械船夫载着我们，在一条条商业水渠中穿梭。

☺小姐并没有在看什么，只是在体会这些跨国企业带给她的综合印象，或许她正沉醉在船篙发出的水声中，又或许被我们身边用电脑合成的乌德琴声所吸引，乐声如潺潺流水，环绕周身。我们从人群中溜走，那些人比我们更喜欢购物。我们登上了能找到的第一艘船，就像那些逃离参观行程的孩子一样，有种恶作剧之后的快感。

“看。”她说，然后指向某处。

“什么？”

我循着她的视线，从她那双蓝色的眸子开始，先落在了她的右肩，再沿着她颀长的二头肌往上滑，浅褐色的皮肤下透着血管，手上因而带着柔软纹理，我的视线继续向前，在涂了指甲油的指甲上稍作停留，最后看向手指的方向。她指向水面上方，指向商场的拱廊和招牌，指向威尼斯集市上那些明亮的地方，指着商店的主入口处那些发光的商标。这些企业正是依靠公司的销售利润，才能在这处伪造的威尼斯城里开出成排的门店。老佛爷百货、德本汉姆、玛莎百货、拉科斯特、肖邦、耐克、好时巧克力世界、孟买风情、哈曼国际工业、维珍、伊纪国屋、红龙虾餐馆、华菲购物中心、斯库兹、新意尚……

“怎么样，很美吧？”

（还有巴诗威百货、哈罗德百货、星巴克、斯宾尼、露露超级市场……）

“是啊，看着就赏心悦目。”

“一切都要有标志。我们也一样。珀西，你有没有想过？”

“一切，都要有标志？”

“连你也不例外。”

我用双手的拇指和食指比出两个L形，像是要把某块广告牌纳入镜头：“珀西·弗洛比舍：神秘男人。”

“成为一个谜？这就是你想要的？珀西，这个选择可不怎么让人喜欢。”（一片空白中的密码，植被茂密的平原上落着的污点。）

“好吧，”我说，“你呢？”

你肯定会觉得：这还不简单！肯定是这样的符号：☺。但是不，不是的，她选的是一个箭头：→。或者说，是块路牌。又或者，其实是一根手指，指向一边：☛。像她这样年轻快乐的潮流玩家就应该是这样的：一根不指代任何东西的手指，带着小巧的粉色指甲的手指，指路的手指，扣动扳机的手指，砰，砰。一根食指。其实这很完美。她作为创意咨询公司的顶尖创意和构思经理，负责品牌营销、系统性的趋势分析、品牌场景开发，也提供发展规划。她就是当代的神谕者，发展路线的缔造者，战略顾问。她探寻趋势，然后将预测报告卖给出价最高的服装制造商、游戏策划师、包装设计师、时尚集团公司、娱乐工作室、食品研发室、软件开发商，甚至就像衔尾蛇[1]那样，把报告卖给其他预测设计趋势的咨询公司。咨询的费用可不是一笔小钱，但她会告诉你某种颜色、风格、阶段、节奏，倾向或者气质、偏好之后会是如何，不单是下一季的，还有明年以及未来十年的。只要你想看，她可以一直让你看到时间的尽头。而她预测到成果的转化率：高得难以置信。在她的办公室里，三台显示器日复一日地亮着，二极管发出的光照亮了房间，开着标签页，听筒连着电话线，显示器上的信息不断滚动，网络和平台正在自动升级，一页接一页地浏览，一段接一段地分析，一次又一次地点击，它们伴着冷却扇的嗡嗡声一起震动，楼里的通风设备又把这声音轻轻拂去，看着它现在的内里，浪费的渴望，不满与拒绝，在这……中阅读……

“……在为明日的狂热和大家的诉求搜寻证据，”她解释道，“……而且我应该强调一下：并不只是大众的诉求，也包括你的。珀西，你个人的诉求。”

“你对我的诉求又了解多少？”

“别这么说。但说实话，我其实能知道很多。”

“你现在能知道吗？”

她在这方面肯定有点天赋，但这算不上预言。不过她也在努力预言这一切，至少看起来如此，就像赌徒那样捕捉对方细微的表情变化。

“但多数时候，是依靠模式来识别的。”她告诉我。

她捕捉趋势就像捕捉风中的乐章。这种推测的能力与生俱来，发现新出现的现象对她而言是天赋。她无疑是成功的。有段时间她的成效不错。但是，预言家们最后不都错了吗？或者经常会忽略一些

---

① 是一个自古流传的符号，大致形象为一条蛇（或龙）正在吞食自己的尾巴，结果形成一个圆环。——编者注

关键性因素？看走眼难道不是工作的常态？我们现在都应该了解千百年来预言家们失手的历史了。我们都应该清楚那些警示标签的含义、那些合同中难懂的法条。当未来自愿向我们提供某些信息时，总是会隐瞒一些关键点。她彻底搞砸过，但事情又被悄无声息地掩盖了。于是她逃向从未涉足的远方，自由，解脱，遗忘——她在沙漠中的时光，那段时常浮现的回忆。（她从来没说过这些，而我之所以知道，是因为我查过她的相关资料，我在网上找到了许多摆拍的照片，她和各种各样的人握手、领奖，站在不同的讲台上，发表演说、出席会谈、做她的报告™……而她失败的新闻，就藏在这一切之中。）

她把手伸向水面，先是一根手指，然后是两根，让它们在身后绘出无穷无尽的三角形波纹。她甩动发梢，跷着一条腿，纤足晃动，尖尖的鞋头一上一下，一下一上。她非常聪明，但就算有这样的头脑，也不免让她深陷迷惘。因为她来到了这里，她最不愿意终其一生的地方。

这里是疆域的尽头。连地图上都没有标注。她和我们一起，身处不是威尼斯的威尼斯。丹尼斯把我们称作“天才联盟”。但这个联盟到底是围绕什么成立的？又在朝着什么方向发展？当然是项目，这正是研究所坚持的核心。

“那你现在来预测下我的。”我说，觉得自己宽宏大量，试着让她从对她来说极为反常的沮丧情绪中走出来。

“嗯，我可以给你打上标签，就像用笔快速写三画。”她回过神来，对我眨了眨眼，她的眼睛就像两盏海军信号灯，“这实在太容易了。”

“那试试看呗。”

但这时候，船正好靠岸了。船身温柔地撞上了码头的航标，穿着黄色连体服的水手帮我们从贡多拉上下来，他们每天的工作就是这个。

然后菲尔费克斯小姐和助理5来了，她的脸上缺乏神采，和品牌分析员敷衍地打了个招呼，这声招呼里，浓缩了《武器教义》（*Doctrina Armorum*，拉丁文）这本书的全部内容。然后，又一只修长而且同样富含深意的手搭在了我的手臂上。我在想，这究竟是因为☺小姐和我违反了礼仪，还是因为菲尔费克斯小姐身上的那股优越感，也就是研究员和助理从本质上就存在的差异和鸿沟？

不论原因如何，菲尔费克斯小姐毫不掩饰地噘起了嘴，将愤怒写在脸上。

只是☺小姐依然无动于衷，或许只是装模作样吧，她说道："嘿，菲尔费克斯小姐，我们再去河上转一圈吧？"

"不，该上车了，"她怒斥，"还有，以后再有实地访问，绝对不准擅自离队，否则你们就永远失去了受邀参加的资格，明白了吗？我们要走了。这次活动到此结束。"

于是我们排队回到车上。我们又向着沙漠的腹地驶去，进一步深入沙漠的黑暗之心，向着永世契地最迷人的地标进发。目标好似一颗北极星那样熠熠发光，那是园区闪闪发光的穹顶。现在离那里还有一个小时，但也依稀能够看到了。我们应该会在黄昏前抵达。

从地理的角度来看，元结构就处在沙漠最确切的中心点。

我们到家了，车驶过大门，沿着大路向前行驶，现在我又见到我那两幢楼以天空为映衬并排立着。曾经的回忆与对这里陌生的了解再次涌上心头。现在车停了，我们从巴士上下来，园区内的空气带着一种崭新而又温暖的力量迎面扑来。

但我在这里只感到一丝微弱的恶心。

P（天空）

PPPPPPPPPPPPPPPPPPPPPPPPPPPPPPPPPPPPPPPPPPPPP（地平线）

P（聚居地的住宅）

P（建筑 1）

P（建筑 2）

P（我 3，正在经历幡然醒悟的时刻）

P（我 2）

P（我 1）

注：我，在时间与空间上，用 P 表示。

21

（纸的故事还在继续）

秃鹫：盘旋。

纸跟在它们身后，伴着这些怪异的飞禽盘旋了一会儿。秃鹫在尘土飞扬的平原高处组成了一团巨大而又不祥的阴影。之后，这群贪婪的家伙仿佛受到了召唤，一齐飞离了这里，那张纸再次孤单地在风中飘荡。

几天后，那张纸乘着一股向下的劲风，来到了之前从未到过的低处，重重地拍在了沙地上。它离目的地只有一公里左右了，所以这次坠地是个坏消息。现在它终于不动了，我终于有机会去看上面写了什么。上面有字，写的是……但现在，又起风了，被风吹起的沙子盖在纸上，发出难听的摩擦声。字迹被遮住了。沙子会把纸彻底盖住吗？沙子最终会覆盖一切。

总之，这可能就是那张纸的悲惨命运。

沙子对这一切没有统治权。

但很快，发生了一系列连锁反应：沙子被风吹了起来，纸上的颗粒开始颤动，改变着位置，先是一粒，过了会儿，两粒，接着就是三粒、四粒，有些飞在空中，有些在纸上聚成了点点斑纹，随后形成了一场微型雪崩，接着化作了一场规模稍大的微型雪崩。白纸的最前端暴露了出来。

又起风了，只是这次更大。纸重获自由，再次乘风飞上了天空。

这张纸最后飞了起来。风把它从沙地上捡起，带离地面。它被沙漠征召入伍，在空中开始了操练：突然转向，骤然下潜，原地旋转，灵活躲避，偶尔也会匍匐前进，越过这个，穿过那个，伴着时不时拂过的微风疯狂地原地转圈，或者绕着某点自转。这张纸循着难以预测但又相对稳定的运动模式，越过平原，越过沙丘，越过岩石、废墟、碎石和昆虫。这张纸终于穿过元结构那难以辨别的护栏，灵巧地避开了涡轮风扇的叶片，后者还帮了它一把。

它到了。

它绕过一排优雅的棕榈树，掠过它们的掌状复叶，然后突然降低高度，又依着它的俯仰轴转了个方向，昂起头，乘着微风，飞过一片湖和几块草坪，如今又来到了游泳池上方，接近了某幢建筑，然后借着自己轻薄的身躯，滑入一扇敞开的窗……飘进了一间凉爽的房间，落在了房间正中的桌上。

然后它就躺在那里。

它是先驱者，开辟了新的道路。

之后，如果一切顺利，它的同伴也会加入。

也就是这令纸余下的 499 张。

22

我今天收到了几个提示（我觉得）。

诗人和我说了一个他做过的梦作为提示：他梦见自己“生吞了一条鳄鱼”。诗人告诉我的梦里有很多细节，比如他是如何强迫自己将带刺的鳄鱼皮塞进自己用力张大的嘴里，他干呕的感觉，还有他的唾液怎么会变成一种恶心的棕褐色，甚至还向我描述了野味特有的那种刺鼻又浓烈的风味。乍一听很奇怪，后来我突然意识到，原来这是他刻意给我的加密材料。这是 1 号提示。之后我小睡了一会儿，刚醒来就闻到了一股焦煳味。面包？头发？橡胶？附近有棵高大的棕榈树自己烧了起来。我出门查看，灵媒也缓步跟在我身边。我们都看着那根噼啪作响的火柱。她摇了摇头，然后说：“你能想象即将到来的世界吗？”

你能想象即将到来的世界吗？

我权衡了一会儿，思索答案，随后便明白了其中的玄机，对她笑了一下，为她的提示道谢。

我会把这两个提示当作今天工作的催化剂。我希望在今天收工时，自己能将这两个提示转化成某种对我的项目有帮助的东西。

在这件事上，我从来没怀疑过自己。

菲尔费克斯小姐来了，几天前的怨气正在慢慢消退。凡是涉及研究所的办事程序、项目参与、项目管理之类的事，我总是相当听话，全都依照规章行事。有时还会更刻意些，比如装得像个乖学生。

要是她知道就好了。

我的胆子越来越大了。

想来，我也被仿影了。

这还真让人有点上瘾。

所有要做报告™的人，包括我，都在停车场上车出发了。这次不是专程跑腿拿东西，也没什么东西要修或者重做，但我还是在口袋里揣了一枚红色的跳棋棋子。因为我想知道，想知道双生店技艺的高度、广度。

所以我一进店，就把跳棋棋子放在柜台上，竖起三根手指，念出那句神秘的咒语，双生店的人就消失在后屋。不一会儿，他回来了，把三个崭新的圆形棋子逐一放在油毡上。

咔嗒，咔嗒，咔嗒。

我惊讶得下巴都要掉地上了。他根本不是在修理什么，他是在制造。恐怕是的。除非他把这些东西都准备好了，但……他的后屋的确可以堆积大量废品，在储物箱里塞满他收集的各种东西（只是我想问：每样东西都有一份？还是说四份？真他妈的）。要么是靠一台高端的 3D 打印机。施乐牌的打印机，或者有台铣床，数控激光车床和缝纫机，一批专职做……到底有多少东西？我不断试着窥探门内的情景，前倾，伸头，窥视，或者什么都不做。我得小心谨慎，因为我不想无意间违反当地风俗（现在，我和双生店的主人关系显然还不错，希望能继续保持）。但我还是想问：他是怎么做到的？我要把这个谜团当作挑战。不论他用了什么方法，我都要让他露出破绽，随后再找出这一切的运作方式。

虽然今天关于双生店的谜团加深了，但我拿到手的成功摹本却让人精神振奋。之后还会有更多的成功摹本，就在不远的将来，会有更多。

于是我兴致高昂地回到公寓，唤醒设备，看着菲尔费克斯小姐的替身，也就是她的照片来庆祝今天的进展，这张照片是我拍的。看，就是存在我设备里的这一张。

当然了，现实世界中的菲尔费克斯小姐比起这张作为替代品的照片来（尽管它生动鲜活）清晰得多。然而，说到神秘，她的照片比起真人来，倒的确有些神秘的地方。神秘在于我使用它的方法。每当我看着照片，我们（她和我）就好像在进行心灵上的交流。没有接触，也不在现实或者形而上的领域，而是隔着遥远的距离，像幽灵那样交流。两个灵魂代表着两人经过淬炼过的思想。这是不可思议的奇迹。

下一分钟我就躺到了床上，解开腰带，手拿设备，准备开始了。设备已经充好了电，准备就绪——它被支在枕头上，和我一样被皱巴巴的床单包裹着。我就像一轮苍白的月，身处厚重的云海，掌控着这场仪式。

现在，开始吧。

我离开了，身在别处，彻底放松，变成液体，穿过可以穿过的层层障碍。旧的前景退去，新的前景浮现。我进入了另一个虚拟世界：那是法老的时代，一处财富与官能的王国，一处静候我的原型剧院，它让研究所看起来就像白痴所构造的脆弱幻象。即便现在，这扇通向新世界的大门也仍然无人值守，它作为两界的缓冲，敞开接纳我们。

叮！

粉色。交叠着的四肢。雕塑般细碎的鬈发。闭上的双眼，光滑的凸起，红色的洞穴。兴奋感愈渐强烈，它为我带来了快感和肾上腺素。设备，我亲爱的设备，它在我手里变得尤为湿滑坚硬，甚至还顶着我的掌心，与之相匹配的，是最新的触感技术，它与设备所拥有的多样以及无限的自由，就在它那紧凑的深处……

叮！

耶稣在哭泣。

（闭着眼，不，睁着眼）又滑回了世外桃源，太阳缓慢地挪啊挪，我按下回车：进入。进入，然后推进。光触及了装置的边缘，再向更远处蔓延，现在，经过处理，印上标记的透明表面开始上升。但除了我之外，在那片同样映着青绿色平面上方、藏于设备重要使用证据之中的人，到底是谁？同样的脏污，那就是我浑浊的鬼魂，它也化于这些动作之中，与这些感受相近的欢愉融为一体，和我一样享受这一刻：

是的，是的。

叮！

没错……

叮！

不管它。

叮！

呃……

叮！叮！叮！叮！叮！叮！

很快就软了。

嗷。“什么进你里面了？”我问那台出了故障的设备，但它对此依然保持沉默。总之，我想（放低视线），刚才的瞬间不见了，就这么消失了。（你自然会知道它消失与否。）如果我没被打断就好了——

叮！

设备砸在远处的墙上，发出轻微的闷响，好像一只活力充沛的小鸟撞到了玻璃窗。它被弹飞了，落在椅子后面的地板上。

该死的。

（沉默。）

我蹲在那里，短上衣的扣子一直解到肚脐。裤子脱到我的脚踝上，设备的屏幕黑了。

亮啊，怎么没反应了？

我真是一个白痴。

它彻底没了反应，屏幕冻结了，不是那种暂时的冻结，而是彻底陷入死寂，没有温度。我细心呵护着它，用手掌为它提供温暖，好像在孵化一只鸟蛋，我哀求它，照料它。重启的所有方法都试过了，我一时想不到更好的方法，还使劲晃了它一会儿，然后把它放到床罩上，观察着它的动静。

时光飞逝。

光阴似箭。

它不情愿地震动起来，重获生机。

叮？（它说。）

有条短信。

“进度？”

是所长。

23

金融衍生品与综合理财大师丹尼斯·洛伊尔坐在他家的厨房操作台上，垂着干瘦的双腿，脚上穿着定制的正装皮鞋，没系鞋带，也没穿袜子。他刚冲完澡，头发还是湿的，正在抽烟。他肯定是把公寓的烟雾警报器给关了。他这身造型乍一看虽然杂乱，但又有几分时髦，镇定自若，与一切都保持着距离，这些实在让我嫉妒。他对一切都毫不在意。

“喝点什么？”他问我。

丹尼斯坚持用英语称他的男侍为“孩子”，他现在就是这么叫的，脸上还挂着一副讥讽的假笑。

（要是他的男侍介意，那他也不会继续这么叫。他的男侍就像一枚斯诺克台球那样毫无特点。）

丹尼斯的房间和别人的差不多：未来主义、时尚别致。房间摆放着球形台灯、近似菱形的椅子、橙色地毯、几尊小雕像和其他批量生产的艺术品，只有少量个性化的点缀，但毕竟聊胜于无。整个地方看起来光鲜亮丽，与众不同。

“珀西，你觉得暖和吗？”他问，“你要是愿意，我可以把空调打开。”然后又说，“你知道吗，我真的惨。我的头寸还没亏光之前，过的简直是皇帝的日子，然后一切都分崩离析了。我堕落到了什么地步啊，居然住在……公寓里。”

我坐在几米外的沙发上。电视正在播着足球赛。丹尼斯从厨房操作台上滑下来，调了下温度，疲惫地看了一眼比赛。他转过身，深深地抽了一口烟。烟头亮了起来，是一种更深的荧光粉。“现在只能抽这个。助理规定的。”

我用力绷紧全身的肌肉，想止住浑身的颤抖。我双手插袋，掌心湿漉漉的。丹尼斯看起来无动于衷。

“刚抽的时候，”他说，豁达地看着自己的烟，“过喉咙的感觉太滑。毕竟是电子的东西，不像真的那样烧喉咙。但其实，人们还是想念真正的烟草燃烧后的粗粝感，那种刺激的后劲。这其实就是痛苦的感觉，所以他们就造了一种化合物，把这种不适感又加了回去。”他又深吸了一口，“这就给我们上了一课：一旦人与人之间有了羁绊，那么就算之后变得再糟，就算自己觉得再痛苦，只要这段经历还属于彼此，那他们还是会欣然接受。打个比方，这里对我来说就是这样。”

丹尼斯的男侍递给他一杯喝的，他顺手递给了我。

我尽量低调地喝了一大口。

“你不觉得吗，这里简直就是受虐狂的家。我是说，谁能忍受这样一座研究所？你可能会把我曾经的日子称作‘真正的生活’，再看看现在的我，我甚至连曾经的感觉都不记得了。就算我忘记了那些曾经令我兴奋的事，也能依稀记得那种激动人心的感觉。再看看现在，这种沉闷、陈旧、单调的生活。”他停顿片刻，抬头看着天花板，陷入沉思，然后继续说：“你知道人们以前是怎么说我的吗？”

“不知道。”

“他们把我称作‘破坏者’。”

想象一下他的同事。他们围在会议桌边，听筒就像藤壶一样死死地附在他们身上，就像是真人表演的静态画。他们都在轻声谈论着丹尼斯·洛伊尔。不论是经理、数据员、量化交易员，还是金融公司的各级员工，都穿着骑师服，灰色和海军蓝的搭配，打着温莎结、普瑞特结、四手结。而当丹尼斯本人大步走到属于他的位置时，所有人都突然对自己的笔记、电子表格、设备、邮件、定制鞋履产生了兴致，视线的平均高度也突然降低了。或者他们都开始盯着电子白板看，好像它就处在地平线上——期待着远方的一叶帆或者别的东西。他们把目光移开，因为他们知道他是什么角色——破坏者——直到麻烦来临，我们所有的故事都是关于坠落的，我们堕落了。

“最妙的地方是，我的手指那时就搭在未来悸动的脉搏上，记下它的每一次跳动。”

天啊，时间为什么这么难熬？

丹尼斯自己还在说个不停，源源不断，滔滔不绝。

还有这个，我最近感到的恐慌和经历的所有蠢事，都是由一条短信引起的。妈的，一条愚蠢短信。别人怎么能那么容易就找到我，联系到我？这个世界到底想从我这里获得什么？

“……当然了，万物都必须有结果。”他似乎在做总结了。

不安的感觉逐渐增加，似乎要化作地狱般的景象，但是，在这千钧一发之际，丹尼斯从自己的衬衫口袋里捏出了一枚我吃的那种药（看上去很像），但是颜色不同（天，幸亏不一样）。药就放在我的玻璃杯边上。它就在那里，一动不动。物体就该这么安静。好了，现在他拿起药，把它放进汤勺里——桌上居然有两把勺子，我之前都没意识到它们在那里——然后拿起另一把勺子，把它压在药片上，将两者组成了钳子，再放到桌上。他把手放在上面，绷直手臂，将全身的重量压下去。如此重复几次。我微笑着，他也微笑着。我们都抬起头来。我望向电视上播的球赛，尽量保持冷静。他在我身边来回踱步。

“那个……没事，很好，缓一缓就好了。”

“现在。哪队赢了？”

太棒了，回到了熟悉的轻松状态。

经历了所长那条心惊肉跳的短信召唤，我的呼吸现在终于恢复了正常。丹尼斯，愿上帝保佑你。

保佑你持有的股份，成为拥有万贯家财之人。保佑你成为持股人、股东。

现在，我终于能热情面对房间的主人了。信息的叮叮声停了。设备看起来也正常。不管怎样，它们都不值得我这么恐慌。所有通知消息——短信、邮件、闹钟、提示、邀约、点赞、私信、评论、广告、钓鱼，还有垃圾邮件——它们代表什么？我是说，这些东西的意义何在？我不知道，但我知道它们是如何影响我的：就像我的感受突触受到诱导，进入了现实世界，它浩瀚无垠，鲜活湿软的意式细面编织成了薄纱般轻柔的蕾丝——细网笼罩了世界，它遍布大陆，横贯海洋；细密的电线织成了一张网，从每个微小的区域发端，每个现实世界中的小点都直接进入了我思想的内核——这些电线为了逐利，全天时刻联通，不论来者是谁，不论为何，都能使用。这也为那些叮叮声提供了见缝插针的机会，没错吧？丹尼斯又在滔滔不绝地谈论美好的旧时光。我想，这些事可能的确趣味十足，而且他说话时抑扬顿挫的声音也很好听，既有一副上流社会的腔调，还有些刻薄，但总的来说，又显得圆滑，可我却没法把目光从球赛上移开。它的视角、氛围正好。红蓝对抗是永恒的冲突形式，除此之外，两队的其他方面都可以替换，真的。屏幕上球员的身影变得有些模糊，身后留下了像素点组成的尾迹。我把丹尼斯的药片从一只手换到另一只手，又把这个动作反过来做一遍，好像沙漏中流动着无尽的沙。

“那时候，我有最好的衣服，还有最好的车……”

足球比赛的时长是固定的，九十分钟，分上下两个半场进行。比赛就在分配给他们的这段时间里实时展开，呈线性进行。紧张感随着自然时间的流逝逐渐增加，又逐渐消退。但电视转播的球赛时间又是循环而非线性的，它会反复播放，遑论在速度上还有变化。而且，由于外部力量的介入，比如体育评论员以及观众的因素，还有即时回放、画面定格、慢放等因素，足球转播中的时间变得更加复杂了，不是吗？

“……最好的孩子——好吧，或许不是最好的，更像是最好的反面，其实更像是最差的——”

时间正在拉长……

“……还拥有最好的属性，青铜、钢铁、产自孟加拉国的枫木、很多镜子。镜子总是在诱惑着我。我对镜子的偏爱也一如既往。它们将本就很大的房间变得更空旷，将灯映成数以千计的光点。但是，弗洛比舍先生，我要告诉你：无论世上的奇迹多么壮丽，它在人们眼里，总有一天也会变得平平无奇。每座华美的宫殿里，总有对墙面心生厌倦的王子。”

现代传播的工具让足球比赛成了叙述的图解，而非叙述本身。

“世事本无常，转衰如沧桑。”

比分是零比零。两队都在相互试探。丹尼斯右手的三根手指安静地抚着杯沿，它们的指甲特别长。

“无所谓。我不知道从什么时候开始就不再享受这个了。钱赚够了，再多也没用。其实，我对金钱没欲望了。”

摄像机从高处鸟瞰一切。这是我最喜欢的角度。高高在上，居高临下。我可以看到进攻路线、控球率、传球完成的统计图。这好像我正在看赛后的统计数据，比赛似乎根本不用真的进行。但是下方球场上的细节，草地的叶片拥有的不同斜度、球员眉毛上汗水的盐花，这才是真正有趣的地方，也是在电视上根本看不到的东西。从这里看到的一切都是实际应用的比赛规则。通过仪式，将规则变成现实，而且我们都知道仪式要如何结束——射门。正是它的存在，才让这一切成为仪式。马上来了。

“然后我就答应他们，来到了这里。”

另外，播报比赛的主持们正在低声进行现场解说，柔声细语的专业解说实在能够抚慰人心——不只是那么简单：解说员正在以我的名义，为我做一些事。我现在才意识到这些事是什么：他们在为我减轻观看比赛的负担。所以我盯着丹尼斯看了一会儿。当我看他的时候，连续不断的嗡嗡声告诉我比赛的进程，比赛由某人、某位代理代为观看，而这位代理人则不一定非得是我。

丹尼斯站起来，焦躁得像一只土拨鼠。他回到厨房，抓起留在那里的第五样东西，然后拖着身子坐到了吧台上，说：“释然似乎才是最好的选择，放下一切，放下淡漠，放下曾经的倦怠。我只需要来到这里，那种情形就会消失。那里不好，这里好。好像我的所有感受都是由地理因素决定的。”

那个进球的设定在比赛开始前就写好了，被写进了游戏代码里。

“但它们，”他继续说道，“并没有打上地域标签。对，就是这个词。我的意思是，我是，但感受却不是。”

我终于开口了。“你说‘我是’，是指什么？”

“被打上地域标签。我的公司允许我参加这次短期活动，但不相信我会逃走，所以——”

他挽起纯棉制服的裤脚，露出瘦弱、纤细的脚踝，在他的脚上套着一只细长的黑色圆环。

“必须这样，别无选择。他们需要我，而我也需要他们。但我过去很糟糕，我的坏习惯给他们带来了不好的影响，所以公司成员共同出谋划策，做了这个决定：与其开除我从而失去我这棵摇钱树，倒不如让我继续好好工作，只是换个地方。我遭到流放，来到这里，远离客户的视线。我不用身处现场——毕竟算法替我完成了大部分工作。你看，他们就这样消除了诱惑。丹尼斯在这里也不会有什么危险，或者他们就是这么认为的。然、然、然、然后，我说，天啊，那就试试呗。好的，先生。嗯嗯，啊啊。于是我试着好好表现。我们在这里必须拿出最好的状态来，做表现良好的小市民，做为人正直的研究员。"

"我们必须这样？"

"你能来这里，要么是自愿的，要么是被强迫的，但不管怎么样，你都在这些文件上签字了。我的朋友，是你同意出让自己人生的控制权。现在你是研究所的人了，再哀叹又有什么用？"丹尼斯解释道。

现在我有什么？我已经同意了什么？

"但是，弗洛比舍先生，珀西，事情没那么糟糕。我们都尽可能听从命令，全力完成工作，但有些时候也会开开小差，研究所也不是无所不知的，对吧，有些事还是可以逃避的。你看，我现在就很无聊，真他妈无聊透了。这种无聊感，你也有吧？你和我很像，我感觉它正从你身上连绵不绝地散发出来。你浑身散发着一种——奢华的——"（他把每字都拖长了）

"没什么。"

当然了，他说得没错。

"我想，我也能帮上忙。"他对自己很满意，"我有些你之前从来没有试过的东西。"

现在，他再次跳下厨房操作台，离开了房间。

只剩我一个人。

时光飞逝。

（他怎么知道我试过什么？）

光阴似箭。

然后他又回来了，脸上没了笑容，手里拿着一只琥珀色的小瓶子，一边把它像沙锤那样甩来甩去，一边说道："对，它们是我偷的。不，没人知道。另外，提前欢迎你。"

在某个时刻，或许是在很久之后，我发现自己独自站在食堂的洗手间里，挑衅地望着水槽上方的镜子。（好吧，其实，就是现在。）

我伸出舌头，呃呃呃呃呃，心想：是谁造出了这张脸？这是我？还是那个人？

我们看上去都是一团糟。

另外，我想起来，就在刚才，我可能吐在马桶里了，而且我吐的量还很多。这不免让人有些担心。想到这个，我就想跑回去再吐一场，但我强迫自己站在原地，直到作呕的冲动慢慢退去。

停顿。我终于缓过神来，走了出去——摇摇晃晃，关节酸痛——来到桌边坐下。

坐在那张“好桌”前。

我用餐时始终一言不发。神秘女人在餐厅里停留了片刻，环顾四周。她大概是在找人或者找什么东西吧，我没看到。她离开后，门“砰”地关上了。争论者 1 和争论者 2 又滔滔不绝了，声音有些暴躁，说个没完。我没去理解他们的话，思绪在他们抑扬顿挫的争吵声中飘浮。没人注意到我，我就坐在那里，安静地吃饭。

我机械地把东西送进嘴里，吃得很慢，突然觉得嘴里好像有张不屈的纸在抵挡臼齿的摩擦。我把一根手指伸进嘴里，勾出那团纸，它湿乎乎的，上面似乎还有字迹，可惜被弄脏了，无法辨认。

它被团成小球，和其他残渣一起落到地上。

噩兆。我想，这张纸是不祥之兆。

这就意味着，它的确是某件事的……预兆。

24

（纸的故事还在继续）

第二张纸（差不多十斤重，4.76 厘米 × 21.59 厘米，米色，触感绵软）乘着从沙漠上方拂过的微风，在空中来回翻滚，又学着芭蕾舞演员那样单脚旋转。它飞到穹顶边缘，滑入护栏风扇防护网的进气端。“啪”的一声，它贴在了保护风扇的网罩上，死了。

但很快就出现了第三张纸（与第一张和第二张规格相同），它跳着吉格舞，差点就撞上了边上的防护网，不过它向右急转，不仅躲开了网，还躲开了扇叶，最后顺利进入了研究所。

没过多久，就有大量的纸开始乘着风，一张接一张从沙漠方向涌入。

漫天飘荡的纸越来越多。遮天蔽日的纸，一片乱哄哄的白色，躲闪，拍打，然后摇摇晃晃，蜂拥而至。

嗒嗒，嗒嗒，嗒嗒。

越来越多的纸向风扇的防护网袭来，在它们的围攻下，防护网很快就开始弯曲、松动、开裂，出现了裂缝。它成了入口。

纸的入口。

它们都涌进来了。

天知道是怎么回事。

不论结果如何，灾难都将临近。

25

……我又回来了，还带了一堆杂七杂八的小东西：我桌上的一块旧橡皮、一副插头严重磨损的耳机、一把从研究所食堂偷来的勺子，表面都被刮花了，显得暗淡无光。我不断对店主的技艺发起挑战，已经成了他的常客。他见到我的时候似乎从来都不会觉得惊讶。我在想，有没有这种可能，那就是，自己每次见到的店主，其实都不是同一个（我有点脸盲），而是有许多相貌相近的人。但说实话，这种假设看起来不太可能。而且，如果真的有不止一位店主，那他们的态度或多或少都与我有些相似（另一款型号："店主"）。不管怎么样，他们总会接受我的委托。他把东西还给我的速度不尽相同，有些东西立等可取，到手后焕然一新（旧橡皮又变得完整了），有些东西会在次日送到研究所（比如耳机和勺子）。为什么有些东西花的时间更久？这事似乎没什么规律或者原因可循（勺子做起来应该会简单些，一般人都会这么想吧）。每个异常信息的出现都让我想深挖他制作过程中的秘密。这些神秘的把戏到底是怎么完成的？而且，肯定有什么东西是那家伙没法重制、修理，或者替换的。

我上周回家后，翻出一片药片。我带着它一路小跑来到店里，有些羞怯地把它推上柜台，对着我的店主朋友做了个二乘十的手势，双手掌心向前，像是在郁郁不乐地玩着"你拍一，我拍一"的游戏。他眯着眼看了下，从桌上拿起东西，不知道做了什么。然后我就拿到了二十片完全一模一样的东西。(化学家？实验室？天啊，柜台后面到底是怎么回事？我是很感激，但发生了……到底是怎么……我会破解他的谜团，会触到他的极限，会找到那条分界线。然后……)

我对这家荒唐的本地小企业产生的兴趣是不是已经近乎偏执了？我的这种狂热是否会让自己停滞不前的项目变得更加困难？（我对双生店的越发痴迷导致自己的工作停滞不前？还是说，我在工作中其实遇到了许多障碍，只是这种痴迷比较容易让人分心而已？这个问题没有标准答案。) 我不知道。但不管怎样，我始终在思考打败双生店的方法，只是当下，我唯一没有这么做的原因，其实是迅速枯竭的资金。它们明显少了。

重要的是：在最近一次拜访他的时候，我提醒自己，记得要问问他我弄丢的“基本原则”在哪儿，可当我走进店里时，却发现它们已经在那里了，一共三十二张，整齐地码放在柜台正中。他好像事先知道我会问他这件事。于是我从柜台上拿起纸并向他道谢，他伸手一把攥住我的手腕。我吓得叫出声来。(呜哇哇哇！)

过了这么久之后，我已经开始觉得他是个——(我想说的是：无实体的？) 但现在他却紧紧地抓着我，有点把我弄疼了。

“怎么了？”

他是想让我为它们买单吗？为自己的基本原则，为自己的主意买单？

“但它们本来就是我的。”我抗议道。

他胡乱地比着手势。

“再说你也没做什么，所以我为什么要——”

又是很多的肢体语言。钱，再来点儿钱。

“给，够了吗？”

不行，再来点儿。

这可是一大笔支出。

他坚持着。

我只能屈服。

我现在就快破产了。

*

算了。钱不是问题。因为我又有钱了。

那么快？就像这样？

你问我是怎么做到的，很简单。

26

（登高望远）

一不做，二不休。

去永世契地的冠冕高塔是丹尼斯的主意。他提出建议，我同意了，尽管我还没从上次的聚会中缓过神来。

接待台后面是一位孤独的接待员，他背对着街道入口坐着，可能在专心做什么事，也可能在打盹儿——我们简直不敢相信自己的运气。我们一点点地挤过旋转门，然后快速穿过灯光昏暗、地毯松软的大堂。没人发现我们。

总之，我们现在开始上楼了，我口鼻并用，努力吸入更多氧气，同时又努力保持安静（谁都不想表现出自己喘不过气的样子，都想让对方先示弱）。我看得出来，丹尼斯也在挣扎。我自然也能听见他的喘息声。而且他汗如雨下，制服上出现了一条条宽窄不一的深色汗渍，像是老虎身上的条纹。当我踏上二十一楼的楼道时，已经比丹尼斯领先了半层，我眯眼看着落在后面的他，他则朝我点了点头，我们之间有着一种心照不宣的默契。有扇门上面标着“安全出口”，我试着推了推上面的金属防撞条，希望门能打开，而且还不触发全楼的警报。门坚持了一会儿，然后终于向我屈服了，开门的声音比我以为的要响得多，还差点伤了我的手指。门开了，走廊里灯光昏暗。

我们刚进走廊就瘫在了地毯上。此时，我们也顾不上羞耻了。

最后我们平复了呼吸，我正准备问丹尼斯，这层楼的高度能不能满足我们的要求，这时他却站了起来，低头看着我说："该死。"

他走到电梯前，按下上行的按钮……

"丹尼斯——"

"这里根本没有人。你还没明白吗？这里已经废弃了。一间幽灵旅馆。"

他说得没错，我也有同样的感觉。我们是这里唯一的人，而前台的接待员是这座疯狂的巨型石碑中唯一、真正的主人。不过这里经常有清洁工人进进出出。可我酸痛的双腿开始强烈抗议，自己也实在顾不上别的了。然后"叮"的一声，电梯来了，我们进了电梯，就这样，我们到了一百八十七楼。

一百八十七楼的走廊一片漆黑。但电梯门一开，就能看见有扇门正对着我，它通向某个房间，门上面有道裂缝。所以我们就进去了。事实证明，整层楼只有一间正在装修的房间，就是总统套房。许多隔板造得并不完整，甚至还没有动工，房间用一组组钢筋骨架和柱子隔开。基本可以说，这个房间就是个巨大的楼面。杂乱的电线钻出护墙板，有时也从天花板上垂下来，就像藤蔓一样。在我们站着的地方，环绕着平板玻璃组成的落地窗。

窗外，是夜幕中的永世契地和它的首都。

丹尼斯找来一盏带夹子的投光灯，接上电，立在前厅里。这里现在不再是一片漆黑了。我们只能看清周围一小圈地方，再远就不行了。也就是说，我们依然可以看见窗外的景象。我们走向玻璃，有时候脚下实在难免磕磕绊绊，偶尔会踢到各种各样的建筑垃圾。我找到了一把包着塑料膜的椅子，把它拖到房间的最远端，整个身子都陷了进去。丹尼斯拖着一只巨大的工业用塑料桶，走到我身边，倒扣过来，一屁股坐了上去。我们就坐在那里，静静地望向窗外。

城市华灯初上，灯光点亮了都市的结构，楼宇和尖塔发出的光点就像是一幅巨大的连线画。其实不用动笔就能连成线，光点那么密集，就像像素。而这一次，它们组成的图像分辨率极高。

我们听见了酒店的呻吟。它的哀怨。丹尼斯挥着双手，对我做了一连串“乌基博基”[①]的招牌动作，努力演出恐怖的感觉。

“看！这是幽灵酒店！”他说。

“如果这里没人住，那为什么不把这里卖掉，或者干脆夷为平地？”

“这是永世契地的招牌。有没有人其实不重要，只要人们知道它在这里就够了。”

“可谁会知道呢？如果他们真的把这里拆了……而且也没人知……”

“是这个道理。”他承认。

“那就真的是幽灵酒店了。”

“叫假店[②]怎么样？”

“妙啊。”

我们带了最爱喝的酒，就这么互相传来传去，直接对着瓶喝。丹尼斯在喝酒的间隙大口抽着电子烟。这里很有家的感觉，很舒服。两个男人享受属于他们的夜晚。我们安静地坐着。

然后，我闭上眼睛，意识时断时续，我只能模模糊糊地意识到丹尼斯的存在。我感觉我们两个都从这个世界上消失了。

我进入了梦乡。

冰冷的梦境。冰封的大地。是草原，浮冰，还是什么？不，是一间开着空调的办公室。有个梦境中出现了一些重要的人和物品，但都结了冰，还带着一层肮脏的霜壳。其中有个冻住的东西，是一支老旧圆珠笔。还有一个记事本，是个便笺本，上面有一些装饰用的花纹，

---

① 乌基博基是电影《圣诞夜惊魂》中的一个反派，外形是一个大麻袋组成的幽灵，里面是虫子和蛇。

② 原文为 fauxtel，是 hotel 的拆字，用 faux（含有“伪造”的意思）替换了 ho。

然后是一台被冻住的显示器。屏幕彻底冻住了，从字面义还是引申义看，都是如此。我透过雾蒙蒙的冰，看到一个关键通知，红色的标志提示我，有一封新邮件、一条新短信、一个新点赞、一个新戳戳[①]、一份备忘或者指责。但冰壳让我无法及时回复。现在弹出的是我的项目。透过朦胧的冰，我就像患了白内障一样，只能看到我的思想所凝成的行行细线。我梦见自己在用吹风机给显示器除冰，将它视作一头幼崽，捧在怀里，轻摇着它。冰融化之后，显示器闪了闪，好像有一只耷拉下来的眼睑盖住了显示器光滑的瞳孔！一次、两次……眼睑开合，动作懒散，好像是在引诱我。最后这一切终于停了下来。显示器和我，面面相觑，直到我……

我终于彻底醒了，我和震动的设备一样，猛地一颤。我都忘了自己还有这么个东西。我睡了多久？揉揉眼，伸懒腰。

开始找设备。

也在找所有错过的“叮”。

我轻声让它休眠。

晚安，设备；晚安，“叮”。

晚安，丹尼斯。晚安，世——间——万——物。

稍后，也就是现在，我双手抱膝，身子轻轻地摇晃着。

那个梦（以防你们错过了前面的内容，请容许我给出提示，就是那个冰冷的梦），它究竟预示了什么？

没有吗？现实的一切在梦里全都有迹可循。我那先知般的神经，我那负责诠释的腺体肿胀、充血、极度敏感。是梦吗？我不做梦。这里没有痕迹，没有预兆。寒冷不是隐喻，炎热也不是。永世契地不是地图。元结构也不是标志。它没有提供索引，也没有给出寓言。人不

---

① 类似于微信的“拍拍”。——编者注

会（或者不该）做梦……梦是肤浅的。显而易见。

我才发现丹尼斯不在我身边。我费力地站起来，这过程实在痛苦。这里是……

洛伊尔先生从走廊里现身，他裸着上身对着我高喊：“见证亡者的复活。”

“丹尼斯？”

“欢迎回到生者之地。”

“多久？”我问，看来正值日出。我肯定睡了一整晚。

“八九个小时？”

“该死的。”

“嗯。不想叫醒你。”

“丹尼斯，那研究所，还有我的会议——”

“看来你刚刚逃学了，对吧？”

（菲尔费克斯小姐肯定在破口大骂。）

丹尼斯·洛伊尔现在坐在酒店房间的地板上。他那件消失的衬衫出现了，现在成了绑在他脑袋上的头巾。他看起来有点面瘫，一副大脑遭受重创后的样子。我只能通过他的脸来想象自己的样子。

他喝干了瓶里最后一点酒。

他就像嗷嗷待哺的幼鸟一样昂着头，还拍了拍瓶身。

“我们得去弄点酒。”

我的脑袋承受着巨大的压力，它就像个位于深海的球形探测器，观测窗捉到了我的倒影，我看到我的眼睛如玻璃一般，在紧张的压力下开始颤抖。

“我哪里都不去，”我答道，“至少现在……呃，暂时不走。”

“我的好哥们儿弗洛比舍，别担心，我来冒这个险。我等会儿去看看下面几个楼层，说不定能找到一些我们需要的东西。我相信，可以找到某些迷你冰箱。”

"丹尼斯。"

"嗯？"

"我昨天晚上梦到——"

"哈。"他的一只手搭在了我的肩上。

"再来？"

*

时间过了多久我并不清楚，但我的大脑皮层依然周期性地涌起兴奋感，我爬起来，环顾套房，这是个新的房间，比原来那间还要高几层。这是高塔的顶楼。我们不知什么时候上了楼。而这间房子与之前那间一模一样。我又找到了一只没往里吐过的 PVC 桶，把它拖到窗前，然后把桶倒扣过来站在上面。此时此刻，我就是永世契地里站得最高的人，或许也是全世界站得最高的人。我站在那里，站在那只桶上。我拥有掌控万物的视角，拥有帝王般的视角。世界——（然后这句话的前半部分进入了我的脑海："桌上的。"我不确定那是一张怎样的桌子，但我就是有这种感觉。"桌上的世界"）

我喜欢这个说法。我深吸几口气，伸手碰到了天花板，陷入沉思。

如果我把研究所任期内的时间都花在这里会怎样，就像曾经那些在石柱上苦修的修士？我在沙漠里那幢高塔般的酒店里，高居二百一十楼，过着禁欲的生活。丹尼斯会给我带来食物和饮料。丹尼斯是我的新男仆，但我不会再和他人交流，不会再踏入陆地。世人会尊称我为"圣徒"，高塔中的修士。这里的人迹罕至与极端闭塞让我得以埋头探究生命之谜的深度。朝圣者们会前来拜访。他们会坐在我的水桶边，见证我极度虚伪的言行。"人要如何走下百尺高的柱子？"

禅宗公案[1]中好像记载过这样的故事。（这肯定做不到。我猜这就是答案。）

我的思绪投射在周围，我审视着下方广袤的沙漠和城市，时刻注意着它的方方面面，让自己熟悉它的每个角落和裂缝、它的细枝末节，还有下方每个自己感兴趣的地形，比如丘陵、峡谷、成群的建筑，它们看着相邻物体表面完美无瑕的倒影，精心装扮着自己；它们后面的地面如同花纹错版的地毯，向着四周蔓延。我站在高塔的顶点，望着远处的天际线，将所有地标、有趣的结构、颜色的变化、地面的疤痕或污渍、玻璃本身的刮痕，还有临时 / 表面，或者结构 / 建筑层面上看着千奇百怪的东西都纳入脑海，创造了一份目录。我为这片地区建立起了一套错综复杂的分类学、形态学和地理学的映射，将地图格网叠加于这片场景之上，然后用印刷字体和象形图在脑海中为它们打上标记，字体用的是 Helvetica Bold，还有红色线条、黑色圆圈、十字和星标。后来，我昏昏欲睡，动作越来越慢，最后忍不住打了个盹儿。我用头抵着玻璃，把脸颊也贴了上去，感觉玻璃凉凉的。

时光飞逝。

*

对时间，还有它的弹性、主观性，以及难以言喻的本质进行哲学层面的沉思，它们在某种非处方麻醉药的影响下，显得尤为显著，在此用短横表示。

① 高僧讲道时的言行记录或者讲道过程中的趣事。

--- ------ - ----- ----- -- -- ---- - - ----- --- - ---- -- -- ------- -- -- ---
- - - - -- - ---- -- -- ------- -- -- --- - - - - -- - ---- -- -- ------- -- --
--- - - - - -------- --- -- -- ---- - --- ------- -- -- ---- - - ----- --- -
---- -- -- ------- -- -- --- - - - - - -- - ---- -- - ------- -- -- - - - - -
- - - - --- - - - - -- - ---- -- -- - -- ---- -- -- --- - - - - -------- - --
-- --- -- -- --- - - - - - -- -- ---- -- - ------- -- -- --- - - - - -- - ----
-- -- --- ---- -- -- --- - - - - ---- - ---- -- -- ------- -- -- --- - - - - -
-- - ---- -- -- ------- -- -- --- - - - - - -- - ---- -- -- ------- -- -- --- - -
- - - -------- --- -- -- ---- - --- ------- -- -- ---- - - ----- --- - ---- --
-- ------- -- -- --- - - - - - -- - ---- -- - ------- -- -- --- - - - - ------
-- - - - --- -- -- --- - - - - - -- - ---- -- -- - -- ---- -- -- --- - - - - -
-------- - -- ----- -- -- --- - - - - - -- - ---- -- - ---- -- -- -- --- - -
- - - -- - ---- -- -- --- ---- -- -- --- - - - - ---- - ---- -- -- ------- -- --
--- - - - - - -- - -- --- - - - - - --- -
---- -- -- ------- -- -- --- - - - - - - -- - ---- -- -- ------- -- -- --- - - - - -
-------- --- -- -- ---- - -------

我的身子向前探去，在玻璃上哈了口气，伸手写了几个字，指尖滑过玻璃，发出“嘎吱嘎吱”的声音，然后走下高台。第一只脚还有些犹豫不决，第二只脚则多了几分把握。我感受到自己的重量，实在太棒了，既然现在没有什么别的事可做，我只好走回去找洛伊尔先生，他依然趴在地上。我用穿着袜子的脚趾戳了戳他。我希望他还活着。然后我转身，透过玻璃上那几个灰色、模糊、难以辨认的字迹，最后看了一眼窗外的城市，冷凝水沿着巨大的玻璃慢慢滑落。

在这些字的另一侧，在蔓延的城市深处，坐落着我熟悉的双生店。我想象着那位醉心于工作的店主，而想起他的时候，也感受到了口袋里的那沓钱。

我怀疑过他能否答应，但他没有让我失望。

我怀疑过这能否成功，他也没有让我失望。

结果就和我想象的一样。我的天!

我有钱了，而且是成堆的钱。这些钱看起来就和真的一样。

当这个结结实实的包裹送到我的房间时，我还以为里面只是游戏用的钱，就像那种做工粗劣的购物券，就是到手后一搓就会变得透明的那种。但我错了，它们是真的，货真价实，不论是油墨的气味还是原料的质地，全都和真钱分毫不差。他又做了一次。

不过穹顶下所有的东西都是免费的，我一来没什么机会去用这些仿品，二来也没必要，只有双生店可以用，这倒是一场对它家产品真实性的真正考验，还挺讽刺的。我等下就要试试，看看双生店的店主是否愿意接受自己的作品，并把它当作之后工作的报酬。

如果可以，再好不过。

*

太阳坠入我左边的山谷。整栋楼还在呻吟。丹尼斯和我来回传递着他的电子烟，吸着那支 U 盘大小的东西，在这里吞云吐雾。

他在地上结好双跏趺坐。我也试了下这个方法，但双腿抽筋得厉害，而且都不能分辨出到底哪只脚疼。我觉得这就是双跏趺坐的目的。现在我遵照别人教我的方法，一心只数着呼吸。呼，吸，呼，吸。我听着通风管内的气流发出嗡嗡声，刚开始，较低的楼层一直传来抚慰人心的低鸣，随着时间的推移，声音不仅变得更响，而且也没那么连贯了，音的强弱慢慢有了规律，渐强，然后停顿，泛音在更高的音域起舞。一架战斗机平稳地从空中掠过，身后没有留下任何痕迹。几辆小小的油罐车停在车库里。一些微缩的车辆沿着白色的高速公路行驶。云从容不迫地在空中飘荡，合并、分开。闪烁的日光在建筑的边缘和湖的上方来回跃动。下面的城市每分钟都会细微地变换颜色。

我只是大气密度的一部分，一处具有意义的领域。

无聊，然后，一股奇怪的满足感席卷全身。

睡吧。

*

叮！

他们在找我们。

是时候回去了。

叮！

好了，这就走。

叮！

叮！叮！

该死的，搞什么。他们真正的——

“没事吧？”丹尼斯用一侧的手肘撑起身子，慢悠悠地问。

“也不算是。”

“什么——”

“设备。”我说，来回摆弄着令人反感的现代科技，“它坏了。”

“你得找人好好检查下。”

“我没开玩笑。”

叮！叮！叮！

“又来了。”

“珀西，别急。”

叮！叮！叮！叮！叮！叮！叮！叮！叮！叮！叮！叮！叮！叮！

*

我从前门门卫的壁橱里找到一个工具箱，从里面翻出把榔头，于是我们现在就在这儿敲着设备。敲敲打打，敲，敲。敲敲打打，敲，打。

一下又一下，继续，继续，再继续。

设备的专利结构结实得让人难以置信，还没砸出坑来，我的手就开始疼了。

我最后还是砸出了一个小坑——一个微型的瘢痕。这还不够，于是我又狠命砸了几下。手上的水泡传来一阵剧痛，而且锤子的头与木柄也开始松动，还有，我又喘不上气了。

“珀西，你他妈在搞什么？你过会儿就会后悔的。”

“丹尼斯（‘砰’）你给我（‘砰’）闭嘴（‘砰’）。”

设备终于向这种粗暴的待遇屈服，闪烁着关机了。

噼噼噼噼噼啪啪啪噼噼啪。

（为了保险起见，最后再来一下。）

它就像一块光滑的石头，彻底没了动静。我踩在上面，满脸通红，汗流浃背，衣不蔽体，杀气腾腾。

我喘了一会儿气，在边上静静地看。设备终于没动静了，我非常满意，于是倒在原地，蜷成一团。

*

“珀西。”

“别烦我。”

“珀西，我觉得该出发了。”

“我睡着了。”

“快起来。”

我揉揉眼睛，环顾四周。现在是白天。但我不知道日期。

我翻了个身，压到了某个尖锐的东西。嗷！大概是一片塑料或者玻璃吧。我周围都是小碎片。

"这都是什么？"我问。嘴里恶心的味道钻进了鼻子。

"你真是天才，那是你的设备。收拾收拾，我们准备走了。"

*

我们匆忙穿过高塔的大堂，推开旋转门。赤膊的丹尼斯勉强跟在后头，嘴里一直抱怨个不停，大堂服务员在我们身后用外语大声嚷着。车在那儿，它在酒店前的环岛那儿自动停住。该死的，又把太阳给忘了，就算傍晚，光线也很刺眼。我放下遮光帘，往车座上一倒，猛地拉上车门。

车缓慢驶出停车场，好像是故意让人沮丧。我无助而又懊恼地踢着座椅后背。可随着我不断轻声说话，车速越来越快，出于安全考虑，需要对车速加以控制和容忍，因此，这种鲁莽的行为也是有限度的。就算如此，速度也相当快了。它拐进一个大弯，丹尼斯倒在我身上。

"不好意思。"

"拜托，别碰我。"

"珀西，你那个东西怎么办？"

"它出问题了。"

"还是说，出问题的是你。"他轻声说。

"丹尼斯，我现在不想说这个。"

"别把怨气撒在我身上。你要是真那么恨这个声音，就让那东西安静下来。"

"我需要它。"

"嗬，还上瘾了，对虐待上瘾。反正我是这么理解的。话说回来，你提到的那个机械师到底在哪儿？"

"就快到了。"

设备被放在我腿上的凹陷处，它就像一只被扼住的小动物，无助地躺在那里，怎么也发不出声。我之前砸到了它的电源开关，现在它似乎不愿屈服，正在努力重获生命。它呻吟着，生命的烛火摇曳不定，发出不规律的呼吸声，好像在向我哀诉。比起它彻底死亡，这更让我感到恐惧。

*

说实话，最坏的情况也不过是设备彻底损坏罢了，坏了又怎么样，我又能失去什么？

我的联系人？我又会和谁联系？也没人需要联系了。

我要给什么东西点赞？又要给谁点赞？我要见谁，和谁通话，要和谁用视频通话：家人，朋友？算了。

（丹尼斯望向窗外。沙丘飞驰而过。）

但我个人的历史记录在里面。文件经过压缩，就放在那坚固得近乎神秘的外壳内。记录。我的记忆就在它的记忆卡里。它的记忆卡里有我的记忆：我去过的地方，我做过的事情，我草草记下的琐事、备忘、灵感。那里有我对未来项目的想法、思路，有照片，有那些设备和我共同见过的东西，有菲尔费克斯小姐的照片，还有秘密。设备记录下的，是只有我知晓的自我，最隐私的自我。我能放弃这一切吗？

丹尼斯面朝车窗，心不在焉地说："珀西，你有些不对劲。这位先生，你肯定有问题。"

我不是怪物。这些生命——有生命的设备——就算做错了事，私下里也应该免受惩罚。过着无价、没有代价，也没有罪恶感的生活。我们就在这秘密的世界中做着这些事。然后再把记忆留在那里，留在一片故意将其遗忘的烟雾里。设备正是需要上锁或者遗忘的存储库——这种隐私正是设备存在的意义。如果没有这样的场所，谁又能分辨出思想和行为的区别？如果这样的地方并不存在呢？否则这些想法就会在世上散播——在现实世界漫游。这样我们就会需要一套新的道德规范。一切都会改变。

（停顿。）

车为什么这么慢？

（停顿。）

我的眼睛又疼又痒，难受极了，这种感觉两边都有，就在眼部周围的软组织那里，眼角和鼻根交汇的地方，那里就像火燎一样。我用手指按住，来回揉搓，试图减轻痛苦。“让我看看。”丹尼斯也厌倦了一直板着脸，便主动问我。我把设备交给他，向他和解，而且我知道，他拿到后什么都看不了。

“可怜的小羊羔。”他抚摩着它。

“快还给我。”

车减速后停了下来，门自动解锁。

他把设备放回车座上，然后我一把抓过来。

“丹尼斯，你自己先走吧。我能回去。”

我匆忙从车里逃出去，但还是扭头看了一眼，确保丹尼斯准备离开了，他还没来得及说出什么名言警句，车门就关上了。我刚确信他已经在车里坐好，准备离开，就和别人撞了个满怀。两人一起倒在粗糙的柏油碎石路上，纠缠在一起。

那是一个身穿西装、戴着头巾和大墨镜，手里还拎着许多包的女人。有个包掉了，一只保温杯“咣当”一声掉在地上。

“看着点路！”她抱怨道，揉着自己的胳膊肘。

车子传出一阵嗡嗡声，准备开走了。丹尼斯就坐在里面，他现在可能都已经笑疯了。无所谓。那个女人一边从滚烫的水泥地上捡起她的私人物品，一边骂个不停，拒绝了我向她伸出的手。但我不可能在这里等她一辈子。

“对不起！”我向身后喊了一声，然后拔腿向前冲。

*

不变的建筑，不变的城市，不变的街角。不变的炎热，不变的小路，不变的大街小巷和立交桥，不变的弄堂，不变的店门，不变的……

*

“你好……有人吗？”

墙后一片寂静。我站在一片荧光里，然后想起那块黑色橡胶垫，就把不协调的双脚踩在上面，接着就听见了软件合成的铃声。门开了，那人出来了，还是他。我快速瞥了眼他那双会说话的大眼睛。他的动作就像宇航员那样缓慢又平滑。他终于到了柜台前，疑惑地看着我。

“你好。”我说。

他点头，指着我。

“没错，又是我。”我努力打消他的疑虑。

他继续指着我，指着我们之间的空气，情绪颇为激烈。（因为我按照指示低头向下看，所以显然很难看到这里在发生什么。）

“没错，没错。你好，是我。是的，我又来了。没事的，没关系。但是，不好意思，此事紧急。”我用手捧着设备，好像掬着一捧水，而设备就是在水里游动的金鱼。他低头看着它，然后再看着我，他的目光最后又回到了设备上。

“你能帮忙吗？”

我把设备轻轻地放在柜台上，它短暂地亮了下，好像在表示抗议，提出生命中最后的请求，希望我能叫停这场注定要进行的手术，接着它又陷入了昏迷，像是默认了自己的命运，重新回到了脑死亡的植物人状态。我抬起头，这个男人现在好像已经和我很熟了，我觉得这并不是因为自己之前拜访过他，更像是自己早就在别处与他相识了。这种既视感反复出现，让我很困扰。

但我很快低下头。我抽出了一些钱——我的新钱，就是他给我的钱。我把钱放在柜台上，指着设备。

“仿影双生。”

他皱着眉头，我说不清他在思考什么，或者是否在思考。

“你能不能，就——”

他低下头，然后又抬头看着我。

“仿影双生？”

（纸的故事还在继续）

一张刚刚获得元结构出入许可的纸飘进了黑暗的走廊，向着研究所的安全中心深处进发。

（在下一个场景中）现在这张纸飞过另一组双开门，就像空中的燕子那样左右变换着方向，拐过一个又一个弯。它向右飞，滑入一处新的空间，这里是监控中心，所长就在这儿看着一组组监视器，但他不常来。他有自己的下属和副手，这些人会替他做这些活。（而且还有那些用来识别和分析大多数问题的代码——算法才是这里真正的监督者。）但他偶尔也会从办公室里出来走走，费力地走下后面的楼梯井，然后晃晃悠悠地进商务中心较低的楼层四处查看。当他知道现在没人值班而且屏幕前也没人盯着的时候就更加会这么做。屏幕成了一组矩阵，上面的监控视频展示着研究所里的壮观景象，这能让所长倍感平静。但这些闭路监控视频给他的感觉就是：尽管能带来快乐，但藏于其中的内核，却极度不明朗。这种感觉的起因是：所长在看着这些屏幕时感觉到自己的微不足道，他成了“世上一个渺小的点”，几乎都看不见了。他看得越久，这种感觉就越明显，他意识到这个世界没了他也会照常运转，人们并不需要他。但同时他又有截然相反的感觉，一种力量感慢慢浮现。他其实无所不在！每当研究所的生活让他感觉无比沉闷，这两种感觉总能使他恢复活力。

但这张纸对此自然是一无所知，现在的它正在和所长头顶的吊扇缠斗，那么所长呢？他其实正在工作而非娱乐，所以对手头上的事特别专注，没有注意到上方的纸。

他其实在看着某个监控显示屏的画面。画面上发生的事很糟。但老实说，更坏的可能还在后头。他见过更过分的事。他一屁股坐在自己那张尤为巨大而且还特地加固过的转椅上，然后对着视频信号，低声下达了放大画面的指令。

“增强。”

监控立刻变成全屏，占满了所有播放视频的屏幕和相连的设备。

屏幕上是两个半裸的男人，他们在一幢废弃建筑中的一间没有装修完成的房间里晃荡——他们绝对不应该出现在那里，手里拿着一瓶酒、两把勺子、一张信用卡。所长暂停了视频，后退，又看了一遍。与此同时，这张纸就像飞蛾那样，轻快地从他头顶飞过。

（不光彩的建议）[①]

直到傍晚，天色渐暗，我才动身回研究所。我感到极度疲惫，都没能走到门前，而是一屁股坐在了游泳池旁，池水显然没能控制在较低的温度，藻类弄脏了高低水位线，留下的痕迹就像擦过纸面的粉彩。天光暗淡，昏黑的夜色也越来越浓，所以我无法分辨勤勉的真空清洁机器人在哪儿，但我知道它就在下面，依然在探索池底。尽管泳池看起来实在让人倒胃口，但我还是踢掉鞋子，坐在细长的跳水板上，它的表面就像舌头那样粗糙，然后我晃荡双腿，让趾尖擦过漂着浮渣的水面，制造

① 与《魔山》第三章第九节同名。

出一串又一串同心波纹，同时再次担心起自己设备中的内容来，脑海中闪过它和我共同经历过的一次次变态的经历，不免再度一阵颤抖。现在在这样的情况下，自己的倒影能隐没在夜色里，实在是让人心生感激。

“弗洛比舍先生。”菲尔费克斯小姐双手抱胸，她的前臂在压力的作用下，浮现出纤细的血管。她双眉紧锁，抓住我的手肘，拽着我，粗鲁地把我弄进屋，再关上身后的门。两人在前厅对峙，一言不发，过了会儿，我才发现自己踩着一小沓纸，我把它们踢到一边。

她向下扫了一眼，然后又抬起头，动作迅猛地把眼镜推回鼻梁。

“珀西，你能不能解释一下，那些处方药是怎么到你手上的？”

“等下。”

“还有擅自闯入建筑，损坏公共财产。”

“你是怎么——”

“我们准备召开一场会议，主题就是讨论你还能在这里留多久。”

“我正有进展。”

“你正在把一切弄糟。”

“我不想走。”

“真的？”

“我那会儿疯了。”

“我的天，你怎么可以蠢到去做这种事？”

她干脆把眼镜摘下来，开始用镜框戳着我，每到一处需要强调的地方，就轻轻戳我一下，用眼镜来传递逐渐变强的情绪，这种做法我还是第一次见。别人把眼镜摘下来后发生的变化总能让我感到惊讶——当一个人卸下了面具和盔甲，看不清眼前的景象时，为什么看起来就会如此天真、脆弱？她现在的样子有点像一只被惹怒的猫头鹰雏鸟。

“珀西，你现在处于留任查看期。另外，你还要把你的个人证件交给所长。”

“但你不能这么做。”

她表现出来的失望，以及一个行为主体在另一个行为主体的个人事务上付出的投入，让我震惊。我的事，这些事本来应该永远尘封，用软木塞住，现在却泄漏了。我，被泄漏，再被滤掉。我不愿意/不希望此事发生，从没想过这样。我和菲尔费克斯小姐交换了我们要交换的东西，但仍没有达成一份会让我彻底失去一切的合约。我不知道，没关系，这不重要。真正重要的并影响到我的就是：我被困在这里了。真是一团糟，真失败。

“菲尔费克斯小姐，”我向她求情，“我怎么使用自己的私人时间是个人隐私。”我心里盘算着：至少我还能留下来，至少我还能待在这儿。

“你在瞎说什么，还在和我提隐私？”

“这是我的生活。我的。”

她看着我，好像在看一个疯子。

“我的。”这两个字离开我的嘴唇时，我不由自主地畏缩了一下。

27

（分析）[1]

“您打算去哪里？”

我刚打开聚居地的玻璃门，就感觉到有人把手搭在了我的肩上。我转身看着聚居地的助理。

“就去散个步。”我尽量若无其事地答道。我能闻到公园和步道的气味。

身后的门发出“嗖”的一声，接着就关上了。

“那您的任务完成了吗？您已经逾期一周，或许应该改天再去散步。”

那只（坚定、威严的）手现在抓紧我的胳膊，把我带回走廊。

回到房间后，我从桌上拿了几张纸和一支笔（注意，我现在不在口袋里放笔了），一头倒在床上，准备开始工作。

我抓住笔的顶部，拉开。笔帽发出一声轻响，我灵巧地把笔翻过来，仔细检查，确保不会再出现漏墨的情况。我最信赖的笔能够正常工作实在是一件好事。我把笔帽插在笔杆上，从床头柜上拿了本研究所最厚的小册子，用它垫在膝盖上，再拿一沓纸放在上面。现在，我

① 与《魔山》第四章第六节同名。

的笔尖轻触纸面——与上沿的距离占了整张纸的五分之一到六分之一，从纸左侧的页边内落笔。我把笔夹在食指和拇指之间，弯曲食指，向笔握处稍加用力，将拇指的指腹作为支点。钢笔的笔尖因此开始向我这侧划动。我感觉到笔尖与纸浆制成的纸生出一阵阻力，听见了细微的刮擦声。笔尖慢慢向下，写出了第一笔，在后面留下了短短的蓝线。我现在在左侧的页边写下了数字 1。

（如果这项工作能在我的设备上书写排版，那就会简单很多，但很不幸……现在我在想，我到底什么时候才能把它拿回来。）

我有许多蠢到家的任务要做，它们被一个接一个地派给我。他们说这对我的项目有利，但我开始怀疑，这些加在我身上的劳役多数其实是对我的惩罚。任务很小，而且简单，可如果数量有成千上万，也会要人命。

要是他们能让我独处，那我肯定能让自己的项目获得进展。就比如上周吧，他们需要我列出自己所有常规体检的结果。天知道这有什么用。但那个男人说，这事我已经比别人落后了。

那就开始吧。

我最近大部分的工作都和这个差不多。非常简单——甚至有点羞辱的意味——但又非做不可。他们给我布置的工作一般都是将我的所思所想悉数记下，然后列一份清单。

研究所对清单真的是钟爱有加。会面清单、成就清单、失败清单、社交活动清单、我的饮食状况清单、我的睡眠时长清单、我的心律和血压变化清单、我说过的话的清单、做的梦和排的便的清单……所有都要列出来，甚至还要为我列出的清单再列个清单。

当然了，我现在周围时刻都有人盯着。助理啊，职员啊（各种都有）。我不论去哪里——不管是去我的组会，还是我的工作室——他们都会跟着我。我每次用餐时，都会有个人站在一边。而唯一能让我独处的地方，就是我的房间。并不是说助理用任何方式来威胁或者骚扰我，而是他们一直在那里。整个事情令人窒息。

我似乎需要另一个东西来提醒自己将来可能遇到的事，比如在研究所周围可能潜伏着危机。当我斜眼望向窗外的夜色，将回忆化作眼前的现实，让昨天夜里发生的事从头到尾如数在我眼前复现：昨晚发生一起事故，有人在草坪上碰到了身穿黑衣的暴徒，而我恰巧在阳台上目睹了这一切。“受害者可能是我。”我眯起眼，看着黑暗中发生的事，这件暴行从头到尾都被我看在眼里，好像那个被害人就是我，然后我转身回到房间，闩上阳台的滑门，最后拉上窗帘。

我还有机会，应该早点逃离这里。

毕竟，我还是能离开的。我为什么不呢？

可笑的是，我心里迟迟没有这个想法，或者说，没有逃离这里的欲望。

话说回来，就算我逃离这里后又能怎么样？走出这片平原之后再回来，藏身于山丘之中。再次变成无名之辈。谁又会记得我？

然而我想到，我不能离开，不然他们就会收走我的护照，再遵循某个神秘议会的指令，剥夺我的自由……

如果这个答案——针对这个特殊的困境所给出的特殊答案——其实在我刚到这里的那刻起就不断在我面前出现，而且一切都在指引我向答案靠拢，又会怎么样？如果每个标志、每个字词、每个人、每个东西、每个姿势全都在引导我……我肯定能做点什么。我既狡猾又奸诈，而且还……他们抓不住我！他们可以拿走我的身份证明文件——我的证件、我的护照。拿吧，没事。谁能想到我会有两份呢？

等等。

那项目呢？

对，项目？

我今天又想了很久“基本原则”的事情。有它们固然很好。我每隔一段时间都会重读这三十二条原则，有那么一会儿，会感觉自信油然而生，好像我的生活已经被安排妥当，就像一条顺流而下的河，一个准备开启的跑道。有趣的是，我的这些文件倒是给了我些许宽慰，因为它们就建立在我对创造力长期苦心探寻后所获得的知识之上。这种探寻，从某种意义上来看，其实是痛苦的。如果没有经历过困难，就不会有这些基本原则。我做出了牺牲。凡事都有成本，都要付出代价，但研究所是否考虑过这些因素？这些来之不易的基本原则得到过他们的称赞吗？不，没有。只是这些基本原则肯定有自己的用处。我始终在想，这些基本原则本身是否就是我项目的全部意义所在。我猜，时间会告诉我答案。

时间会告诉我答案。

于是我又站到窗边，等着“时间来告诉我答案”，此刻，白昼已逝，我正看着窗外，越过障碍，望向远方，就在最近那场袭击的发生地的右侧，长着一棵棕榈树，我能看到一个白色的东西，它就粘在一片棕榈叶上，在两种形状之间来回变幻：白色的鹰和白色的购物袋。

袋子和鸟。鸟，袋子。

一会儿是垃圾，一会儿又不是。

不论看得多么仔细，也无法打破这种平衡。

袋子，鸟。鸟，袋子。

（纸？）

身体的日常检查流程

1. 坐（挺身 / 弯腰）

   a. 凝视

      i……项目本身

      ii……不远不近的地方

iii…… 永恒

iv…… 我的手掌，我的设备一般会出现在那里

v…… 下方，为了预防肯定会出现的灾难而准备的双管猎枪

b. 用手扶着脑袋——常见

c. 用手握着阴茎——不常见（只是相对来说）

d. 用手抱着膝盖——少见

e. 用手抓着双脚——更少见

f. 在桌边

g. 在桌上

h. 在桌下

i. 在地上

j. 在公共区域（花园、雕像和柱子的底座、接待中心、图书馆，等等。）

k. 在私人空间（我的屋顶。我以高高在上的视角俯瞰下方，产生了傲慢的想法。多数情况下，我会从阳台看下去，看看从那里望去，可以看到些什么。）

l. 在公用厕所

m. 在床上，那本我一直在读而且颇具影响力的小说就放在我腿上，很重。我试图再多看几页。我之前保证过每天最少要读四页，现在我正在努力赶进度，只要规定的页数没读完，就免不了要骂自己。

n. 在公用厕所的地上

o. 我坐在公用厕所的地上，双手扶着脑袋，低头看着双管猎枪，防止灾难出现。瓷砖又凉又湿，里面青柠香精的味道非常难闻。我甚至都忘记现实世界中那些结在树上的青柠是什么味道了。

2. 走

a. 沿着（旅途中）某条特定的路线前进

b. 在（雾气弥漫的）周围漫步

c.（在绝望中）走上或者接近高耸的岩壁

d. 焦躁地踱步

e. 焦躁地踱步

f. 焦躁地踱步

g. 焦躁地踱步

h.（等等）

3. 跑

a. 跑着离开（常见）

b. 跑着回来（罕见）

c. 在纸堆里。我把一张纸盖在脸上，时不时地朝它吹气，它不断缓缓地飘起又落下。直到我觉得脸上又热又痒后才作罢。

4. 躺

a. 平躺（常见）

b. 趴着（罕见）

c. 身子朝下，头朝上（不可能）

5. 站在……

a. 桌上

b. 项目上

c. 项目下

d. 离项目稍远的地方，以便对其进行评估，一般闭着一只眼，用另一只眼眯着看。

e. 达摩克利斯之剑下方，面对隐藏的危险

f. 镜子前，沉湎于神秘的东西

6. 蹲着……

a. 准备立刻行动

b. 保护自己免遭袭击

7. 吊

a. 吊儿郎当地四处游荡

b. 在冲浪板上做十趾吊

c. 提心吊胆

d. 双手拉着单杠，吊在空中，人们一般就是这么做引体向上的，但我有时只是让自己吊在那里。

e. 倒吊金钟（当然是在倒吊鞋[①]的帮助下），我在电影里见过，有人用它来做仰卧起坐。不过我就是开个玩笑，我没做过，也没人做过。

f. 上吊自杀（显然不是我，不过几周前，有位研究员就这么死在了她的衣柜里。研究所的其他地方都有可能，唯独这里不行，因为谁都会觉得这里的空间不允许，衣柜的宽度太窄，而衣柜的高度——从绞索的绳结一直到她脚趾的距离——也不够。她的尸体是助理发现的，一根根肿胀的脚趾就像烂熟的蓝莓。助理离开时，在惊慌中忘记关上了公寓的门，所以我们都挤在狭窄的门口，争先恐后地向内张望。有些人看到了，更多人只是伸着头在那儿打探，看不到但又不肯走。但这可能是一场梦吧，我不知道。）

① 一种帮助人固定好脚踝来倒吊身体的鞋，可以拉伸脊椎，缓解背部疼痛。

8. 看

a. 向外……

b. 向内……

c. 向外以及向内……

9. 说

a. 大声说

b. 小声说

c. 对着贴在下巴上的麦克风说，就好像在做报告™。说话的声音既轻又响，同时具有两个特性。尽管还要过很久才会轮到我做报告™，但他们还是允许我在房间里定期练习，甚至还有关于如何做报告™的指导，包括控制时间和注意语调等。唉。我只希望能尽快吧。

d. 谈谈某人或者某物

e. 谈谈自己

f. 对自己说话

g. 对自己谈谈自己（这是最坏的情况）

10. 表现出……

a. 郁郁不乐（下巴——手）

b. 一般来说，引人注目的（眼睛——天空）

c. 羞愧（眼睛——地板）

d. 遭受冒犯（双臂抱胸）

e. 平静（微笑，双眼闪闪发光）

f. 身处险境（皱眉，双眼闪闪发光）

g. 危险（露出真诚灿烂的微笑，双眼闪闪发光）

h. 呆滞（……）

i. 反对（双手叉腰）

j. 自信（指尖对指尖）

k. 聚精会神（蹙额）

l. 麻烦缠身（颦蹙）

m. 撒谎（闪烁的眼神）

n. 讽刺（紧闭双唇，微笑，翻着白眼）

o. 反常（眨眼）

p. 等等（这类表现还有很多）

11. 其他

a. 流汗

b. 握紧双拳

c. 喘气

d. 对着掌心戳戳按按，好像离开我的设备就在这里；对着聚拢的手掌絮絮叨叨，好像之前提到过的设备就在手里。

e. 回避（最近碰到的一个家伙。他在娱乐中心那神经般分布的走廊里拖着步子向我走来。整个过程无比怪异，真是有趣。我想他应该是媒介理论家，但他似乎没认出我。我接下来记得的就是，他用既响亮又有攻击性的声音对我说话，好像真的打算在现实中划出一块区域，告诉别人“这是我的地盘”。所以我只能努力甩开他，如果整场袭击其实是提示，那也实在太过微妙，使人难以理解，而且太过激烈，但没有完全刺痛我。所以，无效。）

f. 给出和接受提示。这种激发他人灵感的行为到底是如何运作的？我每天都在获得更多的知识。哈提夫先生向我解释道，有些提示是故意的（比如我之前在“11. 其他-e”中提到的那次经历，我在娱乐中心遇袭），但也有些提示却是自发产生的。事实上，任何事都可能被视作对创造性的刺激。“假如，”奥斯曼继续说，“你要和某个人见面，对方不是研究员——举个例子，你在国外城市弯曲的街道上不小心撞到了一个陌生的女人……她摔倒了，你扶她起来……那么，把陌生女人想象中的生活及其内在本质以某种方式融入你的项目中。”

“那给出提示本身是不是也是一种提示？”我问。他耸了耸肩说：“除非你的项目是关于项目的项目。”

g. 水上健美操（健身房，四点）

h. 和菲尔费克斯小姐一起：她鼓励我，我抗拒；然后我再鼓励她，她抗拒。所以当我认真考虑这件事的时候，这事也没那么令人兴奋了。另外，因为她最近很生气，所以在练习时带着的攻击性也更强。尽管如此……

i. 俯卧撑。我最多可以做二十个（这是开玩笑的，我只能做十个，但我计划迅速提高这个数量。）

j. 道歉（我每天都会用各种各样的方式道歉。忏悔很难，装模作样地忏悔更难，但我决意要重获菲尔费克斯小姐的芳心。我必须这样，我会成功。）

k. 感到愤怒。我正埋头苦读那本极其厚重（极其乏味、困难）的小说，绝不屈服，把自己更加合理的判断抛到一边，仍在试图阅读，这时我发现还有一张纸卡在书页之间。它肯定是像其他纸那样从阳台飞进来，然后卡在了这里。清洁工呢？女仆呢？这里所奉行的端庄得体都变成什么样了？另外，“时间会告诉我答案”，答案是什么？可行的基本原则？（想想看即将到来的世界。）

l. 药效正在消退（丹尼斯，该死的）。我的右侧脸颊隐隐作痛，不对，其实是很痛，左右两侧都痛，随后我才意识到那是因为我把牙咬得太紧了，我的呼吸声听起来就像是在锯木头，我需要……却不能……

28

（纸的故事还在继续）

那张纸又回到了桌上。它为了来这里，经历了长途跋涉，但似乎这么往桌上一躺也能让它满足。

有扇窗开着，所以时而有微风卷起它的一角，但还不足以让纸从它所在的位置上移开（它的边与书桌的边平行，而且与桌边的距离都相等）。失望。

时光流逝，这期间，纸的周围发生了许多事。纸的正下方，确切地说，是桌子的正下方，藏着一个人。他缩在这里，蜷在办公桌下黑暗的空间里，紧紧抱住自己，汗流浃背，短促地喘着气，但怎么都不够。某种强烈的欲望攫住了他。他骂个不停。他的眼神浑浊，周围又湿又黏。他淌着鼻涕，而且他还在打着哈欠，怎么都止不住，就像一只紧张的猫。

他的手里攥着个橙色的小瓶。瓶里装过药片，所以有点药粉，现在里面早就空了，但他还是傻乎乎地想要把里面剩的那点粉舔出来。瓶子吸住了他的舌头。

他“噗”的一声把它拔下来。

（噗！）

他又躺了下来，然后呻吟了一段时间。

（争论）

餐厅。大家正在“好桌”上用餐。争论者 1 和争论者 2 又开始了。就这么听他们争论吧。

但现场只有几个人能跟得上他们争论的节奏。争论者 1 论证的思路很混乱，争论者 2 的话同样难懂，但他们在那里喋喋不休，实在令人心烦意乱。这种争吵不但原因令人费解，而且还像是有意为之。人们意识到，这种繁密的对话就像灌木丛围成的迷宫，它的存在就是为了令人迷失其中。也就是说，在我们这些听众间有着一种模糊的共识——这两位争论者之间的争辩其实是做给我们看的，而对话背后拥有某种更深的含义，它为这个困难的过程增添了些许特性。我们这些听众虽然感觉答案已经呼之欲出，但仍不能完全理解这其中的含义。

最后，“好桌”边的研究员都觉得争论非常非常无聊，干脆就离开了，只有我坐在后面，思索着这永恒的争论。我在假设（然后立刻否定）了几个不同的原因之后渐渐相信，争论者 1 和争论者 2 之间的争论并不是为了解决当下某个特定的问题，也不是在针对这个特定问题划出意识形态的战线，相反，这件事完全是为了表演而存在的：一场关于无聊的表演。一场表演出来的无聊。

无聊是一种能够引发对时间超意识感知的典型状态。时间具有灵活性，还有模糊、易变、多变的特征。为此（我猜）——为了让我们的思维感知时光流逝——这对争论者，也就是争论者 1 和争论者 2，创造并组织了无聊的事件。（其实，可以这么说，我们不应该用现在的名字称呼他们，而是应该称他们为“无聊艺术家”，但是，如果他们对自己让众人感到无聊的意图大肆宣扬，那就没人会去参加他们的活动，这样，争论也就失去了意义。）我意识到这点后再去听他们的争论，感觉就比我们参观他们的开放工作室时听的那些争论要好得多，于是我开始享受暴躁的他们带给我的陪伴。可以说，到目前为止，他们的表演都非常成功，不单是因为那位观众（也是台下唯一的研究员：我）理解了整件事发生的目的，而且还因为大多数观众其实不理解他们在做什么——那些观众从心底里觉得，听这两个人说话实在乏味，因为这两个人的语调一成不变——故而愤然离开了他们争辩的战场，继续自己的生活。

这些易受无聊影响的听众正是作品的预期观众，而且他们（不论是否有意）已经接收到争论者 1 和争论者 2 项目背后的信息。我现在看到了帷幕背后的真正目的，所以不能再参与了。

我身边的助理甚至都没把注意力放在他们身上。她滑动屏幕，像是对它（或者对这两个争论不休的家伙）充满鄙夷。

还是说，针对的是其他所有人？那些助理，他们是不是讨厌我们？他们是不是不喜欢自己负责的那些事？

肯定没人喜欢我。不过无所谓，珀西的团队有个大新闻，那就是我最近前往双生店这件事成功瞒过了所有助理。有天用餐时发生了一些骚乱，于是我抓住了这个机会，偷偷溜走，没人发现，然后，任务完成。我的身份证明已经被安全送达。当我把自己的那些证件放在双生店的店长面前，他连眼都没眨一下，顺手抄起柜台上的护照。现在它们已经不在我手上了。我很快就会把它们拿回来的，到那时，它们的数量会翻一倍，所以我冒的风险是值得的。

我只要等待就行了。

我只能假设我接下来的几天里不用将护照交给所长，肯定要赌一把。但如果他们要求我上交自己的身份证件——老天保佑——我的计划就是拖。我也只能拖。拖，拖，拖。我擅长拖延，擅长绕着一个话题发言。

“啊哈。你来了。”哈提夫先生喃喃地说。

（我看到了！）①

正午，艺术中心，展品不能激起人的灵感，有点放飞自我。里面胡乱摆了许多艺术装置——如果没了它们，那这个展厅就是一个空空如也的白色房间。有几件是用木头和钢铁造的，另一些是用灰尘和其他种类的碎屑做的，还有一些则是光的艺术：二极管、像素点、录像带。展品的视觉效果相似程度极高，不免让我怀疑它们是不是出自同一名艺术家之手。但是，不是，它们出自不同的研究员之手。那这些人肯定来自同一所学校。大厅里循环播放的电影全都是由艺术家们表演的日常生活片段——进餐、锻炼、小憩、谈话、哈欠、跪着、走路，等等——拼凑成的。但现在，这些动作被框在了显示器里，就多了层艺术的色彩。于是我们就像艺术爱好者（其实我想说：偷窥爱好者？）那样看着显示器。尽管我用了自己以为必不可少的时间来仔细端详，也向那些艺术家提出了必要的问题，不过里面没有一个特别让我感兴趣的。我是这么问的："你的灵感是从哪儿来的？""完成这些作品要花多少时间？"诸如此类。（再平常不过的问题。）

这里还有几幅拼贴画，大多是由破烂的杂志、打印稿、报纸、做了大半的作品，还有其他研究员的作品组成。有些艺术家根本都没有动过笔——连一条线都没画过。

"偷盗？剽窃？"我问，这个念头让我心跳加速，有那么一会儿我在想，这种拼贴的方式是不是不如……算了，反正没人在听我说话。

许多其他作品都极具概念性，我看完后，甚至都无法形成相应的概念作为回应。自己真正感兴趣的，只有一组半成品，那是一系列私密的肖像，漆黑的帆布上抹着鬼魅般的灰色，主色调色彩明亮，就像罗夏墨迹测试那样的色块散落其上。着色的区域看似随机（尽管有时

① 与《魔山》第五章第二节标题相同。

候也显得水平对称），到处是黄、红、绿、蓝的色块。这些肖像都只画了脑袋，只有一个头。它们在背光的墙上排成一列，画面的颜色呼之欲出。艺术家本人也在这里，穿着宽松的白色罩衣，他正试着像个实证主义者那样详细地解释自己作品的主题，而不是采用现象学的思路。这些肖像都是真实情况的写照，主题就是模特反映出的“真实瞬间。捕捉了他们坐着当模特时，通过思考从而引发内心情绪的瞬间”。这就好像他在用一双强化过的眼睛直视对方的灵魂，视线穿过可见的部分，穿过肉体，就是为了得到并且揭示我们最私人的信息。

“你觉得如何？”他问我。

就在这时，神秘女人走了进来。她一走进工作室，就猛地摔上身后的门，开始环顾挂在周围墙上的艺术品，我突然清晰地察觉到，包裹世界的膜正在越来越薄，我的想法与现实之间的屏障也在变得越来越脆弱，随时可能破裂。神秘女人就是这样一个想法。因为我刚刚在想她，所以现在她就出现在了这里，于是我便试图在脑海中寻找一个恰当的形状来描述她的外貌——她那张窄窄的、带着北方人血统的脸，还有凹陷的双眸。当我告诉她各个展品的位置时，她转身看着我。

“你好，珀西。哪张是你？”

“我——”

“你的肖像。”

“我没找他画过像。”

“真的？我以为每个人都有一张。”

艺术家注意到了我们的对话，朝着神秘女人点了点头。

“他的在这里。”艺术家指着墙上的一幅画说。

当我仔细审视自己的肖像时，他们都期待地看着我。

“啊！看到了。”我说，但心里觉得这一点都不像我。

那个男人开始向我们解释这幅画，一旁聆听的我就像在梦中。

“这部分显得相当敏锐。”他说，但我不确定他是在形容我的头脑还是自己的作品。他的手搭着那名神秘女人的肩，然后再次指着我那张以乳白色作底，上面还有彩色色块的肖像，补充道："其实，这幅画非常有启发性。"

"很漂亮。"神秘女人说。

看着她在这里检查我的肖像——这幅画呈现的本应是我心灵最深处的东西——实在让我觉得不太舒服，但我咧嘴一笑，忍住了不快。

"没错，你的确捕捉到了我的特征。"我说，但心里却想，没有任何特征能通过某个时间的片段来体现。它可能会代替那件事，但或许永远不能代表自身经历的那个瞬间。

艺术家此时喋喋不休地从画前走开，好像一位正在引导我灵魂的灵媒。

"在这里你可以看到，"他说，"珀西的满足感，就在这张表达情感的多层环绕的示意图里……"

"噢！太棒了，太棒了！"神秘女人回应道。

谢天谢地，几分钟后，铃声响了，新的一批研究员被人领进门来，欣赏着画家的作品，然后我们就回去继续自己的项目了。

我来到走廊上，想抓住这个难得的机会，便四处找着那位神秘女人，却发现她跟着一名我不认识的助理走了。他们看起来关系很好，或许还有一腿。他们被什么事逗笑了。（难道是我？）

（我之前说过："我看到了！"其实我并没有"看到"。）

我撒谎了。我准备坐电梯到底楼，等电梯的时候在想：我的天，画上的不是我，那张画上根本没有我的影子。离开艺术中心时，我已经气得冒烟——我错失了这个机会，选择和神秘女人搭话而不是指出错误。我只是让自己徒增尴尬罢了。于是我向公寓走去，只是我下楼的速度太快，一不留神多下了两层楼，只得折回去。

（突然获得的启示）

现在，助理菲尔费克斯小姐又进了我的房间，看到我正趴着，盯着不远处。我的脑海中在一遍又一遍地重复自己与神秘女人的对话。

你好，珀西。哪张是你？（她说。）

我——？（我说。）

你的肖像。（她说……）

菲尔费克斯小姐不知不觉地走到梳妆台前，拿起一把梳子，然后我们俩都走到镜子前，她让我坐在椅子上，她站在我身后。她一动不动地等了很久很久，看着那面将我和她都映入画的镜子。她抬手摘下眼镜，把它放在梳妆台上。然后她举起梳子，把它放在我的头顶，让它贴着我的头皮，接着慢慢地，慢慢地顺着我细细的发丝向下梳，贴着我的右脸向下滑，眼睛盯着镜中的我们俩，微微地歪着脑袋，摆出一个评价东西的典型姿势。梳子被头发卡住了，她把它提起来，从头发里抽出来，再插回去，继续向下梳。她的手腕软绵绵的，像是在拉弦乐。就这样过了一段时间，我也不能看向别处。她在镜中看到了什么？为什么那么着迷？然后她的眼睛动了下，向一侧稍稍偏了几度，一毫米都不到，然后，她突然看向镜中的我——也看向她自己。

在这个转变中，在突然发生的变化里，我第一次感到梳齿刮过我的头皮，但她在用梳子梳我的头时，我却不记得自己有过这种或者类似的感觉。尽管我的脑袋现在感到有些酥麻，头顶像是有团温和的火。梳齿带来的刺痛感顺着头顶滑过，就像一排五线谱。正是因为这种触感，让我和她交流的感觉与我和神秘女人交流的感觉完全不同。有人碰了你，就像是跨越了边界。在边界的一侧，是触碰前的世界，而此时突然出现了一个瞬间，它或许与之前所有的瞬间都不相同，唯一的区别就是触碰的存在。它只能是开或者关，无论两位触碰者是恋人、战斗者，还是正在进行某种无谓的治疗。触碰的开关只能打开，或者关闭。

&&&&& && &&&&&&&& &&&&&&&&&& &&&&&
&&& &&
&&&&&&& & & &&&&&&&&&&& & & & & & &
&
& &&&& &&&&&&&&&&&&&&&&&&
&&&&&&& & & &
& & & & & & &

注：她的触碰用“&”表示。

你通过触碰来了解他人的事。另外，再强调一下，我不是在指那些与性相关的事。你了解到的，是别人无法言说、隐秘的自己。如果不去触碰，那想要了解触碰后的自我，就只能依靠猜测了。触碰究竟传递了什么？我不确定。或许自我意识就像某种病毒，一种生物，或者众多分子的组合，它们一旦从别人身上脱落，就会传播一个个小小的数据包。谁知道呢。至少我不知道。我只知道菲尔费克斯小姐已经没有原先那么神秘了，这多亏了触碰带来的传递，多亏了我和她现实中的联系。

同时，她在镜中的双眼看着我在镜中的双眼，梳子来回梳着，好像在用黏土雕刻我的脑袋……然后我颤抖着，醒了。

够了，我想。

我不想再梳头了。（毕竟，我也不是孩子了。）

她知道现在我为什么要离她而去，知道得和我一样清楚。

“我要去组会了。”

然后，我补了一句：“我必须专心应对自己的项目，绝不动摇。”这话就像是专门说给她听的。

“绝不。”我又重复了一遍。

然后我把梳子从她手上打下来，起身走向房门。

她张着嘴，连忙跟在我身后。

当我打开公寓门时，就看到一张白色的纸，它像是筋疲力尽那样倒在地上。我低头看着它，然后又看向菲尔费克斯小姐，她也在看着我，像是在等待某个小问题的答案。

（愤怒甚至更糟）

纸啊，纸啊，到处飘，
研究员们都很糟。
纸啊，纸啊，到处飘，
墨水沾身令人恼。

（看门人）

小组会议结束时自然已是傍晚，于是，副楼里的人们蜂拥而出。到处都是纸，它的白色慢慢让地面都泛着微光，淡淡的荧光，一层光晕，好像那一张张纸就是散落在地上的魔法灯笼，就是反光板，为的就是收集地面上稀薄的月光，再让它变得更浓稠。真正的月亮则高悬天空，主宰一切，雾气模糊了它的边缘，它看起来就像一只网球（而且连颜色也很接近），我觉得我能看到几颗星星，但很勉强。我已经很久没能看到星星了，现在，它们就悬在天上。

双子座，在我上方，还是脚下？

我去食堂和研究员们见面前先回了趟公寓，有张顽强的纸粘在了我的~~一只~~

~~这个~~[①]鞋底上。

我刚走过接待处，聚居地的接待员就像玩偶匣里的玩偶那样从墙

① 原书如此，展示了作者写作时涂改的过程。——编者注

上的凹陷中突然蹿出来，她好像一直在等我，除了挑选不合适的时间从黑暗中一跃而出吓我一跳之外也没有更好的方法了，好像她只有在我们人生道路交会的瞬间，才会爆发出生命的意义，好像是某个唯我论的思想实验。

（包裹）

聚居地里这名始终保持警惕的哨兵向我解释，有人又给我留了个包裹。

它就在我的公寓里，在客厅正中的桌子上。

传递完这个消息后，她向我点头示意，表示她完成了自己的职责。她看上去显然是在回避后续的问题，但我还是问了出来。

“谁送来的？”我问。

“一个男的。”

“研究所的人？”

“不。就是个男的。”

“他穿什么？”

“就是衣服。”

“普通的那种？”

“看上去是。”

然后她开始慢慢地退回阴影里。

我大步走上楼梯，“咔嗒”一声打开门，悄悄把灯打开。

是包裹。

它就在那里。

我的设备回来了。

29

（揭开面纱）

沙漠中铺着地板，上面放着很多排折叠椅。柴油发电机嗡嗡作响。空气中有汽油的气味。等我们到达的时候——我们差不多是最后一批到达的——太阳已经沉入世界的边缘，一切都罩上了蓝色的光影。这个沙漠的世界，在入夜时变冷了。又是一次该死的落日。又是一场报告™。

但这场报告™还是有所不同，是由奥斯曼·哈提夫先生主持，而且是在这片沙漠中进行。我们离开园区，亲临现场，或许也离开了整个世界。他们允许我出席，但也只是勉强答应，显然是因为我还处在观察期，菲尔费克斯小姐提醒我，他们把我盯得紧紧的。

我是这么回答她的：“别担心。我是个好孩子，标准的模范公民。”

菲尔费克斯小姐露出疲惫的微笑作为回应，然后把视线投向大巴的车窗外，看着远方。与此同时，我试探性地握住自己面前的手，它在颤抖。

我们的车是今晚最后一班，因此大半是空的，它驶入停车场，但那里与其说是停车场，倒不如说就在沙地的边缘画了几道警戒线。我和菲尔费克斯小姐，还有几个掉队的人从车上下来，穿过停着的轿车和货车，沿着长长的步道走入沙丘之间，向着光，向着庆典现场走去。

黄昏时分，身处研究所的边缘，心头不免又涌起一阵悲凉的空虚感。

研究所的其他成员已经在一块砂岩平台周围就座——哈提夫先生的雕像在被人粗暴地炸毁前就是立在这块砂岩基座上的。那里立着某个巨大的东西，在外面罩着的那层白色帆布下，无疑透着雕像的形状。

我们即将见证这场揭幕仪式。有人猜，那是重建后的雕像。在我看来，我们好像在参加一场聚会，众人来到这里，向一个巨大的、造型写意的卡通式的鬼魂鞠躬致敬。

基座和帆布周围有好几个液压千斤顶支撑的平台，每个平台上都有照明装置和扬声器。等待的人群中响起了一阵低沉的呢喃。我借故离开，缓慢地挤过过道，坐上了人群末排唯一一把空着的椅子，菲尔费克斯小姐则挤到了前面为助理安排的区域，那里有个为她预留的位子。这样我就和她分开了。这里人很多，他们都是干什么的？这些人不可能都是从研究所来的。现在，我看到一群当地官员坐在最前方那片被绳子围住的区域里。那里还有研究所里的大人物和助理，其中当然也包括所长，怎么会注意不到他呢。他和往常一样，坐在那把特制的二合一椅子上，身下的椅子随时准备弯曲变形，就像两头不堪重负的骡子。

在被盖住的雕像后面是研究所的横幅，横幅上有研究所那十字形的图案，工人们把它展开，聚光灯也调好方向，照向那里。哈提夫先生现在就站在其中一个平台上，好像一位站在讲台前的指挥官，指挥着头戴安全帽的帮手。有那么一会儿他转过身，视线越过身后的人群，望向某处。我想，他有那么一会儿应该看到了我，但他原来只是在看远处临时停车场边缘发出的红光，望向沙漠，我觉得他正在体会另一种悲凉的空虚感：这是聚会者在一系列事情中望着夜空所体会到的空虚。（夜空在等待，察觉到机会来临后，它将蚕食每一场聚会，然后轻轻一吹，将其扑灭。）

现在，会场里的声音只有话筒发出的轻微呻吟声，哈提夫先生转身走向他的设备。所长起身致辞，向大家介绍一位看起来衣着凌乱的官员。那人向我们阐明了这件雕像背后的意义：它在历史、精神，还有艺术方面的重要性，接着又向我们介绍了今晚的主角：奥斯曼·哈提夫先生。一阵热风吹过，暂时让后面一连串精心编排的复杂活动推迟了。有那么一会儿，我们纷纷挡住自己的脸，直到热风平息为止。现在，现场响起了熟悉的开场音乐，然后是掌声。哈提夫先生走向舞台中央，衣服笔挺，耳麦也准备就绪，他和往常一样充满学究气，但在众人的注视下竟有一种奇怪的自信。

我们长久立于山坳之极，立于沙丘之间，望着永世契地里这尊巨大的菩萨雕像，是否容易让我们认为在这片苍穹下的某处还会有个更为精美的造物……

这些话从平台后成堆的黑色喇叭处隆隆地送出来，把我们都吓了一跳。然后他们调低音量，哈提夫先生也再次调整好自己的耳麦，继续他的报告™。

奥斯曼·哈提夫先生的报告™围绕着这尊雕像的破坏和重建展开，报告™内容将通过另一段文本进行表述——这段文本摘自我在读的那本书里的某章，这本厚厚的书现在就压在我的腿上，而书中的内容开始与这场层层递进的演讲互相渗透，它恰好能代替演讲的内容，更确切地说，能替代这场报告™（或者其他任何报告™）带给我的印象。

“（他）究竟在讲些什么？他的思路往哪个方向发展？我集中注意力盼望听出个名堂来，但一下子无法捉摸……真有些怪。（他）谈论问题时用了各种各样的措辞，既富于诗意，又玄奥而莫测高深，科学逻辑极其严密，而语调又婉转动听，正因为如此，才使娘儿们两颊飞红，汉子们却侧耳倾听。特别是（他）在用……意义经常相当含混，以致人们不知他究竟讲些什么，不知他所指的究竟是贞节还是情欲，这就难免使人稍稍产生某种晕船般的感觉……他粉碎了人们的幻想，无情地让人们认识荣誉的真面目，让人们不要轻信……此外，他……给人以一种超群的印象……而他的样子……看着也暗暗有些吃惊……他面前的桌子上，手边放着几本书和一些活页纸。他举了许多例子，讲了不少趣闻，这为他的讲演增添了不少光彩，甚至还背起诗句来……他讲述了……许多惊心动魄的形态……惊人的、痛苦的和神秘莫测的变化……逻辑……他提出这个问题，同时扫视了一下人群，似乎一本正经地想等待听众的回答……唔，这个只好让他自己来讲，既然他已经讲了这么多。除了他自己之外，谁也不知道……而看来他肯定是知道的……（因为）他那双眼睛欲火焰焰，脸色像蜡一样苍白，黑黑的胡子……屏住呼吸……他的声音又激昂起来……台下的听众全都听见一声叹息……他重新抬起了头……然后垂下胳膊……”①

哈提夫先生做出那个深奥的手势，白布随即迎风飘扬，猎猎作响，人群发出了真人秀里才会出现的喘息声（呜哇啊啊啊啊啊啊），然后那块白布落在台上。刚开始，大家很难说清那是什么，我们需要调整视线来适应白布突然消失后的情形，但当我们适应后，却发现那里除了平台本身之外，什么都没有。

空的。那里什么都没有。

人们开始窃窃私语。

“哈提夫先生到底在搞什么？”

---

① 本段译自英文版《魔山》第四章第六节，略有删改。——编者注

坐在我正后方的两名争论者开始他们的表演。

争论者 1："是人文主义者的解释。"

争论者 2："应该是疯狂的虚无主义者。"

大家这会儿都开始说起话来。想想看这些声音彼此重叠，全都挤在一起，像是用了某种相互模仿的对位法。

事情变得热闹起来了。

这时，突然想起一记响亮的"咔嗒"声，然后，所有的投影仪都打开了，一切都安静下来，那个东西呈现在我们面前。

等等，怎么回事？

喔。

在夜色中发出的光，是闪烁的红色和不可能的金色：是雕像。

是雕像！

它的尺寸和原来的分毫不差，就是一个上现蜃景[①]。

好一幅精美的全息图。那可能是个男人，但外形拥有的元素实在多样，他有对乳房，没什么好奇怪的，身上还有其他模糊性别的特征，别提了。再看他，顶着个卡通形象的猫脑袋，半睁的双眼透着快乐。发光的红色长袍上面装饰着繁复、鲜艳、生动的徽章，它们像液体中的纤毛那样轻柔地波动——上面是形形色色的公司标志，从图案标识到文字商标到广告口号到代言人到吉祥物，有手机厂商、专业运动俱乐部、连锁快餐店、用来描绘政治关系的象形文字、某种宗教符号的分类法、儿童读物中的角色、超级英雄、对恋物癖进行反常的描写、图像说明法、标识符、犬哨，还有一百次大规模消费中涉及的标语学。雕像的一只手抵着胸口，伸向上方；另一只手则伸向它的前方，攥着一柄长矛，矛头向上，鼓起的末梢是阴茎的形状，显得猥琐粗俗。雕像的一只脚上穿着鞋一样的东西，其实是辆镀金的 SUV；另

① 指物体的图像出现在实物位置之上的一种蜃景。

一只脚上什么都没穿，搁在十个小矮人身上。小矮人穿着亮蓝色的衣服，头戴松松垮垮的红帽，全都绷着身子，合力将雕像的腿脚高高举起，好像希腊神话里的擎天巨神阿特拉斯。同时，雕像的斗篷围着它翻腾起来，掀起一阵隐约轻柔的巨浪，就像流动的水彩颜料，静静地从舞台和观众上方流泻而过。在这块肆意流淌的斗篷背面是一段用大写字母写的箴言，但我还认不出上面的内容。

它是一尊高大的神，由冠名权和与之重合的民意测验构成，是经过各种审美喜好的调查后所得出的答案，是根据那些骗取网友点击的问卷结果塑造的完美造物，是评论区之神，是钓鱼帖之神。这是通过深度学习和统计算法收集来的数据所推断出的结果。这尊神出自能够自我更正的分析工具之手，进一步加以精心打磨和调整，并接受了公司顾问的指点，它是经过品牌化整合后得以保证销量的神。它是愤怒和疲倦的神，是懒惰和转让的办事处的神。一尊可辨认的、商品化的神，支持扩展，登录多个平台。垂直。分形。嵌套。它没有光环，但又带着某种新的光环：像传递的力一样向四周发散出平坦的光圈。这是一尊现在的神，为现在打造的、现在的神。

现在的神。我们的神。

现在，黑夜中的人群里跃动着灯光，伴着喧嚣，带着恐惧留白[①]，还有残颓，霓虹灯光的污染，庄严宏伟，原始野蛮。现在我能透过这一切辨认出箴言来了，就写在它背后，但只能看到最后几个字母，那条箴言是“olo”，我把它当成回文了，其实呢，可能是“yolo”。不过呢，我又想了想，感觉也可能是段二进制代码：010，或者还可能是个叫作“Golo”的名字，或者是一个百分号，也就是“%”，或者是一个在翻白眼的表情“o_o”，或者是呆滞的瞳孔，不被情感和食

① 原文为 horror vacui，是意大利艺术评论家 Mario Praz 提出的概念，指那类用烦琐的细节填充全部画面的作品。

欲束缚。

（至于雕像的样子，在我看来，完全就是一个人的翻版，那个人就是所长。而所长本人，他站了起来，不停喝彩，热情鼓掌。）

哈提夫先生后退几步，以便抬头欣赏自己的作品。

成串的灯火开始在夜晚的沙漠中燃起，像是孤独的夜行者正在远处的沙丘上点亮烛火。星星点点的光芒组成了这尊全息雕像的星座。光点全都围绕着我。数量有多少？现在，音响系统中充斥着音乐。一种后种族时代的迷幻电子乐，带着艾夫斯[①]风格的音乐，是印度尼西亚地区的加美兰乐队、希腊的布祖基琴[②]、苏格兰风笛，还有印度的西塔琴之间的碰撞。观众纷纷向前倾，眨着眼。这就是哈提夫先生的项目。它相当漂亮，比原来的还好。原来的那座雕像外面结了一层壳，肮脏污秽，暴露太久，看着就像个无足轻重的小玩意儿。

（哈提夫先生，恭喜。）

现在，他从平台后方走到翻新后的雕像前方，直接穿过了这尊半透明的偶像。他穿透雕像的时候就像没有遇到任何阻力，实在令人惊讶。我还以为这过程会像是穿过一块有形状的凝胶。但他就这样轻易地穿过了雕像那缥缈的身体。有那么一会儿，他与雕像彻底融为一体，在灯光的帮助下臻于完美。雕像包裹着他的五官，他身体线条的起伏，还有他的衣物，光线伴着他的步伐，在他身上缓缓流淌，就像走过一处金色油脂倾倒而下的瀑布。他彻底变换了模样，然后就到了另一边。

人群开始涌动，观众离开了自己的座位，有些四处闲逛，有些翩翩起舞，人群中也爆发出了争论，互相推搡。

现在他推开人群向我走来了，他居然特地穿过人群来找我，实在

① 查尔斯·爱德华·艾夫斯（1874—1954），美国作曲家。
② 一种类似于吉他和曼陀铃琴的拨弦乐器。

是令我受宠若惊。他对我微笑着，像是暗暗显出一种骄傲的姿态，然后他凑近我，温和地说：“你知道吗，这群人，包括现场观众、狗仔队，甚至是这些当地显贵，所有人，其实，都是花钱请来的。”

“都是用来撑场面的？”

“都是用来撑场面的。”

“嗬。”

“就连那边爆发的斗殴，没错——假的，还有那些试着去劝架的安保人员也是！”

怪不得，他的项目就是揭幕。怪不得！

“那这些研究员呢？”我问，害怕听到那个答案。

“这些研究员？”

“是部分，还是全部——”

“珀西先生，这也太疯狂了。”

但哈提夫先生是今晚的主角，所以他没能把话说完，就很快被人赶去参加招待会了，雇来的人会为他演一出庆功会。我刚想跟上他的脚步，就被假扮的官员赶走了。

至于我们这些剩下来的研究员，只能在深夜的沙丘间赌博嬉戏，或者寻找更多神像——为了找到它们，我们亵渎废墟，踩碎脆骨头、薄陶片还有其他断壁中的残骸——许多别的光之神像只能通过我们设备中那个需要位置权限的 AR 功能才能识别出来，它们外观各异（有狐狸、章鱼、科莫多巨蜥、小丑等），而且赞助人也不一样，也有着不同的属性和能力（所以才要全部集齐），这就是一场范围巨大而且疯狂的“寻找复活节彩蛋”大挑战，这场狂欢只在晨光洒向沙漠时才会结束。然后助理来找我们，带上我们和我们收集到的全部宝藏，终于，回家了。

但在末班车上只有一个空位了。

” ”
” ”
” ”
” ”
” ”
” ”
” ”
” ”
” ←————这就是空位
” ”
” ”

注：公共汽车的座位在此用引号表示。

我那辆小型车最近被征用了，现在它重新驶入环形车道，向着研究所的相反方向驶去，车里的我看着派对的灯光渐渐隐没在升起的朝阳下。我面前的城市是一团熄灭的火，零星几处余烬依然在灰白色的办公楼深处闷燃。烟青色的早晨映着之前的夜晚。（日出 #1。）我捏着自己的护照，汗把纸都弄湿了。我放下它，咂了咂自己始终觉得干渴的嘴，一下，两下。我倒在车后排的座位上，这样很容易滑下去。我很小心，周围发生着那么多事，许多活动都能用来掩盖自己开溜，许多阴影可以让我藏身其中。但他们应该已经知道了。他们应该将我看得更紧一点。你说危险？当然有。但我还能有什么选择？不管做什么，事态总是会变糟，而且还会有别的情况。所以我决不能浪费机会。现在，这是最后的尝试。最后……尝试什么？救赎？可笑。这是重获自由的最后机会了。我把最后的赌注都押在了这次紧急的秘密行动上。

菲尔费克斯小姐说过，他们会拿走我的护照，因此，我还要复制一件东西。

我只是希望这事结束后就能解脱了。当然，这是在犯罪——另一种伪造罪，但性质或许更为恶劣。这是我必须犯下的罪，我也十分希望自己的朋友，也就是双生店的人能够谨慎一些。据我所知，他对这些剽窃物的谨慎态度，就是他的主要卖点，这就是我的希望。不过我除了满怀期待外，还能有什么选择？如果我没有这些文件，那我的处境和囚犯相比也没好多少。

我又向下滑了一些，直到脑袋和车窗底部齐平，此后在行车的途中始终保持这个姿态。现在得小心了，因为现在还没能获得什么好处。如果我现在没有什么可以展示的，那离开的意义又在哪儿？

但是没人看见我，谁都没有。不过我却看到了某个东西：一团落在我脚边的纸。它就在前面座位下的凹槽里。

不宜在这几天逃离此地。

越发拥挤的内心世界现在冲破了边界，跨越了地图上的国境线（我的想法好似难民），涌向了这个世界的外层空间。有些想法死在途中，这在迁徙途中很常见，不过也有些成功了，做到了，它们成功回到故土，并被授予了某种现实世界的准入许可。

这也意味着，就连想法也需要护照。

30

今天，我那台重新调试好的设备和我一起再次逃往园区边缘的围栏外面。这里有我的长椅、我的观测点。最好能在上面挂个牌子，再写上我的大名。我现在终于可以独处了。沙漠就在外面，一如既往。天空也是如此。岩石——当然一样。地平线——没变化。温度——依然高。沙子呢？还是同样的沙子。现在是什么季节？我不知道，研究所没有季节之分。沙漠就像发着高烧，让四季没了分别。但是，空气变了，变得更加朦胧。这一变化很明显，就算在这里都能感觉到。从这里望去，那些沙漠中出名的热风正在逐渐生成，说明随时可能向我逼近。小规模的坎辛风[①]，哈布沙尘暴[②]，哈玛坦热风[③]，还有西洛可风[④]。你可以在元结构外部看到哈布沙尘暴产生的后果。沙漠正在逐步蚕食一切，也从沙子里把各种奇怪的东西刮上天：浮木、动物尸体、垃圾。研究所的周围就落了一圈丑陋的垃圾。现在的沙耙数量还不能遏制沙海的巨浪。我知道，我们都被保护着。如果真的发生了最坏的情况，如果风暴的锋面真的向我们迎面袭来，那也有穹顶保护我们。我们可以蹲在这里避开灾难。所以，尽管我们多少有些不舒服，但依然是安

---

① 埃及和苏丹共和国常见的一种季节性沙漠热风，随风携带有大量沙尘。坎辛为阿拉伯语“五十”之意，因此风全年所吹拂的时间约可达五十日而得名。

② 一种猛烈的沙尘暴，多见于全球各地的干燥地带。

③ 一种干燥的东北向信风，带着沙尘从撒哈拉沙漠吹向几内亚湾。

④ 为地中海地区的一种风，源自撒哈拉，在北非、南欧地区变为飓风。

全的。不过说真的，我们的确很难受。热量和湿度的情况变得越来越糟，对环境比较敏感的研究员状态很差，医务室里人满为患。各种病症纷至沓来，大多数都是轻微症状。很多人说眼睛痒，还有人易怒、耳鸣（是否有一种病痛能有效地模糊对折磨的认识以及折磨本身之间的差异），还有头痛，许多人都头痛。

为了让穹顶下的人们心情愉快，研究所在接待中心组织了更多公共活动；为了振奋我们的精神，他们带来了更多精神抚慰犬。我们围成一个大圈坐好，看着这群欢乐、笨拙的动物在草地上撒欢。当局还花高价安装了新的虚拟现实设备、最先进的沉浸式虚拟现实体验舱。我们进入这个天衣无缝的 3D 世界里。模糊，衍射，焦散①，凹凸贴图②，环绕立体声。周围就像一块抹满颜料、颜色漂亮的调色板。研究员们在那里花的时间越来越多，享受各种娱乐活动。起初我还有些犹豫不决，但现在，它那真实到不可思议的画面和触觉反馈彻底迷住了我，于是我紧紧抓住这种体验，结果，我成了它最忠实的顾客，自封为它的守护者，更是它最早的传播者。这个奇怪的装置不是玩具，而是真正的奇迹。要我说，这是艺术本身的胜利。我熬夜到很晚，远远超过了平时睡觉的时间，就是为了全情享受这台神奇的设备、这尊惊人的石棺为我渲染出的无数世界。我可以在里面过一辈子，永远都不出来。

那么在现实世界里，沙尘暴尽管来吧。我完全可以忽略不计：躺在里面，合上门，然后就能前往任何地方。只要我愿意，想待多久都行。（或者直到我在看 3D 影像时开始头晕为止。）

但这并不意味着我在逃避自己的工作。因为现在，我的脑子里开始有规律地冒出一个接一个的想法。我的思考开始有了目的，而工作，

---

① 当光线透过不平整的透明物体时产生的折射现象，如泳池底部的光线。
② 在 3D 场景中模拟粗糙表面的技术，在无须增加图形表面积的前提下，利用材质贴图来模拟凹凸不平的表面。

恰好是渲染。

思考缓慢地，逐字逐句地，渐渐栅格化，以达到完整性和一致性。

所以，一份快乐的报告就要产生了。至少从这个角度来说是如此。

好了，到此为止。

等下，再认真想想，还有件事值得一提。具体说来，就是我又做了个奇怪而且特别的梦。

想象一下。好，那我开始了。在梦里，我正坐在洞场附近的草地上避暑，突然听到了那场报告™开场时响起的管弦乐。我觉得很奇怪，按照惯例，听到这首著名的音乐，就说明现在，就在午后的太阳底下，有一场报告™正在进行。我环顾四周，想要弄清原委，这时看到有个东西从接待中心后的一片黑色区域向我接近。它有两三米高，而且非常狭窄，而且……好吧，再来看这东西，不管这个幻影是什么，它都在缓慢闪烁，确切地说，是像脉冲信号一样时隐时现。出现，然后消失。出现，消失。如此循环往复，悄无声息。它在向我移动，意图相当明显，还在不断前进。这个可怕的幽灵闪烁着向前逼近，我被吓得戳在原地。我想转身看看有没有别人看到了我看到的东西，但周围什么人都没有。所以我只能转身再次面对它，现在倒是看得更真切了，那东西其实就是一条线，一条又长又细的不祥的黑线，就像根立着的棍子，最多只有几厘米厚，但高度却很可观。

它在草地上前进，而随之发生的事，才真的令人不安：当那条线经过东西的同时，那些东西就消失了，就这么被删去了。怎么回事？我理解不了，但是，眼前的草地消失了（就这么不见了！）。现在轮到路灯底座，然后是另一个，都没了。现在第一排棕榈树也被吞噬了，然后是第二排、第三排、第四排。它们眨眼间都不见了。

我是真的被吓坏了，但这条线刚才还在颤动着向前，此时却突然带着同样轻微的抽搐，开始向后退。我不由得感到一阵宽慰，因为我面对眼前的一切，似乎都没法迈开腿或者移动脚。当这个巨大的东西向后跳时，消失的树木又出现在原地，它们就这样回来了（虽然它们现在看起来是蓝色的）。

这道光标又开始向前移动。它突然向前跳去，或者说，先是立刻消失，然后又出现……一下子就出现在我面前！它看起来就像（我知道这听起来很疯狂）——就像——就像它正在盯着我，打量着我，审视着我。

我的手指穿过头发，闭上眼睛，揉了揉，然后再睁开。它还在那里（妈的！），但是更近了，这条该死的高高的线与地面垂直，不断闪烁（我要给它起个绰号，就叫它“烁烁”吧）。我们现在面对面地紧挨着站好。

“你好啊，烁烁。”我说，不知道自己到底应该做点什么，于是试探性地伸出一只手想要摸它，只是想看看它的实体到底是什么情况——其实也想检验一下自己的心智是否正常（哈哈哈哈）。当我伸出手的时候，烁烁的反应又是向前一跳，接着把我（还有房间里的一切）消除了……

一段空白。

接着我就发现，我正站在聚居地上方的花园里，因为烁烁刚刚把我放到了这里。我能看到同在此处的其他几位研究员，他们也被“闪烁”到了这里。两名研究员坐在基座上，另一名站在精心修剪过的灌木边上。其中一名（计量经济学家）显然还不太明白自己到底在哪儿——他现在坐在基座上——因为烁烁突然冲向他，瞬间就移过两人之间的距离，径直向他冲来，那名研究者立刻沐浴在一片黄色的光晕里，持续片刻，然后他（计量经济学家）和这圈光晕一同消失了，被删去了。接着，只有研究员被贴回了这个世界，这次落在喷泉的边缘。

“好了，烁烁，你在玩什么？”我问，但烁烁只是待在原地，时隐时现。它没有变换位置，像是在思考，或者在等待指示。

现在它又离开了，闪烁着穿过草地，一会儿出现在视野里，一会儿又消失了。它越过被研究所用作景观美化的丘陵和翠谷，重写和重设了周围的一切：把水泥地变成草坪，把草坪变成沙漠，把这里的树变成棕榈树，夷平群山，压碎建筑，然后在别处重建，移动人群的位置，让一些东西变大，再让另一些东西缩小。它基本改变了所有东西的颜色，就像一名孩子在绘制风景时，拿错了蜡笔的颜色。

研究员为了避开它而四处逃窜，好像它是电影中的巨型怪物。没错，这里满是尖叫和混乱，而且整个地面都在颤动。这里一片混乱。

我只是站在那里看着这一切，无法采取行动，什么都做不了，只能被动地在一边看着这个光标怪兽履行自己的职责，书写或者重写整个该死的世界。

现在所长终于露面了（“我们的英雄！”）。他小跑着从商务中心里出来，我的意思是，他像一头大象那样轻快地跑了起来，脖子上戴的大奖牌疯也似的甩动着。他挥着手，然后那根怪兽般的线条停住了，接着，一切，包括线条、建筑，周围所有的东西都消失了。然后所长转向我，他根本没有张嘴，不知道怎么着就朝我尖叫起来：

你的纸。

你的纸。

你的纸。

你的纸。

31

（人文方面的学识）[①]

研究所的安全中心是个高科技的房间。在狭窄的空间里，放着单面显示器，它们占据了四面墙中的三面。房间里有一张桌子，似乎是个交互式的观测控制台，装着一根黑色橡胶摇杆的控制站，它直挺挺地伸出来，呈现出一股阳刚之感。显示器上是研究所的情况，有穿制服的人，有落单的人，也有成群的人，他们在学习、建造、嬉戏、交际、洗浴、锻炼，大多在从事日常活动。我看到，在右侧一块朝向地面的屏幕上，有人正在和社会学家交谈。在另一块屏幕上，我看到了建筑师鼎福，他浑身包裹得严严实实的。另一块屏幕上，两名身穿制服的研究员在玩跳棋。还有一块屏幕上是个空房间，有名研究员躺在床上。另一块屏幕上的人身穿连体裤，手拿钉耙和吹雪机，试着去对付那些废纸。垃圾箱里塞着成堆的废纸。

到处都是工人，他们忙不过来。粘在涡轮上的白色垃圾随着纸张数量的增加而增加，随着时间推移，变得越来越硬，风机的扇叶快没用了。

研究所要求一整队工人去清理并维修 2 号嵌入式涡轮的巨大扇叶。

---

① 与《魔山》第五章第六节同名。

他们需要用上大半天时间来清理在机库中央起支撑作用的巨大螺丝，那根螺丝就像一艘古旧的巨型运输船。

清理阻碍扇叶的东西像是要花上无穷无尽的时间。他们先用工业锉刀初步刮擦，再用肩扛式喷砂机做进一步的清理。十名身穿连体裤的工人站在升降台上，带着绳子和安全扣爬上扇叶，以便更好地接近要清理的地方。但他们并没取得什么进展，因为要清理的东西太多了。糊在金属上的白色残留物干结后变得又厚又硬，以至于到了下班的时间，他们不得不转而用高压水管配合特殊的酸液进行冲洗，见效虽然缓慢，但最后还是成功把这种像藤壶一样死死黏附在扇叶上的东西融成了脓水，这样就能把它们擦干净，再甩进工业防化安全桶中。剩下的时间他们都在拧螺丝，再锁上安全桶的桶盖，把留在水泥地上的东西拖干净。最后他们把桶装上叉车，运到别处。至于这些东西将被运到哪里，我们也不知道。

不过可能最后还是会被倒进湖里吧：带着油光的浮渣就像裙子的花边，轻柔地拍打着湖岸；缓慢溶解的纸浆浸在水里，水慢慢变成了肥皂水那样的灰色。

至于味道嘛……

穹顶里的温度明显上升了，研究所的建筑里也一样。热到什么地步呢？兰道-施密特冰川上出现了一道不易察觉的裂缝，伴着嘶嘶的高音，从下面一直裂到上面，好像一根燃烧的引信，和研究员的笑声交织在一起——地震导致了冰川底部出现爆裂，发出了庄严男低音般的声音，而它们则衬着高音。嘶嘶嘶，嘭！研究所显然没有考虑过冰山的结构可能导致的脆弱性，而且它的储水槽容纳不了冰川融化的水。所以现在在屏幕上，你能看到在安放冰山的主厅里积着一汪汪小水塘，里面都是冷凝水。这里还腾起了薄雾，就更不方便了。薄雾占据了每个角落，在门廊中飘荡，盖住了头顶的灯，就像一层邪恶的轻纱。纸开始受潮，粘在地上，变成了混凝纸[1]——一种黏稠、恶心的白色纸浆。人们得留心别踩上去，不然每天结束后，肯定要把它们从脚底刮掉。

事情变得越来越糟了。

我们是否轻视了风暴，对元结构的承受能力过于自信？不管怎么样，我们的确是自满了。因此，一些更有野心的研究员把这些纸占为己有，用来做旗帜还有成串的小旗，制服上还别着手叠的纸制襟花，可以把它视作一种必胜的决心，一种"坚持做到最好"的态度之类的。现在看他们——这里所有的屏幕都在播出——都在尽力做到最好。

我面前是所长的大脑袋，它后面是更多的现场直播。有块屏幕上播的是从高处拍摄研究所，上面罩了许多功能各异的十字和网格，就像在看别的星球的着陆视频。另一块屏幕上是神秘女人在她工作室里的直播，直播肯定是实时的，从下午晚些时候的光线中就能判断出来。她穿着自己的制服，不过衣领被拉到肩膀以下一点。她没洗头，正在全神贯注地盯着自己的设备，悄悄说着什么。我看着她全神贯注地盯着设备上的内容，表情轻松随意。她的脸被映成了蓝色，她仿佛站在一个凉爽的岩洞里，或者在夜间亮着灯的泳池里游泳。她单手捋过自己杂乱的头发，走到房间的另一边，站在秤上，皱眉，再走回床边坐下，又开始看设备了。

我不禁在想，这些信号是不是专门选来吸引我注意力的，或者说它们只是自动连续播放视频的一部分？

我看着这些视频信号，看着神秘女人。所长则看着我，脖子上的徽章也一样，从它那只黑色和银色相配的眼里注视着我。

---

① 原文是 maché，但据上下文推测，这里其实是 papier-mâché，即把纸浆打碎后形成的糊状物晾干后变成的硬纸块，往往用作艺术品的材料，有时也会在纸浆里加入纤维以增加强度。

"弗洛比舍先生，您认出她了吗？"

这次只有他，他没有叫上自己的助手。我从来没有真正和他独处过，如果这场会面本意是为了恫吓我，那倒是成功了。桌子的大小勉强够两个人坐，我们面对面，必须保持谨慎，以免让彼此的膝盖或脚相碰。他的身形让这里的情形变得尤为危险。他的肚子有规律地顶着桌沿，因此也在向我这里一点一点地挪动，现在我几乎是侧着坐的，我在桌子上占领的地方越来越小。我们之间立着的那根摇杆吸引着我们的注意力。墙上的图片开始动了起来。

"当然。"我终于回答道。

"她是个有趣的样本。"

"样本？"

"研究案例，弗洛比舍先生。你们都是供我研究的案例，所以才那么让我着迷。弗洛比舍先生，你也不例外。你讨厌成为样本吗？如果要我帮助你，发掘出你潜力的极限，让你过上最好的生活，那我就必须研究你，没错吧？"

"大概吧，但——"

"那么你到底……行动了吗？开始认识真正的自己了吗？最近的情况完全没有影响到我们，对吧？"

"什么情况？"

"没错，这就是该有的态度。"

我有点不知道自己该往哪儿看。显示器让我想起了与大脑分离的眼球。

"不好意思，我们能把它关了吗？"

"说真的，我们对自己的网络倍感骄傲。所有人都喜欢它——这些格栅，这些奇观。它散布在整个程序中和所有设备里，而如果没有大家——还有你自己——做出的贡献，它也不会存在。弗洛比舍先生，也就是说，我们在这里搭建的系统并不是为了在你直播的时候看着你。应该将它视作社区建设的一部分。这种投资可以获得实时的社会确认，以此作为反馈。不管怎么样，这对所有人来说都大有裨益。”

所长大谈了一会儿分享 / 志愿服务的好处……

♥♥♥♥♥♥♥ ♥♥♥♥♥♥♥♥♥ ♥♥♥♥♥♥♥♥♥♥
♥♥ ♥♥♥♥♥♥♥♥♥♥♥♥♥♥♥♥♥♥♥♥♥♥♥♥♥
♥♥♥♥♥♥ ♥♥♥♥♥ ♥♥♥♥♥♥♥♥♥♥♥ ♥♥♥♥♥
♥♥♥♥♥♥♥♥ ♥♥♥♥♥ ♥ ♥♥

注：此处用桃心表示“喜欢”。

我低头看着自己的设备，它只是在那里快乐地嗡嗡作响。

“你会适应的，还会享受，甚至你自己也会参与进来。尤其是那个——我们不如把它视作梯子的梯级，视作成长的阶段。而且在众人为某个目标团结一心——众人齐心协力——的过程中，或许对你的项目有好处？某个想法？某个动机？某种可以准确反映研究所核心原则的想法？反映我们将集体主义付诸实践所做出的努力？反映我们向公共项目方向所发展出的工作准则？但你的工作依然还停留在纸面上，我没说错吧？你依然在苦苦挣扎，想让一切从天而降，思维倦怠，依然难产，令人失望，令人沮丧。看看我们为你做的一切；看看我们为你提供的帮助；看看我们为了你，付出了多么大的代价；看看我们全部的关切、投资、体恤。”

所长现在带着一副悲从中来的表情。“项目停滞。这个结果，老实说，有点让人难以接受，而且还很难理解。我们的全套作业系统早就经过验证了。用户测试、后端测试、兼容性测试、速度基准测试，这些全都获得了认可。你的感恩呢？谦卑呢？（最重要的是）听从研究所上级安排的态度呢？而且，项目只是其中一个问题，你还有许多其他问题，弗洛比舍先生，我说得没错吧？现在我们回到眼下最重要的事情上——你的护照问题。”

“好的。”

“你的护照。”他重复了一遍。

“怎么了？”

“别要小聪明。”他拉了拉凳子，离我更近了些，然后摊开一只手。

我扫视着出口的位置。

“我可能放到别的地方了。”我结结巴巴地说，“给我一天左右的时间，让我去公寓里好好翻一下，行吗？”

“珀西，我很忙，而且我想你应该会发现，挑战我们的耐心对你没好处。”那只手握成了拳。

“不会很久的，我保证。不过我在想，如果我把那些文件给你了，我会不会比囚犯更——”

拳头松开，举起来，变成了“停”的手势。

“不好意思，先打断一下你的问题。”他说，然后不自觉地陷入了某种委屈和忏悔的模式，这和他狂热宣扬自己主张的时候一样吓人，甚至还更可怕，“所以，我们必须掌握所有研究员的签证、出行文件和身份证明文件的动向。这是永世契地对我们提出的要求，是当地的规矩。当地警察要求我们时刻留意研究员的身份文件以确保安全。我很惊讶，你居然不知道，这是——”

“我知道，合同里写了。你说的‘时刻留意’是什么意思？”

“恐怕这是当地的法律。”他耸了耸自己宽阔的双肩，表明自己也没办法，“你是我们的问题、我的问题。现在我们不总是会收走研究员的护照来代为保管了，但我们有时也觉得我们可能会需要它们，要是它们在手边会更方便些。比如当我们怀疑某位研究员可能会和研究所——或者从更大的范围来看——会和永世契地发生某种冲突时，我们就有理由要求研究员上交护照。但只是为了安全起见，请理解。”

那只大手用手背摩挲着显示器，上面是那名神秘女人，这样看着就像是他在猥亵她。（同时，她还在继续做着手上的工作，注意力高度集中，我能看清她的每个毛孔。）

“我不知道对这事该怎么想，别人代我保管护照这件事，实在难以接受。”

“永远都是访客的心态。怎么那么迫切地想离开这里？弗洛比舍先生，如我所言，你会习惯的。”

他的手往桌上一拍，然后笑着站起来，随之出现的大肚子终于将我困在了桌子和墙壁之间。

停顿。

我被带向阴暗的走廊（它似乎一直在朝着固定的方向拐弯，可能是个圆，也可能是段像耳蜗一样的螺线），这时，所长随口说道：“我发现你和洛伊尔先生的关系很好。”

“我们？还行吧。”

“不是吗，弗洛比舍先生？那我可能搞错了。当然，在这里能时刻让名字和脸对上确实很困难，对吧？”他坦言道，声音听起来有点遗憾，“那么多男男女女，那么多研究员和助理。你们中又有很多人要求拥有特殊地位，这种要求完全合法。那么，弗洛比舍先生，您有这样的要求吗？”

“不，当然没有，绝对不会比别人多。我来这里只为了完成工作，埋头苦干。”

“你的工作，没错，的确是个难题。我也不能保证自己有办法。”

我站在那里，一言不发，不想再沿着这条路走下去了。但他又开口了，往前走了一步，离我更近了些。

“没关系，”他继续说，“你不想说的话，没事。不过有些时候，我们都需要把压在心头的话说出来，直抒胸臆。这对事情进展有帮助。你觉得呢？否则，我们就会变得僵化、迟钝、麻木不仁。谁知道之后会发生什么。如果这些事闷在心里太久，在这种情况下，人就会变得怪异，**与现实疏离**。正如某人所言，他们偏离了预定轨道。有时就像字面意思，那这样对吗？不管怎样，你先听我继续说，我就像在演讲，在作自己的报告™！不过你别在意，我有些紧急的事要处理——有些亟待准备或者加以**澄清**的想法；有些需要调整优先级的任务；有些需要重新维护的人脉，我必须抓紧时间**培养众人的归属感**，为他们带来**顶尖的体验**。没时间了！来不及了！那你到时候会把这些文件交给我吗？你和我保证过的，别忘了！**尽快**，别让我等着。”

所长故作礼貌地挥手行礼，带着一种超现实的笨拙感，然后“砰”地推开出口的门，催促我赶快离开。

双生店，快点！

快点啊！

第三部分

改变

32

（纸的旅程还在继续）

有些纸偷偷溜进窗缝，向着艺术中心的高层飞去。它们沿着一条闪闪发亮的走廊飞翔，像一队特警那样背贴着瓷砖的墙面行进。

它们经过一间白色的房间，房间和它们一样白。它们就这样飘了进去。房里有幅淡绿色的窗帘，挂在一个用铝制金属管搭建的独立框架结构上。窗帘被拉开了，露出了背后的神秘女人，她在认真处理手头的项目。

这项工作包括一个袋子、一根管子、一张床，还有几位助手。

其中一名助手想挥手扫落面前飞舞的纸，打落了一次、两次，接着，又怒气冲冲地回到他的奇怪工作中去了。才过了几分钟，他又抬起头来，这回熟练地从空中抓过几张纸，从容地将它们夹在自己的写字夹板上。他开始在纸上奋笔疾书，脸上的表情迅速从喜悦转为沉重。窗帘“唰”地被拉上了，接着有人大喊：“该死的，谁让你进来的？”这些纸被风吹向后方，离开了这处禁地。

（进攻，被击退）[1]

铺着砾石的地上摆着几把铁丝弯成的椅子，我们坐在上面，紧挨着喷泉里的死水，注意力全在那张灰色的混凝土棋盘上。我的刘海贴着前额，衬衫也粘在胸口和手臂上。（炎热，潮湿。）时不时有一小滴水落进水池，一圈圈涟漪从中心向外扩散，直抵水池的边缘。每滴落在水面的水都发出清晰、饱满、微弱的响声，给我的感觉就好像它们是从很高的地方落下来的。不过这当然不可能是雨水。或许内部新产生的某种热量使得元结构内侧开始聚集冷凝水，我不知道。

棋盘已经摆好了，于是我们开始下棋。

1. 准备工作
2. 国内排名
3. 评估表
4. 难以捉摸
5. 等等，等等
6. 误导
7. 面对巨大的困难时表现镇静
8. 进攻路线
9. 万事俱备
10. 全体注意
11. 比赛已经开始
12. 查阅规则手册
13. 一个小的牺牲
14. 新开辟的凸角
15. 佯攻（花言巧语）
16. 稳住阵线
17. 严防死守
18. 白方行
19. 惊人的转折
20. 向前，进军（威尼斯人炮火齐射）
21. 二十一
22. 入侵
23. 身处险境
24. 打开缺口
25. 付出代价
26. 上格挡
27. 评估侧翼的情况

① 与《魔山》第六章第五节标题相同。

28. 大局观
29. 手法灵巧
30. 教科书般的互换
31. 钳形攻势
32. 飞行
33. 又一枚棋子被吃了
34. 白方，聚集
35. 地狱
36. 杀出一条血路
37. 展现特质
38. 新的阵地，确立了
39. 来回走动
40. 群体癔症
41. 一名士兵，一个勇敢的人
42. 流行（感）
43. 关键的一枚棋子，被吃了
44. 基本要点
45. 五比一
46. 其他策略
47. 僵局?
48. 歇斯底里
49. 时间之海
50. 白方将地盘让给黑方
51. 短暂休息
52. 最后一击（滑铁卢）
53. 混乱
54. 游戏结束

“再来一局？”

他没有回应。

我把棋子放回原位，哈提夫先生直视着我们之间的地方。

现在他向前探过身子，我看他这样子，好像马上就要一头栽在棋盘上了，头会先着地。不过他只是走到我边上，凑在我的左耳边轻声说：“没有人是安全的。”

我身子向后倒了一点，想看看他是在说那盘棋（不是），还是在开玩笑（也不是）。他依然面无表情。

“什么意思？”我问。

哈提夫拿起一枚棋子，动作很慢，然后又放回原处。他没回答我。（我的朋友奥斯曼步伐笨拙地缓慢徘徊，他不像你们以为的那样，脸上没有交欢后或者项目完成后该有的红晕，而是带着某种精力耗尽后的病态，玻璃弹珠般的双眼透着疲惫。他的项目和报告™已经完成，身体里的化学成分发生了某种变化，现在的他看起来好像完全变了个人——迟钝，甚至麻木了。）

我用指节擦了擦潮湿的眼窝，他这时又对我重复了一遍："没有人是安全的，你也不例外。"

他在椅子上坐得有些歪斜，所以我推了推他肩膀下的位置，让他重新坐直身子。

"好了。没事的，没事的。"

就在这时，我听见另一滴水响亮地落进池子里，我想追溯它的源头，便抬头望去，原来是元结构那高高在上的穹顶在湿答答地往下淌着水。然后，又一滴水正好滴进了我的眼睛。

啊。

哈提夫先生已经睡着了，他攥在手里的塑料杯歪了，里面的棕色液体慢慢淌了出来。我从他手里拿过杯子，放在他脚边的碎石地上，拉起毯子，帮倒在椅子上的哈提夫先生盖上。他满足地呜咽着，我就放任他不管了。

（纸的故事还在继续）

纸已经开始自我组织，正在变得有条不紊。

把时间倒回到纸刚刚在双生店里出现的时候，那时它们一团乱。它们迅速又粗鲁地被赶出门外，就像一堆垃圾。但现在，这些纸排成了长而有序的队伍，一切都变得更整齐了。

这些纸正在沿着一条存在许久且略呈抛物线的轨迹，在双生店和研究所之间不断滑行、起飞。

自然，所有这些行为都引出了一些重要问题，比如说，有人注意到这些了吗？

这样的大阵仗，你肯定觉得有人会……

（当然——是个女人！）

她的头是一条丝巾，其余部分是一条米黄色的连体裤。还有一只垂得很低的皮包，包带显然嵌入了她右侧的肩垫，里面装着一只笔记本包。还有各种电脑外设，包被撑得鼓囊囊的。她把一只拉丝的金属罐举到唇边，从翻盖式吸管里吸着有抗氧化功效的苦味泡沫，漫不经心地让液体在唇齿间流动。她思绪芜杂，心绪纷乱。她在前往一场会议的路上，要在会上负责一场视频会议。她目前在一家全球咨询公司工作，几名重要而且身处世界各地的股东即将出席会议，会上还有些活动。会议桌就在前方那些狂野的办公楼深处，具体说来，就是那幢外形像是一簇太空水晶的大楼，它平贴着天空立在那里，就像某本科幻杂志封面上的手绘背景。她面朝那幢楼，受到那杯有着咖啡因的女巫饮料的影响，身体像是浮在空中。十个想法都在争夺她的注意力，其中两个与她最近更新和分享的各种各样、各种层级的计划有关；有四个想法涉及预计成本（还有相关的报告）；有个想法与公司的内部结构有关，这就需要专门的心理组织结构图；有个想法围绕着一次被人怠慢的经历打转，那次她在参加一场网上研讨会，责骂了某位同事，却被他赶出了房间，这事发生在几天前，但这段回忆依然像长进肉里的脚指甲那样，时不时地带来痛楚，而正在她脑海中构筑的计划正是用来缓解这份痛苦和羞辱的。在她这些念头中最持久的就是她那件蛛丝般轻薄但强韧的细网眼内衣，它的洗标叠成一团，很不舒服地抵在早已隐隐作痛的第三腰椎上，痒痒的，而出了问题的脉轮能量源（这是公司请来在午餐时段授课的瑜伽教练告诉她的）则与痛经、流产和尿床有关——虽然她真正关心的只有第一项而已（虽然，如果需要将她关心的所有问题都囊括其中，那她或许也会将尿床列入哀叹的列表中，为什么不呢？为什么？把它加进去吧。)，当然了，她经常出现的背部问题显然只要和办公服务部的人说一下，换把新的椅子就能解决，但她总是忘记打电话。之所以会忘记，原因也很明显，因为这相当于要在她脑海中早已繁重不堪的日程表上再添一笔。如果她每天能少操心点那些破事，这种情况肯定会有所改善，腾出来的时间可以去做些核心训练以加强那些成对的腹肌，但这里有个重要的问题：如果把全部情况——痒，真痒，痒死了——当作一个整体（她思考着突然出现的第九个想法）去看待，那就可以视作现代状况的典型象征，不过这个比喻有点平庸。另外，（第十个想法就是）我们身处的环境已经彻底实现了现代化，以至于老生常谈的“现代状况”本身已经具象成了如下陈词滥调：1. 她那些被反复提及的想法；2. 她流水账式地记下这些想法，她突然难过地想，天啊，我成了一个隐喻——她在漫不经心地翻看着各种社交媒体的信息。当她停下来小心整理自己内裤的洗标时，她听见了东西拍打的声音，于是抬起头来，才发现天上有些不对劲。事态严重，值得一提。

那就是纸。

它们排成一整列，组成了一条传送带，它们现在飞行的方向，就是她此刻面朝着的方向——飞向太阳，乘着空气离开城市，循着一种无形、有力和固有的逻辑。它们现在约有二十层楼高。纸投下了一道细长且蜿蜒的影子，就像在物体轮廓外画着的虚线，投在她站立的人行道上。地面能把人烫出泡，她应该（不用冲刺，但至少得）快步走起来，这样就能比严格规定的时间早些打卡上班。她需要进行第三次数据核对，还要在真正开始演讲和记录前再排演一遍讲稿和建议。这些记录是指她的公司批准了财团的要求，让他们监督一家新酒店的建造过程。这家酒店照着著名的波旁家族城堡重建，比例分毫不差。每个房间的墙上都画着错视画[①]，每一幅都显得荒诞、华丽，带着淡而

① 指那种能让人产生错觉的画，多画在墙上以造成以假乱真的视觉效果，比如在墙上画了一扇窗。

柔和的色彩，而法贝热[①]风格的会议室则把访客的目光都引到了墙面特殊的窗户上。每扇窗框里都是绮丽而又平和的田园景象，画中的天空里有着泡泡糖似的云朵，还有挤满了水泽仙女和情郎的庭院。如果凑近了观察，就会发现这些窗根本没有什么所谓的朝向，因为那根本不是窗户，而是在刷了白垩灰浆的墙上精心绘制的画作。这间豪华的酒店理论上可以赚很多钱——大把的钱——收入不单单是靠入住的游客，还靠它边上那座有着两百个房间的会议中心，单靠一个财年就能收回成本。（或者说，数据是这么体现的，所以当投影仪发出声响，当唱针开始转动，当三角形的三明治固化成了蜡制的仿品时，她就要据此发表声明了。）但走在这条让人精疲力竭的水泥路上时，她惊讶地发现自己不在乎那么多了，而且更出乎意料的是，她不再需要那副时髦的超大号墨镜了（这也是她在永世契地的这段时间里第一次这么觉得），所以她摘下墨镜，把镜脚别在自己上衣的衣领上，这样似乎也将她的各层东西都夹在了一起，她的衣服、皮肤、器官、思想……同时，她身边的人也纷纷摘下墨镜。她看到周围人都愣住了，一排人全都仰头看，好像身处日食笼罩下的世界（盯着它所象征的计时器），这些纸依然向着远离城市的方向飞去，所有人都在感叹这场壮观的迁徙。

但东西本身，那些正在离开此处的东西再普通不过了。只有纸是基础。那个东西是运动，那个东西是方向，是矢量。时间主张自己应该凌驾于万物之上，在它面前再无永恒。所以这里有种原始的情感，虽然她看不见附近人们的全貌，因为众人敬礼时手掌投下的阴影遮蔽了他们的脸，每个人都在向天空行军礼。人们嘴里喃喃自语，喉头一齐颤动。除此之外，也只有在面对灾难时才能见到这种景象。或许面

① 彼得·卡尔·法贝热（1846—1920），俄罗斯著名珠宝艺术家，以制作繁复华美的复活节彩蛋闻名。

前的事就是如此？纸张的大迁徙。从某种程度上说，这也是一场新闻。游行的纸一张接着一张向上飞去。每位公民都能看到这列纸质火车，每个人看它的角度都有细微差别——在现实世界中新闻抵达我们每个人的过程与之毫无二致，它们通过不同的观看渠道传递给我们，人们观看屏幕的角度各不相同，屏幕的位置也有所差异——酒吧，浴室，或者放床上、腿上、手上——只是在场的所有人都知道他们正在以某种方式参与进来，这种感觉比周围其他景色都更加真实。他们相信每个见证这场纸张活动的人所拥有的视线最后会成为一体，变成像双目成像那样的奇迹，这样就能呈现出单一、完整、集体的视线，可真相是，就连我们所珍视的现实世界、我们此刻所处的地方，也支离破碎了，各自独立，好似向外发散的辐条。在寂寞时分，我们看着以下三个平台为我们准备的个性化推送：MeChat、iTube 和 Moi-stagram。[①]

她看着那列纸向远方飞去，想等它们消失在视野里，但事与愿违。纸消失了，她想，这是一场属于纸的“出埃及记”，它们肯定是为了逃向某个更好的地方，那里肯定比这里要好。那里的生活不再是日历中的各种邀约，也不再是编入电子表格里的信息——上面的行和列除了代替其他失去象征意义的行和列之外，早已不再代替其他任何东西了；那里不用对随时可能响起的消息提示音感到害怕，不再有办公室走廊里那令人呆滞的燠热，不再有人取笑那套合成纤维做的连体裤，不用忍受互联网服务器的嘈杂声和一系列能够表达行为动作的表情包——它们缺乏真情实感，但却承载着一定的社会影响。它肯定预示着某个“更好的地方”。她或者今天在这里的其他人，并没有产生某种失落感，反而更像是那种笼统的疼痛感，这是由于抬头望向天空（随便看向什么），望向任何在集体移动，也就是迁徙的东西，也就是说这是一种因为距离而产生的悲伤，一种因为重力作用的逆转，一种因为失去而产

① MeChat、iTube 和 Moi-stagram 均为应用软件。——编者注

生的结果。她和城市里其他静止不动的旁观者不同，其实相当喜欢这种悲伤、这种距离、这种失去凉爽和间隔的阴影带给她的释然。

她在想：总有一天，这些散乱的纸都会消失的，当最后一张掉队的纸也飞走后，大家会离开吗？她会和其他好奇张望的人一起回去吗？他们还会记得世界大家庭共同聚集于此的感觉吗？家人们一起祈祷，但还会一起停留吗？难道就没有东西能在众人心里留下痕迹或者向别处分流？当这一切结束时，人们是不是会害羞地环顾四周，觉得自己刚才有点傻气，是不是就像被没注意到的路沿绊倒，或者不合时宜地打了个嗝？在这场大型公共集会结束之后，是否会有不可避免的尴尬后果？事后，她是否会在自己冗长的会议记录边上画出一排排矩形，它们沿着叠草草装订的环，向着某个消失点延伸，能否让她的精神从桌上的计时道具中脱离，比如打着标语的幻灯片、商品化的沙漏里装着的沙砾，或者从虽然反常但正在被她迅速忘却的纸张迁徙记忆中拯救出来？

不一定。

不过是一阵小小的波澜，然后，在她双眼后方的空间里，有短暂的痉挛，然后，症状消退了。

33

（和谐的完满）

在这个世界的次日两点，我看到的是一片全新的地形：粉色的岩石组成了地平线，蓝色的树干，蜿蜒的河流，还有紫色的蕨叶浸入水中。天空是蛋黄的颜色，周围充斥着肉眼难以察觉的小飞虫，让空气像是有了生命。蓝灰色的山脉涂抹在地平线上。我环顾四周，各个方向的景致大致相同。远离研究所，徜徉于这片茂密的植被中实在令人放松。在这片山谷或者这片山脚下的雨林里，没有人类居住的迹象，未被污染，甚至还会让人觉得这个星球上都没有人类居住的迹象。

我们远离了现实世界——周围是建筑师鼎福的新项目，我们正漫步其中。系统切换到了上帝模式，让我们四处逛逛。这个世界相当惊人，很少出现延迟的情况，响应极快。我被惊艳到了。一切都很逼真，这个项目对编码和算力的要求一定很高。毋庸置疑，这是个真正的杰作，但我也必须承认，在研究所的这段日子里，面对各种壮观的事物，我已经渐渐出现了审美疲劳。（毕竟我们接触了那么多项目。）这个世界——我们所处的世界——和你之前可能听说过的不同，它并非没有奇迹发生。这里依然可能见到壮观的景象，但我们反而对这些令人惊叹的景象熟视无睹。我想这种情况或许可以被称作“奇迹失明症”。我们又动身了。丹尼斯·洛伊尔的感觉肯定和我一样。他的虚拟形象就在远处，浑身透着一股倦怠，垂头丧气、无精打采地靠在一棵多边形组成的树上，点起虚拟的烟，深吸一口豪华树莓味的烟雾（怎么没味道？）。

“这玩意儿真不错！”他说，依然面无表情。

我再次觉得，能够离开研究所，离开里面大量湿滑黏腻的凝结物，还有习以为常的沮丧，实在太好了。（这些也是我不用经过助理批准就能参加的活动。）所以我现在参加了许多这类观光活动，看了数不清的视频，玩了很多游戏，例如XD、VR等。话说回来，我当然对建筑师的项目感兴趣，但真正的目的是所谓的“逃离”，逃离现实世界，更重要的是找到机会和丹尼斯在园区外交谈。

建筑师用手背拂开蛛网状的藤蔓，通过这样来向我和丹尼斯展示这个世界的规则——物理规则之类的。我用他给我们开通的权限来模仿他的动作。我们可以做的事情不少，还在摸索中。有些事可以做，而有些不行，差不多是这样。

我们行走，下蹲，挥动手臂。我们打中了一些姿势球[①]，就要按照规定摆出对应的姿势。我们沿着河边行走。这里还有些别的东西，比如机器人，它们在山谷里徘徊，对我们视若无睹。有些角色在这里列队行进或者劳作，还有些角色在顶着一块巨石或者大树向前走，勤奋、愚笨、困顿。众多移动角色中，有一个在我们面前横穿而过，我们也直接从它身上穿了过去。

“这个世界当然有各种缺陷和未完工的地方，有些缺陷需要改正，或者只是还没来得及渲染。”建筑师鼎福说着就给我们展示了一处这样的地方，那是道路尽头的一片空地，就在浓密的灌木丛后。那是一方灰色的空寂，一片虚无。严格说来，它其实是一种存在而非缺置，它从周围的事物中脱颖而出，却毫无生气，那么单调，那么沉闷，却让

① 虚拟社区“第二人生”中的一种物品，玩家若是点击该球，就会做出相应的动作。

人非常满意。建筑师拍了拍我的肩膀，示意我继续前进。

不过，这里的大部分地方都是经过精心设计的，建筑师还告诉我，今天我看到的东西会让我对这个程序所能展现的实力大加赞赏。

“你喜欢这个项目吗？”建筑师试探性地问。

“简直惊人。”

“那是自然，不过这种状况不会持续太久。”

“为什么？”

“一旦产品发布后，消费者就会进入这里，开始占领这片区域。他们会建造各种建筑物。很快，这里就会出现房屋、要塞、塔楼、寺庙、商店、风车、银行、购物中心、医院、剧院、娱乐圆顶、地堡、树屋、立法机关、茅舍、灯塔、餐馆、居民楼、村舍、袋底洞、吊脚楼、蒙古包、帐篷组成的村子、摩天大楼、营房、宿舍、长屋、酒吧、放映室、剧场、体操馆……”

如果只有一个人可以独自拥有这整片地方，而且在这片未被开垦的大地上保持匿名，而且还如此安静……我立刻明白，能够拥有这片地方的念头对我来说，实在相当有吸引力。

“但问题在于大家都在造东西。”建筑师解释道，“在这里，没人只会四处看看，似乎只有和这个世界互动才会让虚拟变为现实。就像我说过的那样，每个人都需要亲力亲为。我设计的每个世界都会被立刻填满。弗洛比舍先生，我建造了你看到的世界，空间只是一个注定会转向充实或者被占满的状态。更糟的是，我们在‘这个世界’建造的东西，最终也会在‘外面的世界’泛滥成灾。”

“你是说现实世界？”我问。

“方式相当微妙，不过，是的，这些东西逃出来了，悄无声息。人们在这里开展实验，工作成果成了外界的模型，而这又反过来——”

这些模拟出来的东西真是惊人，具有形体，可以被触摸到。我感觉自己好像被它们包裹着，伸手就能将它们握在手中——树叶、天空、水流、云朵，然后再把它们涂在我身上。如果我这么做，我会有感觉吗？是不是世界感觉起来就像一件暖和的外套，或者像第二层皮肤？叶片包裹着我们，它们都垂下来，随风摇曳，好像复兴会议上教众高举的手。

我想象着自己在远处那片未开垦的森林深处造一幢小屋，只造一幢就行了，我造完就收手。

丹尼斯悄悄地跟在我身后。

“所以，”他走到前头，“还挺喜欢这个，嗯？”

“唔。”

“我觉得我们真的搞砸了。”

“没那么糟糕吧。”

“或许对你来说是这样，但对可怜的老丹尼斯来说，他已经出局了。”

“什么意思？”

“我会回去。我被开除了，那些爬过的梯级，没了。”

“你的项目呢？”

“就像我们见面时说的那样，成功的机会只属于少数人。”

“我会的。”

“看来你是认真的，那就祝福你吧，祝你好运。”

洛伊尔先生又弹了弹那根虚拟香烟，他忘记这东西是不会有烟灰的。他后退一步，声音里充满关切：“弗洛比舍，你真是个蠢货。”我们握了握手，我感觉他的手在我的虚拟手套里很轻，我突然意识到，虽然握手没什么实质性的意义，但我却不想松开。我对他突然涌起了一阵深厚的感情，可丹尼斯现在已经走开了。

建筑师鼎福带我们走在一条新的小道上，它通向一片不可逾越的广阔天地，我们应该已经快要走到这个世界的尽头了，正当中有一个磨砂质感的灰色方块，大约三米高。建筑师招呼我们到传送门那儿去，但这次，我坚持让他先走。他不情愿地照做了，然后丹尼斯跟着他走了，接着，洛伊尔先生那只虚拟的脚也消失了，那是他全身最后的部分。丹尼斯，后会有期。

但我犹豫了。

现在只有我，我再次孤身一人了。

我在这里花了点时间，欣赏这个世界所蕴含的纯粹潜力。我环顾四周，转了整整三百六十度，在这片未经驯服的纯净世界中深吸一口气。广袤的天空空无一物。这时我才注意到有一小堆纸，它们被多边形的棕榈树叶的尖利边缘扎穿，高高地挂在空中。

就连这里也有纸。

我走进灰色的传送门，几个生物群落迅速从我眼前闪过，就像洗牌时闪过的牌面。

（小组会议）

“今早看新闻了吗？”新助理高兴地问我们。

大约一小时前，我在电视信号上看见了一朵腾起的尘埃云。画面是透过褐色滤光镜拍摄的，背景是一张地球的照片。滚烫的高温，有害的微粒，废弃的工作地，关闭的港口，停航的飞机，白昼变成黑夜，到处都是应急人员。

“还好我没住那儿。”她笑了，把这件不幸的事情视作另一个开场的话题，“那我们现在就开始吧？”

我又一次回到房间里。沸腾的水里翻腾着咖啡渣，司康饼表面的面粉就像白垩土，漂亮的椅子、窗户。诚挚的握手，虚情假意的拥抱，对情绪普遍没有波澜。

这次出席的有概念艺术家、神学家、摄影师，以及那位脸和双手都蒙着纱的女人……

概念艺术家首先发言，他告诉我们，他已经开始了新项目，就像之前那样，还是以一张图片打头。这张图是他拍的。（他把这张图展示给我们看。）等图片展示后，他又盯着它看，觉得事件的发展方向似乎完全正确。（这已经是几天前的事了。）他把这张图挂在工作室的墙上，然后在一张索引卡上写下这几个字："艺术流派，一号。"然后他把像补充说明一样的索引卡钉在图片下方。

之后，他抓起一把椅子，反过来坐，交叉的双臂搁在椅背上，注视着自己的杰作。

然后他做出了判断：这张图，其实并不好。

它太真诚了，解释得太多！它暴露了太多内心的东西。但你也知道，从坏的方向看，这幅图只是揭示，而不是启示。（"你们不同意吗？"他举起那张令人不适的东西问我们。）

概念艺术家突然想到，或许这张索引卡——标签本身——才是关键。他必须从标签入手！标签才是一切，而项目的答案会和名称一齐显现。

当天晚些时候，他准时给各种各样的东西打标签，试图借此产生能量。

他给工作室里的所有东西都附上了标签，这里只列举了一部分，其实不止于此：首先是工作室的四面墙、八个墙角、所有窗户、全部托梁和横梁，接着是他的桌子、工作台、椅子、白板、公告板、计算设备、插座、空调设备、地板、茶杯、茶托、各色用具、办公用品、复印机、绘画材料、食物、脏衣篮、垃圾桶、蜡烛、打印机、屏风、毯子，还有枕头……他甚至在工作室中间的横梁上挂了一张写有"空气 / 以太"的卡片。（甚至连绳子也被打上了标签，上面写着"绳子"。）他的男侍别无选择，也只能被他打上标签。当然了，概念艺术家本人也给自己打上了"概念艺术家"的标签，连身上的衣服都没放过。自从亚当为花园打上标签之后，为万物打上标签的这种壮举就再也没出现过了。

长日将尽，如火的余晖开始在工作室的窗户上蔓延，他倒在椅子上（“被日光照射的椅子”）检查着自己的工作，就连他也不得不承认，心中多了种满足感。

直到他发现，他没给这些标签本身打上标签。

烦！

（我们对他的分享表示感谢。）

摄影师用上了一只巨大的照相暗箱，这东西之前就已经成功安装好并投入使用了。它的工作原理如下：“物体发出的锥形光线经过折射后投射在视网膜或者后面的聚焦屏上，视网膜就是产生视觉的器官，物体的图像在这里得以重现。如果把视网膜换作纸，或者漆黑房间里的墙壁，也能达到同样的效果。光线在粗糙外罩上开出的小孔处相交，并折射到晶状体上，这个小孔又对应着窗上的小洞，还有一块凸透镜或者说是取火镜负责折射照进暗箱里的光线。”因此，他试着用这种比较器技术给自己画了一幅自画像。

但不幸的是，就算是缩小后的元结构，也表现出了强大的力量，它所操纵的自然光足以让相机无法工作。因此，他决定亲自动手（尽管他的助理，也就是助理 12 警告过他不要这么做）把相机移开，搬到太阳能电池板的范围之外，离穹顶远一些。

可悲的是，尽管心里早有准备，但相机还是在沙漠的阳光下融化了。

虽然如此，他还是打算用融化的相机残骸来代替自己最初计划的项目，上交给研究所。

众人全都仓促地同意了他的决定，没有什么保留意见。我们告诉他，这太惊人了。因为我们，也就是这个小组的成员，马上意识到，那台融化的相机和聚焦屏，还有他作品留下的碎片和残骸，以及剩下的垃圾，同样：1. 也是生活的样子；2. 也是每个项目到最后，所呈现出的，就是它的成分；3. 他或许应该和概念艺术家交换一下项目。

“恭喜。”我们对摄影师或者现在的概念艺术家说道，然后拍拍他的背，举杯庆祝他完成项目，以及登上成功阶梯的最后一步。毕竟他是我们这伙人中第一个晋升的，所以整件事情对我们来说充满新鲜感，因而也让人有点困惑。这就完成项目了？这个项目能否完成纯粹是出于偶然吗？

对他分享的感谢在众人流露出的庆祝气氛中消散殆尽。（但实际情况是，他幸运获得的成功让我们暂时开始思考起自己来，而我们表现出的乐观呢，毫无疑问，都是伪装的。）

脸和双手都蒙着纱的女人第四个发言。有人点名抱怨她。她需要完成她作为艺术家的声明，也就是要向众人详细解释她为什么整天都要用纱蒙着自己的脸和手。虽然这项声明已经过期，但当她坐下来完成这个看似简单的任务时，发现没法用自己的设备手写或者语音输入。这都是因为纱本身有着恼人的特性，然后它们变得越来越潮湿，延伸，纠缠得越来越厉害，直到它裹住了她的手指，彻底封住了她的嘴。她只能潦草地涂涂画画，或者嘟哝一些无法翻译的胡言乱语，别的什么都做不了。她试图通过比画双手来传递自己的声明，但仍无济于事。彻底没戏了。

（当然，就算她说了这个故事，我们也难以理解。而且，她前面说的那些能够传递给我们的，其实也未必会比我自己猜测的结论准确多少。）

尽管我们不太确定她分享了什么，但依然对她的分享表示感谢。

轮到我了。

34

（纸的故事还在继续）

让我们暂时回到沙漠深处，然后在“埃菲尔铁塔”上空放大屏幕，你应该记得，这座铁塔和它所处的环境不太和谐。它被困在了一个荒芜的地方。纪念碑就像铁一样滚烫，而且一点用都没有，如果真要说它有点用处，那可能也是出于某些象征性的意义（就算这样也用处不大）。还有另一个奇怪的变化：有个巨大的东西盖在了塔上，几乎把整座纪念碑都完全盖住了。自然，那东西就是一张纸。只是这张纸已经有如足球场那么大，实在是雪上加霜，它插在这座纪念碑上，好比在报社主编桌上的穿纸钉上钉着一张报纸。这一切都表明，这张纸的尺寸比其他一切都让人感到糟糕，它的大小凌驾于一切之上。说到“凌驾于一切之上”，还有另一层巨大的东西盖住了＊整个元结构＊，尽管我是从占据优势的下方仰望天空，想象着这是最黑暗的夜晚，月光照耀大地——这让我倍感欣慰，让我暂时从白天与众人相处时内心充满的焦虑和困惑中脱身——现在的情况更像是用毯子盖住鸟笼，为的就是让笼中那只焦躁不安和停不住嘴的鹦鹉入睡。

睡吧，睡吧，请入睡吧……

但我做不到，我无法停止自己脑海中的思绪，有太多烦忧的信息需要处理。今天在图书馆的附楼里，有一小块天花板的墙面落到被仔细抛光过的水泥地上。那块残骸就躺在路当中，没人去捡。天花板上的洞让屋顶的内部结构暴露无遗，我在像植被一样蔓延的钢筋中发现了纸，它们粘在金属上，粘在那些嵌于楼板深处的金属网里。没错，更多的纸。

它们甚至在墙里。

它们无处不在。

当然，情况可能更糟，不过这里仍然有事做，要工作，偶尔还要出游，还要上台展示。狗狗们还是每周来一次。

我们依然能收到包裹、补给、食物。（我们这群研究员现在至少不用担心要吃纸维生。）

但纸源源不断地涌入依然令人不安。

另外我想让大家知道的是，这些纸是我的，它们为我而来，为了我而生。我是问题的起因，也是问题的答案。（如果可以的话，我会向大家道歉。我会对由此导致的任何不便深表歉意。显然，一切已经发生了，我已经意识到自己的纸对这里的其他人都造成了巨大的困扰。这是我的过错。）

我要说的是：这便是材料，就是这些纸。更奇怪的是：材料，也就是那些纸，正在向我展示着什么，正在向我诉说着什么，给了我之前缺乏的视野。

它向我展示了一个奇妙而又梦幻的世界。但同时，我开始发现，它其实也泄露了难以接受的真相、各种令人不安的画面，以及不应让我接触或者目睹的事件。

它是在拍照吗？在讲故事？布置舞台？事实需要验证吗？

该死的。

（图片）

现在……

下午晚些时候我发现我躺在了观察点外的不远处，盯着忍不住让人打哈欠的虚空。在我膝盖上同样半躺着的，是那本我没法读完的小说，老天明白我一直在努力，但还是没读完。这是一本极其乏味的读物，还在我和它的“战争”中成功胜出了。这本书包含的内容之丰富远超常人所能接受的范畴，几百页的内容（虽然文笔超凡）都和病痛相关。书的主角是个彻头彻尾的蠢货，其他的角色都扁平得不能再扁平。更糟的是，他们只是作者抽象兴趣的代言人。书里所有人都很呆板，作者把他们描写得都如此笨拙。但我还是得承认，这本书的确有种累加效应。它就像是临终前生发的光晕——世界行将就木，坟茔散发出腐败的气息。

不管怎样，（“累加效应”这些说法让我开始怀疑这些拙劣的角色是否打算共同构成某个概念工具。我不知道。）我们书中的“主角”现在就在我停下来的那页里，也半靠在椅子上。[①]他躺在卧椅上，说话时举目向空间仰望——而这似乎就是他所做的一切。那么问题又来了：为什么我要在乎这个白痴和他的胡思乱想？想到这里，我撇开具体的哲学承诺不谈，然后得出结论：这个愚蠢的贫血患者和我的确都对时间有着病态的迷恋。我在自己这片沙漠里，他躺在高山的躺椅上。所以这里或许有些值得借鉴的教训。我可以坚持把这个故事看完，看看这位业余哲学家所痴迷的一切会将他带向何方……尽管我更愿意亲自去经历乏味的故事，而不是去读别人的故事。不过现在，我还是下次再做这个决定吧。

今天的空气异常难闻，足以把室外的人赶回家。

我把书放回包里，趁着包还开着，我就站在原地，翻找自己刚被

① 见《魔山》第六章第二节“又来了一个人”中主角汉斯说的话：“我们这儿山上的人都过着程度相当深的与世隔绝的生活，别人可以这么说。我们躺在卧椅上，离地面有五千米之高，卧椅舒适得异乎寻常。我们俯视世间与万物，头脑里有种种想法。我沉思默想，要说句真心话：床榻——您要知道，我这里指的是卧椅——这十个月来给我的好处，比过去这么多年来山下的磨坊所带给我的要多，提供给我的思索材料也更多，这点是不能否认的。”

仿影的设备。

最近发生了那么多事，我也没有时间去好好检查它。设备上弹出许多有趣的事项提醒。

去见……

这台设备就像新的一样。当然！

你看……

就像那次送去的制服，双生店的人也超越了自己。设备的外壳闪闪发光，上面的所有坑和裂缝都消失了。所有功能都正常，一切都完美无缺。如果真要说有什么区别，那就是这台设备的运行速度比之前更快了，反应也更加灵敏。双生店的人除了修复硬件之外，肯定也升级了软件以及所有代码。一切都是新的。设备的运行效率比之前更高，也能给我更切实的帮助，运行速度和容量都得到了惊人的提升。最重要的一点，现在它再也不会不受控制地发出提示音了。

能静下来真是太好了。

后来……

我形容那台设备和“新的一样好”，其实并非如此，说实话，它比新的还好。

我花了点时间重新熟悉它，确保所有设置都无误，而且自定义的部分和过去一样（现在是了）。我喜欢它内置的一系列全新的娱乐功能，这些在旧的操作系统里就没有。有些功能能带来全沉浸式的体验，有各种网络、游戏、游戏平台，以及用来购买衣服、音乐、食物、药品、宠物用品、化妆品、他人陪伴和各种内容的应用，还有浏览器、各种媒体播放器、跟踪各种信息、组织各种活动、记录各种数据的应用……但当我开始浏览设备的相册时，事情就变得诡异了。

为何……

我在寻找自己去楼顶那晚所拍摄的照片，也就是夜空的照片。相册里有许多研究所的照片，你看：研究员、整洁的草坪闪闪发光、晶莹的喷泉、摇曳的棕榈、望而生畏的混凝土……找到了，我的黑色方块还在，然后我注意到一些怪事：方块变了，白色取代了黑色。它是那种几乎完全不透明的白。开始我还以为这是我用过但忘了的某个滤镜。

我拍的其他照片当然没什么变化。下滑，下滑，下滑。然后我看到了一张照片（这张真的有点奇怪），那是我刚到永世契地时拍下的自拍照，一张宣告并纪念我到访的照片。

照片里的我咧嘴笑着，伸手指向机场窗外的一个广告牌。

点赞　　分享　　标签　　删除

另外，不管怎样……

是我拍的这张照片，我还记得，我当时在想，那座机场——永世契地中的小型停机坪——或许和其他任何地方的机场差不多。棕榈树配上柔和的灯光，再伴以地毯上的几何图案，以及柔和的音乐，空调温度很低。这里就像月球基地，严格密封，通过扬声器播放柔和的音乐，通过换气管输入新鲜的空气。我不禁在想，我们这些旅行者也是飘浮着进去的吗？离开时是不是还要通过大口径的管道，把原始的人类肉糊从某种大桶里抽出来，在空气的作用下通过地下的管道系统，直到所有东西和所有人都被啪嗒啪嗒地倒进这架停在地面的飞机上，或者说得更准确些，把我们和值机柜台、行李传送带和排队的人群等一起倒进这个机场的候机厅里？

而且……

这块写着“欢迎来到永世契地”的牌子无疑能证明我，现在，的的确确，就在这里，身处疯狂的异乡，远离故土，所以我拍了张照片来证明。向谁证明？和其他人一样，向所有人证明？我也不知道。不过也是向我自己证明，显然，目的就是让它成真。但是，标语很明亮，在沙漠的天空中显得尤为耀眼。的确如此。

白昼的天空，热气清晰可辨。

但不对啊……

在照片，也就是在自拍照里，我试着挤出微笑——因为害怕忘记，所以就拍照留念，就是要有一种“看我旅行的目的地有多远”的效果。

那时是这样，但现在是最深的夜里。

而且……

我也不在机场。我在哪里?

我翻看照片，努力寻找证据。

重要的……

我身处室外，身后的山隐约可见，其他稍低的山峰形成了锯齿状的豁口，在那豁口之间，还能见到黢黑的灌木和峡谷……

另外……

照片里正在下雪。

35

（在此我发现了自我的本质）

我的照片被人篡改了，或者说，被篡改的其实是我的设备。这点毋庸置疑。双生店这次搞砸了，或者说，糊弄了我。或许是一场意外。这总不会是恶意报复吧？我对这家伙了解多少？我对他的方法又掌握几何？他的动机是什么？我拿回来的制服看上去变了吗？那我的跳棋、我的钢笔、我的鞋呢？没错，制服的味道闻着的确不同，但除此之外都是一样的。我是这么认为的。不过我的照片肯定被双生店动过了……哪里错了，或者有别的原因。该死的。可能是别人的照片？肯定发生了什么事，然后我惊恐地意识到，这些图，这些属于我的记忆，可能也正在变形，现在，或许正在突变。我生命的事实，我个人的历史，在我无所作为呆坐于此的时候，一直都在变化。

我无心休息，只能起床，穿好衣服，开始在夜里散步。

研究所空无一人。我把每幢建筑物都转了一遍，但是它们都黑漆漆的，而且夜里都被锁着。今晚我是全宇宙唯一失眠的人。我输了，只能去自己的观测点计划下一步行动，但是在我走在通向那里的路上时……

一个模糊的声音传来，里面藏着不安。

声音来自另一条路，一条通向这里的路。这声音是什么东西在灌木丛中穿行时发出的，它时不时地发出咕哝声。这东西或许是一只大型动物，正走在路上。不管那是什么，也不管那是谁，它的速度都很快，而且目的明确。

我起身，离开刚才的位置，随意地慢跑起来。我刚好来到一处地方，周围植被从灌木变高成树木，散布在研究所宽阔的草坪上。我突然想躲起来，想退回到那幽暗的树林中央，但我惊恐地发现，现在为时已晚，我肯定被对方发现了。

声音越来越响，接着，黑暗中出现了尚未成型的一团物质，然后它又变成各种形状。这些形状进而又化为人形，径直向我冲来。

“停。”它们命令道。

它们穷追不舍，最后终于接近我了。我的思维已经麻木，回想起“夜间争斗”，嘴里尝到了一股金属味，我的身体则抽搐着想要逃跑。

但是我又能逃到哪里去？树篱很近，紧挨着路。

“你好？”

没有回应。

它们步步逼近。

“对不起！”我喊道，终于撒腿跑了起来。

我冲向树篱时划破了裸露在外的手臂上的皮肤，但还是不断往里挤，直到我穿过它到了另一边，现在我听到声音因为警惕而升高，然后沿着一条新的路跑去。但我突然意识到我弄错方向了，它通向一处冰蚀湖，意味着那是一片开阔的地区，而且我现在可以肯定，较远处的那队人已经看到我了。他们兵分两路呈钳形之势向我夹击，所以我再次冲回树林，然后在一处小小的冥想台休整片刻，调整呼吸，试着压低喘气声。然后，突然间，道路亮了起来，他们来了，我立刻藏好自己，窥见一群人正大步向我走来，现在他们排成楔形队伍，于是我再次冲向远处的出口，来到一片草坪。在慢跑的时候，我看到远处现界中心的灯光正在闪烁，像是在招呼我过去。有灯就说明那里是安全的，而且还有其他研究员（顺便问一句：他们人呢？为什么晚上总是只有我一个人？）。我越过一个装饰用的柱础后，又绕过一座方尖碑，最后沿着第三条路前进——

→→→*→→→→→
↓
**
←
↓
←***
↓
**** →→→→ *****

*　　嗷，又是树篱。

**　　得用假动作骗过别人 & 向反方向逃，避免迎面撞上。判断错误，勉强逃脱。

***　　他们抓住我了，但我扭动着身体巧妙地脱逃了……

****　　三号树篱，我被割伤得很厉害，但我又逃走了。

*****　　我被五个人扑倒在地，和他们缠斗有什么用，我要对付五个人。

注：其他追逐情节以箭头表示。

……人，五位助理。

“你为什么不回应？”为首的助理倨傲地质问。

“我们一直在呼叫你。”第二人说。

“令人遗憾。”第三人补充道。

“……因为你已经很迟了。”（第四人发话了。）

后面的助理说：“我们要走了。”

“但我们要去哪儿？”我恳求道。

我发现我们正在走向游乐中心。若是为了开会，这地方的确奇怪。其中一位助理紧紧地抓着我的胳膊，我得小跑着才能跟上他们的步伐。

“不是游乐中心。”其中一位助理纠正道，“在下面，是健康中心，直通公共浴室。”

我从来没去过研究所的水疗室和公共浴室，它们就在游乐中心的地下，研究所地基的肚腹中。我们搭乘电梯直到底层，进入一处楼梯间，又下了一段楼梯，进入水疗室。

我被带进了一个小房间。

“请交出你的制服，先生，快点。你太迟了，拖延已经让你在这件事中处于劣势，立刻动手，别让问题复杂化。”他用所长的眼神盯着我，这种眼神无法容忍任何异议，于是我在他的监视下小心脱掉制服，然后交给他。

“其他的也请一并上交。”他命令道。

我还有什么选择?

我脱下自己的内衣和袜子，站在它们前面，双手垂在身前。一位助理蹲下来，捧起我剩下的衣服，然后他们全都转身离开了。

“我们有人会回来找你的。”

在这漫长的十分钟里，我认真地考虑过这一切有可能弄错了，我或许应该偷偷溜走（不行，我没穿衣服）。然后一位新的助理穿戴整齐地出现在我面前，他穿着颜色暗淡的粉色制服，递给我一条毛巾。我迅速用它裹住身子。但很不幸，它太小了，没法把我全部遮住，所以我只好把它挡在我面前。嗬，好一片无花果叶，但毕竟聊胜于无。

他带我走出房间，沿着一座开放式的大理石旋转楼梯向下走。在一片人造的暮色中，我还看到几名工人，他们也穿着粉色制服，正在向其他研究员发号施令，让他们以规定的间隔进出一系列房间，同时监测温度数据。其他助理也在现场，他们穿的是蓝色制服，因为他们负责的研究员患上了特殊的疾病（新的助理是这么解释的），大多数是神经系统的疾病和其他创造性冲动引起的精神系统紊乱（麻痹、痉挛、感冒、冷性肿瘤[①]、皮肤感染，以及疼痛等困扰），这些症状都需要通过水浴、水疗和理疗来缓解。这些都是我的导游用死记硬背下来的片段和我解释的。

他告诉我水疗为何有效。简而言之，这种疗法是由一系列严格控制的治疗点组成的，接受治疗者会被人无情地从热蒸室中拉出来，再走进冷室。

当我们沿着内旋的楼梯到达第一个房间时，他让我交出那条什么都遮不住的毛巾，尽管我极其尴尬，但还是毫无怨言地照做了。我走进头顶有一排花洒的淋浴间，可花洒都关着，我想找到转盘或者把手，却一无所获。我就这样一脸茫然地站在巨型花洒下方，站在瓷砖地板上，专心捕捉一切可能的提示音……

水倾盆而下，但只持续了一小会儿。

从淋浴间出来后，我拿回毛巾，然后又被带进了桑拿房。大门在我身后关上了。这间很大的房间里有许多铺着瓷砖的阶梯，我选了最矮的一级坐上去。他们递给我一块吸饱了水的敷布，让我等室温上升后就把它敷在脖子上，于是我照做了，但几分钟后，这块敷布残留的凉爽就消失殆尽。巨大的橙色取暖灯就像恶魔之眼那样盯着我。我环顾四周，觉得看到了争论者 1 或者争论者 2，或者某个与他们外形相似的人。毛巾下透着凶狠的目光。他披着白毛巾，弓着背，看起来就像是一名古老、腐败的教皇——一位反教皇。我看着他，再加上自己所处的环境就像一台干燥炙热的烤箱，困意开始向我袭来，彼此都在向对方表示此刻发生的任何对话都显得不合时宜。我们的沉默贯穿了治疗周期的这一部分，最后，我甚至都不能确定他是谁。他可能是任何人。同时，热量超过了人类所能忍受的极限，弄得我差点失去知觉，

---

① 指肿瘤组织中没有或者只有很少的免疫细胞，与之相反的是热性肿瘤。

还是桑拿服务员拉着我的双脚，把我拖出这间滚烫的房间，进入了下一个治疗点。

这是桑拿的“冷室”，一个寒冷、黑暗的空间，充满人造萜烯的气味，据我所知，这种气味在治疗疾病、安抚情绪、净化心灵、解决抱怨等方面拥有绝对地位。我头上的屋顶嵌满令人眼花缭乱的莱茵石，它们在微弱的光线下就像远方的星辰一样闪闪发光。这里给我的感觉是：寒冷中和了所有的热，然后再凭借自身的力量成为主导。我用尽全力深吸一口气，想象自己正独处于北半球海岸中的某个冰窟里。

时光流逝。

叮叮当当的声音透过扬声器传来，我被护送着离开房间，前往第三个房间：蒸汽房。

这个房间几乎无法靠心灵去感受。我刚进去的时候一面墙都没看到，只看到无尽的雾气。只有依靠触觉四处摸索才能发现物（或者人？），然后，再借助这种方式环绕房间，前进时始终让墙壁保持在左侧，双手不断摸索，直到我来到了最远的地方，我才发现这里原来是个贴着瓷砖的巨大圆形房间，巨大的长凳挨着墙面摆了一圈。地上的通风口嗞嗞地喷出蒸汽，发出巨响。我找了个位置，弯腰坐下。有个粉色的人影递给我一条新的毛巾，我把它披在头上吸汗，给这座已经充满了神话气氛的地方增添了僧侣的感觉。

扬声器里传来一个低沉和带着口音的声音，于是我在一片蒸汽中聆听了一段简短但有趣的演讲，声音谈及了蒸汽的模糊性——它既非以太，又非实体——紧随其后的那堂课向我们解释为何这种中间态可以向我们阐明边界的性质。那个声音描述了蒸汽制备并供我们使用的机械过程，最后以一段涉及分类学且资料翔实的讲话收尾。结束后，声音再次响起，但这次用的是德语。（接下来是法语。）

我静静聆听，然后房内沸腾起来，扬声器里响着空洞的发言，身处昏暗房间的我能在它的高音中分辨出轻微的说话声——肯定是其他研究员的声音——我才在这个水汽弥漫的房间里待了十分钟就觉得一切皆有可能，而那些模糊的声音和同事的身影，完全可能是任何人或物存在的迹象。雾中有具身影宏伟无比，起初，我还以为它是房间内的某个建筑结构，比如一根柱子，或者是远处的一座小塔。不过这种巨大很有可能是雾气的把戏、光的折射，或者海市蜃楼。我试着调整视线去观察它的形状，但它却拒绝变成我能认出的东西。现在它突然动了起来，我心中一惊，不由得向后退去。它刚刚动了吗？在这个墓地一般的空间里，一切都不确定。我闻到了空气清新剂的味道，应该是忍冬花的味道（因为在这样的沙漠里，真正有益健康的温泉是不可能存在的），我突然想到那个身影肯定是一位非常高大的男人。这个想法突然出现在我的脑海里，伴随着对未知的恐惧，那人肯定是所长，而我则被带入了一间属于他的、对我来说如地狱般的办公室里。

“你好？”我试探着问道。

“*Sdfgiyssisudfibssamècchezzzabìalmiiiszzdfhoss.*”对方一边靠近，一边回应。

“什么？”

“*Vibroskomenotaf blaf blaf.*”

强烈的恐惧感攫住了我，我感到胃里开始翻腾起来。一系列场景接连呈现在我面前，好像在魔鬼般的信息流中刷出的条条推文：这个怪物站起身来，快速连迈两步向我走来，把我困在它巨大而又裸露的躯体中，湿滑、难闻而又难以挣脱的松散肉块包裹着我，我的项目还未完成，我的躯壳则被迫融入它的表皮组织中……

“你在和谁说话？”穿着粉色制服的助理突然出现在我身边，一脸困惑地问我。

“我以为……”

“嗯？”

在他等我把话说完时，热量依然不断涌来，但我不能也不会说完这句话。但这时，隐藏在某处的扬声器发出了刺耳的当啷声，说明我在蒸汽房内的时间到了，接着雾气开始消散，我才发现自己弄错了，根本没有什么隐藏在雾气里的东西，一切都只是我的想象力叠加于移动的白雾之上的结果。那我刚才听见的是什么？谁知道。现在我的耳朵全都进了水，密封的耳道隔绝了充满声波的世界。我单脚用力跺了跺，然后又换了一侧，目的是把水排出来，但没能成功。

我出来了，拖着湿透的身子与酸软的四肢冲了个冷水澡。服务员现在又把我带进了一间满是桌子的房间，每张桌上都摞着高高的毛巾，毛巾下面都有人。那人一言不发地让我趴在桌上，延伸出一个半圆形的东西托着我的脑袋，一个巨大的U形枕，一张让脸歇息的床，这样我只能看到下方的一只碗，那是用来盛接从我那张被托住的脸上流下的汗水和唾液。

鞭打开始了。

身穿红衣的服务员用细软的塑料条抽打我，每一下都刺着我的背，还有腿和手臂的后侧。就算我在最响亮的抽打下痛得弓起身子，那种疼痛也令我愉悦，这种感觉与我脑海中刚刚浮现的催眠的乏味感恰好相反。他们用一种合成润滑剂擦拭我的全身，应该是某种甘油。那人又粗鲁地把我翻向一侧，从上到下擦了一遍，接着换另一边，也用类似的方法擦了一遍。

我顺从地在这里躺下，此刻才在这个陌生的地下世界里觉得宾至如归。尽管我刚从螺旋楼梯顶端的世界下来不久，现在那里已经变得极为遥远。这里是中阴界①，是恶沟②，但与这个受管制的地下世界相比，

---

① 藏传佛教中提到的一种生与死之间的状态。

② 但丁《神曲》地狱中的第八层，分成十条环形的沟槽。有译本将其译为“恶囊”，但鉴于原文中对该地的描写，还是译成“恶沟”更合适。

外界突然就成了一处危机四伏、充满变数的地方。我突然幻想自己与耀眼的天空永别了，我已经登上海岸，踏上了这片冰与火的土地，踏上研究所的心灵圣殿（研究所本身就成了某种心灵圣殿之类的东西）。一种近乎讽喻的感觉困扰着我，而我让自己成为内心世界的正式公民，它让我的身体和意志以某种方式向他们屈服，让我再也无法与上面和外部的世界亲密接触。

正当我彻底要向这些疗法屈服时，有人向我的耳内低语道："下一站在等着你。"

我又一次被人扶着坐直身子，忍受着头晕的不适并让自己重新适应这个状态。

我在浴室里又冲了个冷水澡。他们再次把我赶进一条蜿蜒的走廊，我走向一个令人深刻的门，它的把手极为沉重。我拉住把手，身子向后倒，让自己更好地用体重去拉动这扇巨大的门。接着，我就看到了许多棺材似的浴缸，里面都装着某种油腻的泥浆。他们带我坐进浴缸，被搅起的泥浆以一种粗鲁的吮吸声接纳了我，我感觉自己被这副发着咕嘟声的棺材吞了进去，下一步就是将我消化殆尽。

这个泥是什么来头？我不确定。或许它们埋藏在这片沙漠下面，并由当地工人从数千米深的井里抽出来。或许是水泥，也可能是沥青铀矿，或者原油。他们没告诉我。但是黏稠的热量牢牢地附在我无力动弹的每寸身体上，我躺在那里，多数时间都在看着这间昏暗的屋子的房顶上摇摇欲坠的灰泥，让大脑像现在包裹着我的泥浆一样混乱不堪，思考着矿物的神学精神，因为那是必须遵守的准则，以及他们是如何突然涌向我面前，片刻不停，从不安歇，时刻准备向我灌输各种东西的，我不确定。或许是一些设想。腻滑的流质中有某些东西向上蒸腾，摩擦着我的思想。动作进行到半途，也就是在已经和或许亟待完成的事之间，在某根支轴完美的中点上，懒洋洋地蜷缩着。这里就像是懒惰的贝拉夸[①]所等待的位置，它与研究所（不论在现实层面还是在隐喻层面）确切对应，这段停滞期的原因相当神秘，因为我们发现，它的中心，也就是 X 轴与 Y 轴的原点，在外界永不止息的车流和代表未来的超越性之间完美重合；也就是说，我（或者把范围扩大一些，我和研究所）在此刻静止了，处在无所作为的状态下，只有这种聚居地小团体给我的自由权利才能带来这种感觉。

我看向两边，运气不错：正好有另一名研究员（诗人？）躺在身边的墓室里，像尊雕像一样一动不动。他边上是另一个被占用的浴缸，一条软绵绵的手臂搭在边上。一个女人，肤色苍白得难以置信。灰白色的手臂和手与颜色鲜艳的指甲形成强烈对比。那些埋葬于棺椁、想令人听闻悲叹者都是谁[②]？是一个女人？我拱起身，透过雾气，可以看到她在自己的容器里侧躺着，说是面朝下更确切些。一只圆睁的眼睛恰好浮在泥浆上方，而且眨也不眨，相当诡异。是菲尔费克斯小姐吗？还是品牌分析师☺小姐？神秘女人？我能肯定那是个女的……我思忖着，等一下，她怎么呼吸？

“弗洛比舍先生。”

我立刻在浴缸里坐直身子，循声望去，发现了什么。然后我的大脑经过努力辨认发现那是个男人，的确是个男人，最有可能是所长。

“先生？”

他抬起一只手示意我安静。他似乎穿着一条长袍之类的东西，脖子上挂着一枚大奖章，吊坠上是一小只宝石镶嵌的蛇眼。

所长的脸就像面具。

两名侍者抓起我的手臂把我从泥浆里拉出来，让我站在自己的石

① Belacqua，在但丁的《神曲·炼狱篇》中出现过，他代表着懒惰，因此在诗中，天使告诉他需要等待自己一生那么长的时间，才能进入天堂。这段上下都有神曲的引用，所以应该是取它“等待”的含义，中译应该是贝拉夸。

② 出自但丁《神曲·地狱篇·第九章》。

棺里，活像一个缓慢起身的泥人，泥浆缓缓从身上淌下，最后完全流净了。

铃声响了又停，然后又响了起来，速度稍微快了些。

我发现自己无法控制身体，身体在某种模糊的指令下摇摆起来。我感到头脑中传来一种奇怪的震颤。

我举起一根手指。

为什么？我又举起了另一根。停！

（我现在应该说话吗？）

现在这里又出现了其他几个人，他们都站在所长边上。他的两侧各立着一个人，全身缠着白布，披着毛巾。一个小型议会。

他们让我闻味。

他们让我品尝。

他们让我观察。

他们让我聆听。

他们让我感受。

他们让我工作。

他们让我朗读。

他们探查了我思想的内容与本质。

他们把手放在我的脸颊上，缓慢地拍着我的脸。

接着，站在所长右侧第二位的男人出列，对其他人讲话，他又高又瘦，还弓着背。他讲话的方式让人明白而且专业，他应该是位律师或者会计。他们协商，由他写下结果后继续讨论。

最后，他转向我问道："决定了？"

"决……决定什么？"我结结巴巴地问。

"您的工作时间延长请求获得批准，我们承认你终于取得了部分进展——大约完成了三分之二——但是记住，所长需要看到项目合乎如下标准：可交付的成果。"

议会成员纷纷点头。

“可交付的成果。”他们齐声应和。

这场表演，这出假面剧，彻底把我弄迷糊了。我脑海中突然冒出一个说法：“加倍晦涩。”

“进展！”所长重复道。

“可行的项目！”众人齐声高呼。

“我会努力的！”我喊道。

“你必须做得更好！”

“但有些时候，只是个别时候，我甚至记不起自己的——”

“一本小说。弗洛比舍先生，你的项目是一本小说。你为什么这么胆怯？”

“该死的，你告诉我，我的项目是什么？”

“一本小说。这还不明显吗？你在写一本小说。现在快回去把它写完。”

然后突然间，我浴缸上方的天花板裂开了一个洞，泥浆倾盆而下犹如瀑布，浇在我头上，把我淋得湿透，睁不开眼。这股力量再次把我打回石棺，身子也被冲得止不住地晃。泥浆中的我呼哧呼哧地大口呼吸，试着喘口气，努力把头探出泥浆。终于，我呼吸到了空气，而随着最后两大块墙面落下，泥浆瀑布停了下来，上方的孔也缩小了。我用一根手指把嘴里的泥挖了出来。我又听见了所长的声音，但现在不能分辨他说了什么。

又响了一声铃。

我那名身穿粉色制服的助理兼向导立刻站在我身边。房间里只剩下我和他两个人了。我环顾四周，周围没有其他人。

廉价剧场。

廉价剧场。

古城堡。

加倍晦涩。

廉价剧场。

我又被带出房间，踩着橡胶地板，走到一处淋浴间，水管正对着我，刺骨的矿泉水流冲过我的全身。我终于能再次看见皮肤了，我面带红晕浑身湿透（我新拿的那条毛巾上溅着棕褐色的斑点，就像婆婆纳[1]的花朵），淋浴间的洗礼让我重新变成了实体，接着我又走了一小段路，路两侧摆着几盆漂亮的盆栽和成排的椅子。我发现这些椅子拥有的特性简直神秘莫测，难以分析，或许是我记忆中最舒适的椅子，我们躺在这些设计精巧的家具上，盖着骆驼皮毛做的毯子，高处的空气抽吸进来，带给我一种高潮后的释放感，身体像是在心情舒畅的时候得到了锻炼，精疲力竭，所以我和其他仿佛经历了轮回的研究员一起倒在天堂里。我们所有人，神圣地起死回生，随后便是一小时的安静冥想，我试着弄清这一部分的意义，但没能成功，蜂鸣声响起，循环结束了。

① Veronica，多年生草本，有根状茎，或一二年生草本而无根状茎，有时基部木质化。

36

本人项目的基本原则

基本原则 14. 想象未来的世界。

基本原则 15. 我是“小说家”。(显然如此。)

37

（字数太多）

我现在被再次出现问题的设备吵醒了，它正在永无休止地循环“大瀑布的轰鸣”。

“齐姆齐姆：让它安静。”

他照做了，然后我起床，穿上我那套仍旧完美但现在或许也有问题的制服。

（说实话，几周前娱乐中心下方发生的那起恐怖事件现在还影响着我，所以“起床”对我来说就成了相当复杂的一件事。我把这件事称为“瓦尔普吉斯之夜”[①]或者“考试”，自从我开始思考这件事起，它从来都没有减弱的迹象。我的态度已经漠然。嘴里现在有股化学品和金属混合的味道。恐惧的味道。）

尽管如此，我一直在协作，些作[②]，写作，写作。

我一直在写昨写作，没骗你。我就连躺在床上也没偷懒，一直在奋笔疾书。我一直牢记所长和他邪恶的同伴所说的话。我是小说家，

---

① 德国传统节日，每年 5 月 1 日前夜是女巫瓦尔普吉斯的诞生之日，而人们则会在这一天举行驱逐女巫的仪式。亦见于《魔山》第五章第九节。

② “协作，些作”，原文为“wribbing，Writching”，似为作者有意留下的笔误，下面的“写昨”（writzing）和“写座”（Writhing）同理。——编者注

这很明显（尽管现实的证据却相反）。也就是说，我现在正在写小说，我正在尽我一切努力来成为“小说家”。（这个世界正在不断地向我送来纸张，考虑到这一点，除了不断写作之外，我还能做些什么呢？）

写座！

从某种意义上来看，它的进展相当顺利，字数正在不断增加，页数正在不断增加。但有个问题，我注意到，我的作品暗藏着某个尚未觉察的缺陷。某种东西感染了它，我不确定那是什么，可能是某种晦涩难懂的特质（更不用说里面还有摘抄和转引的部分），这让我意识到，我在这里拼凑的多数内容注定会成为垃圾，因为许多内容都是胡言乱语。但我毕竟是新手，总要有一段学习的过程。而且我也做了自己应该做的一切，希望最终能对其有益。每天我都会在桌边静下心来，准备好积累的智识、修好的钢笔、剪刀、胶带、胶水、我的设备、我的打印机、X-ACTO 牌的小刀、墙壁、橡皮，还有可以传递消息的空气，有了这些之后，我就开始工作了。我首先要造句：1. 叙述事件的句子；2. 描写场景的句子；3. 唤起情感的句子。所有这些句子都共同导向：4. 连接各种句子。在此基础上，还有越来越多：5. 关于“句子”的句子——这种句子除了它们本身之外，不指涉任何东西。我的大多数句子都是以 6. 人物为主题。在小说里，人物是关键的组成元素，也是我最重要的名词，是一种不能挥霍的资源。我的基本规则中并没有涵盖与角色有关的条目，所以我现在正在确立标准，不过我已经收集了一些基本的经验准则。例如必须精心控制书中角色的数量，只能有这么多，或者这么少；男女老幼、主要人物和次要人物的比例要适当；人物应该有自己的“人设”。我在塑造这些人设时，刻意选择了那类与我希望达到的人设相对应的词，比如我笔下某位愤怒的角色会表现出愤怒的常见特征，像是面红耳赤、喘着粗气、抬高声音、紧锁双眉，等等。（助理前两天要求我们练习如何准确识别种种极度愤怒的迹象，并且一切结论都要由自己做出。组会的房间里有块告示板，上面列着愤怒时常见的几个表现，他们甚至还鼓励我们在里面加些自己观察后得出的结论。）当然，并非所有角色都是愤怒的。有些角色太自来熟，或者太毒舌，有些角色挺风趣，有些又很暖，有些角色既无趣又空洞，但有些又很完整。不管怎么样，我笔下的所有角色都具备不同程度的复杂性，尽管他们的行为（在我写作的过程中）也只是人们应该表现出的行为而已，不仅局限于精神世界，更重要的是，他们在我书中的行为就和现实世界中的角色所应有的行为相同。打个比方，在我的作品里，许多角色都在走路和大笑，会观察，会思考，会接近，会分开，进食，抽烟，等等。当人们在我的笔下相互交谈时，手里也会做其他事，二者是同时的，比如拿起东西，然后又放下，耸耸肩，叹口气。最后怎么样我不知道，但无论如何，所有这些行为都不足以塑造一个角色，因此必须提供一些信息用以揭示人物的过去。也就是说，人物应该有历史。而人物的本性和人物的动机，也会藏在这些背景事件中。除了关于人物历史的想法外，我还应该让人物置身于历史中。一切都应该在特定的时刻进行。我们通过角色在某一时刻的行为来了解他们，而他们的所作所为又能让我们更深刻地了解这一时刻。所以，这么做就是一举两得。另外，小说还应该有 7. 主题。（有人告诉我）主题会在整本小说中反复出现，就像是在歌曲结尾不断重复的副歌。不过，值得注意的是，小说和歌曲不同，它永远不该直接将这些重复的部分传递给读者。小说应该尽可能地隐晦表述内容，让这些主题缓慢显现，永远不能直接点明（这么做实在蹩脚）。好了，还是回到人物上。永远记住，人物是小说而非作者的主题。据我所知，小说中的人物似乎有着某个特定的目标，就是要去除作者的人为痕迹。去除不是彻底覆盖，因为在阅读小说的时候，作者依然，一直，甚至是永远在那里，就在你身边——他们正在向你的耳朵呼出温热而又急切的气息。而人物就是要引开读者的注意，让他们忘记这个事实。在阅读小说时，如果作者无处不在，则会令读者不安，所以作者就要创造更多角色并让他们在书中登场，这样读者就没那么容易注意到作者了。因此，书中的人物既是为了误导，也是为了遗忘。正如我之前所言，人物是由句子构成的，具体来说，那些人物不过是名词，但披着形容词的外衣。书中的人物若想栩栩如生，那最终必须像所有名词那样变为动词。这些变为动词的名词正是文本的运动方式，是它的方向和趋势所在。而这些指引方向的句子，尤其在作为整体进行考量时，就构成了基础知识 8. 情节。情节是个大问题，我现在很难准确预测我书中的情节最终要如何组织起来。情节的建构有其必要性，据我所知，作者需要具备立刻在自己的脑海中囊括整本小说的能力，这样他才能构建全书的结构。作者就像神，观察一切，只有如此，才能掌控全书，并对叙述节奏做出极为重要的调整。值得注意的是，如果作者的着眼点过于“微观”，也就是把注意力放在他或者她面前（比如句子）的细节上，同时忽略了情节中极为重要的“宏观”部分，那么情节就很可能陷入停滞，全书会变得冗长乏味，读者很快就会想自己读的这本小说情节到底偏到哪儿去了，于是读者所应有的善意就会全部瓦解。另外，作家会用某种经过检验的现成做法，将小说拆分成更短的部分，比如将全书划分为不同的章节，并将不同章节归为几个部分（I，II，III，IV 之类）。但即使如此，就算用上了这些现成的技巧，我仍然发现，构建小说完整的格式塔[①]绝非易事。当我试图完成将全书囊括进自己头脑里的壮举时，结尾部分（那是项目的结局，是它的未来）就从我眼前消失了。小说的开头当然写得既清晰又满怀自信，就连中段也可以掌控（尽管细节处理得有些模糊），而结尾，结尾嘛……不管了，情节就说到这儿。还有语言，等等。

需要注意的是，这份清单所列举的内容显然不够详尽，还有其他许多需要纳入考量的重要因素，比如社会评价方面的问题，小说中

① 指脑海中对事物不断统一简化，并产生易于理解的整体。

因果关系的性质和特点，不应提及作者的创作动机，更不用说应该采用哪种语言风格这类整体性的问题，以及在何种情况下使用何种风格（特别是应该如何在华美和工整的风格——还有妙笔与平庸的段落等*——之间达到平衡）。我确实希望自己尽快回到这些问题上，并最终将自己得出的结论化入一组新的基本原则，一组“事后比较原则”，它将描述我为了完成项目而打算采取的原则。

*关于遣词造句的简短补充

我最近思考了很多关于它们（词句）的问题，就和我平时一样。但是之前，在所有这些事发生之前，写作于我而言就像分泌唾液一样容易、自然，完全是出于本能。但现在，我得（其实是被要求）好好斟酌（留意）自己笔下的词句。显然，作家就是这么做的。

但我发现，这很难。

我可能会选择的每个字词（词组）背后或许（可能）还暗藏（隐藏）着另一个单词，可以起到（表达）相同的含义、修辞以及诗意的效果（成效，结果）。在这些字词之间做出选择是一个相当困难（艰巨，繁重，烦琐）的工作。每当我打算组织（塑造，创造，制造）一个句子时，自己大半的创造力都因为需要完成这么长串的同义词归纳（收藏，总结，汇编）清单而枯竭。我越是需要与语言的同义效果抗衡，就越是觉得寻找“恰当的词句”显得尤为荒谬。对特定的上下文来说，永远没有一个词是最合适的。如果字词仅凭它们的指代功能来表意的话，这当然不可能。[尽管你或许会反驳说“可能有细微的差别啊”，但随便翻下字典就能给你明确的（清晰的，确定的，准确的）答案，那就是字词除了字词之外，不等于任何东西，而这些词又与其他词相等，以此类推。] 而且我的确想知道，要是我能依靠某种算法或者机器人来帮我润色句子就好了，那我的生活质量是不是就能有所改善？如果平台本身可以自动改正我的用词，采用它自带的各种自动修订手段来改正它们；把它们丢进某种外语的语言包里，然后再翻译回来，这样就能创造出一种陌生而又贴切的风格；甚至还能在预知效果的前提下选择它们，这样它们就会拥有某种即兴选择的优雅。我神经质的过度劳累早已让这种优雅荡然无存。也就是说，我希望某人（或者某物）翻译我写下的话，把它们翻译成一种更好的语言来替代原文。一个基于……基于什么？某个词的（我想说的到底是什么：罕见，怪异，精练，优雅，浮夸，还是其他种类的风格的力量？）程度。我不知道，不过之后再说吧。

不管怎样，我都希望这一切，以及这件事的关键，就是我能够触及笔下主角内心的某些真实、显而易见的感受。每当我想起他，就会称呼他为“好哥们儿”（他现在还没有名字）。有人告诉我，我应该去感觉他，去“认识”他。

项目的关键显然是：他。

（如果我能看到他，或者理解他的内心世界就好了……如果他没那么难以捉摸就好了。）

但是，项目依然在进行中。

每天完成的内容越来越多。奇怪的是，虽然我什么都没做，项目也会被大段大段地完成。现在这个事实依然困扰着我：我不记得自己做过与项目有关的任何事，也不记得自己写过的多数内容。我的意思是，这些不是我亲自写的。我之前暗示了，我创造过一些材料，这点毫无疑问，但我却毫不知情。那里面根本没有我参与的痕迹。最后这点才是真正的谜团。我是何时做的？如何做的？怎么做的？是否用到了基本原则？我不知道。至此，到了这个地步，谁也说不准。我不会让它继续困扰我。我只会将这些作者不明的文章和自己写的东西装订起来，用胶带、订书钉、订书线装订，粘贴（复制和粘贴），以此类推。对研究所来说，他们最关心的就是已经取得的进展，也就是，我写昨（咳，写作）的字数和页数在不断增加，我希望（或许也只是徒劳吧）自己能再多点时间，好把这一切都打乱，再将它重新雕琢成一个更加有意义的东西。进展就是进展，我不希望它受到干扰。

叮!

好了，别担心。

看一眼，别焦虑，我们已经着手在做了。

静下来想一想。

停顿。

（停顿）

穹顶下的尘土飞扬得太猛烈了，如果没有墨镜简直无法忍受，所以我戴上了墨镜。世界一下子变成了褐色。

现在，写作时间结束了，我出了门，走下灰泥砌成的台阶。

当我沿着两边种有棕榈树的路走向现界中心的时候，我发现这天气只能让我联想到水。我始终保持一种被烤得干透的状态，在研究所的恒温设备和涡轮风扇恢复正常之前还会一直保持下去。我是不是应该偏离这条路，向树林走去，好让喷泉的水溅一些到我身上，或者在水中让自己冷却下来，或许也能捧起水偷偷喝两口，好消除我对水那强烈的渴求？我玩味着这个想法，思考了许久。但接下来，我做出了更好的决定。我提醒自己，这个地方的水质总的来说并不好，之前就有人提醒我注意水的问题。当然了，喷泉水不宜饮用，里面满是细菌。我得等。但是水，水……

接着，在这条路的正前方，突然有人迎面朝我走来，我没见到他过来。他是位研究员。（新来的吗？难道我们已经招募新的研究员了，还是在这种情况下？）他好像放低了肩膀，想把我从人行道上挤开。

“嘿！”我对着他褐灰色的背影吼道。

“傻瓜，”他回呛道，“你不看路吗！”

“不好意思，先生。”我说，但他已经走了。

与此同时，一个我同样不熟悉的女人接近我，似乎要礼貌地向我问路，于是我好奇地抬起头，她则向我探过来，显然充满怨气，激动得语无伦次。她说的有些话我听不懂，她就像是在说外语，或许她也是外国人吧，但将她说的有意义的部分归纳后，就是：你错过了任务汇报。

于是我问：“女士，请问我认识你吗？”

她回答：“你根本就没有把它当回事。”

“我觉得你可能把我和别人搞混了。”

“那个别人就是你。”她说。

（这难道就是传闻中“研究所无计划干预”中的一环吗？）

“我很抱歉，今天没有收到您的提醒。”我说，遗憾地耸了耸肩，并出示了研究所官方批准的延期证明，“但我现在没空。”

“恐怕我……”她说。

“听到你这么说我也很过意不去，但——”

“恐怕我的头是一只手。”她继续道。

“呃——”

“你让我想吐。”

“行，好吧，没必要再——”我急忙说。

“我需要你理解。”

“好，行吧。”我无奈地说。

“过来。”

然后她凑过来，凑得非常非常近，我不知道她是想抱着亲我，还是想用脑袋来撞我（但至少，这两种情况都很可怕），于是我尖叫起来。

“！”

我迅速做出反应，把她推到一边，手抓住她那件松松垮垮的外套肩部，然后立刻松开，一只带着褐斑、松松垮垮的乳房透过领口，从我眼前一闪而过，快得模糊不清，我急忙跑开，更不敢回头，以免看到她跟在我后面，也怕自己的脖子会沾到她的唾沫和像虫爬过似的呼吸；现在她走了。

情况正在恶化，失实了。

一切都是如此。

（但是，我在想，这些不寻常的交流或许能当作我项目中的一些“场景”。再说吧。）

我在棕榈树的蓝色阴影下驻足（不是树干投下的阴影，树干的阴影又细又长，而是生长在高处的树叶投下的阴影，那些棕榈叶在草地上投下的深色阴影有着粗糙的边缘，正好与我体形相符，后面的树干又像炸弹的引信），我试图调整呼吸。

我简直渴死了，但我能从哪里得到水？我抬头望向在热浪中显得泛白的天空。就算我戴着墨镜，还是白得刺眼。太阳到达了它旅途的最高点，我在脱水和晒伤之前必须回到室内（最好是室内）。满是细菌的喷泉此刻对我变得特别具有吸引力。

汗开始流到我眼睛里，让我睁不开眼，我揪起上衣，把汗从脸上刮下来，接着我听到了一个熟悉的声音。

“天啊，菲尔费克斯小姐，我一直在找你。”

“珀西，外面太热了。可怜虫，你应该到室内去。”

然后她递给我一杯水，玻璃壁上凝着清凉的水珠。

是水。我喝下水的瞬间，突然觉得研究所、菲尔费克斯小姐，还有项目都显得无关紧要了。我让天赐的冰凉驱散沙漠、炎热、焦虑，还有其他一切。它们全都消失了。我的身体与需求被满足后的纯粹欢愉缔结了契约。

啊啊啊啊啊啊啊啊啊啊啊啊啊啊。

停顿。

稍后，我独自站在公寓的窗边，看着窗外蓝色的地面，身上只穿了短裤，感受拂过我皮肤的热流，它带着淡淡的消毒水味。我体内的风箱在不停地工作着。我不确定自己在这里站了多久。远处有灯光闪烁，可能是小型无人机，或者是元结构上的故障灯，甚至还可能是远方恒星发出的闪光，但这种可能性不大。房间外的研究所园区大多都处在黑暗中。研究所里出了什么事。“这里一切都变得有可能，界线刚刚开始模糊了。”丹尼斯说。夜晚模糊了一切，我只能分辨出一堆杂乱无章的形状。不过老实说，它们看起来还是挺可爱的。

南边起了一阵极强的风。园区进了沙子，令人不安，这种事还是头一次发生。

如果是纸，没问题，但现在是沙子。

丹尼斯说得没错，界线的确会变模糊，而现在，从字面意思看，它们已经模糊不清了。划分旷野与研究所的边界现在肯定已经模糊了。内即外，外即内。

外面？我们很快就要外出。我们所有人一起，再度进入荒野。还有另一次外出的机会，快了，不是要求外出，而是推荐，强烈推荐。

“团队建设对鼓舞士气有好处。团队精神。[①]”

研究员的另一次出游。如果运气够好，就能让我们暂时远离那些纸和手上的工作。

露天市场比上次更多。墨黑的沙丘，白色的帐篷，一场正式的茶会。外面的沙漠在夜里几乎就是月球。

这是一场正式的茶会。穿长袍的女人负责倒茶，并以当地的礼仪服务我们。

白色的帐篷。白色的长袍。

还有茶。

① 原文为法语。

聚集在一起的云朵远比它们壮阔。

岩石。蓝色的砂。

众人合影，再过几天，或者几周，一切都按天气而定。

就这样吧。这会给我一些写作素材。

现在，我躲在房间里，藏在自己那张简陋小床的金属床板和刨花板做的大型衣橱之间。

我头顶堆着羊毛毯，聆听外界的一切运动声，听着没了我以后也在继续运转的世界。我把它们全都记在脑子里，再写下来，以备后用。

（又兜回来了）

另外，我开始塑造一个角色。它杂糅了各种人物类型，是学者，也是登徒子、公务员、权威人士、作家、致命女郎……当然，这些角色都是从其他地方搬过来的，虽然他们此刻身处全新的环境（他们当然觉得这些环境“不真实”。正因如此，所以才妙），但都能恰到好处地完成分配给他们的工作。不过，我的主角，我笔下的主角，不断向我证明，自己难以捉摸。所以我做了个决定。顺带一提，这个决定相当重要。我决定自己小说的主角，“我的哥们儿”——人们总是默认所有小说都需要这么一个角色，这位“好哥们儿”身处一切的中心，也是所有材料的中心，是某种英雄式的人物，必须拥有某些明确的品质，他必须被雕琢得比其他角色更仔细。另外，如果想让赋予他的特质更为细腻，最简单的方法就是给我的主角找一个现实世界的模板——一个真正的人，并依照他来行事。也就是说，在我的小说中，那个以他为基础的角色的行事特征可以被预测，被归纳，行事理由充分。所以决定就是：如同其他作家一样，我会以自己为模板来塑造他的性格还有身体特征。这是本自发完成的小说。我相信，这是推进任务最简单的方法。这样的工作强度最小，肯定不会出错。你看，我没有天马行空的想象力,(实际上)创造力也匮乏。没错，我认命了，我就是没法把他“召唤”出来。他对我不做回应。所以面对这个难题，最简单的办法就是来一个小小的替换，由我来代替他。(我甚至会叫他“珀西”。)我的意思是，其他人在这件事上也聪明不到哪儿去，我为那个角色(也就是“我的哥们儿”)所添加的细节都会成为体现它的真实性而必不可少的一环。有了这个万无一失的方法，我就能将这名主角模仿得惟妙惟肖。我笔下的这位“珀西”会充溢着真实感。

先从他的脸着手，开始了：

脸是可变的，受环境影响，显然也关乎灯光、所处时间，以及观察的角度。但是对他的草草描写肯定会导致人物细节会被严重省略。这张脸其实有点长，五官也是，脸上陡然挺起一只细长的鼻子，窄眼距的双眼藏在厚框玳瑁眼镜后面。

尽管我年纪不大(可也不小了)，但发际线却在不断向后退，额头的面积随着岁月的流逝而不断扩大。另外我也要告知一下，我不算帅。有些女人说我仪表堂堂，但其实不是。有些女人喜欢什么，或者她们是否会告诉你她们喜欢什么，没法解释的。我挺虚荣，也试过打理自己的外表，但我算不上有魅力。平心而论，的确如此。我不算丑，只是不好看。我个子也不高，早上最高的时候和晚上最矮的时候是有些差别的，但也只是地心引力的作用。当然，拜年龄所赐，所有人的身高都在不断下滑，生活似乎只能让我们泄气，只有消亡才能弥补我们的身高：要么是被称为夜间消亡的睡眠在床上拉长了我们的身子，要么是最后的消亡让我们收紧了我们的纽带，收紧了我们的肌腱、韧带和血肉。伴着最后断裂时的叹息，我们的骨头终于四散开来，虽然仍在同一个水平面，但不论从长度还是宽度来看，都达到了早就注定的顶点。

但是，尽管我(和他)有着诸多可能性，可我(我们)也注定会消亡，所以你可以说，我是个矮小、狭隘、爱钻牛角尖的人。他也是。

一个思维敏锐的人，一个聪明的人。

事实显而易见。

我暂时满意了，决定放松一下，于是就在房间里走了几圈，双手背在身后，好像一个视察田地的绅士农夫，然后我走到桌前，漫不经心地去拿那本布置给自己的阅读任务：那本用外语写作的史诗。不如像之前那样再翻上几页，如何？我没解开外面的捆带，只是朝封面望了眼（押着头韵的标题字号很大，上面印着一个小小的 W 形结构，它落在一片白色荒原的洼地里，然后是作者的名字和内容简介）。现在我站着读它，我很少这么做，我的手指费力地滑过文字下方，双眼不情愿地随着手指一起移动。我们现在看到哪儿了……找到了。我们头脑简单的主角（在他疗养的山上）遇到了整整一个镇子的人，他们来自各行各业，每位都值得记录下来。他见过壮观的景象，见识过开创性的技术和各种全新的思维方式（这就意味着他——或者从更大的范围来说，我们——一直在偷听某些令人耳目一新的高级辩论，可惜看起来没一个能让他变得更聪明，等那天结束后，他似乎又变得和全书开头第一页，也就是他刚刚进入疗养院时一样，轻率又愚蠢）。我再次决定我不能这么继续下去了，于是放下书，四步就回到床边，一头栽倒在床上，感觉床板微微地变了形。这是它对自己所能承受的极限和能力的一种表达，这声音唤起了我内心的欲望。我沉吟片刻，思索着不同物体所暗含的情欲意味，然后再向我最亲密的物体，也就是我的设备轻声低语，将事情解释给它听。现在，每当它回应我的呼唤，我都会心存感激。设备被改进后的灯光像脉搏似的闪着，朝我发信号，几乎是在炫耀它焕然一新的速度和灵敏度。它感觉到了房间里的气氛，离我更近了些（还是我离它更近了？），然后它调出了大量图片供我细细浏览，以便进一步刺激我和让我放松，让我彻底忘记一切。而就和之前一样，可能性是无穷的，设备知道我要什么。但现在，我在重新查看自己的照片时，发现又有其他照片发生了奇怪的变化，这怎么回事？

越来越多。

比如我在屋顶上拍摄的夜空，现在成了一片白，而且更难解释的是，里面还充满了不规则的山峰，我在想，这可能是系统错误，也可能是数据不完整，还有在机场拍的照片，之前就出了问题，现在也在发生变化。同样难以忽视的是另一张发生变化的照片，这变化甚至更加不可思议。那是我偷拍的隐秘、神圣的菲尔费克斯小姐，我正看着它还有与之亲狎的那张，她还是那样，没有变化——时刻待命，外观与她平时无异，戴着眼镜，动作轻快，头顶的发髻边缘有些碎发，但她不再穿着那件别致的定制制服，而是一身显眼的工人模样装束。官僚气十足的蓝色衣服虽然皱了，但洗得很干净，无菌的白衣，别着标牌，她拿着写字板和血压计臂带，还有这行的各种东西，也就是说，她像个护士。

第四部分

精神的修炼

38

护士？

珀西，冷静。你还不至于喜欢这个吧。太扎眼，太庸俗。这是我最不喜欢的性幻想对象，也是我最难以理解的一类。情欲在这样一间清洁卫生的病房里该如何立足？图上的象征符号：健康和救助管理。这到底是什么意思？诊断医师并不用实施救助，而是要依靠某种从属关系。她从属于诊断医师，但同时，她的病人也从属于她（或者他，但一般来说，考虑到恋物因素：她更合适），卑微的助手下还有卑微的病人，病人依赖她，在她面前显示出无助，当然，依赖和无助很重要——对该人物的依赖是造成暴力的很大一部分原因——暴力根植于这份工作之中——对患者、棉签、注射器和输液管、拘束带、治疗规则、清理，擦洗，还有将成人当作婴儿对待的暴力……因此，羞辱中也包含暴力（这很重要，相当关键），还有制服、符号、耶稣的十字架、血，以及删掉的字符。横轴是健康，竖轴是死亡，没错，就是厄洛斯/塔纳托斯[1]——红色的血可以是生命之血，或者流出的血，被吸血鬼啜饮的血，被水蛭吮吸的血，而病人，苍白的病人面对苍白的护士，当然，更重要的是白色的制服——白色，护士的白色，这身装束有着令人畏惧的空无，还有无谓的虚无。护士装扮是众人集体幻想

① 分别是希腊神话的爱神和死神。

的产物，以此为基础产生的无色领域，会是一份无法避免的令状，一种由粪便加鲜血加淋巴加灰绿色的痰液组成的语言，一张为衰败、终将死亡的生命，以及死亡准备的画布……但这个，这个，所有的这一切，又是什么的索引……关于什么……针对什么……那里藏着什么能够勾起欲望的东西……？

但这张照片……我的设备出了什么问题？菲尔费克斯小姐在搞什么鬼？她的制服又怎么了？

算了，没关系，它没有……没事，不可能分析明白的，继续吧，回去工作。

你还有写昨（写作）任务。

你需要一些评论，批判性的评论。一份说明，一份责任……

我不知道，这是固定的套路还是寓言？

（纸的故事还在继续）

入口处，有一团喧闹的白色迫切地想要入内。

成堆成堆的纸，堵住了所有地方，也聚集在任何地方。但这会不会太多了？元结构能否承受住这样猛烈的进攻？它可能会坍塌，整个顶可能会掉下来。（有可能吗？）

幸运的是，研究所为了应对泛滥的纸张准备了一个权宜之计，他们希望这个计划能够鼓舞士气。所以我们下到主方庭里，在枯黄的草地上开始拼装。助理分发了一箱箱工具，里面有订书机、胶水、剪刀、记号笔、蜡笔、靠汽车电池供电的喷墨打印机、线、各种贴纸、亮片和莱茵石。大家很快就开始忙着制作风筝。（我们利用纸的数量优势来化解危机，计划很明显：我们打算把纸做成风筝，让它们飞上天。）多数研究员选择独自工作，因为大家都清楚，制作风筝是一项精细活，如果太多人一起做，很可能会把风筝的蒙面扯坏或者让它失去平衡。

当天的第一批作品风格混杂，奇怪又漂亮，每只的风格都不同，每只都试图以特别的方式来一举解决航空与美学两方面的问题：形态和尺寸各异，每只风筝解决导向、上升与推进这三个问题的方法各不相同。至于造型，有些是圆的，有些是四面体，有些飞在沙漠空中的风筝显得很小，有些则遮天蔽日。（后来我才知道，那些较大的风筝是为了把某个男人或者女人带上天。不过这些把风筝当作交通工具的做法如果失败了，场面肯定惊人，有时还会对操控者造成严重的伤害，但我觉得，人们飞上天后就可以从高处俯瞰研究所和远处的沙漠，这么看来，就算坠落也是值得的。）只是多数风筝就是为了展示。天空伴着精子般的风筝一起游动，它们向上蠕行、扭动、颤抖，现在开始下落。早些时候的风筝都在模仿别的东西，比如鸟、蝴蝶、猫，还有龙等，其他则相当抽象，仅仅代表它们与世界有过交集。有些体积巨大，有些扑腾着双翼，有些是巨大的螺旋，有些是触须，有些是被虫蛀的超级巨兽，还有不对称的空间站。还有一些细长光滑，而其他的则短而结实，就像船的主帆。有些风筝成了武器，天上就有了许多“风筝间的冲突”，大家都喜欢看。而有些风筝——这里指的是那些最有意思的风筝——之所以被造出来，显然就是为了颠覆“飞行”这一概念。这就是“冲撞风筝”。有些更激进，叫作“地面风筝”，这些风筝在设计之初就没打算离开地面，而是为了提醒观众留心永恒而又恐怖的重力。（看着这些永远都不会升空的“地面风筝”，我想所有人，或者至少是我，感受到的并非它们放弃飞翔的颓丧，而是对天空的渴望。）但我在活动开始数小时后就看到许多（至少是绝大多数）风筝都开始体现出历经试验后的变化，比如形状回归经典的菱形，十字形骨架，可以弯曲的细长尾巴，还有一些常见的设计，也就是“永恒的经典”之类的。当然，这个风筝的形状与结构历经了数个世纪的考验，它就是最适合飞行的样子，而且还有极高的感伤与怀旧价值（不应该忽视这两者的作用）。人们但凡提到风筝，就会想到这种世人皆知而且喜欢的形状，这种形状规整的风筝向人们展示着必要的质朴与真实。没有什么太浮华的东西（毕竟，风筝本就应当朴素实用）。人人都想造这么一个“质朴”的风筝，于是这些风筝开始以缓慢而又稳定的步调来摆脱它们的特殊性并渐渐趋于规范。随后，有位风筝工程师在偶然间发现，自己用来制作风筝蒙面的纸原来是风筝制作手册里的一页。它逐步细致地描述了如何使用“古法”，也就是遵循传统手艺，采用久经考验的技巧来制作风筝。因此不久之后，所有的风筝，每只风筝，都采用了所谓的“教科书式制造法”，循规蹈矩。才过了不到半天——考虑到这些经典的风筝在当下的流行程度——人们已经很难记得，在最初的时候，它们对我们来说，还只是一个新发明而已。我们遗忘的速度真快啊。我带着遗憾回想起早些时候在草坪上进行飞行实验的美好时光。我已经开始怀念起早些时候各种奇形怪状的风筝了。

现在，风筝全都能够正常起飞——别误会了，这是改进后的主要优点。失败的情况极少。每只风筝都能乘着剧烈的气流飞上天，这种稳定性在那些实验性质的风筝上根本不可能出现。（在最后一次尝试中的确出了一些小动静：几个研究员在他们的风筝上画上疯狂的图案、大胆的色彩和炫目的伪装，最主要的是，用错视法画了许多东西。总之，那会儿我们似乎又能回到制作风筝的早期，重返大胆而又辉煌的时代，当然我们很快就反应过来，这些奇观不过是视觉效果罢了，所谓的新实验主义徒有其表。真差劲，太可笑了，糟透了。）但当绞车和绞盘在空中绷出一条条线后，脑袋也随之仰起，所有人似乎都心满意足。大家都面带微笑，空气里像是喷洒了血清素①。或许这很不错吧。

不管怎样，在活动结束时，我们举办了一场争夺最佳表演的竞赛，有些风筝为了刻意追求创新而变得越来越奇怪（这些坚持己见的风筝还有待评判），裁判们（助理 2、助理 3、助理 4、助理 5、助理 6 以

① 一种决定了人能否感到快乐的神经递质。

及少数研究员代表，当然也包括所长）对此表示了强烈的反对，他们（裁判们）对（他们认为的）之前立志创新以及绝不向困难妥协的先锋性颇感厌恶。他们似乎没觉得需要谴责在制作风筝时新出现的强制规范，甚至都不以为意。

但老实说，这种在设计风筝时刻意违背传统规制的做法，其实相当平庸。我不是那种自命不凡的人，忍着脖子的剧痛，看着炎热、浑黄的空气，寻找新的飞行装置，在这片“属于风筝的空间”里寻找任何“干扰”。那东西不管有多么笨拙，多么幼稚都无所谓，有缺陷也没事。但是我在那里站得越久，就越觉得研究所里的我们可能为了追求某种稳定、牢固、万全的欢乐，而选择牺牲了它的多样性。那我们是否就把空中飞行的新方法全部都排除了？我不知道，我问了建筑师鼎福，他同情地看着我，答道：“风筝就是为了飞上天空，这也是风筝的意义。”评论家也插话表示赞同，在他看来，“不论是日常生活还是建造风筝，人都应该不惜一切代价来避免说教”，并且，“比起为了支持某人的喜好而争论更乏味的，就是为了争论这件事而发生争论”。我当时对此的理解是，不论你在这场争辩中站在哪一方，都不能（从道德上来说）把“是”变成“应该”。我觉得很难过，主要是因为我清楚，如果让我自己做风筝，那它可能永远都没法飞上天，甚至连像样的失败/坠落都做不到，我可能会把胶水弄得浑身都是，彩色皱纹纸到处乱粘，所有人都会嘲笑我，诸如此类，然后说我是骗子，是菜鸟，是爱吹牛的家伙（每只风筝都是现实和幻象的结合，都是平庸的日记，是加密的自传）。

马上回来。

不管怎样，我之前就认为风筝的项目是“自行解决问题”的经典案例，我们面对纸张带来的不幸，（按照助理的说法）通过将面临的困难进行“问题的转化”，从而实现超越。我斜躺在草坪上，看着一组用皱巴巴的蓝纸做的风筝，这是考试手册的蓝，是脆弱纸衣服的蓝。还有件事值得一提：最后一台涡轮机也停止了运转，所有的风筝都开始燃烧。

39

（与实时技术支持人员，助理 52 号的问答）

问：好了。我再检查下这个东西开了没有……来吧。我们先从小问题开始：胃口如何？

答：不是很好。

问：那我们可以给你提供些东西。

答：食物？

问：哈，弗洛比舍先生，你想多了。是用来刺激食欲的。运动情况怎么样？

答：不是很好。

问：好好利用这些设施。它们放在这里就是用来锻炼的。

答：有太多东西分散我的注意力。我忘了。

问：忘记运动了？

答：各种都有。

问：（涂鸦。）你的生活规律吗？

答：和时钟差不多。

问：力比多[①]？

---

① 英文 libido，表示一种性力、性原欲，即性本能的一种内在的、原发的动能、力量。——编者注

答：还有点。上次我检查过了。

问：说到这个，有什么影响到你吗？

答：呃，首先，我当然十分感谢那么多来到这里的前辈，他们打下了基础。在面对像我做的那些工作时，他们又成了有准备的观众，做了许多脏活累活。我不能无视他们的付出，比如……好吧，我一下子想不起具体的例子，不过你清楚他们的情况。

问：那，这样的事件还有发生吗？菲尔费克斯小姐汇报说——

答：嗯？

问：比如剽——

答：没有！不好意思，我的意思是，这些我自己心里有数。我借鉴了一些。

问：（涂涂，写写。）话是这么说，但有许多观点认为你的项目就像——

答：一面镜子？

问：我就是想说这个。你对此怎么看？

答：想吐。

问：珀西，你的项目开始以理性为中心。如果你愿意，能否稍微和我们谈谈这一点？

答：我这边出了点问题，没听清。

问：噢，等下。这样呢，好点儿没有？

答：行了。

问：说到哪儿——

答：项目开始以——

问：啊对，文字。你是否发现自己正在质疑视觉或者听觉语言，以及任何能够传达意义的方式，以及它们的有效性？

答：每天大概会有三次。可能更多。我应该和菲尔费克斯小姐谈谈这个情况吗？

问：是的，让她知道。可能没什么问题，但我们应该跟进。

答：我有时会冒出一些很疯狂的想法。

问：这也没什么好奇怪的。

答：早上我醒来时，总感到沮丧和疲惫。我有时还会在洗澡时哭。

问：哈哈哈！

答：不，我是认——

问：弗洛比舍先生，我的下个问题关注的是开始时的故事。你能不能告诉我们：你最开始是怎么来参加这项工作的？观众们对故事的发端兴趣浓厚。

答：我记不清了。应该是辆车吧。或者飞机，火车？还有一座山。还有旅馆……

问：不好意思，我们需要……呃……再换个话题。

答：没事。问吧。

问：好了，不好意思。有抽筋吗？消化不良呢？

答：没有。可能有些吧。

问：握笔呢？

答：手有点抖。

问：头痛呢？你现在还会声称自己依然保留了能够在某种程度上代表早期工作时艰苦与严苛的作风吗？

答：我已经做出了改进，现在的方法比之前更加卖弄和炫耀。

问：你是否将观众放在敌对的位置？

答：不，没有。为什么每个人都——

问：麻木感呢？

答：脚趾偶尔会有感觉。

问：你身上有没有出现奇怪的痕迹，伤疤、湿点、污渍？

答：你刚提到了——

问：焦虑、偏执、瘙痒，都有吗？

答：我的世界正在变得越来越暖，也越来越不舒服。东西开始着火了。（涂涂，写写）

问：好了，今天就到这里吧。

答：真的没别的问题了？

问：没了。

答：因为——

问：我已经把它关了。

答：行。好吧，我希望这样就够了。

问：弗洛比舍先生，你本身就是完美主义者。这非常好。我的读者会喜欢的。

答：你能不能给我寄一份？就是这个……

问：记着了。办公室里的人会通知你的。

40

（高度神经质）[①]

“谁愿意第一个来？”

他们勒令我加入一个全新的小组，原因我说不上来。

这些新的研究员都是谁？我一个人都不认识，但我们显然还挺合拍的。

“由谁来开个头？”助理问，“珍妮特？米利亚姆？”

“我来，而且我正要说：我认识你了。”一个我不认识的男人说。就在一分钟前，他为了第一个冲进房间，就把另一个研究员从门框那儿挤了出去，只为了在这圈凳子里找个座位，好像那是抢椅子游戏中的最后一张椅子，而且每个姿势好像都在告诉世人，他会是第一个讲话的人。

“认识我？”助理说。

“是的，你。”

“这——”

“这意味着我已经见到了这里发生的一切，并且已经做好措施来保护自己了。”

① 与《魔山》第七章第九节同名。

其他研究员还处在入座前兜圈寻找座位的状态，所以并没有对这家伙的热情做出太大反应，不过我觉得自己已经从几个人的眼里看出了疲倦的神色。

“保护自己干吗——”

“当然是远离你这个浑蛋。你的工作方式早就被我摸清了。”

“嘿，”助理警告他，“注意点儿。”

“我知道自己知道什么。”

“你以为自己是谁？”有个坐立不安的小个子女人问。

“那你呢？”那个男人回戗道，“这是个问句。我也不认识你，你是和他们一起的吗？”

“我们重新开始，”助理说，“做下自我介绍。”

“嗷。”另一个女人说。

“别想骗我。”那个男人重申道，狡黠地眯着眼，一副自鸣得意的样子。

“哈罗德，向这群人介绍下你自己。”

哈罗德懒洋洋地把一个记录器放进自己的空咖啡杯里，双手抱胸，什么也没说。

“哈罗德是密码学家。”助理替我们解答了。

（“哈-喽，哈-罗德。”）

“嗷。”这个显然满嘴脏话的女人骂了句。

“米利亚姆？”

（“哈-喽，米-利亚姆。”）

米利亚姆露出微笑。

现在轮到小个子女人说话了：“真是搞笑。我是唯一在这里日复一日努力为我们这个圈子打造出一套用来衡量行为是否得体和标准的人，我不明白自己为什么总得是那个——”

“珍妮特。”助理打断她……

（“哈-喽，珍-妮特。”）

“是的，珍妮特。我是珍妮特。珍妮特，珍妮特，珍妮特。”

“好的，珍妮特，你有什么想说的吗？”助理鼓励她开口。

珍妮特再次说道：“我要投诉，而且这件事很明显，那就是：我在尽最大的努力维持这里的秩序，努力遵循制定好的规则，但……但其他人好像在这件事上根本没费心。”

“我是极简主义者。”米利亚姆突然冒出这句话，说话像是要付出代价似的。

“谢谢你，米利亚姆。”助理说。

“我们已经在你身上费过心了。”密码学家哈罗德说。

“珍妮特，你还没说自己从事的是什么领域。”助理说。

“这有什么关系，反正也没人听。”她故意对着监听室发话。

“那你呢，弗洛比舍先生？”助理问。

（“哈-喽，珀-西。”）

“我怎么了？”

“该你介绍自己了。”

“介绍自己？”

“对。”

“对。”

“那——”

“那？”

“继续。”

“那我继续——”

“珀西，请你自我介绍一下，另外，别再重复我了。”

“看看，看看，”珍妮特恼怒地说，“大家都不守规矩，这些杂草没一个听话的。”她用两根手指拍了锁骨两次，抬头看着显然是空无一物的天花板。

“嗷。”极简主义者说。

珍妮特把椅子向后推，站起来，走到放着咖啡壶的桌子旁，她在桌上动作生猛地叠着空纸杯，然后把它们摆成一条直线。“懒鬼。”

“珍妮特，没必要这样咄咄逼人。”有个我之前没注意到的男人说。他就在我九点钟方向，倒在椅子里。

“这是约翰。”助理说。

（“哈-喽，约-翰。”）

“嗨，”约翰说，“我就是墙上的挂钟。”

说完后，他的脑袋又垂到胸口，闭上眼睛，我们还在等待他的进一步解释，接着他的方向立刻传来了一些声音，显然，他又睡着了。

“约翰是超现实主义者。”

“约翰没反应了。”密码学家说。

“嗷。”极简主义者说。

“没错，我赞同她。嗷。”珍妮特说。

“现在，请大家……”助理恳请大家。

“不称职的狗东西。”珍妮特说。

“珍妮特，我已经说过了，”助理说，“你这样的反应不利于营造一个创造性的环境。”

“我知道，”珍妮特继续说，“没人会帮我，也从来没人能帮我。我为了让这个项目前进哪怕分毫，还要忍受这种该死的羞辱……”

“那你能不能和围坐在一起的众人分享下你的工作呢？”助理问道。

“你说这群家伙？”

“试试看。”助理微笑着。

“没人会懂的。”

“说点看看。”助理说。

“我是程序员。”珍妮特说。

"程序员？"我问。

"弗洛比舍先生——"助理说。

"不好意思。"我说。

"继续。"助理说。

"我创造可执行指令。"

"那你在写什么样的指令？"

"嗷。"米利亚姆说。

"你说过我在这里有发言权，"程序员珍妮特说，她显然已经束手无策了，"现在呢，我根本插不上话。"

"各位，听到珍妮特说的话了吗？"助理问，"嗯？我们需要学会更好地倾听。"助理站起来，在白板上写下"倾听"两个字。

"我们在这里，绝对应该有个制度来规定谁在什么时候能说话，你们觉得呢？一般不都是这样的吗——"

"你的意思是，就像——"助理又开始了……

"没错，完全正确。"程序员珍妮特发言完毕，站起来，从身后桌上的那堆杯子里猛地拿出一只咖啡杯，又花了点时间仔细地重新排列整齐，让每堆杯子的数量都相同。我们都看着她。她回到座位上，举起一只杯子。"这是'发言杯'，明白了吗？这只杯子现在在我手里，所以只有我能说话。"

"珍妮特，引导大家其实是我的工作。"助理努力挽回局面。

"杯子在我这儿，一会儿才轮到你。"珍妮特说。

密码学家之前分心了一会儿，现在又回过神来，但也没听，而是面无表情地对着自己的设备轻声低语。珍妮特的爆发让他惊愕，他在油布上把椅子向后拖。极简主义者又看向了地板，也可能从来就没移开过眼睛。超现实主义者睡得很香。助理带着镇定自若的表情耐心等待，实在是让人不得不佩服她的冷静，但话说回来，其实这种混乱的无政府状态就是他们接受训练的目的。

“行，珍妮特。没事。发言杯在你手上。”

她举起自己的“护身符”，朝我们每个人挥了挥，然后语气尖锐地说：“谢谢。我说到哪儿了？”

“可执行指令。”我重复。

“珀西——”助理开始了，“对不起，珍妮特，请继续。”

“你没长眼睛吗？”珍妮特问，“要是我们没有杯子，那就什么都没了。现在我拿着杯子，而只有拿着杯子的人才能说话。”

“你并不是拿着杯子才能说话，”密码学家纠正道，“是用杯子表明你可以说话。”

“杯子是防止我们陷入混乱的最后防线！”珍妮特说。

“让我们远离混乱。”我表示赞同。

“任何东西都不能让你避免混乱。”超现实主义者约翰说，他又醒了，脸上挂着不合时宜的笑，“混乱才是宇宙的常态，对吧？”

“约翰，你为什么觉得它是常态呢？”助理试探性地问。

“因为煎饼，煎饼，煎饼。”

“妈的，搞什么。我不干了。”程序员珍妮特站了起来。

“这是必要的过程，”助理耐心地解释，“都是过程的一部分。我们说出内心的想法，全部说出来！这是一种很有效的手段。随着时间的推移，事情肯定会变得疯狂的，我知道这会让人沮丧，你是对的，珍妮特。（珍妮特正在伸向门把手的手停住了）我们在这里的确要努力遵循某些规则，这样才能保全创意并让它们被人倾听。但这种混乱是在控制范围里的，我们可以公开自己的看法，释放我们的创造力，互相提醒，从而推进项目。这就是背后的技巧：互助阶梯。它的效力已经经过证明。我们的操作记录无可挑剔，我们在研究所做的一切都是有原因的。”

“它显然是一种‘方法’，”密码学家说，“但是你真正打算做的是什么，你想的是找出那些塑造我们性格的原因，甚至还可能从我们脑海里窃取某些聪明的点子吗？那些有价值的点子。没错，我认为唯一能从这个创意实验室中获益的人，就是助理。”

助理在用力地摇着头。“哈罗德，没人想要偷东西。我不想，所长不想，任何一位助理都不想。我们聚在这里是为了互相帮助。”

“真的？就没想过？我知道自己知道什么。”他重复道。

“我知道自己知道什么。”我说。

“不如今天就到此结束吧。”助理说，然后又补充，“我们在这里做得不错。”但是程序员已经夺门而出，超现实主义者又进入了梦乡。

“嗷。”极简主义者说。

“米利亚姆？”助理问。

“嗷。”我也重复了一遍。真是场灾难。

41

（洗礼盆）

今天的沙尘暴是迄今为止最强的。元结构周围的天空湮没在一片铁锈色的光景中。这场巨大的棕色暴风雪抹去了一切。它持续了大约十二小时，试图将我们困在元结构内。任何东西都无法进出，只有热量是例外，它没有内 / 外之别，不会被困于一隅。这样的风暴越发常见，每周至少来一次。它们虽然不是之前预警的大风暴，但依然具有破坏性。因为它们经常来袭，所以限电次数也多了，这不但让我效率低下，也让我思维迟钝。（尽管沙尘暴一过去，我的头脑就会清醒起来。）我开始觉得这些按周期出现的风暴背后藏着某种目的。那就是：世界以及它的突发奇想会要求我停下，而且它们觉得我只能创造出这些东西了。

在穹顶内，又一株棕榈树着火了，这次就在我的公寓外。燃烧的余烬和焦黑的叶片像雨一样落在露台上。整棵树在几分钟内就爆炸了。我一直在看着它，发现基本没有循序渐进的过程。前一秒树尚未起火，下一秒就被火焰吞没了，变成一根三层楼高的火炬。有些研究员也特意前来观看。我在阳台上看着他们，他们也在阳台下看着我，我们的脸上都映着摇曳的火光。神秘女人也来了，但只出现了片刻。她几乎都没停下来看那棵树，却抬头看向望着她的我，我看到她记下了这一眼。火终于灭了，只剩树木燃烧后的一堆灰，几片焦黑的棕榈叶仍然以异常的角度低垂着，就像一把坏伞的伞骨。这里有那么多纸，我觉得待在这里（也就是研究所）其实并不安全。我转身走进公寓，坐在床上，仔细思考。

除了不断恶化的环境外，我现在还一直被人监视着，遵守固定的时间表，必须穿制服，被强制饮食，而现在，他们又打算强制我居留在这里。限制越来越多，而这些全部加起来就等同于监禁。这么看来，你可能会觉得，此刻的我就是这里的俘虏。但是我必须承认，我也有些小聪明，还挺狡猾的。我有自己的技巧，那就是一双灵巧的手和误导他人的能力。总而言之，研究所的确知道很多，但并不是无所不知。

我的意思是，尽管我要从一个个小碟上吃下五颜六色的小食物，尽管我要参加会议，尽管他们要求我丢掉旧衣服，尽管他们要求我把护照交给研究所，而我呢，又肯定会这样做，但我已经制订了自己的计划，其实，就是从现在开始，必须努力保持正常状态。也就是说，当我等待我的那些文件被仿影后送回来的这段时间里，必须恪守研究所的时间表。我又做回"模范公民"了，这只是在表演罢了。

我越来越擅长这事了。

换句话说，我有时会忘记这件事，也就是完全沉浸其中，我自己都没意识到，表演到了全然忘我的境地。所以，当我洗澡时用海绵擦洗了二十来分钟后才想起问自己，为什么我要同意让别人为我清洁全身？真是羞耻！

（我不是说用海绵洗澡这件事本身的感觉很糟，显然，它与一些让我倍感羞辱的经历有关。）

海绵是指那种又厚实又柔软的，不是那种易碎的小丝瓜络，其他助理有时会用它来洗澡，我们对此都很鄙视。因为菲尔费克斯小姐知道哪个用起来最舒服，她知道我喜欢什么——就像情侣那样。她仔细地观察着我赤裸的肩膀，用海绵打了许多圈。温暖的水流像虫子一样从我身上淌过，填满了我锁骨和身上其他的凹陷后又流走，向下流进了浴缸里，而我身体的其他部分则藏在水面奶白色的残留物之下。当我的助理清洁我的身体并治疗我的伤口时（那些被纸片划出的划痕占据了我躯干的大部分），她用温柔的语调轻声与我交谈。

“珀西，这些纸是怎么回事？”

我调皮地把她手里的肥皂打到水里。

“嘿——”

她伸手把肥皂捞了出来。

“暴躁先生，别闹了。”

她用肥皂在海绵上擦了擦后再让它发泡，直到海绵上布满了细腻的泡沫。然后她把海绵举过我头顶并把泡沫弄在我头上，那团泡沫分开的样子就像打一只熟透的水果，它们顺着我的脑袋汹涌而下，我眯起眼睛。她调整了一下水龙头。温暖的水从这里缓慢向外扩张，占据了浴缸的其他部分。“感觉如何？”她问，“水温怎么样？”我以一连串眨眼作为回应，然后她递给我一条毛巾，让我把脸擦干净。

“不痛了？”

“不，我的意思是，痛，伤口还痛。”

她用接在浴室主水龙头的伸缩软管冲洗我的一条胳膊，冲好后又换了一边。

“这边呢？痛吗？”

我向后一缩，痉挛，肥皂又飞进浴缸里，响起空洞的落水声。

“不好意思！”

“弗洛比舍先生，你今天怎么了？”

“你不会理解的。”我在凝着蒸汽的玻璃上嘎吱嘎吱地画出了一个图像作为解释：:|。

意思是不太痛苦（但也不是一点没有），但在她理解我的观点之前，这一切都汇聚到了一起。“好吧，”我说，换了个方法，“想象我的思想状态……”我把手伸进浴缸里，在底部摸索着那块不愿回到我手里的肥皂，双手紧紧地握住它，“它就隐藏在你面前。我拥有的这种感觉只有自己才能想象与感受到，而我把这些隐藏的东西称为‘我的感受’。”

现在我摊开双手让她看，肥皂是新压成的，看着像一只扇贝，和我手掌的形状正相反。然后我又紧握住它。

“还给我。”她说。

“我怎么叫它其实都无所谓。我可以称它为痛苦，它最终可能会变成一块红色的肥皂，或者是绿色的，或者——”

她再次弄开我的手，把手指向外折，动作轻柔，一根接着一根，拿回被捏碎的肥皂，露出憔悴的微笑。

“你在记忆单词方面有困难吗？”她问。

“没有。”

“你第一次注意到这点是什么时候？”她问。

“显然，我记得住单词。”

“你总体的记忆力有问题吗？”

“没有。”

“记名字呢？”

“当然没困难。”

“你能告诉我这里，也就是古城堡的人都有谁吗？”

“等下，你刚才说——”

“你还认识谁？”

“谁……该死的，丹尼斯、哈提夫先生……你，菲尔费克斯小姐。我，珀西。”

她耸了耸肩，继续用海绵擦着我的背，不过节奏慢了很多，所以我会把她现在这种打肥皂和擦身子的动作称作“悠闲”。

但我刚刚想到了一件事。

“菲尔费克斯小姐，那位神秘女人叫什么名字？”

“谁？”

“就是坐在湖边的那位，她的眼睛像外国人。”

“查特顿小姐？”

“查特顿？”

“对，查特顿小姐。你忘了？”

“我一直都不知道。”

“不，珀西，你知道的。”

“嗷！”

“不好意思，不过我们需要先清理伤口。”

她翻遍了我的行李箱，然后向柜子走去。她扭头问我：“你听说哈提夫先生的事了吗？”她拿了一根棉签和一小瓶碘酒。

“他怎么了？”

说真的，我没听说过。

但纸就在那里，而且它看到了一切。

（纸的故事还在继续）

这是一间铺着油毡的房间。人们带着不同程度的快感缺乏症状，在房间里四处游荡，奥斯曼·哈提夫先生坐在折叠桌的桌角，他边上摆着一盒跳棋，包装盒已经发皱，带着黄斑，总之就是老旧不堪，而在他面前的则是一根红黑相间、摇摇欲坠的柱子，那是由一枚枚跳棋棋子堆成的塔，错综复杂，就像是一枚棋子在冗长而且乏味的对局中被一次又一次地升王[①]。这座摇摇欲坠的塔已经和坐着的哈提夫先生的额头一样高了。他手里拿着一枚红色的棋子，仔细检查着这根柱子，

① 国际跳棋中的王是通过将两枚兵摞在一起表现的，但兵并不能反复升王，这里就是打个比方。

就像戴着放大镜的珠宝工匠。他把一枚棋子放在塔顶。你永远都不会注意到身处阴影中的哈提夫先生，他正在塔的另一边，正在用强大的专注力来打造这座塔。他极其安静，一如既往地礼貌，从来不会打扰别人。他独来独往，独自工作。但随后，有人注意到了他。有个长相凶恶的壮汉正在俯身观看哈提夫先生工作。这个脸和水牛有几分相似的大个子垂着手，微张着嘴，神情呆滞地看着这座建造中的塔。但哈提夫先生看都没看那男人一眼，他正在把红色的棋子放上柱顶，注意力丝毫没有受到影响，手先是极其缓慢地移动着，放好后迅速拿开。当当当！惊掉了下巴的旁观者继续看着哈提夫先生把手伸向装在盒子里的棋子，又拿出一些，把它们放在桌上，在坚硬的桌面上滑动棋子直到他找到自己喜欢的那颗为止，这次是黑色——这座塔红、黑，红、黑两色交替出现。哈提夫先生拿起这枚棋子翻看了一会儿。站在边上的男人依然没有表示出赞誉或者点头，也没有恍然大悟的迹象，而是站在哈提夫先生和他那座脆弱的塔边，像一颗定时炸弹。那个男人离得很近，都把自己的裤裆抵在桌子远处的那侧了，随时可能推倒它或者撞倒它，这样整个塔就没了。哈提夫先生拿着这枚新的黑色跳棋，开始缓慢地把它吊到正确的位置，围观者愤然盯着他，然后，那人没有抬手遮嘴，就这么突然咳了一声。哈提夫先生暂时停下手上的动作，调整了一会儿，继续开始建造。现在，俯瞰着他的研究员开始了进一步动作，露出了赤裸裸的恶意，他伸出一只肉乎乎的手掌，就在哈提夫先生眼前打了个响指。随后，我们全都被哈提夫先生表现出的镇定自若震惊了。他拿着黑色棋子的手继续向下，动作很慢很慢，然后那枚小东西伴着一记轻响落在了塔顶上，声音和用指甲钳剪下小拇指的指甲差不多。这次柱子向一侧歪了点，偏了大约只有一毫米，但终究没有倒。它的高度越来越夸张了。这下，在哈提夫先生身边干扰他的研究员更加生气了，他故意朝这名建造者打了三个响指：啪！啪！啪！但哈提夫先生连眼睛都没眨一下，一下都没有。他只是又挑了一枚红色的棋子，其实选哪个都无所谓，这让那个想要害他的家伙彻底失控了。我们不知道接下来会发生什么，但肯定不会是什么好事。接下来的事情正如我们所料，这个男人开始对着哈提夫先生大喊大叫，不成句子，只有“啊啊啊啊”这样的声音，纯粹就是在断断续续地发泄激烈情绪，末了还补一句：“我在和你说话呢。”他的语速有多慢，这话听起来就有多吓人。我们都暗自打赌：哈提夫先生会回应，或者至少有别的表示，等等。看，他的确回应了！（但几乎难以察觉。）我们得仔细看才能看到，但是哈提夫先生扬起一侧的眉毛，只有一侧，再提醒你一下，只动了一边，完全独立活动的一侧眉毛，向上扬起，就向上动了那么一点点。所有人都被他精巧的动作以及所表现出的温和与坚忍震惊，尽管我们现在都知道，那位野蛮的家伙心里已经气得发疯了——你当然会知道，因为很多角度都体现了这一点，比如眼珠都向外鼓、耳朵眼仿佛在向外喷气等诸如此类的细节。然后他弯下了自己的水桶腰，这点谁都没意识到，他就像个铰链，腰向下弯了整整四十五度，夸张地深吸一口气，然后像三只小猪里的大灰狼那样，朝那座棋子垒成的塔吹去（真的吹了！）。塔就像热核反应那样散了一地，棋子瞬间撒得满桌都是，有些落到了哈提夫先生的腿上，还有些落在地板上后到处乱滚，最后倒在了我的脚边和各个角落。

唉。

哈提夫看着眼前的残骸，看着满地的碎片，然后哼了一声，说了个听不清的词，显然是对那个莽汉说的。哈提夫全程都没朝他看过一眼（这个研究员是谁？他肯定是新来的。），接着就连这个发疯的袭击者也突然发出了癫狂、干瘪的笑声，然后又把矛头对准了哈提夫先生，说自己在对他说话的时候必须看着他，还给他安上了一个种族主义者的名头。为了避免恶劣影响我就不重复了，我们都知道这场冲突会被直接记在助理的记录里，事实上，助理现在就到场了。哈提夫先生把椅子向后一推，发出了粉笔刮过黑板的声音。他站直身子，脑袋才到袭击者的下巴，但他只是绕过了对方，袭击者却依然继续盯着桌子，好像哈提夫还坐在那里，椅子已经空了。此时的哈提夫先生正用手撑着身子跪在地上，开始捡地上的跳棋，同时还自顾自地说："可能明天吧，我会再搭一座的。"那位神秘女人，以及那位脸和双手都带着疤的女人带上一两位研究员和哈提夫先生一起捡棋子，因为没人想看到这种霸凌行为，就算面对突然出现的挑衅者时尚未产生这份勇气，那么现在也应该展现出这种团结。暴力根植于这种情况之中，所有人都见证了这一事态逐步升级，只是太过胆怯，没能出手阻止，但整件事又无法避免，因此事情的发展态势也不会有变化。不过随后就是电影之夜了，当所有的灯暗了下来后，投影仪就伴着"咔嗒"一声开始工作。

（温度表）[①]

"珀西，站起来一下。"菲尔费克斯小姐说。

"呃。"

"不好意思，珀西——我知道这很痛，不过马上好了。"

我站起来时感觉晃悠悠的，所以一下子又坐了回去，浴缸里的水漫了出来。汹涌的水包围了我，立刻舒缓了消毒后的伤口。

"好了。"她说。

她用手托住我的两侧腋下帮我站起来。

当我的双脚站稳后，菲尔费克斯小姐给了我一条蓬松的白毛巾，我用它擦干身子，感觉好多了。它很柔软。尽管我很不愿意重新穿上自己的制服，但还是照做了。我们离开浴室，面对面坐在椅子上。我的湿发自然风干时感觉凉飕飕的，最细微的气流也会在我的手臂和颈部暴露在外的绒毛上留下痕迹。我第一次发现自己的汗不再像之前那

① 与《魔山》第四章第十节标题相同。

样止不住了。

菲尔费克斯小姐朝我微笑着，然后开始把她的笔记输入设备里。

（这个场景感觉持续了太久太久。现在，我要开始进行下一步了。没错，现在，现在……现在？注册护——）

“珀西，现在又怎么了？”

“天啊，我们就不能暂时把这些正儿八经的礼仪，把这套助理/研究员的东西给忘掉？我们在这里就是普通的人。”

“你觉得我不是人？”她问，同时把温度计从塑料套中抽出来，直接放进我嘴里。

另外，她现在已经不关心纸了，因为她周围全是纸。她坐在一堆歪向一边的纸上，纸盖住了她的脚，在她的脚踝处噼啪作响。但她似乎不再注意它们了。她的注意力非常集中，既不会伸手把身上的纸弄下来，也不会弯腰把纸拂去……

“我知道你是人，菲尔费克斯小姐，”我嘟哝着，“我知道你是。”

我试着重复这个说法，她是一个人——一个真正的人——不过舌下含着一根温度计让这样变得很困难，但恰恰是现在这种不能说话的情况，让我突然明白自己项目的收尾应该是什么样的，而且我不觉得这会涉及任何……

42

……谢作。斜作。些作。写作仍在继续，但我要是想在文字世界里创造点新东西，却是越来越困难了。

幸运的是，我对推进项目已经有了更好的想法。（小说。小说。）

更好的方法就藏在我裤袋的后兜里。

昨天晚上我就开始逐步实施，现在我醒了，那就会加倍努力。

"齐姆齐姆，把我的闹钟关掉。"

"齐姆齐姆，气温多少？"

"齐姆齐姆，我今天有安排吗？"

"齐姆齐姆，把百叶窗打开。"

百叶窗被打开后简直要把我亮瞎了——太阳正在彻底漂白元结构里剩下的一切，全力向我袭来，就像能让人皮肤起水泡的柠檬汁那样淋在我身上。我紧紧闭上双眼，然后盲目摸索，手重重地打在床头柜上。我在找眼镜，却摸不到它们，只有一堆黏糊糊的纸。尽管我能感觉到纸堆下有个东西，眼镜就在里面的某个地方，但不论我把多少纸推到一边，它们还是那么多。最后，纸反倒在我右手的虎口处又划出了一道凶残的口子，简直是种侮辱，还有其他情况：我汗津津的胳膊上粘着几张纸，就像长在翅膀上的羽毛。我试着拍掉它们，但它们还留在那里，好比烈马背上的骑手。我用左手（那是我另一只还能自由活动的肢体）抓住它们，试着把其中一张纸揉成团去擦额头上的汗。

当然，这种纸不吸水，所以我除了把汗水弄得到处都是之外，别的什么都没做成，还把这些纸上不知道什么成分的墨水沾上了身。我又把自己弄脏了。最重要的是，我身上又多了一道口子，这次在我右眼睑上，差点就挨上眼球。现在，睁眼的时候又会以新的方式带来痛感，尽管不舒服，但我现在还是暂时睁着眼，同时看着令人眩晕的镜子，结果把自己吓到了。我浑身又红又肿。被汗濡湿的额头一侧斜着粘了张纸。另外两张分别粘在我的双肩，就像玩战争游戏时孩子的肩章。我的制服落在地上，不知道在哪儿，可能埋在更深的纸下。不过现在，贴在我身上的纸多得就像身穿一身纸制的长袍。

这不舒服。

但我已经受够了，所以我让再度趴着的身子抽搐了（不仅是上下，还是左右）。“啊啊啊啊啊啊啊呃呃呃呃呃呃日日日日日日！”我又试图强行弄下几张纸，然后才意识到，我为了弄掉纸就不免要移动身子，而每弄下一张，就有一张新的纸贴在它上面，我就像某个寓言里提到的鸡，只要粘上它后就永远拔不掉。我现在也被弄得喘不过气来。

我在床上翻了个身，这是起床的第一步，却发现自己滚到了更多纸上（这里还能有什么别的东西吗），它们粘在我身上，我就像一只滚动的人形毛刷（我没想到这些东西粘在身上居然会让人这么难受），然后我立刻用一只手肘支起身子，坐了起来。

该死。

是时候花心思处理这片“冻土地带”并理出点头绪了。

我把小说归入“小说”那堆，把非虚构类作品归入“非虚构类”那堆，把犯罪小说归入“犯罪小说”，把科幻小说归入“科幻小说”，把诗歌归入“诗歌”，以此类推。我找到了一个字谜，打算之后花点时间填完它，把一张优惠券剪下来后妥善保存。所有图都被放进名为“影像”的纸堆里，我们永远不该忽略那些零零散散的图，尤其是那些年代久远而且还属于其他人的图，它们里面塞满的回忆可以重新回收并加以利用，为什么要浪费记忆呢。纸堆摆放的位置很重要，也就是说，代表相近的风格的纸堆必须互相挨着。而且摆放的位置要受个人喜好和习惯的限制，比如“恐怖”和“令人不安的新闻”就放在我的桌边，这样我就可以在白天阅读了，而不是在晚上读，原因显而易见。另外，“晦涩的哲学”就放在我床的右侧，挨着药，为的是让我尽快与夜之女——睡眠——相会。“个人管理”就堆在我的衣柜里，我把这类东西藏在那里，因为其中能对自己有用的内容让我倍感尴尬（“少儿不宜的东西”显然也是同理）。我也在房间正中留了几堆属于个人的纸，还学着“晦涩的哲学”，在上面放了些相当难懂的内容，以防有人看到它们后对我妄加评判。这时候我才发现，原来自己正在根据“纸堆顶部”的内容构建人设，它与“纸堆底部”和“床底纸堆”所呈现的样貌有着本质上的区别。我用这个方法，或许能通过这层纸做的帘幕，对它宣示某种所有权。

我现在完全站直身子，缓慢在纸堆中穿行，努力向前方的某个小丘前进，那下面肯定是我的制服。我是踢着走的而不是迈步走，这让我的小腿上又多了几道口子。我走到那个有问题的纸堆前，伸手向下挖、刨，但触手所及之处只有更多带着危险边缘的纸。

一个小时后，我赤膊坐在桌前。我有一把大剪刀、一台订书机，还有一支黑色油彩画笔，以及一大卷胶带。（当然还有很多纸。做了大量的草稿和修订，大多徒劳无功：有些开始就错了，有些后来才进入死胡同，还有些方案被彻底放弃了。清单、地图以及图表，这些都是项目的残骸。）我努力工作。许多纸上现在都画了虚线，这些都是给衣服打的版。我已经给自己做了一条和自己制服的裤子一模一样的漂亮纸裤，它已经穿在我身上了，另外我刚刚做好了一件上衣。剪裁，装订……当衣服的两侧固定好后，我把衣服小心翼翼地从头顶套进去，（它很硬，和广告牌一样。我要在上面写点东西吗？来句格言之类的？）接着我的手臂穿过纸筒般的袖子，就像套着个超大的手镯。在这里贴点胶带，再往那儿贴一些……然后订书机出场：咔嗒！咔嗒！然后我的制服就做好了。我的天，穿着实在是难受（而且又热），但看上去还不错。

真的很好笑。

我拿起油彩画笔，在原先落着污渍的位置又画了个看起来很相似的点。

真不错。

但突然——

叮！

我摸索着自己的设备。幸运的是，它就在浴室边的白色浅滩中，我没费多大劲就把它挖了出来。很好，我真不想再用纸做一个设备（但也可能只是早晚的事）。

设备收到的消息是菲尔费克斯小姐发的，当我后来和她视频的时候，她对我这身新行头似乎一点也不惊讶。

“我看起来不帅吗？”我问。

“超帅的。”她边在平板上写了些东西边回答，然后结束了视频。

我就像一艘破冰船那样撞开层层叠叠的纸，最后坐在阳台上，环视前方的景色，就是研究所，它在元结构日渐变薄的薄膜下方。

一个纯白的世界，一个轻舞的世界，光滑又锋利，覆盖了地面，点缀了树木。远方，在视线尽头，在太阳能电池和涡轮附近，在元结构的边缘立着一道白墙，好像一个巨浪从各个方向席卷而来，拍碎在岸上，留下的泡沫多得像是海啸过后的产物。阳台下方，有些研究员正在动身参加组会。我看到其中几个人也已经自己动手做了纸质的制服。

“你好！”我朝一个研究员大声喊道，他的制服好像是用某种胶水粘起来的。不过这件衣服的两道接缝裂了，他正在向这个世界袒露着半拉屁股。尽管如此，他还是给自己那套搭配中加了一顶纸质三角帽，这带给他一种令人生畏的军人气质。

他始终没听到上方的我发出的招呼声，继续拖着步子向前走。

我听见男侍齐姆齐姆就在我身后。我转过身，发现他还是穿着淡粉色的制服，耐心地站在这堆烂摊子上。

我："齐姆齐姆，我今天有电话吗？"

男侍："……"

我："我说，你还真的挺不错的，你觉得呢？"

男侍："……"

我："我告诉过你，项目正在进行，现在看着我！"

男侍："……"

我："放眼所见都是成功的案例。"

男侍："……"

我："我觉得某人欠某人一个道歉。"

男侍："……"

我："另外，还有指控，那么谴责呢？"

男侍觉得无聊，行了个礼，转身，离开了。

我还会见到他吗？其他人会见到他吗？无所谓了，我也用不着他了。你们就看着吧。等到工作快结束的时候，我已经用纸做了个相当不错的男侍模型，我用石墨在上面浅浅地涂了层深浅不一而且容易蹭掉的煤灰色，再用百叶窗的开合杆当支架，或者说骨骼。它们由钢丝捆扎在一起。纸做的男侍比现实世界中的要小一些，但差别不大。说真的，我觉得自己把他特有的迷茫神情抓得相当准确。不过我非常肯定这个纸做的男侍不会给我倒饮料。这让我难过了一会儿，但我现在突然想到自己不如直接给他摇摇晃晃的白色躯干添上几个"端茶倒水的故事"。这样，我就能读到从碗里喝咖啡的故事了。不过，我已经改变主意了，我决定让齐姆齐姆在这些故事里用杯子给我倒茶。看，从现在起，事情的发展方向就全看我的脸色：要么服从安排，要么给我滚蛋，你这个不合作的苦力工还不是只能听我的，乖乖倒茶，还要倒在杯子里。

端茶倒水的故事梗概

所以，这个故事其实应该与服从有关，茶不过是一个手段，一个隐喻，一种用来学习服从的方式。故事讲述的是一位名叫齐姆齐姆的年轻人在某位聪明而又富有同情心的（可能也是坚定而又毫不妥协的）大师教导下，学习世界的秩序和运行之道。这是一部教育小说，一部关于他的小说。这会是我创作的男侍故事的头一篇。

另一个故事可能和喝茶的经历本身有关，关于如何品茶，它给人的感官体验，在舌尖感受到的单宁质地，土壤的芬芳从味蕾传入鼻腔时伴着一股烟火味，滚烫的瓷器在手中的触感，甜美的温热感向下爬到腹部……差不多就写点这样的事。

或许在另一个故事中会写自己没喝到茶时的负面反应？关于……（我想说的是：沮丧？）

或许在另一个故事中会写别人与茶的故事。我听过一些，或许我会挑几个拿来用。

无所谓，细节部分可以之后再说。

今天结束时我对值班的助理 18 说："我今天取得了真正的进展。"而且我相信，就连所长和他的同僚都会表示认可。菲尔费克斯小姐会很高兴的。不过我还没把这消息告诉她，我会让她等上几天。她得主动诱我说出真相。

但不，我已经取得了切实的成果。它活了过来。我在创造，真的做出了东西。

也就是说，我现在除了身上这件纸制服和纸男侍之外，又做了个纸丹尼斯·洛伊尔来陪我和逗我开心。纸丹尼斯就是那种声名狼藉、心怀不满、游手好闲的典型，我试了很多次，才准确还原出他嘴角的那抹讥笑。他就斜靠在窗边的结构柱上。（现实世界的丹尼斯什么东西都会依靠。）这个丹尼斯好像随时都会和我搭话，比如来点俏皮话，或者奚落我几句。我还没决定他会说什么，大概类似“噢，珀西，做得不错嘛”（讥讽），或者只是一句“真是相当可笑”（嘲弄）。但我感觉在这个阶段，就算它一句话也不说，也是个不错的伴儿。

另外，我用几百张纸做了个房间平面图，一比一的，然后用热熔胶把它们粘在了房间的地板和墙上。这个房间现在变成了这个房间的地图。（听好了：这件事我是必须做的。）我甚至在窗上贴了纸，并在每张纸上画了一派宁静祥和的景象：研究所的掠影，研究员们聚集在室外或者在开会，摇曳的棕榈叶（你可以通过我在它们周围画的运动线判断它们在动），远处是几幢由直线构成的建筑，还有湖泊、游乐中心、山之屋、一把可以看到沙漠的小型长椅，还有那片澄澈、明净的天空。我差不多快勾勒完了。

我想，应该很快就结束了。

43

（极其可疑的问题）

出乎意料的是，天气突然好转了，真是上天的恩泽。但当这一切，所有的东西，似乎都建立在某物之上时，谁又知道这能持续多久呢？这就是所谓的平静吗？肯定是。因此，它现在就和我们一起出来，前往露天市场，那时候我们，也就是研究所的全体成员，都可以和这些该死的纸说再见了。

我们参观了黄金市场、香料市场、地毯和挂毯市场，刚走过数字服务环岛，就是香水市场。对那些被大巴载到巴扎的研究员来说，他们购物的热情已经到达了前所未有的高度。这种热情，也可以说是竞争。研究员们就像参加障碍跑那样在市场中奔跑，要么独身一人，要么成队行动。篮子里满是小饰品。真是场奇观。所有人都迫不及待地用当地语言来展现他们的技能。我在阿迪达斯市场和一个卖鞋带的人交谈。他一直偷偷用小酒瓶喝酒，听我说话时会点点头，但从来不答话。各个集市的街道都是弯弯曲曲的，有些是有意为之，但这个地方是活的，供应商和顾客络绎不绝。还有孩子，他们固执地向我们讨要硬币，并向我们露出真诚灿烂的微笑。有些孩子是擦鞋的，有些是音乐家，有些在表演杂耍，有些在卖小商品和吃的。他们轻轻扒着我们的胳膊和双腿，就像缠在游泳者身上的海藻。

我们在一个摊位内的帐篷里享用了传统的甜薄荷茶。终于喝到了这个著名的饮料。摊主把壶举得很高，再倒出滚烫茶水，像是在炫技。然后我们品尝了薄荷茶，吃我们的能量棒，喝我们的盒装果汁——我们的助理给每个人都发了一盒。我们安静地吃喝。

然后我们在停车场刺眼的炫光中停留了一阵。北方有风刮来，干燥得让人不适。周围没什么可看的，而沙漠的边缘，就是一道淡淡的波浪线。一道线而已，勉强算是吧。说实话，波浪线不是到哪儿都能见到吗，遍地都是。为了证明这点，我用鞋尖在停车场分隔带的沙子上画了道弯弯曲曲的线，然后又画了第二条，第三条。我可以画二十条，一千条。谁在乎？

然后，助理叫我们回去了。

我们聚在一起拍集体照，排了许多许多行，研究所的后勤人员也出镜了。我们站在指定的位置上。这花了点时间。天气很热，但我们在坚持。让我们去拍照的助理花了很长时间才把相机设置好。亮度实在太高了。所有人都在流汗，大家眯起眼睛，但我们成功了，照片拍好了。当然，其他设备现在也轮流递到他手上。大家都要用自己的设备拍张照。（当然可以把原图发给所有人。但每个人都想拥有照片真正的所有权，甚至这种所有权仅仅与滤镜的选择有关。这就是问题所在。）稍后，我可能会在自己的设备上查看这张照片，然后注意到我们——密码学家、雕塑家、哲学家、心理学家、演员、翻译、集合理论家、细密画画家、评论家、社会学家、作曲家、开发者、宇航员、幽默作家、哲学家、神学家、城市规划师、打击乐手等在内的所有人——都排好了队，为的就是形成一张元照片，一张脑袋的照片、画面中，有一个巨大的脑袋，或许是某个研究员的脑袋，一位平平无奇的研究员，也可能是个理想化的、完美的形象，它的存在正是以我们所有人的存在为依托。它的项目需要调动其他所有人的技能，这个研究员只在众人聚集的时刻才存在。我要是站得够高就能看到了！

大家都在场，所有人都到了，只有神秘女人不在。不见“查特顿小姐”。我发现我找不到她了。我在想，她是怎么躲开这种集体活动的。她总是离群，与我们保持距离。但是珀西，你为什么要否认她在孤独中获得的快乐呢？我不知道，难道是因为这种快乐拒绝了我？谁知道呢。

至于我，现在已被同化，成了这个大脑袋的一部分。我甚至都无法独处，或者说，无法躲开别人的视线，我始终处在别人的眼皮底下，再也不能溜去双生店了。

于是我遵从助理响亮而又愉快的催促声，和大部队一起动身，前往“阿拉丁的洞穴”。

“阿拉丁的洞穴”是一个露天市场，我不知道里面到底卖的是些什么，可当我拨开半透明的窗帘进去后，能看到一些油灯，里面装着的灯泡拯救了这些受缚的古老灵魂。市场里有红色锦缎做的背心和菲斯帽[①]、颜色鲜艳的绿松石项链、短弯刀（塑料短弯刀）、用一只睁着双眼的卡通猴子做吊坠的钥匙扣、你能想到的所有人名、从白羊座到处女座的所有星座符号、茉莉花——但不是真的茉莉花而是印有“茉莉花”字样的T恤，字是仿阿语体——用金线绣着“阿拉丁”三个字的棒球帽、成排的蓝光和DVD影碟、水瓶、雪景球、长毛绒玩偶、USB设备、成套的小雕像、像煎饼那样堆在一起的飞毯、长得像水烟筒的咖啡壶，还有能实现你愿望的紫色的卡通精灵，可以用智能芯片、信用卡以及Apple Pay支付。精灵的嘴部开了个孔，里面的麦克风正在放一首歌，我听到的歌词是：“……那里平坦辽阔，酷热难耐……”[②]接着是一小段表演，叫作《开罗的旧集市》[③]，然后是《跟上那只骆驼！》[④]

① 一种直身圆筒形的毡帽，顶部常用吊穗作为装饰。

② 这首歌是1992年动画电影《阿拉丁》的片头曲*Arabian Night*。

③ 英国歌手Clinton Ford的一首歌，收录于1966年的专辑*Dandy*中。

④ 一部1967年上映的英国喜剧电影。

的主题曲（有个触屏，上面是播放列表）。

品牌分析师也在这里，但她已经和我再无关系了。现在她亲昵地勾着建筑师鼎福的手臂，从一个摊位逛到另一个摊位，拿起商品，翻来覆去地看，在瓷碗底部寻找价签，对其中一两个笑笑，那表情像是在透过玻璃朝托儿所里面打量。我又热又累，所以一屁股坐在了一沓丝绒地毯上。

“打算坐着它飞向安全的地方？”哈提夫先生问。

他先前蓄的胡须很精神，如今因为没有修剪过而变得很狂野，皮肤似乎变得又硬又黄。他看上去和上次演讲时一样，多少还是显得漠然，但现在，他的眼里仍然闪有一丝微光，就像是远方海岸上亮着的一盏灯，我不知道他到底遭遇了什么才会变成这样。但那道光刚一闪就熄灭了。

“这里没有印着‘奥斯曼’的钥匙链。”他对我说，声音里带着沮丧。

“不奇怪，真的。”

“或许有个钥匙链上是‘珀西’先生，你想让我帮你找找看吗？”

“没事，不用。”

“我给你带了个东西。”他边说边从制服口袋里翻出一团手帕，然后抖开递给我，我谨慎地伸手接过来。

“拿去吧。”他说。

我刚翻开手帕，一把红色的跳棋棋子就撒在了集市的地板上，这些小东西磨损得厉害，哈提夫先生连忙把棋子扫在一起，然后放回我捧着的手上。

“奥斯曼，这是什么？”

“这还不明显吗？”

“这不就是——”

“没错。”

“跳棋？”

“碎片。”他习惯性地扬起一侧眉毛，向我凑了过来。

“那座雕像的，碎片，真正的碎片，如假包换。最后就剩这些了。我留了点儿，专门给你的。”

“噢，奥斯曼，我很荣幸。谢谢。”

我把这些人造化合物做的圆片放进制服口袋，然后紧紧握住他的手。他看着我，脸上没有丝毫压力或者痛苦。看来他暂时摆脱了向上攀登的苦恼。

助理们开始把我们往车上赶了，他们声音里的紧迫感倒是没有增加。我又听见了警笛声，很轻。音高忽上忽下，就像吹奏高音长号时变换的把位。

风暴又来了。

44

我的项目的基本原则

基本原则 16. 在故事的开头，某个角色来到了一处陌生的新环境里 ——书上是这么写的 ——但没有任何特别之处。不过他最终应该会成为焦点（在新环境中的确应该如此）。为了做到这一点，必须将人物置于其他动因之中。互动至关重要。通过种种互动，人物会发现自己与某物成为对立，他会克服这件事，最终，通过克服本身，他会了解某些对自己来说重要的事，以此类推。换句话说，他不能是静止的，环境不能是静止的，项目在持续期间也不能静止不变。

基本原则 17. 避免采用气象符号，望周知。

45

灾难就是二元的，要么面对，要么回避。这次，我选前者，研究所现在就像一堆杂乱无章的档案、游行结束后四散的五彩纸屑、交易结束后证交所的地板、被打碎的皮纳塔、传单纷飞的战场、静止的雪景瓶、覆着灰的壁炉……尚未来得及抒写的图像、类比和隐喻凝在我的舌尖，就像堆积如山的纸屑。现在我只记得我不愿带着怅然若失的感觉去思考这些故事的走向。我周围肯定正在发生什么事，不论那是什么，我只能软弱地向它屈服。

（纸的故事还在继续）

与此同时，四张纸从低空掠过草坪，有两位研究员正在闲逛。它们越过公园里破旧的长椅，飞过开裂的人行道、泥泞的空地、有些稀疏的草地、半空着的地、树桩、包装纸、发白的狗屎，等等。换句话说，都是恶心的东西。然后，纸开始加速了，可以理解。它们直接穿过 22 号门，穿过双开门，进入了山之屋。

它们现在随着建筑内的气流，旋转着飞上楼梯，在走廊里忽高忽低地飞着，又乘着微风，掠过早已融化大半、令人痛心疾首的冰山，它们进入小酒馆，里面有两个语无伦次的女人在向对方大喊大叫。房间里充斥着激烈的咒骂和横飞的唾沫——混合了威吓和傲慢——控诉，吼叫，展示着自己对场面的支配权。女人们扭打在一起，互相抓挠，拉扯头发，试图抠挖对方的拇指。被抓伤的眼睛、落向对方的拳头，还有手肘和膝盖。喧闹与尖叫如同赋格曲的主题反复出现。暴力让时光流逝的速度变得更快。椅子倒了，一次性纸杯和餐具落在地上。

有张纸脱离了队伍，为找到更好的视野而凑近了些。它贴地飞行，却不小心离得太近了。拉升！个子较小的那个女人后退时不小心踩在了纸上，被绊倒了——这张纸成了残骸，皱缩，撕裂——女人重重地摔在地上。还站着的女人立刻走过来，跨坐在她的对手身上，压制住她，朝她不停地挥拳，前者的制服皱在一起，向上翻卷。这种事毫无尊严可言，只有令人不快的沉闷击打声传来。助理朝骑在别人身上的女人跑来，架着她的腋窝，把她和趴在地上的女人一起拖到别处。现在纸也飘走了，并不是朝着它们原来的方向，而是乘着强风飞走了。

另一组纸（大约是一部短篇小说的页数）则在另一条走廊中飞速前进，墙上层层叠叠的计划表、邀请函，还有鼓励的话闪闪发光。一张纸上写着五彩缤纷的字：“别退缩！”“为新的生活努力！”“记录日志可以提供帮助！”（如果这些纸能够嘲笑最后那句话，那现在就要笑出声了。）不过它们滑过有烟头疤痕的亮面沙发，循着地面瓷砖上磨损的痕迹，朝着同一个方向前进，像是在沿着赛道奔跑。更多研究员在纸的下方漫无目的地瞎逛，只能分辨出断断续续的对话。如果把零碎的言谈拼凑起来就是新闻，内容是“5B吓坏了”，还有些其他内容，比如“有六个人要面临监禁”。对最细微的震动也极其敏感的纸变得警惕起来，兴高采烈。

夜班人员已经遵照要求，在5B前集合了。

与此同时，一名骨瘦如柴的研究员在这里疯狂地跳着舞。他的双手早已被两位助理控制，反剪在身后（两人分别控制一只胳膊）。

其中一名助理对其他人说：“我说过很多次了，应该把他单独隔开。”有位研究员从边上经过，胳膊下夹着一套叠好的床单，手里还拿着一只薄薄的枕头，就像是上班路上夹着报纸、拎着公文包的职员。他路过时干脆伸长脖子，看起了热闹。来来往往的其他研究员也纷纷侧目。这场面多刺激。工作人员让通勤的职员和围观群众向后退。

又有两个助理加入了控制那位研究员的行列，但他还在不断试图挣脱他们的掌控。力度虽然不大，但展现出的反抗姿态令人印象深刻。

“我们现在要把你带回房间去。”

“时机不对。”

“到时间了。”

“我的意思是，都给我滚。”

“听从指令，现在就走。”

“先生，谁给你的权力？”尽管（尤其是）他此刻身陷囹圄，但话音中仍充满讥讽。

“动作轻点。”

“Unfh[①]。”

“放松。”

“畜生。”

“亲爱的，别激动。”

“智障。”

“慢点。”

“傻子，没人给你权力这么做。”

“是没有，没人给我权力。哈，哈，哈。”

“别笑我。”

“放松。”

“嗷。”

“抓他脚踝。”

“我犯了什么错？”

“放松。”

---

① 无实义。

“我想在哪儿尿就在哪儿尿，这是自由的国度。”

“那你去上诉吧。”

被人控制住的他又开始挣扎起来，这次动作幅度更大，而且还真的被他挣脱一只手，助理还带着笑，随后就被一把抓住领带。

领夹依然夹在领带上，研究员摔倒在地。

“哈，哈，哈。”

“别笑了。”

“把他翻过来。”

“滚开。”

“现在要脱鞋了。”

“滚。”

“面朝下，放松，注意手肘，我们要上膝盖了。”

“我擦擦擦擦。”

“放松。”

他趴在油毡上。

六个助理控制住他，其中一位虚张声势。

“嗷嗷嗷。”

“好了，安静点儿。”

时光流逝。

他们提着那位研究员，像是扛着一袋不愿洒出来的水。

穿过门，灯亮了。

他进去了。

助理把他翻过来，让他躺在床上，对着大门的不再是双脚，而是脑袋。他只能在窄床上微弱地挣扎，因为有十二只蓝色的手控制住他，它们组成了一个对称的图案；线条，约束，轮替，质点。维特鲁威之囚。

助理按顺序松开了他们的手，一次一只。最后离开房间的是按着脑袋的助理。这位在最后一刻才让脑袋恢复自由的助理也是离门最近的助理。

所有人都离开了，关上门，再上锁。墙上有个磨损的有机玻璃支架，上头插着一张小卡片，上面写着“丹·洛伊尔”。

门后，有个虚弱的声音说道：“这群下等劳力，谁给你们的权力？”

围观者现在回到了自己的房间。

助理们正在楼上的餐厅里大扫除：收起所有皱巴巴的白色小纸杯、印着花饰和浮雕图案的纸巾和米色的塑料叉。这些助理还戴着别致的淡蓝色手套。他们把每种餐具放回带锁的橱窗前都会仔细清点一遍，然后再计算总数。少了一件，还行。

（心无旁骛，充满激情）

今天的工作令人心无旁骛，充满激情。我感到自己不断上升，超越，几乎消失，化为加沃特舞曲般自由流淌的创造力。如今的我已经适应了项目，再也没有什么可以阻止我了。纯粹的创造力压倒了一切。动力和推力，能量和运动。该死，这感觉太棒了。

我赤裸上身，汗流得像个傻子，头发乱得像鸡窝。“海床之声”被我开到最大，不断循环。现在，公寓铺满了我的效果图，当中还有一幅图，对这些效果图所在地上方的墙面进行了精细的描摹。（当我完成建筑外部的效果图之后它们都会消失，新的效果图会取代一切。）

我作的其他效果图还包括几个真人大小的助理、所长的草稿（还没完成）、其他建筑的立面图、一份永世契地的地图，还有（我之前提到过的）丹尼斯和奥斯曼·哈提夫的效果图，以及聚居地的接待员☺小姐、哲学家、建筑师鼎福，还有其他研究员（他们常常以小组的形式出现，表现在画上，也就是随意涂抹几笔，画是二维的，随性之作，没有详细描绘细节）。现在，我们迎来了菲尔费克斯小姐。菲尔费克斯小姐和助理5。互不相干的线条正是通过互相堆叠放置才拥有了意义，她慢慢出现在纸上，成为焦点。我运用了令人快乐的画技，见证着菲尔费克斯小姐的身体——躯体呈现出S形和U形的曲线——跃然纸上，还有那舞蹈家般脚尖向外的双足、那黄油般的小腿、健硕的双腿、无产阶级才有的胳膊，现在我们可以看到她雪花石膏般的脖子（雪花石膏？这么说合适吗？我不知道。），最后是脸，勾勒面部总是最难的，不过那副标志性的黑框眼镜帮了我的忙，我用最深的线条把它画了出来，然后小心地（真的要很小心！）用剪刀把画沿着边缘剪下来。完美。

那神秘的查特顿小姐呢？我也会做一个她。

说干就干。我利用脑海中零碎的记忆和猜测来作画。一小时后，她就出现在了纸上，但我记不清她那双具有异国风情的眼睛是什么样的了，于是我就用铅笔在她脸上戳了两个毛糙的洞，那是眼睛的位置。我试着把她支在椅子上，这样我就可以从远处观察自己的作品，但她总是往下滑。我的两只手抓着边缘锋利的腋下，想要把她扶正，这时我偶然朝着铅笔扎穿的孔里瞥了一眼，看见了她眼中的世界。那她又看见了什么？没错，这就是问题所在，我没法决定。这当然取决于我，一切全都由我控制，好是好，但也是个负担，而这当中的可能性，那无穷无尽的可能性，反而会让创造力暂时受阻。我站在这个平面的人形纸板背后，睫毛在眨眼时经常会蹭到她的后脑勺，我想象着成为查特顿小姐的感觉，也就是，查特顿小姐经历了什么以及她如何感受这些感受。另外，她对自己眼前看到的一切又会作何感想？最后我得出一个显而易见的结论，于是拿起那支我所信赖的笔（不漏墨了！），开始工作，笔身之所以带着齿痕，是因为我在剪东西和思考的时候都会一直咬着它。我开始在另一张纸上绘制自己。

珀西·弗洛比舍——自画像。

叮！

我的设备收到一条消息，你永远都猜不到，消息的发送者居然是……

（一切都是为了女人。）

46

我的项目的基本原则

基本原则 18. 我的项目应该没有自己在最乐观的时候所设想的那么出彩，但比起自己最害怕的时候来，它也没那么让人紧张和恐惧。[①]

基本原则 19. 随着项目临近尾声，随着它开始逐渐现出雏形，固有形式也算是确定了。我对项目的依赖应该会减弱。项目会脱离我的思想，在我内心的对话中，也不再占据主导地位。这种脱离后的新状态将会把我带向何方，只有未来才会透露。

基本原则 20. 项目是什么，只有项目自己知道。它没有通过其他途径进行解释，而是选择揭露自己。我在这里的工作就是去除所有“非项目”的内容，亦即扫清项目到来前的阻碍。

基本原则 21. 到了最后，也没人会去关心项目了。（警告）除非大家都不喜欢它，但它又注定会招人嫌。人们只会讨厌它。这点你知我

① 如果快乐的状态就是为了确认必然的喜悦，难过的状态就是为了重新确认必然的悲伤，那么留给人们唯一的中间态就是担忧和希望，而这两者都归属妄想症。因此，我选择与虚无和单调结合，以重申自己对此时此刻或者其他事物的全然投入。——作者注

知。项目的评价会较为负面。（从项目中脱身要趁早，这样可以减轻负面评价对自己的影响。）

基本原则 22. 唯一重要的东西就是那些会在项目结束后留下的东西。它们会完好无损，原样保留。（而项目却不会，这给了我启发。）

基本原则 23. 这个叫“古城堡”（地名？）的东西继续困扰着我，我开始怀疑我们的大脑中是否天生就有可以接收特定概念——比如短语、字词、手势，甚至音素——的受体。这个词在我脑海里不断循环，我试过各种方法，都不能分散注意力，或者把这个词驱逐出脑海。它就像大家都喜欢的一首歌，就是那种洗脑神曲，一刻不停地在我耳边回荡；现在也正在某台设备、收音机，或者某人的耳机中传出来，声音很轻，但是尖厉刺耳，从窗台外面的某处，遥远的地方……

基本原则 24. 好吧，也不见得每个人都恨这个项目，可能有些人会真的喜欢。我们先不要盲目迷恋它的可怕。如果，我是说如果，这个项目的小部分潜在受众从中发现了值得推荐的东西，那它就应该被视作成功的！（别总垂头丧气的。）

基本原则 25. 不管怎么说，成功不就等于“让失败认输”吗？（参见上文。）

基本原则 26. 项目应该以各种形式呈现。而项目的想法、声音、文字、图像等因素，都应该替换成现实世界的想法、声音、文字和图像——就像用“:)”代表高兴，用“等等”和“诸如此类”代表任何东西。但除此之外，项目还应该包含一系列上述方面的变体，而这些想法、声音、文字和图像之类的都会被重新定位、设计、曲解、失实，但还是借用项目的形式来呈现。这些“项目构思”只有在做出永久性的调整后，才能替代现实生活中的“非项目构思”。所以，我与其考虑自己要如何替换或者换个方式去表现这个主题，不如全部换掉。

基本原则 27. 就连项目本身，最后都不免而且还会按时成为项目主体的一部分。亦即，当前纸张堆积的情况与项目的进度做到了一一对应。而且我现在思如泉涌，这绝非偶然。脑海中的灵感源源不断。难道这才是项目的本质？这就是它给人的感觉？还有这噪声？我怎么了？（时间会告诉我答案。）

47

（他在练习自己的法语）

我与夏洛特·查特顿，也就是神秘女人的会面约在聚居地外某幢独特房屋的四楼。我准时又迅速地来到它的双开门前，沿着楼梯走上去，直到我看到一双脚。它穿着小尺码的鞋和袜子，松松垮垮的袜边像包皮一样叠在脚踝上。再往上是一双细瘦的腿，发黄的皮肤与紧实的肌肉一直延伸到膝盖，凸出的膝盖与青筋好像长颈鹿的腿。然后看到一件白色的T恤，衣服的尺寸出奇地大，前胸虽说不上凹陷，却也是一马平川，最后，宽大的衣服显出了她的锁骨。凌乱的发梢、颀长的脖子、紧咬的牙关、高挺的鼻梁、凹陷的脸庞——其上遍布悲伤的谷地和壑口。这就是这位女人的全部特征（尽管笔法简略）。现在，特别是凑近之后再看，她倒显得更年轻了。她比我想象的要年轻。一个早衰的年轻的女人。

还有，我仔细打量了她的双眼许久后，发现它们看起来没那么有"异域风情"了，也没多少异国情调了。那双眼睛如果有生气，那也只能算是"普普通通"，或许是眼窝的阴影把它衬得更有神了。

她上下打量着我，脸上接连闪过一串表情：1. 诧异；2. 警惕；3. 愤怒；4. 怀疑；5. 顺从；6. 坚决，最后落在"坚决"上。她示意我跟着她，带我沿着建筑中庭那道盘旋向上的楼梯走去。她走得小心翼翼，好像还处在术后的恢复期。她把注意力全都集中在双腿上。这种全神贯注妨碍了她说话。我们穿过一组双开门，步入一条我从未见过的走廊——这条走廊看起来就像是各种廉价材料的图册：油毡、瓷砖、刨花板吊顶——又走过一些挂着锁的门和窗户，最后到达了目的地，我猜这是她的工作室。一大沓邮件似的白纸像狗一样扒着门，查小姐一脚把它们踢开。房间的门倒是和其他家的一样，齐人高，有扇窗上画着精美的图案。她领我进屋，来到了她的工作间，我们关上了身后的门。

我转身看到了另一个我不认识的研究员，他从门上的窗口向内窥探，指着我，拍拍玻璃，大笑着离开了。

房里只有一把椅子、一张小床。床上有几个枕头，一只毛绒兔子塞在粗糙的白被单里。

这间相当狭小的房间布置简陋。墙、地板和天花板全是白色（系）的。光透过灰色的窗玻璃照进屋内，屋内唯一有色彩的东西就挂在床上方的墙上：那是一床装饰用的被子，带着压抑、柔和的色彩。

“你觉得一床被子是否可以遏制强烈的情绪？”她问。

“我不确定。”真是太惨了，我充满失望。

她懒洋洋地躺在床上。我找了把椅子坐。

“我还以为它能让人顺从，但其实，它很可怕，而且我发现这很让人沮丧。如果要说我有什么感觉，我只想尖叫着把它从墙上扯下来，但我不能替任何人发声。或许，在无害与压抑之间只有一条细微的界限。珀西，你房间的墙上有没有这么一幅直白但又不会感觉冒失的挂毯？”

“我想，没有。”

“好吧，你挺幸运。”

“我挺幸运。”

“弗洛比舍先生，我早就发现你在偷看我。说实话，吓到我了。我向来独来独往，因此大多数人也没理会我。”

“你激起了我的兴趣。我没打算吓你。”

“恐怕我没什么好了解的。你有什么特别想——？”

“你做的是什么？你的项目是什么？我从来没见过你在为项目工作。”

“项目？”

“这里每个人都有项目。”

“都有项目？真的？我觉得我的项目大概是自我提升，这算‘项目’吗？某种疗愈的过程。运气好的话，或许是一个让伤口流脓的——”

“不不，我们每个人都有项目。”我坚持道，“一个真正的项目。”

“那我猜，我不知道你说的‘项目’是什么意思。”她从那床色彩暗沉、令人不适的被子里扯出一条松松垮垮的线，慢慢地撩拨着末端松散的线头。

“说嘛，你到底……到底是做什么的？织工？宇宙建模师？实境场景中的演员[①]？数据神秘主义者？文献学家？圣徒传的作者？饥饿艺术家？到底是什么？”

“你指的是不是就像……呃……职业？我现在不工作了，自然也不会在这里工作。”

“但之后呢，你到底为什么来这里？”

她从我身边挪开了一点，床在她身下嘎吱作响。

“我肯定自己什么都不知道。我们这些人到底是来干吗的？那珀西，你来这里又是干吗的？”

“我是写小说的。”

“噢？”

---

① 即 Larper，Live Action Role Player，指穿着特定设定下的服装，在现实世界中扮演虚拟角色的演员。

“小说家。”

“噢，行。小说家。解答了几个疑惑。”（她笑了。笑声又变成咳嗽。）

“有点东西。”

她猛扯了一下线头，把它拉断。她把那段线绕在食指上。这说明她想站起来。她伸出一只手。铅笔般细瘦的手指，带着轻柔的重量。我再次留意到了她的年纪。现在看来她甚至更年轻了。还有那件超级大的制服：她都能在里面游泳了。

专题讨论：关于“穿着大号衣服的小个子女人这一形象所产生的共鸣”——裹紧的毯子 / 父亲的外套 / 男友的毛衣 / 丈夫的衬衫 / 奶奶的披肩 / 尸体的寿衣，等等——这些用插入符号表示。

^^^^^^ ^^^^ ^^^^ ^^^ ^^^^^^^^^ ^ ^ ^ ^ ^ ^ ^^^^^^^ ^^^^ ^^^^^^^^^^^ ^ ^ ^ ^ ^^^^^^^^^^^^^ ^^^ ^^^^^^^^^ ^^^^^^ ^^^^^^^ ^^^^ ^^^^^^^^^^^ ^ ^ ^ ^ ^ ^^^^^^^^^^^^^^^^^^^^ ^^^^^ ^ ^ ^ ^ ^ ^^^^^^^ ^^^^ ^^^^^^^^^ ^^ ^ ^ ^ ^^ ^^

牵手的感觉真好。

“查特顿小姐——”我说。

“夏洛特。”

“夏洛特。”

“嗯？”

“你是这里的客人吗？”

“显然是。”

“你为什么来？”

“因为家人。”

“你的家人也在这里？”

“没，他们没来。你的家人呢？”

“没来。”

“噢，当然。”

她抬头看门，颈椎咯啦作响。

她咬着自己的指甲。

“你的家人呢？”

“回家了。”

“你离开他们了？”

“他们离开了我。”

“为什么？”

“谁都不知道该拿我怎么办了。”

“抱歉。”我说。

门上的窗户里多了个人影，暗自窃笑，然后又离开了。（怎么回事，我哪里好笑了？）

“我的天，别总是道歉了。”她说，咂了咂嘴，“有人可以和我说说话，实在太好了，真的。”

“我也是，查特顿小姐。”

“你愿意和我说说你的小说吗？听个故事还不错。”

“不是很想，我不想说。这不是很……这很难……好吧，说实话，这不是那种通常意义上的故事，没有真正的‘概述’。而且，它完全不像那种传统意义上的‘小说’，更像是一盘大杂烩。情节没什么进展，事件没有戏剧性的转折，甚至连叙述者都可能靠不住。”

“真糟糕。”

“正是如此。”

房间的窗台上放着几个粗陶罐，没一个对称的。罐身带着斑点，釉面也不光滑，好像涂了一层薄薄的牙膏。我拿起一个来，里面什么都没有。我和别人一样，也翻过来看了眼罐底，就看到了她的签名：C.C.。噢，还不是空的，里面有枚回形针。我把它捡起来。

“陶罐不错。”我说。

“它们的艺术性和做工都不错，你觉得呢？它们真的很能打发时间。我很无聊。”

“如果你愿意，我们可以去娱乐中心。”我提议。

“是娱乐室？天！那地方简直烂得不行。那股烟味……而且他们至少也要在乒乓球桌上放张网吧。”

“那我们也能留在这儿。想下跳棋吗？”

“谢谢，算了。”

“那短暂走一走？”

“这几天我精力有限，最多只能走到走廊尽头，不会再冒险走更远了。”她和我说，然后垂下肩，疲倦的双眼条件反射般地向窗户看去。

这里的窗没开。这边什么都没有。

我们望向窗外。

眼前的景象：研究员在下方行走，研究员在互相交谈，研究员孤身一人，研究员在西苑，几棵掉光了叶子的树看起来甚是凄凉、苍白，棕色的笔触，砖墙，被风吹起的垃圾。

纸。

时间。

时光就以这种方式流逝。

“你写的是这些吗？”她问，“把这些东西都写进去。”

“不是。”

现在，又过了更多时间。

后来，她突然说道：“我差点因输液而死。”

“太可怕了。”我答道，觉得应该做出点回应。

查特顿小姐又咳了几声。

我们又朝窗下看去。她露出了骇人的微笑。

她说：“看起来太丑了，你觉得呢？我看到过你把地上的垃圾捡起来，实在很好。我喜欢这样。这就是我邀请你来的原因之一。我希望其他人也能付出更多，让这个地方变得更好。看看这里，环境太糟了。”

风和四散的纸。远方传来嘈杂的声音。

“查特顿小姐，我并不是在打扫，而是在创造。”

“用垃圾？”

“不，我在创作一幅很强的拼贴画，会用上手边的一切东西。这就是小说的真谛，但还不限于此。我很难解释清楚，不过里面什么东西都有，就连你也是它的一部分，查特顿小姐，你也身在其中。不论从哪个方面看，你都是重要的角色——至于是哪些方面，应该只在全书末尾才能揭晓，但解释肯定是合理的。我会弄清楚一切，我也会了解你。”

她的视线汇聚在我的双眼，然后又一下子移开了。

“其实，我怀疑你做不到。”

这时，门开了。

她的助理进来了，看起来很生气。

查小姐和助理商量了一下。

“不，我没事。真的，米歇尔，我真的没事。”

助理用手指着让我退到身后的电梯里。我从助理瞪着我的眼神里读到了一种“你给我老实点”的感觉。助理在用设备呼叫别人。今天差不多了。

与此同时，查特顿小姐斜着头，看了我最后一眼。

“珀西，我想，和你会面很愉快。我们可以相互做伴是件重要的事，这样我们就能互相照顾，或者至少我们显得对此颇有兴趣。你所做的一切都闪耀着人性的光辉。那……”

“再见，查特顿小姐。”

我又看到一个人向我走来，他是后援，准备过来控制我。查特顿小姐叫住了他。我听见她说：“而且完全无害。”工作人员后退一步，查小姐又转身面对我。

“你打扫了这片地方，我要再次向你表示感谢。你是个好人，但偶尔心头也会有些困惑。”

“夏洛特，我还能来拜访你吗？”

“可以，当然。”

新登场的勤务员领会了查特顿小姐的点头示意，现在向我走来，坚决地抓住我手臂。

“很好。”

“珀西，等下。”

“嗯？查特顿小姐，怎么了？”

“你下次，能记得穿条裤子吗？”

在食堂用的另一餐为今天画上了句号。今晚这里有许多研究员，我想，考虑到现在这种情况，应该没人愿意感受独处时的恐惧吧。在纸堆上方或纸堆之间是令人窒息的燠热，而园区此刻身处的黑暗又与这种炎热相矛盾，反倒让一切变得更糟了。没有报告™了。它们现在都延后了。广播坏了，电线熔化、熔断、短路了。研究所外没人看得到报告™，但助理告诉我们，它仅仅是对研究员有帮助，这看起来挺荒谬的。但不管怎样，会议中心已经被纸塞得满满当当。所以，没有报告™了。

真遗憾，因为马上就要轮到我了。（想象一下：我站在梯子最高的那级上，那是完美之梯、完工之梯。聚光灯。下巴上的话筒。屏幕上的基本原则，每条都以钢青色作底。熠熠生辉的幻灯片。我的深刻中带着风趣，我为未来规划的蓝图，为人性做出的改进。还有那些虽然发生在我身上，但又相当能引发共鸣的感人逸事。我是让这一切成真的人。喝彩，掌声，如病毒般引起轰动。

但是，不。没有最后阶段，没有告别时刻，没有报告™，没有实现这一切的平台，没有传播它的技术，总而言之，现在不行。运气真差。）

餐厅里一片混乱。今晚是“地方风味”之夜，所以又是玉米面团和塔吉锅菜肴，还有棕榈酱和枣酱，每道菜都让人没食欲，但你又不能否定研究所尝试提供地域风味的努力，不过现在你可以了。

现在我走在回家的路上，皱巴巴的纸齐膝深，好像被毁掉的花。我用胶带包好脚，弄成一个锥形，这样纸就不会割伤我的脚踝了，肯定不会了。但前进过程依然很艰难、缓慢，而且吵得很（沙沙作响，啪嗒，啪嗒，啪嗒）。有人又像发疯的布谷鸟那样突然冲出来，除了那位聚居地的前台外还能有谁呢。

“您好，女士。”

有个新包裹，驻扎在聚居地的小妖精说。

（是我的身份证明文件，我的护照，它们回来了！）

“谁送来的？”我问。

“一个男的。”

“研究所的人？”

“不是。”

“他穿什么？”

“就是衣服。”

“普通的那种？”

“没什么特别的。”

“什么时候的事？”

“几天前吧。”

“几天前？那你为什么不……算了。还有别的吗？”

“有。还有个人上楼了。”她说。

不是研究员，不是助理。所以，有个外面来的人现在在我的房间？房间会有动静。门开着，有沙沙的噪声。其他住客都在抱怨。“访客禁人”的规则已经施行。这就是规则。如果你不能遵守行为准则的话……

“那是谁，谁在那里？拿着包裹的人是谁？”

“你不认识？唔。”她向我使了个眼色，好像我们共享了一个邪恶的秘密，接着她就慢慢向后退，缓慢向后退，退回阴影里。

我大步走上楼梯，咔嗒一下打开门，轻声打开声控灯。

房间是空的。

他早就走了。来的是那位双生店里的男人，或者是他的某个手下。肯定是的。而这一切都说明护照肯定已经被送回来了。但它现在在哪儿？

肯定是在纸下，被埋起来了。

我再次穿过纸堆，途中时不时瞥一眼纸上写的东西。上头都是些不虔诚的文本。继续挖，读，挖，读，挖，读。它肯定在这儿！我从一个房间走到另一个房间，阅读，揉皱，阅读，揉皱，踢起一堆堆纸，最后我终于找到了（我找到了！）。又细又长的灰色盒子终于露出了一个角。

我把双手伸进纸堆，推开两侧的纸，倒下的纸落得到处都是。我用力一拉，纸四散开来，那个包裹就在纸的上方。

我一把扯开包裹，里面主要是填充物。当中藏着信封，信封里有护照和我的身份证件。

那个玛瑙蓝色的小册子是原件。

在它下面是一份崭新、完整的证件。

名称。护照号。照片。签证状态。出生日期。社会安全号码。到访目的。滞留时长。签证批准官的签名。指纹。安全水印。持有人的签名……

看上去不错。看看这个金色的枝条，这套崭新的身份证件（居然是由本地的双生店提供的）和我心里想要的完全一致。而我呢，又会在某个时间把它交给某些在边界，也就是永世契地与外界区分的地方等着我的守卫，我会遵照要求，把这些纸抵着柜面，滑进装着防弹玻璃的岗亭里。我心里清楚，它们能再回到我手上的机会微乎其微（不论我领到的号会把我带到哪个窗口前）。工作人员会对这些证件进行审查。当他翻阅那本册子时，我就会在一边看着他，看着他的视线在那些文件和我之间来回扫视，然后又低下头，往后翻了几页，检查上面的印章，那些表意的足迹。他会翻开我那本脆弱的小册子，然后把它盖在闪着红光的扫描仪上，为的就是确认我的指纹、我的生物学特征，将我的材料与那些他们已经掌握的闹事者做比对。而这些资料，就是我……和非我之间的唯一屏障。

不错，我的护照还回来了。一切都归于平静，一切秩序又如往常。

（纸的故事还在继续）

而在后面的聚居地里，一组双扇门突然自动打开了，飘进来的是一张崭新的纸，两名绅士推着一张轮床，紧随其后。

神情漠然的奥斯曼·哈提夫先生躺在上面。现在，那两个男人站在担架两边，把床上的哈提夫倒在担架上，再把担架和他一起推进一辆长长的车里。

纸轻易地滑到一个写字板上，其中一个男人在上面签了字，另一个人拿过写字板，机械地走到驾驶侧的车门边上，上车，然后开走了。

数小时后，一群鸟儿扑着双翼飞向空中，如果你听得够仔细，可能会听到一声刺耳的指令，也可能是三声枪响？又或许，其实一切与之正相反，可能一个大抽屉滑向墙，然后“咔嗒”一声关上了？还是一架喷气式飞机？

这些声音里，你哪个都听不到。至于纸，倒是有可能。

48

（死神的舞蹈）[1]

助理们现在全都戴上了面具（有时也会戴手套）。空气中有石碳酸的味道。锋面逐渐推进，我们也伴着幽闭恐惧症，在艺术中心集合宣读誓词。这里气氛低沉，环境嘈杂。在我们将内心的事和盘托出前，还要背诵研究所的誓言。尽管大家都不情愿，但还是照做了。不过大家都不用照着纸念了，我们都是老手了，熟能生巧嘛，这些东西早就熟记于心了。现在，大家都在不情愿地齐声背诵，就像嘟囔效忠誓词的孩子，或者唱国歌的运动员，多数时候就动动嘴型，有些时候就心不在焉地“呐呐呐”唱着。音量差不多就行，为的就是完成一场完整的演奏，也就是说，每句话只要唱一两个字就行了。因此，尽管我们每个人单独背诵誓言时可能没什么感情，而且未必完整，但合在一起就不一样了。

我需蒙恩，因为
事情无法改变。

① 见《魔山》第五章第八节，但同时法国作曲家圣桑的同名管弦乐作品 40 号骷髅之舞也是这个名字。

勇气啊，你们这些大骗子需要它。
智慧，狡诈，还有偶然的运气。
我们承认此时此刻，
沮丧无望，
束手无策。

日复一日，
年复一年（了无差别）。
过往的万千瞬间，
列作磨难的目录。

通往宁静之路？不。
它本就如此，现在更拙劣。
或许，
这说明“未来世界”会很糟。

所以，做好准备。
我们最可能的是被某物淹没。
可能是火，纸，或血。
或者是放射性的残渣，自己的污秽。

或者一切都像那本书里写的那样崩塌，这本书被拍成电影，所有的虫子都变得巨大无比，低垂的天幕上出现的龙卷风如同钟乳石，唯一的声音就是炮火的轰鸣、燃烧的火焰持续发出爆响、闪电奏出优雅的音符、受伤与消沉的人发出低声呜咽。我们的脸会被熏得漆黑，衣服破烂不堪，而我们，这群活死人，会四处洗劫我们损坏的购物车，自然要避开主干道，因为不论是现在还是以后，我们最大的威胁始终都是对方。还有一点，到那时候，我们为了活下去，可能就要吃人肉了，另外也不会有水。也就是说，世界既是它现在的样子，也是它未来的样子，却不会是你希望的样子。

所以把能做的事都做对，
而且都做好。
起草愿望和遗嘱。
然后投降。

什么？没错，当然，
一种可估量与合理的幸福
已经出现（符合条款与条件），
但大多人得过且过
接受艰辛，将其视作通向远处虚构的和平之路。
盲目地相信事情不知为何就会再度
回到正轨
而最终他们，也就是，我们，或许会快乐，就算
不在此生，
但谁知道呢，或许永远与全知全能的神，
在未来，做伴。

古城堡，噢，古城堡！
自由，平等，博爱，
等等，等等。

我们在背诵誓词时不会看着对方。太尴尬了。背诵结束后（谢天

谢地），我们察觉到了瞬间的沉默。

接着，我们宣读誓词，然后像戴着镣铐的囚犯那样，拖着脚步，鱼贯而出。不知为何，这种朗诵让我感到很恼火。今晚的情绪比平时更让我感到煎熬。或许我对归入集体，成为另一位研究员这件事已经厌烦了。看看他们在中庭游荡的样子就知道为什么了。那位手和脸都覆盖着疤的女人阴森地朝我微笑着，然后将一根烟塞入她紧紧闭着的嘴和纱罩里，点上烟。烟头闪着光，但纱线却没有引燃。她疲倦地呼出一口烟，但又伴着满足的呻吟。建筑师鼎福和品牌分析师就像上学的孩子一样，蹦跳着跑向别处，而整形牙医则在和整形外科医生交谈。还有迷彩工程师，以及收集纪念雪景球的人。只剩下我和极简主义者、争论者 1。（争论者 2 呢？）争论者 2 显然已经不在这儿了，我不确定为什么。事情进展得太激烈？有过一场决斗？那些辩论中的立场，也只是立场而已，但是有些立场却是信念，根深蒂固，更难摆脱。也就是说，我可能误解了他们的争论和目的。但不管怎么样，争论者 1 似乎伤心欲绝。争论者 2 到底是什么时候离开的？争论者 1 不想谈论这件事。好吧，但……他离开了。这就成了乞题谬误，那我也应该直接……离开吗？

我本在回公寓的路上，却发现自己在朝停车场的方向走。

我的意思是，假设……假设我真的要走呢？难道就是动身离开这片喧嚣这么简单？然后呢？我现在又有了主意。我可以离开研究所，进入荒野，擅离职守。在沙漠里或许有那么一处为我准备的地方，一座寒酸的棚屋，一间陋室，我能在那儿过着隐士般的生活。在这处属于交流和商业的穹顶之外，有那么一块属于我的土地。对世界来说，我肯定已经死了。我就生活在海平面的高度，生活在最平坦的平地。不会再有那种居高临下的视野，但我应该也会满意的。没有监视，没有铃声，没有压力，尽管生活清苦，但我还能活着。那边有辆车，完全无人值守。为什么不去试试？

我发现自己变得兴奋不已，便朝着车走去，听着血液撞击耳膜，还有踩在地面上的嘎吱声。现在，我直接跳进车里，语音命令车载GPS，随机设定目的地，一直开到车停下来为止。等动力耗尽后就下车。谁会想我？没有组会，没有誓言，没有互相攀比项目完工的情况，也没有项目组互相影响的情况……啊，但珀西，然后呢？这个项目要怎么完成呢？这就是问题所在。没有基础设施、指导、助理，那整个计划又要怎么完成？真相就是，我不行。如果光靠自己，我一天都撑不过。我能在风暴中活下去吗？那在沙砾和煤灰中呢？别忘了，还有旋转的纸和其他各种残骸。这些都是问题。项目正在逐渐成形，成功就在眼前，如果这时候放弃，那就太蠢了。但是，想想自己即将获得的自由、隐私、衰亡的野心（和平）。或许双生店的人还有其他更加激进的方法可以帮助我……消失。谁知道呢？但是……我的手已经搭在了车门上，所以我也可能——

几具躯体撞向我，现在它们溜了。

（……以及年轻汉斯的品德）

黑暗，彻底的黑暗。

我需要集中精神。现在，一间新房间。我孤立无援。这里好黑。我什么都看不到，虽然情况实在再明显不过了。也就是说，我可能已经被授予了一份很大的荣誉。这不就是吗？只有最有前途的研究员才能拥有像这样的静修期（我会让你知道的），也就是那些工作将具备长久价值的内容提供者。所以，那个伟大的、秘密的同侪委员会肯定是为了讨论我的问题而召开的（我的确想过），我的项目经过仔细审查后，项目进度又继续向前（再说一次：这是假设），然后伴着巨大的橡皮印章盖下时的啪嗒一声，落在了合适的表格上。然后响起了一声欢呼（我真的能听到），然后就是握手之类的动作。

我必须配得上这份荣誉。

收尾是最困难的，因此也需要最孤独的环境。但这很难，这种孤寂，正是我要克服的困难。

珀西，再好好想想，结尾现在越来越近了，你可以的。

我隐居的地方一片漆黑时，又变得很难了。除了黑暗，还是黑暗。但毕竟，这种黑暗也是与任务对应的。没有干扰，更不会带来有意义的信息，没有输入的知识，而且我显然也不会与同事接触。没人告诉我这段经历会持续多久。

（FAQ：研究员是否会永远被困在这种创造的孤寂中？答：我不知道。）

他们允许我偶尔休息一下，独自用餐，而餐食，自然是被我那位安静的男侍齐姆齐姆推到门下。但也就这样了。简而言之：不能有干扰。

而这就是新的苦修。

另外，我觉得自己已经在孤独里度过了某种纪念日。这里没人会庆祝这些东西，不过我确定昨天就是我来研究所的日子。又一年，又过了整整一年了。令人惊讶，惊讶于时间已经过了两年。难以置信，我在元结构下方生活是在几年（我想说的是：五年？）前才开始的？我不知道。

我会离开的，而且很快。但我离开的时候只会留下更多的纸。最后的几页，还有更多的纸。这是我禁闭的意义所在。

我会获胜的。

但没有输入，只有输出，只有输出。

开始第二次沉思，这次是关于时间，关于我对它的认知所存在的严重缺陷一无止境的延伸，独身一人，自我除了可能存在于内心的陈旧资源外，一无所有。

只有自己与自己做伴，想象，枯竭的叙述技巧，以此类推——这种冥想的过程可以用一个词来描述：“等等。”

时光流逝。

呻吟。揉揉我的脖子。

时光继续流逝。

尖叫了一会儿，稍微哭了几分钟，然后闷哼一声。

我在黑暗中感受四周。

我又哭了一会儿。

赎罪，阐释，联合。我无聊了。

而“众人高喊”是唯一新鲜的地方。

但我也想了一些技巧来扼杀绝望，比如我会释放出某些特定的幻想，或者自己时不时也会唱起来的歌。另外，我偶尔也会做些锻炼（见下方：日常锻炼动作）。

我在列表中加了一个新活动，那就是敲手指的艺术。

嗒，嗒。嗒，嗒，嗒。

继续重复。

当我在黑暗中用手指敲着自己的腿时有了些新变化。比如一盏灯忽明忽灭，不是在我脑海里（我相当肯定），而是一盏真正的灯。（未完待续）

嗒，嗒——

灯亮了。

我立在原地，抬头寻找光的源头，然后，世界再次归于黑暗。

我坐在黑暗中。

我吓坏了。

又是哭泣、歌唱、自娱自乐，等等。

等待了一会儿后（我想说的是：好几天？），我又试探性地试了一次，又敲了几下手指，然后，我的天，灯又闪烁着亮起来了，只是一阵微光，是思想，但历经黑暗后的光显得分外刺眼。

我停下手指，光闪烁着熄灭了，和之前一样。

结论：

敲打手指——灯亮。

停止敲打手指——灯灭。

因/果。证毕。

我再次敲打手指，当然有些试探的成分，然后缓慢加速度，光芒四射，我开始有些适应它了，光越来越强，我手指的动作也没停下，直到光足够照亮这处我将其视为家（其实是囚笼）的地方。这是一处方形的空间。这里只有一个房间，而墙和墙之间也不过是四大步的事。继续敲打手指，灯光渗进了房间的每个角落，越来越亮，越来越远。这里有张床，还有个床头柜，上面放着亮闪闪的东西，还有一个水槽、一面不锈钢镜子。

嗒，啪嗒，啪嗒嗒。

当我像这样敲着手指时，思考着一切的根源。

光源？是一扇打开的窗——可能有出口？我不知道。我的手指敲打得越频繁，光就变得越亮，所以我干脆就不断敲下去。老实说，我还怕失去什么呢。所以我现在越来越喜欢这样了：先敲出一段复合跳，再打出一串颤音，接着滚出几段和弦，又用五指弹了一段音高上下变化的琶音，又打了许多装饰音，单倚音和拖曳，一组瑞士军队三连音。而灯光——明明只是在我的头顶，但不论我是环顾四周还是抬起头，不管朝哪个方向看，情况都有变化——亮度不断增加，越来越亮。

现在我两只手都用上了，把26个字母都打了一遍。“The quick brown fox jumps over the lazy dog！”又试了一句：“Pack my red box with five dozen quality jugs！”[①]而灯光又变成了某种疯狂的凫绿色，带着细微的变化，令人心醉神迷，它呼应着手指的动作跃动着。

---

① 这两句话都为全字母句，后一句应该是Pack my red box with five dozen liquor jugs，被软件公司Beagle Bros用于测试输入的范例。

这种纯粹通过触觉传递的无声欢愉，可以由组成方阵的字母表述：

Q W E R T Y U I O P
A S D F G H J K L
Z X C V B N M

肿胀，发热，而且，老实说，还有点烧灼感，但只是一点点。我的皮肤开始发痒，没关系，别管它。看，现在我敲打手指不再是为了驱散恐惧，而是为了带来希望，而且还有点自娱自乐，只是一点点而已，尽管有些瘙痒，尽管泛红的皮肤像是受到了辐射，实际上已经有点剥落了，头发和手臂的毛发也掉了几根——我的毛发因为高温而卷曲，好在热量现在已经开始消退——它们在我面前的地上落成一小堆灰烬，但这是什么？没错，尺寸惊人的伤口。我的皮肤开始淌血。然后撕裂得更加厉害，然后又奇迹般地结痂，像是加了速的定格动画，而我就……像在……蜕皮，速度更快。我的身体正像鸟类那样换羽，而它（我的身体）也开始冒烟（场面令人不安），就像一场后院里的烧烤。尽管我不如蚂蚁农场那样能够感到极度的疼痛和瘙痒，但是啪嗒嗒啪嗒嗒嗒嗒啪，这种感觉令人欣喜若狂。我的手没有停，就像是在速记，指尖扫起一阵旋风，速度越来越快，手指像是发了狂，达到了极致；我身上流露出一种演奏家的特质，一段真正激动人心的经历，我的身体不断排出液体，同时我也在经历着这种激动人心的感觉，然后变成越来越洪亮的喝彩，在迷乱的狂喜中化作液体（而灯在我“化作液体”的瞬间变得炽热无比），我现在强迫自己继续，不断敲打出“咔嗒咔嗒”的声音，咔嗒咔嗒，咔嗒咔嗒，又是一句全字母句：“jackdaws love my big sphinx of quartz，”我能感到许多压力正在堆积，亮度不断累加，刺激性的味道充斥着我的喉咙。灯现在变得非常亮，而我的脑袋里面好像真的有个声音，像是脉冲星的噪声——一种电磁的、清澈的、平稳又低沉的声音，而我的脑袋……我的头……啪嗒，当灯最终变成超新星时，啪嗒嗒嗒嗒嗒嗒，然后所有的墙，我的脑袋，似乎都坍塌了。光的亮度到达巅峰，白光令我目不视物。

所以必须停下来。

光线迅速暗淡。然后，现在，尽管房间再次暗了下来，尽管视线还因为先前烙着强光的残影而变得模糊，我依然可以分辨周围空间的基本形状，最近的光线爆炸没有带来任何改变。终于，我望向前方，眼前的东西看起来像是个造型花哨的枝形吊灯，天花板上垂着根长铰链，吊着一个昆虫模样的吸顶灯。

灯泡极为先进，嵌在那个东西里，就像昆虫的眼睛。

男人和女人在我身边围成一个圈。他们一直在那里，低头看着我，就像进行献祭的德鲁伊，准备用仪祭刀夺走我的生命，并从我的抽搐中解读即将来临的世界。

然后，就这样，四周又变黑了。

等等！

过了许久，有扇门打开了，我被推了出来。

隔壁的房间是个前厅，里面是所长。

“啊，珀西。不错。”

“谁让你这么做的？”

“我的孩子，是你啊。”

“我要求归还我的文件。”

“容我驳回。我们取得的进步可不小啊。”

停顿。

（讯息）

从另一方面来看，好消息就是，经历了漫长的康复和疗养期，我又回到了公寓里，这是我在研究所里最初的住所——我的老朋友：34号房。我又躺在自己的床上，谢天谢地。我之前还有过访客，她就坐在我床边的椅子上，还有人站在床边低头看着我。我不认识这些人。后来他们也不再来了，所以，我开始用设备访问研究所之外的世界。我发了几封邮件，搜索，扫描，打探，向外摸索自己的感觉。有些公报很长，比如完整的信件，而其他的只是响起的一声短促的提示音。

——你怎么样?

——你是丹尼斯?

——奥斯曼? 噢噢噢噢噢斯-曼?

——天，这里太臭了

——*臭

——自动更正，输入法在搞什么

——丹尼斯

——在?

——你怎么样

——你在哪儿

——请回复

——丹尼斯

——可

——等下

我在自己所处的“监牢”里，把发出嘀嘀声的设备向墙外扔去——那是我的信鸽——我希望它们能够扑打着翅膀飞向外面，然后落在正确的窗台上，火速发送信息。我希望获得回复，为了获得信息和证据，来证明外面的世界还在继续运转，势头不减。即使在与世隔绝的研究所内，生活也变得越来越激进，外界的生活也依然会存在。但愿吧，这些消息没送达也没关系，因为总有一只传递信息但又漫无目的的鸟儿会在自己所处的世界外留下些痕迹，这就能证明那个世界的存在，那个没有穹顶，没有报告™，以及没有项目的世界。

——你好

——有人吗

——过了一段时间了

——？？

尽管我一条回复都没收到，但我要是放弃了，万一错过了怎么办？

——哟

——还在，你在哪儿？

同时，出现了那么多白色的仆从，那么多黑色的质控，那么多门开了又关。脚步声，无穷无尽的回声在亮闪闪的走廊里回荡。在我房间外居然有那么多回声（这声音当然是助理的了。他们有最锃亮的鞋，甚至还有鞋带。）。我躺在床上，听见他们的讲话声从门外传来，从地上冰冷的瓷砖中传来，从浴室里，甚至还从开着的水龙头里传来。这些没有源头的回声每一下都融成了一串无穷无尽的声音。不是“午夜雨林”，不是“母亲心跳”，也不是“遥远北方的巨大瀑布”，只有回声。我试过计数，但根本数不清。我试过计算各种东西：年岁、永世、分钟、月份、心跳、眨眼、循环、回声……什么都加不起来，真该死。我算不出总数。我以为自己能从这堆垃圾、这堆纸、这堆书页中计算出日期来。但是不行。

——现在有人能来接我吗?

——你确定?

——我十分确定。真的。

——如果我做错了什么,很抱歉。

——为我做的一切

——什么?

(但最后一条信息没有回复。)

不管他。

文字现在显然是没用了,所以我单独发了如下内容::(。

这个表情意味着:“这些都让我难过。”

然后,时光流逝,犹如白驹过隙。

现在我放弃了等待。没有消息回复了。

难道无法逾越混合了风沙的锋面?

没关系。

没关系。

没关系,还有工作要做。我快成功了,我,必胜。

想方设法,不择手段。我,必胜。

49

（百科全书）

我在研究所里又过了——（我想说的是：一年？）在这段时间里，我继续以一页页文字的形式为我的工作提供素材。虽然纸上写的东西看似是随机的，但仔细检查后，却发现这些素材其实和我的项目关系密切——它们似乎都和我，还有我的项目有关，就像是专门为我整理和分类的一样——我再也没理由怀疑它们的出处。也就是说，我再也没理由去否认这个明显的事实：那些数量激增的材料背后的源头，就是我的仿影，而泛滥的纸张所遵循的规律，绝对就是我亲手写下的基本原则。

或许我一直清楚这一点，但知道又怎样，更何况是现在？纸的源头，或者它们是从哪里来的有什么关系吗？只要我的项目不断取得进展，又有谁会在乎构筑项目的材料到底是从哪里来的呢？材料不断涌进来又怎么样，我有什么资格去阻碍项目的进程呢？

元结构的穹顶下，情况恶化的速度堪称稳步增长。尽管遭受着破坏，尽管我们组织所在的空间被抽成了真空，尽管我们被它的泡沫所淹没——我们这座放纵的亚特兰蒂斯[①]早已沉没在红色风暴与白色纸

① 传说中拥有高度文明发展的古老大陆、国家或城邦之名，据称其在公元前一万年被史前大洪水毁灭。——编者注

张的海底——尽管场面混乱，恶臭弥漫，更不用说每况愈下的世风，急剧崩塌的道德标准，恶化的环境又带出了突然低劣的服装标准和道德，这是一场人类世[1]的噩梦。尽管这一切仍在发生，但是研究所的生活事实上没有丝毫改变。我的意思是，尽管我的项目有所进展，尽管外面的世界一片混乱，但每天的节奏却没有丝毫改变。

我依然会出席自己的指导会，接受别人的冥想指导，参加我的创意动力工作坊，还在阅读巨量的信息，并且回复之后的在线调查问卷，为的就是证明我读完了，这一切都得照做。一切都和之前一样。你可以说，这一切都在正常进行：项目、小说都即将完成，进入了最后的冲刺，这份神圣的工作中，有九成已经彻底完成并打磨完毕，全都被妥善保存好了。

我简直不敢相信。

我就是不能（相信这一切）。过了这么多年。试了那么多错。在那些废案中又埋葬了多少无果的雄心。但现在，显然，我“就要完成了”。我已经超越了所有那些命中注定无法完成项目的人。那些人的工作要么半途放弃，要么不符合预期，要么本人懒惰成性，或者受到阻碍，它们将永远看不到曙光。

我会完成的。（我想。）

而且这一切似乎是自然发生的（再说一次，这还是我想的）。换句话说，与我无关。

菲尔费克斯小姐又回到我房间，检查我的交付物，看来我即将成功的消息已经传开了。不过她现在进门都困难。

所有物体的表面都贴上了纸，这是一个乏味的世界，但其中却掺杂着白色、黄色、棕色、粉色，时而点缀着蓝色和绿色，不过大部分

① 地质学上的时间之一，指人类活动的世代，目前尚未明确时间划分，但确定是全新世之后。

纸的色谱就像牙齿的颜色与高加索人的肤色[1]那样，无所不包。工作室里的每张纸看起来都很独特，长和宽都不同，至于颜色，每张纸都深浅各异，都用不同的字体和边距做了标记……简而言之，每一页都好像是从不同的书里撕下来的，就像是书留下的垃圾，废弃的书页。但我的理解更深一层：这是大型回收利用的材料。

有些纸是空白的，多数写了字。有些被涂画过，部分纸有折痕或镂空。在我的房间里，这些纸全都是有顺序的。我房间里的纸和研究所垃圾场里的纸截然不同，它们被紧凑地码在一起，错综复杂，结构精巧，一沓压着另一沓。这堆纸里有示意图，有数据表，甚至纸雕，这些纸对研究所里的一切和所有人都有过摹写。现在，颜色明亮的线条连接起了每一张纸，织就了一张巨网，这些编码过的线条组成了重叠、反复、纠缠的网络。

她小心翼翼地向我走来，好像鹤穿过沼泽，发着啧啧声，不赞同地叹着气。看起来，她好像迷失在了这一切里，于是我抓住她的胳膊，领着她小心翼翼地穿过这些线条组成的迷阵和地上的纸堆。我们走得缓慢，得弯下腰，再跳过纸堆，在线头和纸张之间跋涉。对于有些纸，她会更仔细地凑近看，拿起的头一页似乎让她很惊讶，那居然是本游记。

“我之后会用上的。”我承认。

我们在地图集、烹饪书、文学评论、哲学著作，还有列着看似随机排布的物品名称和人名的纸中跋涉。各种登记簿、打印出的社交网络和信息流、董事会会议的纪要，各种宣言、医学参考资料、惊悚小说、专栏小品、谜语、凶案小说、宗教手册、购物清单、诗歌、剪报、传记、明信片（印着船、建筑、沙漠……）、超自然能力证明、工作

① 高加索区域在地理上指黑海和里海之间，肤色较白的有斯拉夫人，肤色较深的有亚述人，所以高加索人的肤色变化从白色到褐色分布广泛。

人员的纸、初学者、经典著作、回忆录、日记、分类广告、书的旁注、色情小说、汇总说明、孩子看的硬板书、楼层索引图、建筑立面图，还有自杀记录……

“这些东西是什么？”

“是我的项目。它就在这些纸里。没错，这就是我的项目。这些纸的顺序都是我安排的，就像你看到的那样。”

她只是站在那儿，双手叉腰，就是一副……什么表情呢？与此同时，我继续带她穿过我的网络，努力避免破坏这个微妙的生态系统，小心不去撕开周围的网。菲尔费克斯小姐低头看着仪器，然后再看着我，接着又向下看。我希望能读懂她的心思，却失败了。她在评估我的工作时，脸上浮现出了一连串表情，我弄不清它们出现的原因，这可能是慈祥的关怀，或者疲惫，或者愤怒，也可能是被长期冷落后所积攒的郁气。我不知道。

“沙漠的馈赠。”我继续说。

我大手一挥，划出的巨大弧线囊括了“所有”东西，整个房间里面的东西（在外行人眼里，这个房间和囤积癖的洞穴无异），包括这些纸、纸上的内容，就连她也在其中，我做了个环绕的手势，把这些全都指向自己。我把所有的东西都送到了自己的怀里。

她转身背对我那堆乱糟糟的工作成果，然后说：“这些就是我们给你送来的书？我的天，弗洛比舍先生，你看到上面的印章了吗？它们是研究所图书馆的财产，不是让你随意糟蹋的。”

给我送来的？

“珀西，这里不允许撕书！”

（助理的手推车里满满当当的，阅读室里满满当当的，都是色彩柔和的各色书封——麻布、帆布、棉布、软封、硬封，这些书有着岁月沉淀的味道——成令的纸，簇新挺括，捆扎整齐，把房间塞得满满当当……）

不。不。这是沙漠给的。管他呢，再说吧。没关系，真正重要的是我怎么筛选它们的。

我把纸切成各种形状，我为它们赋予意义，我就是这么做的。

“你不能否定我做的这些事，还说什么它在某种意义上不算项目。”

她环顾四周，我觉得她好像有点生气，不过也可能有点动摇了？

“我真的要谢天谢地了，这堆烂摊子要让谁来埋单？”

“你先别管别的，它就是一种小说。”我毫不畏惧地重复道。

“我会和所长反映的。”她说，这不是威胁，而是放弃，“抱歉，但——”

我利用她离开之后的这段独处时光，给自己的项目做了点删减。

我继续循着犯罪小说和励志书籍里的某条曲折线索，在迷宫中穿行，走过控制论和媒介理论的参考书。这页纸带着标题，上面写着：阿拉伯世界史。另一张纸好像是某个当代的幽默作家写的。这张是沙漠生态，还有几页上面是文学批评和文学理论。这里面还有几页纸，它们和我这几年一直试着读完的巨著相比，远不只是相似那么简单。这本现代文学经典著作不仅是我带来这里的行李，也广为世人熟知和喜爱，简而言之，宏伟。这本书的纸也在我的项目中献祭了自己的生命。刀切开的瞬间，我的小说似乎不过是这本书另一个丰富多彩的版本罢了。那本鸿篇巨制好像被丢进了碎木机里，它的章节、句段，甚至单词，不管愿不愿意，现在全都混在了一起。书中的名字、涉及的主题、提及的地点，三者就像万花筒那样随机混合，但在这结果之中，仍然存在某种（虽然痕迹微弱，却还是能分辨出的）模式。

我继续跟着线索走。对我来说，现在至少有了一条连贯的叙述线索。每当这条线索看着就要完结的时候，又会把我引向另一个草草系上的结，故事线稍显清晰，我的故事-斜线-收集。我在其间游历，抬头才发现外面原来变得那么暗了，我才意识到，我已经看了各种（我想说的是，有三百种了吧？）尺寸和颜色的拼接纸。我继续穿行其中，发现关于这本小说，有几件事可以给出肯定的回答。比如它的情节、它的主角等。我可以对小说的结构、主题、目的和内在含义做出合理的回答。有能力的读者甚至还能说出目前情节的走向——简直与我水平相当。尽管我离（最后的）那根线，也就是我的终点线，亦即故事的最后一部分还很远，但在这个世界上，它最能代表我做的事和它的结束方式。

马上回来。

（晴天霹雳）[①]

休息，许多渴望已久的休息。

我为了让自己的头脑从小说最后几章繁重的脑力劳动中稍稍喘口气，就将节省下来的大部分时间用在了轻松的准备过程中。比如玩一场处于分离性神游症状态下的游戏。有益智游戏、思维难题、填字游戏，还有跳台、赛跑，但我最喜欢玩的还是第一人称射击类游戏。比如前线、死亡节庆、飞跃巅峰，还有多人第一人称射击游戏™巴雪戴尔战役[②]的消耗战模式。泥泞与沙袋、椎骨般焦黑的树、带刺的铁丝网、炸弹坑、曳光弹，到处都是雷鸣般的响声、烟雾，全都被无人区的泥泞沼泽囊括其中。福克产的飞机[③]低鸣着掠过天空，马克5号坦克[④]的巨型履带碾过成堆的尸体，大范围的毒气弹炸开成了美丽的毒云，附上最高级的粒子效果。我手握一杆拉栓式毛瑟枪的枪托四处蹦跳，视线透过虚拟的防毒面具上装着的两块粉色玻璃，瞄着枪的准星，喷出一串红色的火舌。耳机里是尖叫，还有骨头碎裂的声音。抢占制高点，

---

① 见《魔山》第七章第十节，该节也是全书的最终章。
② “一战”时期，盟军为了突破德军的封锁线并到达西部边界比利时码头所进行的一场战役。
③ “二战”时由荷兰飞行员和飞机设计师安东尼·福克设计生产的飞机。
④ 由“一战”时英国在第一辆坦克马克1号的基础上改良得来，一直服役至“二战”结束。

弯腰躲避，迂回行进，放倒成片的敌人，一枪一个，有时也靠爆炸杀敌。用匕首、刺刀、铁锹、手榴弹，杀戮，杀戮，杀戮，杀戮。死亡总是伴着逼真的音效。忍受枯燥无味的过场动画和死亡行军、地图、命令，挖战壕，吃老鼠，染上霍乱，遇上1918年的大流感。中弹，遇刺，以各种方式死亡，但按照漫长的程序操作后，我总能复活，然后再次开始屠戮。我从头开始，就这么一次又一次，重复新的生活，感受新的自我。我反复重玩这个单人战役，死去，复活，循环往复。

这就像是一场仪式，或许，还是一场庆祝仪式。

而且的确有件值得庆祝的事：我的行政隔离解除了，我回到了以前的团队中，队员比我现在的更好，都是些更好的艺术家。助理边滚动自己设备的屏幕，边朗读上面的内容。我们被人叫到名字时，都嘟哝着表示回应。到，对，是的。全体成员出席。我们能听见外面的穹顶发出吱嘎的声音。房间微微摇晃。

打开折叠椅。男人张着腿坐好，手肘撑在腿上。脑袋低垂。女人紧张地跷着二郎腿又松开。有人快速地抹了两下肩膀，弄下了什么东西，还有人咳了两声。助理11让我们安静。

今天出席的有数学家、木偶戏演员、宇航员、画家、布景理论家、作曲家，还有一堆新加入的研究员，我一个都不认识，（当然）还有我。

最先发言的画家告诉我们，他其实是一位备受推崇而且收入不菲的社会肖像画家（“我见过您的作品。”我说，但众人的嘘声打断了我。*别打岔*）。其实，他曾经是一位备受推崇而且收入不菲的社会肖像画家……直到……直到一批接一批出钱找他画画的人都以缓慢，甚至几近难以察觉的速度逐步变化，最后肖像里的人物变成了画家本人。画家通过放大或者缩小模特的五官来模仿自己的形态，抹去对方的性别、年龄、人种特征后再复写……好了，嗯。*不错*。这下，所有肖像画都成了他的自画像……*啊，敫，真恶心*……下一个发言的是作曲家，他创作的大型赋格为复调音乐的复杂性立下了新的标杆，他用分类对位法创作的作品极为完美，同事们纷纷合上了工作人员的文件，踢开身上的被子，离开了他们所处的风琴台，把他们的古钢琴拖到阁楼里，再盖上老旧的毯子，然而，作曲家所谱的曲子时刻都在创造新的高度，在作品里添加了越来越多采用半音音阶的对位主题，但是总是不断收尾（当然，又重复了一次！），不断以相同的主题收尾，这是唯一能在他那个钟表似的精巧的音乐拼图里充当终极动机的主题，也是唯一能与其他所有部分的乐章相对的主题——音乐一遍遍地响起，那段主题就是用他名字的字母所对应的音符谱成的……恶心……然后，然后，然后，数学家不断在自己封闭的体系中寻找相悖的自明性（唉）……妈的……木偶戏演员则一直在做小一号的木偶戏演员，而小一号的木偶戏演员又在做更小一号的自己。木偶们就像族谱树那样垂荡着，磨损的挂毯垂下丝丝线头，就像支序分类学[①]的分支图，带来的是不断增加的分形相似性，还有天生就有的腐败问题……还有一位重写他人作品的人，他逐行逐字地替换文本，将旧的文本彻底替换成完全不带原文的新作，我们已经知道这不是我们……呃……等等，等等，还有诸如此类的事。接下来轮到了集合理论家，所有不包含自身的集合的集合让他苦恼不已，还有……还有……还有天文学家从望远镜里望去，只见到自己眼睛的反光，而哲学家只相信分析命题[②]的确定性，这个命题以重言式[③]出现。还有神经科学家，他为了记录下自己灵魂出窍的体验而调节自己的角回[④]，每段经验里都包含着他自己（唉），不同体验的差异也只是规模上的差异，就算这样，也跳脱不出这个范围。然后

① 又称亲缘分支分类学，是一种生物分类的哲学，指只依据演化树分支的顺序，而不参考形态上的相似性来排列物种。

② 这是康德在《纯粹理性批判》中提出的一个概念，他将其定义为：谓词概念会包含在主词概念中的命题。

③ 一类不管其原子命题取什么值，总是为真的复合命题。

④ 大脑颞上沟附近的弓形部分，是人类的视觉性语言中枢，若角回损伤，则会切断词语的视觉意象和听觉意象的联系，引起阅读障碍。

就轮到了我，于是我开始发言。随着发言逐渐推进，我说的内容也慢慢成了对自己项目经历的得意描述，对自己向上攀登数级阶梯的经历，以及对我所获得胜利的描述，我脑海中出现了一段记忆，这记忆既鲜明，又简陋。它登场的方式相当显眼，就像在某个约好的日子里，在探视时间前来拜访，伴着响亮的脚步声，穿过意识的玻璃大门，大步走进我的脑海，在思维的前台登记访客信息。叮叮叮。它带着所有同时指向我的控诉，以及令人害怕的真实性立在我面前。这段回忆会成为我故事的开始。

这段回忆的内容是我来这里的旅程，是我来永世契地，来研究所的旅程。（听着，这和日常生活一样平淡。）身子向前一倾，然后我就出发了，起飞。一段时间后，我从飞机上俯瞰那片沙漠，这是我初次见到它。不，还要更早些。我前排的椅背上有一个显示屏，上面有个标志：一只小型的白色十字架，背后拖着的红色虚线像是一长串足迹，那是我们。我们的道路悄无声息地越变越长，机身进入低饱和度的蓝色海面，以它为底，破坏了它的和谐。飞机在转弯时以难以置信的角度倾斜，向着应许之地的葱郁一路低飞——当然不可能是绿色，而是褐色和棕色，也有炽热的白色，而且越来越亮。但在飞机上看到的却是绿色，这种超然于世的绿色有着难以置信的美，代表了雄心壮志，还有无限可能——一个液晶屏里的世界。11200 千米，11199 千米……轰鸣像是另一种意义上的安静。

11198，11197……这段记忆又向源头迈进了一步。我指的是向后迈了一步，我不知道。这是个关键信息，也是够可笑的。

我离开组会和建筑群，向着沙暴肆虐、光线昏暗、遭受污染的地方走去，心想：尽管我们离开了各自的家，却都看到了相同的椅背，椅背上的屏幕里所呈现的、深埋在那片地图中的像素里、藏于白色的十字架里的景致，是否呈现在了每个人眼前，和飞机一起，飞过蓝色的海洋，飞向那片虚假的葱郁？我们都飞向了相同的交通枢纽，都驱车行驶在同一条无尽的道路上，我们都遭受了相同的饥渴和迷惘，而我们，甚至可能拥有相同的苦恼：我们需要去创造，去塑造我们个人的言语方式，再让它日臻完美。我现在终于感到，自己是这个社区中真正的一员，我想在这里出自己的一份力。我有许多东西值得分享，也有许多东西可以贡献。

“珀西，你会明白的。一切初看的确奇怪，但是当一切尘埃落定，就有觉醒的感觉。”这话是菲尔费克斯小姐说的，现在被我据为己有。但你看看我现在的样子。

现在是自由活动时间，所有人都立刻从楼里涌出来，有人在聊天，有人点起了烟，其他人攥着笔记本和其他的项目工作记录，他们三三两两，成群结队，十来个人一组，也有些人选择独处。当然，所有人都穿着自己那些如果不皱，也算得上漂亮的制服。奥斯曼·哈提夫呢？走了吗？我寻找着他的胡子，他的苏格兰便帽，他的围巾。他不在。

我前往他的小房间，那里现在只有一张凄凉的床架，拉出的抽屉空荡荡的，在带着褐色污渍的肮脏浴室里，甚至连把牙刷都没有。所有他生活过的痕迹都被剥夺了，什么都没剩下，除了……我看到远处的墙上还粘着几张他的照片，或许是从他家带来的。照片里是他的家人——他的父母和儿子——另外几张分别是沙漠、露天市场、城市，还有两张分别印着雕像和骆驼群的明信片。他肯定是忘记把它们带走了，可能还会回来取走这些私人物品吧？但不知为何，我现在对此存疑，看，床边角落的地板上落着一枚红色的跳棋棋子。我离开住所，再次进入花园。丹尼斯呢？噢对，洛伊尔先生也离开了。他们就是我要找的人，既是我的朋友，也是我的知己。你见过品牌分析师☺小姐吗？我问一群手挽手走出科学大楼的研究员。“谁？”算了，没关系，我必须……喂，喂，不好意思！你知道哲学家可能出现在哪儿吗……对不起，我没听懂。这一切到底是怎么……能再说一遍吗？很抱歉打扰你，但我在找建筑师鼎福……

我找不到任何认识的人。在哪里？哪里，哪里……是……走了，离开了。

消失了。

我的小圈子，我的团队，所有人，去了别的地方。

夏洛特·查特顿，我的神秘女人。她在东边，依然在经常出现的地方徘徊……

我忙着前往冰蚀湖。现在，冰川不再，冰蚀湖显然成了垃圾填埋场，闻着如同地狱，成了一片散发出潮湿恶臭的发黏的泥沼。

我绕着它走了一圈，直到我来到山之屋外的长凳前。我就是从车里看到她坐在椅子上低头阅读的，一切一晃已经过了数年（我想说的是：六年？）。如今人去椅空。

现在呢？失望让心隐隐作痛。我颓然坐下。

铃声作响——因为从外面传来，所以显得暗淡——这是在提示另一个时刻。很快，所有人都会回到室内。如果这是之前的某天，更早的时候，我就会匆匆赶回自己的房间，忙着去做出一点成绩来，再向上爬一点，不断向上。但现在，我只是静坐着，看着这座鬼城、灰色的建筑、多变的元结构、拥挤的花径、研究所的凉风、消瘦的身躯，听着出了故障的涡轮机送出时断时续的微风，用临终前艰难的喘息摆弄着风口的纸，发出的声音就像是热带稀树草原里的风吹过草叶。现在呢？我慵懒地从大腿下抽出一张纸，仔细检查了一番，上面有字，但我认不出来，于是我又抽过一张，那是它的邻页：

> 一位纯朴的青年在盛夏时节从家乡汉堡出发，到格劳宾迪申的达沃斯高地旅行。他准备乘车做为期三周的访问。[1]

---

① 见《魔山》全书的开头第一节。

我现在手里拿满了纸，几张是空白的，还有几个纸团，或者叠了起来，有时缺乏条理，有时我能理解它原先的思路（比如原来是想叠一架纸飞机、三角帽，或者贵妇的扇子），有时又不能（晦涩难懂的折纸艺术）。

我把纸摊平，然后开始阅读。其中一张纸上写着：

> 战斗已经持续整整一天了，上级叫这些弟兄做一次最后的决战……[①]

是几行关于战争的内容。

而在这张纸的背面，尽管页角标着页码，但却是空白的……

另一张纸，或许是从某本小笔记本上扯下来的，在纸的顶部有个图案，像是笺头，那是一幅树的画，是棕榈树、椴树，或者一把梯子，还是旗杆？两条蛇沿着杆子向上爬行，而整个结构的末端反常地带着一双黄铜色翅膀，伸展得很大，好像这个梦魇般的奇幻装置能够上升，在热病的噩梦中飞行时，就变成了不洁的螺旋桨，在空中，揉皱，丢弃。这里有更多的纸。用德语和法语写了个故事，关于疾病，痛苦的咳嗽，蓝瓶中装着痰液，温度计，锋利的剃刀，一场争论，一局决斗，一台唱机，一次自杀，一位魅靼美女，一位罹患疟疾、留着长指甲的超人，他连说完一句话都困难，还有他那位寡言少语的男仆、注定遭受厄运的撒玛利亚青年、悲伤的母亲、理性主义者、耶稣会会士、气势汹汹的顾问大夫，士兵的职责，无果的爱恋，得到回应后，又是无疾而终，最后彻底分开，不满的情绪，哲学，课程，远足，高山热……还有唯灵论者与鬼魂。现在快看，向我走来的是谁，不过这位灵媒研究员（她是研究所最年轻的、最早熟的天才）天生的特性就是

① 《魔山》第七章第十节“晴天霹雳”中的一段，也是在结尾处。

迟到，她直到第十一个小时才现身，为的就是用众人欢迎的预言能力来打乱进程。她总是保证，最后会有一个戏剧性的小事件。她那神秘的超自然能力在她周围噼啪作响，包裹着她的灵质就像一圈可见的光晕，闪着光泽的双眼时断时续地与未来神交，现在，她梦游般地向我走来，递给我一张崭新的纸。

但是，但是，但是我的天，快看这个，你会看的对吧。

看一眼这个……

（纸的旅程还在继续）

我们向前一倒，然后就离开了。

高速公路贯穿了北方的落叶林。隔绝是承诺和治疗的一部分。我膝盖上放着这张传真文件，上面是入职员工信息，还印着地图、日程表、几位员工的笑脸。车内非常凄冷。

我在一家汽车旅馆过夜，不知店名。周围什么都没有。早上，我盯着镜中的自己看了好一会儿。

今早天空一片铅灰，光线阴暗，但是药店的玻璃还亮着。他们说，走开，自己反省下。

我穿过这座日薄西山的工业小镇。车辆驶过街道、坡道、土垒、高架、环岛、交汇和发散，穿过交通路网的迷雾，穿过成片的葱郁。街边的绿化带，垂死的植被，绵延不断。行驶的车如同滚动线轴，两侧涌现出纷繁的事物，连绵的树被下匝道和购物中心以及称重站分开，抹去一切，景物以相同的速度变得模糊不清。这种情况还在持续，是在试着保持连续性。尽管周围环绕着那么多新事物，而且它们的威胁越来越大，一个个都要颠覆并消除平静，可现在我还是睡着了，醒来后再入睡。随后运动状态产生新的变化，我的身体开始警觉起来，车速放慢，停了下来。车只会说动与静的语言，很容易就能发现我们离得越来越近，越来越近，这一切，都是汽车通过速度的变化告诉我的。

减速，再次发动，然后又减速停车，再加速，如此循环往复，这肯定意味着镇子变得越来越小，狭窄的路更是变得越来越窄。然后我坐起身。现在我所处的，是令人伤心的远郊贫民区。成排的房屋，克隆的房屋，它们俯瞰着在沟壑中的高速公路上奔涌的车流，不过我幻想着自己住在里面——塑胶墙板、暗沉的灰泥和砖面、油毡、喷浆的混凝土面、阴森的木板装饰——我在里面停留的时间足以模糊时间的流逝。“向右行驶八百千米，来到第二十三号州际公路。”公司的花园、无人踏足的土地、各式仓库。成堆的碎石。这些废弃的加油站。那些矮小的灌木丛和垃圾。偶尔出现铁轨和站台。还有无人的街道，曾经还是汽车电影院的广场，现在成了私人停车场，到处都是破烂的扬声器支架。这些紧急停车道、路堤、涵洞、下匝道；其余停留的时间都成了绝望。被电缆包裹着的工业建筑。工厂的烟囱：活像伤心的哨兵。沼泽地里的芦苇；被车碾死的动物。火车调度场，铁路桥梁；成排的汽车，早就淘汰不能载客了，但是用这种野蛮的力量来运输什么？化学溶剂、塑料、天然木胶、农药、工业树脂、氯化钾、聚氯乙烯、聚丙烯、聚乙烯、沙林毒气、芥子气、氰化物……超大尺寸的胶囊生产线，移动的博帕尔毒气弹冷静地将各种致命的毒物散播至早已荒废的世界。这层黄昏时分单薄的光线揭露了隐藏在建筑临街面中的几何形状。这里有蒲公英、马唐草、包装纸和各色残骸、碎布、易拉罐、磨损的轮胎、腐烂的食物、废弃的车用消声器。破碎的玻璃闪耀着的光泽犹如星座。一双乳胶手套，谁的？这处污垢。这些腐烂的秽物与残骸。这堆路边的垃圾。常见的废物。“再开三千米左右，右转，驶入十五号出口。”

后来，有个想法出现在我的脑海里：每次孤身一人的旅行是不是都会留下一道痕迹，或者预示着其他必将单独发生的旅行？闭嘴，快闭嘴。我看见远处立着一座水塔，一个可以聚焦的固定点，前方铺设着电源线，它与巨大的支柱紧紧相连，可距离依然遥远。我看着怪异的鳞茎状水塔沿着电源线缓慢移动，好像排列在大谱表上的音符。我们的车和远处的两个巨物构建起的三角测量法[①]，在我的内心深处唤起了某种东西，可我一点也不知道那是什么。接着，森林好像一块疏松的平纹帘布，替代了远处的景致。

窗外的景物开始向后倾斜，我们的车也驶入了海拔更高的地方。空气已略带寒意。“前方二点五千米，左转。”我们驶入近郊，穿行在肮脏的丘陵间。车破开雾和雨，还有铅笔头橡皮那么大的冰雹。伴着寒风，枫树和榆树就像在海底那样以慢动作缓缓摇曳，紫苑花焦虑地颤抖，车和商铺越来越少，“禁止打猎”的标牌一闪而过，接着我们继续向上开，眼前是各种各样的山脊，那便是我们所追寻的方向。当我第一次看到这山，心头升起的感觉是：“真是一座肮脏的小山。”立在那里的它真的很可悲。

当我们到达这里的时候，我想我们已经接近山顶了，至少景色已经呈现在眼前，尽管视野并不开阔。接着再往前开了一小段，山坳右侧的洞天里有扇门，然后又是一小面铁链拉成的护栏，然后是环岛，再往前是个标牌，上面写着“古山研究所”[②]。接着又驶上一处较缓的上坡，然后坡又微妙地变平了，通向另一个环岛，地狱里的完美草坪，哈迪斯的树篱（闻起来不再是柑橘的味道，而更像是混有污泥、枯叶、荨麻、牛蒡和狗粪的土壤）。对了，我的天，还有楼的外墙，涂着白釉的瓷砖，那些瓷砖，那些可怕的白色瓷砖，这幢楼把整个世界变成了一间厕所。然后是一座小雕像，拜托，别，那个完美的石膏阴蒂包皮，阴蒂的位置恰好是一个露齿而笑的脑袋，双手张开接纳一切，不管我们愿不愿意，都接纳我们所有人。然后是搭着黑色直棂的小窗户，坑洼狭窄的混凝土小道，杂草长得很高，就像不听话的阴毛，旋转玻璃

---

① 一种测量法，已知两点之间的距离和参考点与两点之间的夹角，计算得出参考点与两点中点的距离。

② 见第 110 页“古城堡”注释。——编者注

门上带着刮痕，还有车轮碾过碎石路的声音：“你已经到达了目的地。”车停了，后备厢响起咔嗒声，我抓住车把，随后下车，步入门廊，闻到的气味，汽油、滑石粉、冬青树、体臭、消毒剂、准入权、桌子，四处游荡、眼神呆滞的人们，这些可怕的人，悲伤的人，受伤的人，还有……还有……妈的，实在难以言说。所有的悲伤，无从言说的寂寞，它的原因，还有它的……哦，还有……我不觉得……真的吗？还有……这是最好的时刻但对家庭而言又是最糟的时刻公认的真理令它不满那就是孤身一人的以实玛利是一个炎热和疲惫的死者一个很久很久以前因为命运而遭受流放的阴险狡诈之徒很久前妈妈死了[①]父亲去年也得了重病死了我不想费神谈论这些除非它和沿着虚线袭来的热浪有关但我怀中的孩子苍白瘦削他站在阳台上承受着一个悲惨而又疲惫的世界拼命吞噬校正改正修正后的忧郁没有一丝爱意地离开了这整个世界如果以现在时居住在这里就与遭受死后无尽的惩罚无异不过他可能利用过去式因为某个被动语态与破裂的外部形势密切相关而且对于笔直通向前方的道路宽度成功翻倍这件事现在已经消失了我并不想费心去回忆它的名字有人肯定通过乡镇间的再循环不断把我们带回较低的频率在我要被执行死刑的日子就是以这个频率为你说话的此时它那狂喜的灵魂开始缓缓地对着大群观众们发言声音响亮现在所有人都沿着一段路独自前行最后都动了心那段行程极度疲惫带来的狂喜这就是我承受一切没有一个堕落的人奇迹这是它所处的类型中我所生活过的最好的一类这种隐居生活以及在无人到访的坟墓中休憩这样所有的东西都会为了唯一的可能性而艰难地聚在一起[②]

请在 2 号托盘中重填信纸尺寸的纸张

---

① 这可能是加缪《局外人》的开头。

② 原文从“还有……这是最好的时刻”到段末没有断句和标点符号，为避免盲目断句造成误解，保持原样。——编者注

50

本人所施行的项目基本原则

基本原则 28. 写你所知

要让传统的作者身份概念复杂化需要采取如下策略

基本原则 29. 项目，以及构成项目之物，或许，事实上就是一个圈套。好吧。虽然如此也不能避免如下责任：构成项目之物仍需有模有样，而且可读性强。

基本原则 30. 在 ________ 的古出研究所的 ________ 天接受强制拘禁以及对调查对象进行治疗 / 康复工作。调查对象出席。完成相关事宜的呈递后，研究所发现了如下明确而且令人信服的证据：

1. 应当监禁调查对象并对其进行强制评估，从而对他进行治疗 / 康复工作；2. 调查对象患有 ________ 疾病或曾滥用 ________ 或 ________，鉴于此，调查对象本人或他人可能会遭受严重伤害，因此需要继续对其实施监禁并进行治疗 / 康复工作；3. 监禁及治疗 / 康复工作均需在最放松的环境中进行，并以研究所提供的 ________ 区作为划分依据。研究所会妥善应对调查对象的病情，并同意收容该对象。因此，根据判决和法令，调查对象的监护权归研究所所有，以便对其进行强制的

~~治疗 / 康复工作，为期~~

基本原则 31. 而那些纸其实也不全是白色的。

白色？历经数千万年，历经一代又一代的人之手，写上了那么多字，怎么可能？不，纸全被写满了，所以——（我想说的是：黑色？）白色倒还简单了，真是好笑。但愿我能发现它存在的微弱迹象——瞥见那苍白的诺言，也就是，有那么点空白处可供我记录思绪。可我找不到。苍天为证，我早就试过了。

51

（探索）[1]

我在研究所里又过了一年，继续研究小说家的艺术，并用自身所学来建构一本采用了传统情节模式的小说，或者至少希望自己的成果与之相似，并能通过评审。（也可能不行，我不知道。）

时光流逝。

① 与《魔山》第五章第七节标题同。

52

（在时间的海滨上漫步）[1]

“时光流逝”这个说法很奇怪。当然也是没来由的。流逝是时间的必然，而时间如果不是某件事或者所有事的先决条件，那它就毫无意义。重复这个说法不免喧闹，但仍有着明显的优势。它拼读简单；一语顶千言。这么轻飘飘的一句话就能略掉很多事，也能代替相当冗余的内容，不然就只能一一汇报。这是一个时间和叙述方面的问题，其实与绘制地图时遇到的问题相当：只有忽略了岸边的种种细节才能绘制出海岸线。绘制得越详尽，海岸线也就越长，那就离无法完成更近了一步。而我，我可没耐心把心思全耗在无穷无尽的海岸线上，所以“时光流逝”这个说法够用了。而且，对我来说，生活中也没多少事值得汇报得这么细致。

这一切都成了怪异的说辞，为了项目，我已竭尽全力，现在是时候叫停了。我刚刚补上了最后一点内容。这也就意味着，我很快会将自己的拙劣之作献给世界。

我只需要将它打包，然后就结束了。

下定决心，该走了。朋友都走了，紧张不安，游戏也完成了，这

① 此处化用《魔山》第七章第一节“海滩上的漫步”。

一切都与现实世界彻底脱离……离开的时机无疑已经成熟。我准备动身，不会马上回来。这一切，彻头彻尾，都是闹剧。（面对现实吧。）许多可怜的灵魂会继续留在这里，但一些更勇敢的人会更早选择离开。而我正试着不去低估自己在这里受到的欢迎程度，我在这里待得太久了。我也装过病，演了一出闹剧，但还不算太晚。我将利用最后些许的*永恒之爱*[①]唤起勇气，我要的只是向那显眼的事物表示臣服。所以我现在开始工作了，个人物品用不着怎么解释说明，但是有海量的纸质网络需要折叠安放。我绕着我的项目大步走着，脑海中有着坚决的念想。

具体说来，要怎么带上它呢？

我得先整理东西，各种东西都落在了网上，纠结成一团：灰尘、沙砾、污垢、食物包装、落单的袜子、厕纸、报纸、收据，还有其他各种各样的垃圾。（它设计精巧，但又弱不禁风，所以我不能开窗让这个项目告知外界，因为这样很可能会破坏结构的完整性。）因此第一阶段就是动手清理。然后，我需要循着各种指引找到正确的固定点——在墙面、地板、天花板上有好几处用胶带固定的地方。这项工作可能要花上好几天。我得严格遵循某种方法（最重要的是，它还得是可逆的），让装置与这些固定点分离。接着，需要把它的一部分折叠起来。这个项目构建之初便是三维的，所以我需要撰写某种指南让其坍缩成二维，这是一种将一沓纸和另一沓纸对齐的方法。我要如何实现这个目标？想这个问题让我头疼。我突然想到，或许我应该将整个东西弄皱，并折成墨西哥玉米卷的样子？把半圆形再对折就成了四分之一个圆，再折一次后变成更小的扇形？但——不行。它太脆弱了，禁不起这种粗野的手段。我只能将项目逐页拆解，一点点来，所以……

（意识到这点后，我突然变得极其疲惫，不得不去喘口气，马上回来。）

---

① 尼采提出的概念之一。他认为万物在无限长的时间里，都会无限重复。

所以我现在将注意力转移到更加容易打包的东西上，比如衣物。

那件制服。

挂在衣橱衣架上的那件衣服，活像瘸腿和自杀后的自己。

虽然我会选择视而不见，但我还是认为，它必须留在生产它的研究所内，所以我从最下面那个带着霉味的抽屉里拿出皱巴巴的衣服，把它挂起来。下一步，从浴室的玻璃杯里把我的牙刷拿出来，把它和其他几件东西一起，丢进摊在床上的手提箱里……但我忽略的是什么？啊，对。我正极为小心谨慎地把这些关键的身份证明文件从衣柜的保险箱里拿出来时，有个东西定住了我的手。

一个问题，一种预感，一阵恐惧，让我兴奋不已。

项目的思路？作品的末章。

当我冒着肌肉痉挛的风险趴在桌上，去够剪刀、美工刀和胶水的时候，我依稀听见了安全门在身后关上的声音……

准备就绪。

现在，我躺在一堆乱糟糟的纸里。没错，这堆乱纸里之前有着整整一个图书馆的作品，但现在，里面也有我那些历经千里的珍贵纸张。护照现在成了这堆纸的一部分。被剪裁过的护照就挂在我现在所处位置的右上方。撩人的苍白书页在空中飘荡，它们草草地被胶带和订书钉固定在看不见的丝线上，由此被连成了一个整体。

我的护照？是说亲爱的双生店为我做的那本吧？它现在已经被彻底分解，书页已经被重新分配过了。这项工作很彻底，是自愿的，也是一种突破。丢失的那部分，最后的障碍，也被征服了。最后还缺一角，项目还缺一件小贡品：属于我的那一小块拼图。当然，这是有代价的。

事已至此，现在也不是批评的时候。当下要做的就是回到老材料上，最后再读一次。这一次，我们终于能使用最终代理了：怀着决心来检查我们已经完成的工作。这当然是一个选择。有些结果显得草率了；一天结束时，有些人坚定望向前方。但是许多根本性的问题（我想说的是：大部分？）实际上都是在回顾过往，甚至可以说是怀旧。怀旧是相当庸俗的。我的作品就是如此，或者会如此。

所以，不如一起来看看最后需要阐明的那点吧？

现在，我似乎已经无处可去。那扇门已经关了。

不如趁熄灯前在灯下读点什么？

我抬手扯下悬挂在上方的护照，开始读了起来。

（旅行用品：纸的故事还在继续）

姓名

我们可以谈谈这个名字吗？珀西·弗洛比舍？存在，认知，这两者全都建立在姓名之上。姓名不应该是任意的。首先，它们应该遵循自然主义。姓名就是模仿，这是肯定的，不过从更深的层次看，也有刻意的成分。也就是说，人们还应该从名字中获得某种信息，但在此之前又不能让人意识到自己会获得信息。名：珀西。姓：弗洛比舍。（我为什么叫这个名字？）

出生地区

家在何方？我们又会发现谁在等待你？这些人又是谁——是你的人，珀西，这些回家后的人？这些人，这些你认识的人，这些回家的人——他们是谁？请告知出身背景。

签发日期

这栏是我们所处的时间。未来是什么？当然是尚未发生的某个时刻。从表面上看，没错。看起来也的确是如此。但是，它所呈现的任何事，不论从环境、技术和文化方面来说，都与当下相矛盾。也就是说，这些在当下都能作为证据使用吗？时间本身是否已经坍缩？但是，我们时间充裕，而且早已探求了足够多的概念，所以，没事的。继续看下一条。

健康证明

继续读下去。完整病史。我的意思是，不要跳过这组测试得出的任何结果：多相人格问卷，文字干扰测试，房-树-人测验，注意缺陷障碍量表、色词干扰试验、血液和尿液测试结果，通过核磁共振成像来排查身体结构上的病因，通过脑电图来排查癫痫。这是一份包含了精神状态检查结果的完整病理报告。还有轴诊断法和重点药物清单，等等。这些东西就丢到其他几堆纸上好了。

职业

我不知道。“小说家”这个身份目前还没有取得什么成绩？

照片

快看，我看上去好像正在逃离镜头。我就是在这时产生了转头逃跑的想法。你看，我已经把头扭向别的地方了，自己正准备动身离开。关上身后的门，离开公寓。要去哪儿？珀西，你现在要去哪儿？

我要——（我想说的是：出）

到访目的（商务旅行；旅游观光）

商务旅行和旅游观光皆有。曾经，我的工作和娱乐就是创造这个项目，也就是我的项目，再就此发表演讲。这就是我的一切。我之前经常想象这个场景，想象自己身处高光时刻的感受。它时常会浮现在我的脑海里，而且无比清晰，就像自己已经完成了演讲。我的梦想就是能够实现梦想。

你看，我来访时伴着庞大但又孤独的行进队伍，走的是主干道……

……然后，水银柱会陡然下降。我会闻到被棕榈树祝福过的凉爽空气，注意到周遭的静谧，然后会发现整片地方空无一人，我连一个研究员都不会见到，也就是说，对这里的期望值会骤然降低，而且我会发现，灌木丛和自然形成的小径甚至还有亮蓝色的人工湖都会散发出一种竭力克制的渴望。我会开车绕过第一批建筑，也就是山之屋和游乐中心，并行驶在它们投下的精雕细琢的阴影里。这时我会打开车窗，让气流循环机 / 放大器提供的稀薄氧气充满我的胸膛，我会见到初萌绿意的草坪，清过淤泥后的冰蚀湖重新注入干净的湖水，灌木丛刚刚长出娇嫩的蓓蕾，半圆形的水泥柱，慢慢变大的碎云朵，相连的体块和复古的线条，格栅管和随意布置的花纹。离开主干道后，我会选择一条贯穿花园的小径，绕过几个雕像的底座和方尖碑，走上一座土丘，然后在较远侧下来。孤身一人的我，漫步在一片辽阔的广场上，连周围的建筑也变得低矮起来，你会看到一个人不可避免地向现界中心的巨型双开门走去，这扇门应该会敞开着，而且，似乎仅仅是为我敞开着。

对于那些注定发生的事，我不必提醒自己做好准备。因为我早已经准备好了。

远方的钟，会奏响悠扬的钟鸣。

叮——咚——叮——

当我的阈值被触发后，肾上腺素就会开始起效，在下意识的专业知识替代清醒的意识之前会有一小段空窗期，有个事实会引我沉思，那就是，我一直都清楚这些纸会飞向何方，这就是我知道的第一件事。因此我无论如何，都循着这条线索继续走下去。至于这个方向是否正确，只有时间才会告诉我答案。但我之后就会想："这就是一切展开的方式。"这件事的结局会是最好也是唯一的结局，而它最后可能呈现的样子，现在就出现在我面前。

那我之后会后悔吗？会道歉吗？还有什么？

我也肯定会意识到，这一切都会为时已晚。

（迟了。我会想，迟了，迟了，太迟了！）

我会穿过一扇扇门，我的工作已经打磨完成，准备就绪。现在我已经把时间压缩到了十五分钟以内，动作迅速，干净利落的九百秒，这一切的过程就像是在熬制牛骨烧汁。简单的信息，没有任何晦涩难懂或者重复的内容，没有任何拙劣的夸大之处，一切内容都是明晰而且可以获得的。我的宣言、鼓舞人心而又创造力非凡的手册、我的桌子、手册、日记，我在创造时的聪明之举……我会发现，已经有位拼装好的观众在等着了，他就是为了我才拼好后放在那里的。我大步向前，走过一排排脑袋，走过礼堂的中央过道时，没人会抬头看我——我面朝前方——他们会像梦中的观众那样一动不动，所有人都会这样站着，全体研究员，包括菲尔费克斯小姐、神秘女人查特顿女士、密码学家、雕塑家、哲学家、心理地理学家、演员、翻译家、布景理论家、细密画画家、批评家、社会学家和作曲家，还有争论不休的那两位——我们亲爱的老朋友，之前短暂分别的争论者 2，以及脸和双手都蒙着纱的女人，还有品牌分析师☺小姐和建筑师鼎福先生、孜孜不倦地跟踪记录自己生活数据的男人、诗人、哲学家，等等。当然还有所长，他还是一如既往地主持一切。当然，哈提夫先生和丹尼斯·洛伊尔也会出席。这些研究员和我一样，已经充分适应了所里的生活，现在早已没有回头路可走，除了这里之外，没有别的生活，除了退回自己熟悉的圈子里，没有前进的方向。他们退回来时，身份并不是访客，甚至也不算长期居留，而是永久居民，他们就带着这个身份，混在众人之中。每个人都目不转睛地望向发光的舞台，顶棚垂下一层白纱，上面装饰着研究所的图标，我会向它走去，好似一个突破天电干扰的清晰信号。这时，我会发现脚下的过道微微有些坡度，走上（四级）台阶，来到演讲台前，在台下这片笑声中（人们轻声交谈：珀西，弗洛比舍先生，珀西……这是珀西，等等。）还藏着些许爱意（没错，爱意），声音从成排的人群中渐渐响起，就像热病一样，可随后它们的声音就从中强迅速转为渐弱，最后衰减为极弱。不过，明亮、喧闹的合成器报幕声响起，打破了寂静，就是那首能在世界各地听到的主题曲，我们全都知道这个调子，也很喜欢。再多走几步我就会站在台上，准备发言，准备表达自己的见解，平静地深吸一口气，站到指定的位置，地上早已做了个 X 形的标记，没人给过我遥控器，可它早已舒服地卧在我的手心，灯光笼罩着我的双目，声音充盈着我的双耳，麦克风贴着我的下巴，我稳稳地站在台上，望向远方，挺直腰杆，然后我会开始发言……

但是——

但是，恰恰相反，我现在根本不在乎，漠不关心，若无其事，熟视无睹。这根本不是我要的东西。

我怎么会想要如此平淡的结局？

我现在有其他更深层的谜题需要探明，有更迫切的要求需要去解决。那些谜题就藏在永世契地方寸间的远方。从现在开始，这些谜题既是我的“工作”，也是我的“乐趣”。发现答案并非易事，没错，是不简单，但我依然迈出了这一步。

入境机场 / 港口

没有光，星星都去哪儿了？它们都消失了，我本能地反应过来，遮住这一切的是纸。我被彻底埋住了。但我依然向前走去。我走下台阶，经过游泳池，棕色的池水泛着白沫。然后我走下小道，穿过长草的丘陵，走上越来越窄的小路，经过纸塔，上面到处都是纸的边边角角，就像干枯的树枝那样戳向四周，迎面朝我扑来，像是对我的眼睑有什么特殊的偏好。前方的道路越来越暗，直到后来才骤然开阔。我来到一个圆形区域，周围的墙就像是沉默的目击者，真正的棕榈树全都不见了，要么遇火被烧了，要么被砍伐了，只有这些假的树还在——这些移动信号塔伪装成了棕榈树的样子。消失的是更加真实的树，干枯的树皮带着芳香，剥落成了腰带似的长条，我想念它们的味道，但是现在再也闻不到了。没关系。我继续向前，走在纸上的感觉就像是在深秋的雨后漫步在铺着木板的小径上。

虽然离观察点还有些距离，不过我还是能看见那儿的长椅。我可以想象自己坐着休息，反省自身，稍加思索，或许在思考之后，觉得尽管时机稍晚，自己仍应该选择更为谨慎的做法。我应该设法避免任何迅速降临在自己身上的命运，我应该避开危险。但这里没什么需要顾虑的，在观测点也没什么好观测的。研究所里除了污秽，空无一物，从外面看去，除了狂风和阴云之外，什么都没有。

一阵轰隆声回荡天际。

世界也为之撼动了片刻，有什么东西撞向了研究所，激起一阵强风，也让我摔倒在地。警报声。现在我又听见警报声了。

我站起身，捂住耳朵。

蜂鸣声越来越响。

骇人的冲击波终于全力向我袭来。

一切都在摇晃，狂风的呼号就像花腔女高音那样穿透一切。咝咝声伴着爆炸传来。我在一片混乱中抬头望去，在我和危险的天空之间，有一盏红色的警示灯，它是研究所的传感阵列系统里众多警示灯的一部分——这个阵列系统一路向上延伸，直到元结构中央穹顶那令人眩晕的最高处。灯闪烁着，是在警告我们什么吗？是不是外面堆积的纸张太多，而横梁的抗拉强度毕竟有限，导致穹顶的荷载已经到达峰值？横梁间是否已经无法连接？如果某根柱子无法支撑起这些纸的重量会有什么后果？

我聆听警报。我聆听警报。

但这不可能……

钢结构开始发出被压垮的吱嘎声，就像打开一扇巨大而又陈旧的木门时发出的声音，这声音来得甚至比我想象的还要快。说实话，声音响起来的时候，这个念头才刚刚浮现在我的脑海里，接着横梁就垮塌了。没错，出事的就是东北方向的承重墙，那根工字钢本来是负责受力的一部分，现在却弯折了。这又导致了级联效应。交叉拱开始逐一变形，整个拱顶开始像舒芙蕾那样塌陷，①但还没彻底崩塌。然后，硅酸盐碎片淋了下来，它有那么一瞬间看起来很美，我惊讶地发现，散落的玻璃颗粒和碎片就像雨滴那样，它们折射的光芒角度与下太阳雨时雨滴折射出的角度完全相同。所有研究员和助理都在利用对流与研究所的内部环境积极地交换热量，就像生活在一座巨大的孵化器里，如果这场雨在那时候落下，那就再好不过了。令我开心的是，这些落下的玻璃没有伤害到我，其实我根本没有感觉，因为有近二十米厚的纸替我把它们挡住了，不过这些玻璃砸在纸上，还是发出了令人印象深刻的响声，就像放大后的咝咝声。

元结构自此不复存在。

（警报还在继续。）

如雨般的纸，缓缓飘荡。

随后是长久（相当久）的寂静。

本国地址

畏缩，恐惧。

故意毁坏文物和骚乱。暴徒骚乱。公寓和工作室惨遭洗劫。研究员遇袭，挨揍，蒙受羞辱。随后，戒严法实施，警察出动。戴着口罩的助理让所有研究员集合在一起，拉起警戒线，亮起更多红灯（但没

① 舒芙蕾在打发时带入大量空气，烤完稍凉后内部热空气迅速收缩，就会导致顶部塌陷。

有发射信号弹，如果这个纸的世界沾上火星，那会烧得一点不剩。)。研究员们被赶到安全区域。助理则穿着处理危险品的服装，挥手，指引，呼喊。

时光就在这样的紧急状态中流逝了。

更多时光。

现在……

公民身份

世界一片雪白。

但秩序已经恢复。我们现在深居于纸张之下，住在纸堆中被挖空的区域。我们成了鼹鼠人。研究所有一座地下迷宫。我们在下面挖出大大小小的房间。在较大的体块里，分有小会客厅、用餐区域、花园回廊，这些都是在堆叠的纸中建造出来的，通过相互堆叠，来营造约束墙体[①]、柱廊，以及其他支撑结构。将这些东西在地下整个重建出来的确是集体完成的壮举，是研究员和助理们“通力合作”的伟大尝试，在整个过程中，我的许多研究员同伴继续像之前那样生活和工作，没有一点变化，时间好像回到了“不知道从哪里冒出来的”纸将我们吞没之前。他们这么做是出于另一个目的，多少像是在证明某个观点，好像还在向一名早已经收拾完毕准备退出争论的被问者抛出新的问题。另外，这里还有一个全研究所都参与的争论，简而言之，讨论的问题就是这些纸的来源、性质以及意义。当然了，由于每个人的研究方向各有不同，给出的假设和观点也就千差万别：哲学家提供哲学视角的阐述，生态学家提供生态学视角的解读，而诗人则提供诗人视角的见解，等等。我或许也会提供自己的看法——纸所代表的事实无可争辩，从而消除并淹没了纸的含义，它的存在已经成为我们对其必要性

---

① 指那种设置了边缘约束构建的承重墙，以期获得更好的抗震效果。

的验证。我们所有人，每个人，都向这一新常态做出让步，并做了必要的调整……但没人认为我是这一切的起因，因此我必须加快进度，把这些纸带走。不过没错，规则在这个新成立的生态系统中多少都得到了维系：研究员和助理只穿着纸做的衣服，呼吸着带着纸浆味的空气，吃着用笔画出的饭菜。纸成了日常用品的代替物，逐渐商品化。

我的赝品已经公开流通。纸张持有人成立了公司。一本本分类账簿被保留了下来，有些人成立了小型联合公司，城市大小的独立国家继续保留自己的小组和报告™。（当然要保留，为什么不？）各种集体企业依然按照自己的时间表和规则，依然遵循自己的意见手册与经验行事，同样保留的还有其他被称作“晋升阶梯”的处世之道。但随着时光流逝，这些不同方面也开始以相互不同的方法来解释这些基础文档，最终，文本似乎开始变得相互独立而且自相矛盾。各种类别、“不同派系的晋升阶梯”，共存了一段时期，尽管最后，在严酷、尖锐和乐观的条件下，出现了两败俱伤的骚乱（在封闭的系统里，势必出现这种情况）。其他研究员——可能是在别人眼中更聪明的那批——不见了，他们一个接一个地消失在狭窄的走廊和隧道里（我也会成为他们中的一员），而路最多也就一人宽。这些爱好洞穴探险的人偏离了路上预定好的标记点，只得在一片纸堆中破出一条路，就像进入了一片无垠的白色玉米地，伤痕累累的手和胳膊推开一张张纸，然后消失，而他们在杂乱无章的纸堆中开辟的路，多半又会在他们身后坍塌。当这些孤独的探险者足够深入这片纸堆后，或许可以凿出可供休憩的铺位，大小刚好够他们容身，还可以依偎在这些小坑里睡觉、吃饭、生活、阅读、死亡。但我不会这样。我继续向前。

游览路线

现在，在早晨的炎热中，我一路破开面前的纸，来到纸堆边缘。当我触碰到这一切的边缘时，发现旧的穹顶虽然残破，但状况还可以——穹顶断裂的边缘如同雉堞，元结构残骸的碎片就像尖木桩那样直刺天空。我们长期恪守元结构里的生活方式，与此同时，研究所也变成了另一片废墟，建筑也成了沙漠中另一片怪异的风景。但这不再是我的问题。风暴已经过去。多云的天空恢复晴朗，废墟周围的世界正在恢复。当务之急是关闭园区。所以我爬上了纸构成的山脊，纸和沙让我脚底打滑，随后，我在两片穹顶落下来的碎玻璃间发现了一道缝隙，于是溜了进去，一直向外走，现在的我踏在了沙漠的沙子上。

尽管我穿了鞋，沙子还是在透过鞋底向我辐射热量。我竭力在这个陌生而又多变的地形上寻找落脚点，不过，能重回现实世界我还是很高兴。说出来你可能不信，我才发现这是我头一次走在沙漠上，之前只是看过而已——从沙漠的边缘、我的观景长椅、高塔、教室、停车场、路边、车内、我用来投影的墙幕以及远处看过它——我挣脱了一切横亘在我与沙漠之间的阻碍。想到此刻的我身处沙漠之中，而不仅仅是在远处观看，内心也不免为之震颤。而感受的方法是：从沙丘的峰走到谷，从谷走到峰，循环往复。

我还是向外进发了。因为太阳在地平线的上方猛烈地照耀着世界，坚持不懈，沙漠世界里的种种变得越发清晰可见。我迈出第一步，另一只脚也随之跟上，晨曦泛着蓝色与浅黄，我迈着踉跄的步子，在沙丘间留下一道弯曲的足迹。被毁坏的穹顶兀立在平原上，当我走出它投下的阴影时，身后传来几声含混不清的爆炸，衰减的巨响就像渐远的雷声。那里的灾情更严重了。废墟进一步垮塌。但我没有转头看，那要留到后面（而且也不是为我准备的）。古山，噢，古山！

阻碍消失了。

“这就是我的梦境指引我到来的地方？”我想，但已经完全明白了。

于是我对自己做了个类似这样的动作：

㇏_(ツ)_ㄏ

然后我才跌跌撞撞地迎着令人愉悦的风，继续向前。又是一声轰响，我知道，研究所终于轰然倒塌，一点都不剩。

不要回头。

没时间为研究所、其中的居民，或者笼罩我们的气泡哀悼了。那是过去的事。我的思想是为当下存在的。

我瞟了眼太阳，看见一道炫光：就像是在框中的银莲花。日头高悬，无比冷漠，或者消极，或者在暗中阴人。太阳就是个混账。嗷，热死了。

这段旅程显然要花上一点时间。路上会有很多个日日夜夜，会有危险和引人驻足的景点（城堡废墟、陵墓、长城、灯塔、埃菲尔铁塔、古怪的机器人骑师在身后留下的蜿蜒痕迹……）。会遇上可怕的困境，也会有逃出生天后的喜悦，不一而足。

> 穿过沙漠的旅程就用一串问号表示吧，另外，它们，也完全可以表示其他事物，比如困惑、激动，但也有疲惫、干渴、瘙痒、感激、恶心、痛苦、一丝虚假的希望、赞扬、排放、固体和液体、祈祷者、挥着拳头、虚假的欢乐，等等。

?????????????????????????????????? ?????????????? ???????? ? ???????????????????????? ???????????????????? ???????????? ???? ???????? ??????? ???????????????? ???????????????????? ??? ?????????????? ??????????? ?????????????????????????????????? ?????????????? ? ?????????????? ????????? ? ??????????? ???????????? ???????????? ?????? ?????????? ?????

我还没从视线中消失，还早得很呢。我横穿沙漠，经过秘密的水下古迹，越过海湾（没错，越过海湾），等我来到城郊，旅途已经带走了我的人性和我的衣服、鞋子、几层皮肤，以及身体里的水分，还有我剩下的大部分理智。但一滴泪都不要为我落下，我的步伐没有停。我的双脚会继续带我前进，走出平原，一步一个脚印。我走入镇中心，经过郊区，还有冠冕高塔，进入电子产品环岛，再绕着它走一圈，经过香水区，路过赌场，走过清真寺和商务塔的碉楼，再朝着市中心进发，然后进一步深入。我穿行在互相纠缠的小巷里，进入城市贫民窟的中心——向内，再向内，在这段旅程的最后，我又回到了大都市偏僻的中心。然后……小巷，就在小巷的尽头，是那扇门。我盯着店的正门看了一会儿，时间可长可短，像是诗歌中长短不定的停顿，又或者是一段时刻变化的长度。疲惫让我佝着身子，弓着腿，迈出了最后几步，够着了门把手，猛地一拉，然后走进店内，沐浴在熟悉的黄色灯光下。

出入签证

我进入双生店里第一眼看到的就是店主。他被逗笑了，不，是在自鸣得意。他看起来很自豪。这可不寻常。我想问他，你为什么那么嚣张？但我还没来得及说出口，他就转过身，弯腰穿过柜台，打开通向后面房间的门，消失了。

时光流逝。

（犹如白驹过隙。）

后面传来了一些声音。

沙沙作响。说话声？

我等着，当门最后打开时，出来的并不是他。

不，那根本就是别的东西，是一团混乱的图案，就像某种诡异的癌细胞那样自发产生像素。我在面对它的时候，隐约可见其中站着一个人，他探索着面前的整个世界，就像……

“珀西，你好。”我说。

“你好。”他说，声音（和语调）与我的完全相同。

那是我，我想，我变了。

我变老了。显然，头发白了。而最令人伤感，也最无法回避的，就是重力对面部施加的影响——它让人皮肤松弛，这也没那么显眼，但对我来说却够明显了。都到现在这时候了，我居然还在想这些事，高昂的脸（丑陋的，美丽的，还是自责的？）依然充满虚荣心，实在抱歉。

我的天，珀西，你至少得刮一下胡子。

拿出点尊严来。

孩子啊，你真的太放纵自己了，腰围都粗了一圈。锻炼一下会死吗？（我现在回想起自己攀登兰道-施密特冰川的经历，去体育馆打卡也是散漫随意。坚韧不拔从来都不是我的特长。但我在反驳时却说，谁有时间？时间既要用来做项目，还要满足虚荣心？时间，时间，时间。我恐怕得说，这个项目把一个人的时间和虚荣心全占了，一点不剩。）

那双眼睛布满血丝，不过好消息是，它比之前稍微多了点神采，没那么沉闷、单调，也没那么阴郁了。但湿漉漉的眼睛依然显得伤感。头发呢？发际线呢？如果这都算不上最糟的部分，那就真完了。剩下的几根毛很快就要掉光了，就像洒水不及时的草地那样枯萎。我很快就会有自己的元结构穹顶了，真是笑死。

行吧，没事，掉了也好。

我觉得这样可以少打理，少费心。

除了上述这些，除了在自己的相貌上打了点折扣外，别的就没什么值得说的了。他（就是我，珀西）站在桌后，身后是一面帘子，遮住了后屋。他就是我（或者我们），他和我在相貌上简直分毫不差（不过你懂的，失实了）。他从某种角度来说就是我自己，相似程度之强烈，甚至都开始威胁到了我们两人的同化过程。我感到有一股力在将我们拉向共同点。他肯定也这么觉得，因为他打开柜台的桌板，走到外面，又把板放下，转身走来，我们离得更近了。

绝对的相似性随时都有可能将我们和整个世界拖入某个正在坍缩的奇点。真是令人恶心。他站在那儿，像块标牌，双眼睁着，眨都不眨，像是印上去的。（我的天这可真够折磨人的。）他不说话，也听不懂我说的一切。我不知道他的沉默究竟是因为无法理解，还是因为不愿让步。或许他只是无法回应，因为我们的身体、我们的特征、我们理解和沟通用的器官正在开始相互融合，成为一个无法区分的点。

"现在是不是该结束了？"我用温和的语调建议他（我）。

一盏指示灯在他（我）体内亮起。他（我）点了点头。

手探进他（我——行了我受够了，还是用"他"和"他的"来称呼）的口袋，他发现了什么东西，然后把它拿出来。是一张纸。他把纸抚平，然后把它放在柜台上，递给我一支笔。

他用一根手指敲着纸。

"什么意思？"我问，"这会……噢，我明白了。好，我应该……"

持有人签名

"写下……"

笔尖在纸上飞舞。

"首字母是……"

笔尖在纸上飞舞。

"噢，日期，也……"

写啊写。

"好了，"我说，"应该好了。"

他从口袋里掏出一副老花镜（我从什么时候开始用……），查看纸上写的东西。

滴答，滴答。

“纸上写的还对吗？”

他把自己稀疏、凌乱的头发向后拨，让它们贴着自己汗津津的脑袋。（我也做了一样的动作。）

滴答。

“珀西，这些有问题吗？我的天——”

话音未落，他的身子突然动了起来。我还没弄清楚发生了什么，他就从我手里抢过笔，现在他做了双生人该做的事，也是他们一直会做的事，也是第一个双生人会做的事。他像握匕首那样握着那支笔，然后挥着它，向自己的脑袋扎去：

我的脸掉了，

笔也掉了，

污渍越散越大，那个潮湿的点开始向外扩张，

帷幕落下，

然后就是这样了。

53

最终原则

基本原则 32. 这不是一条规则，而是一句贺词，一个敬礼，献给嚼碎的食物，献给各种恶心的反刍食物，献给垃圾堆，还有用其他垃圾做成的垃圾，献给粪便，混着其他废物的废物。——混成一团，相互交织，层层叠叠，捣成糨糊。在此献给被打碎后送进我们嘴里的食物，至于它们是什么，实在难以辨别。献给胃内的酸水，献给我们呕吐出的热炖菜，要么就是排泄物。乱七八糟的东西、成堆的杂物、合金、让人消化不良的啤酒，在每个消费和制造的周期中，它们的循环周期，从我们那个科学怪人般的基因组诞生时就享有的权利，再到太阳星云①中那些创造了地球的星子②。为消费和制造本身的过程欢呼：咀嚼、同化、摄入、吸收、合并、排泄，等等。（换言之）举杯向消化，向不同物质形态和所有壮丽的阶段致敬（对纸来说：植物纤维原料制浆，加入“大量切碎的”木料，将纤维解离至分子层面，重组，再融合，废料分离，再加入添加剂……）。花费片刻，认识到创造力的特质就是蠕动。最重要的，就是辨别创造力的所在地，那处泄殖孔；最

---

① 太阳星云是太阳和太阳系形成前在宇宙空间由气体和弥散的固体颗粒组成的星云。

② 星子是宇宙中的碎块，聚合后会成为新的天体。

繁忙的出口，从内到外，由私到公。创造性的声音？嘴和这些事没什么太大的关系；声带就更加无关了。向真正的产道致敬。那其实是下水道，而不是塔尖。似乎在奋斗过程中，一切都是轻松或者可爱的。似乎创造力的产物根本不是蹂躏和劫掠；也不是被碾碎后的产物。没有突然出现在面前的东西——不会像上帝的第一枚硬币那样，金光闪闪，像是刚出炉的产物。分娩：恕我直言，挺恶心的。湿、黏、难闻、危险，还有很多。因此，向拥有绝对排他性的创作过程喝彩。向分娩、干呕、黏液和脓水致以问候和祝贺，排泄是恶臭的奇迹，我快成功了，安静，给我规矩点，再多点耐心，我有个计划：自己在努力践行这三十二条基本原则，正好是三十二个，和这些该死的变奏曲一样（你知道那是什么吧）[1]。考虑到这片土地的繁殖力，它可能会变得无限长（而那段变奏曲到了最后，也不再是我问你的那段了），但是任何曲子都会在某处画上休止符，不是吗，所以它也可能会成为一首集腋曲[2]，因为在这之后，在这之后：主题，也就是之前的那个主题会再次出现，看似一样，但永远都不会真的相同，另一个相同的例子就是自己刚刚赞扬过的愤怒的衔尾蛇，人类的发明首尾相连，形成一条庆祝胜利的人体蜈蚣。所以，这是给你的最后的祝词：献给结尾。献给终局！（让我们就这样开始吧，怎么样？可以节约点纸：现在，是不是和其他时候一样好？）依我之见，一切都需要结局，你猜怎么着，看！这不就是吗。没错，你成功了。这是献给你，也是献给我们的祝词。我们成功了。最终原则。原则的原则。现在，它终于结束了，呼！废话，到此为止。项目，到此为止。全书，也到此为止。我接下来要做的，就是把扎进腰带里的制服抽出来，让它垂到胯部，抹去我的痕迹，挺直胸膛，谨慎地走向自己的身体，然后，在我还没改变主意前，悄悄溜

① 巴赫的《哥德堡变奏曲》共有三十二段。
② 一种即席演奏或者几首乐曲自然串联起来后形成的新曲。

出商店的前门。我想做的就是这事。未来可能不甚明朗，但谁知道呢？如果真有人知道，那也不会是我。这是肯定的。不过时间肯定会证明一切。那就再说吧。

留待日后。

全书完。

致　谢

首先，我要感谢自己的好朋友本·金赛尔，他向我介绍了 Same Same 这家店（书里的双生店，而它在现实中的具体位置，就在卡塔尔多哈的卡瓦公共汽车站附近），如果没有他（不管之后是好是坏），这本书不会问世。我还要感谢我的编辑莱克斯·布鲁姆，我的经纪人克里斯·帕里斯·兰姆、本·马库斯、迦勒·克兰、索尼·梅塔、安妮·米西特、爱德华·卡斯塔米、格里·霍华德、安德鲁·赖德、迈克尔·西奥多、奥利弗·芒迪、玛丽亚·戈德伯格、詹妮弗·奥尔森、彼得·特齐安、露丝·科恩、丹·威廉、汤姆·波尔德、丽莎·西尔弗曼、安娜·奈顿、爱德华·艾伦、凯特·鲁德，最后，也是最重要的人：维奥莱特、鲁比和卡拉。

托马斯·曼的《魔山》对这本书影响很大（再明显不过）。大多数章节的标题，以及第 198 页到第 199 页的摘抄均出自约翰·E. 伍德的译本。我还引用了其他书（主要是小说，而且不止一本），它们散落在全书各处（可能不太明显），但我就不在这里一一注明，而是留待你去整理了。